Denzil Meyrick

Der Pate von Glasgow

Kriminalroman

Aus dem Englischen von
Peter Friedrich

Harper
Collins

HarperCollins®
Band 100141

1. Auflage: Mai 2018
Deutsche Erstausgabe
Copyright © 2018 für die deutsche Ausgabe by HarperCollins
in der HarperCollins Germany GmbH, Hamburg

Copyright © 2014 by Denzil Meyrick
Originaltitel: The Last Witness
erschienen bei: Polygon, an imprint of Birlinn Limited

Published by arrangement with
Birlinn Ltd., Edinburgh

Umschlaggestaltung: Bürosüd, München
Umschlagabbildung: www.buerosued.de
Redaktion: Thorben Buttke
Satz: GGP Media GmbH, Pößneck
Printed in Germany
Dieses Buch wurde auf FSC®-zertifiziertem Papier gedruckt.
ISBN 978-3-95967-190-3

www.harpercollins.de

Werden Sie Fan von HarperCollins Germany auf Facebook!

*Dieses Buch ist dem Andenken an die
Eltern meiner Frau Fiona gewidmet,
Norman und Illeene MacLeod,
die leider beide dessen Vollendung
nicht mehr erleben durften.*

»Wenn du lange in einen Abgrund blickst,
blickt der Abgrund auch in dich hinein.«

Friedrich Nietzsche

Prolog

Er legte sich auf die Rollbahre zurück, als wäre sie ein Liegestuhl am Pool. Sie federte die Bewegungen des Krankenwagens ab, der sich durch den dichten Verkehr von Glasgow arbeitete.

Er war sich der Anwesenheit des jungen Gefängnisbeamten bewusst, an den er mit stabilen Handschellen gefesselt war, und auch der verstohlenen Blicke, die er in seine Richtung warf. Der ältere Beamte, der neben der Tür saß, plauderte mit der hübschen Krankenschwester, und seine Plattheiten passten so gar nicht zu ihrer sorgenvollen Miene. Ihr gezwungenes Auflachen angesichts seiner lahmen Witze zeugte davon, dass sie sich außerhalb ihrer Komfortzone befand.

Während die Fahrt weiterging, bot sein junger Bewacher ihm einen Streifen Kaugummi an, den er mit ausdruckslosem Kopfschütteln ablehnte. Der ältere Beamte brach plötzlich mitten im Satz ab, und die Schwester wühlte in ihrer Tasche herum – bestimmt, um ihm keinen Ansatzpunkt mehr für seine plumpe Anmache zu bieten.

Außerhalb der getönten Scheiben des Fahrzeugs ertönte eine Hupe ... dann noch eine. Bremsen kreischten, Reifen quietschten, es krachte scheppernd, die Geräusche eines Unfalls. Er wurde gegen seinen Bewacher geschleudert, als der Krankenwagen einen Schlenker machte und ruckartig zum Stehen kam.

Ein Schrei erklang, und er hörte Schüsse. Zu seinen Füßen versuchte die Schwester, sich vom Boden aufzurappeln. Blut strömte ihr aus der Nase. Der ältere Gefängniswärter sprach fieberhaft in sein Funkgerät, während sein Kollege panisch um Hilfe rief und an den Handschellen zerrte, die ihn an seinen Gefangenen fesselten.

Es gab einen Knall – so tief und dumpf, dass er fast unter der Hörschwelle lag –, und die Hecktüren des Krankenwagens bogen sich nach innen und zerknitterten zu einem Gewirr aus Plastik und Stahl. Er sah, wie ein Metallsplitter sich ins Gesicht der Krankenschwester bohrte. Sie schlotterte am ganzen Körper, während sie sich ungläubig mit bebender Hand an die Wange fasste.

Dann tauchten sie auf. Zwei Männer, die sich durch das gezackte Loch zwängten, das die Explosion gerissen hatte. Beide waren vollständig schwarz gekleidet und trugen Sturmhauben. Automatische Waffen hingen ihnen an dunklen Riemen über die Schultern.

Er lächelte.

Der ältere Vollzugsbeamte drückte sich in eine Ecke, als könnte er durch reine Willenskraft die Seitenwand durchdringen und auf die Straße entkommen. Einer der bewaffneten Männer baute sich vor ihm auf und gab aus nächster Nähe einen Feuerstoß auf ihn ab.

Ein Fetzen grau behaarter Kopfhaut klebte plötzlich am dunkel getönten Fenster des Krankenwagens.

Die Krankenschwester übergab sich vor den Füßen des anderen Killers, als der ihr erbarmungslos gegen den Kopf trat. Die Frau keuchte und würgte, spuckte Blut und Zähne auf den Fahrzeugboden.

Der junge Beamte, der immer noch mit den Handschellen an ihm hing, starrte sie an. Sein Gesicht war mit dem Blut und der Hirnmasse seines Kollegen bespritzt. Der erste Killer stieß ihm die Mündung seiner Waffe in den Bauch und drückte ab.

Einen Sekundenbruchteil lang fühlte es sich für den Mann auf der Bahre so an, als würde ihm der Arm abgerissen, während der Wärter im Todeskampf an den Handschellen ruckte.

»Holt mich hier raus!« Er verstand kaum seine eigene Stimme. Ob sein Gehör durch die Panik oder die Nähe der Schüsse beeinträchtigt war, konnte er nicht sagen.

Der erste Killer baute sich über ihm auf und zog dann mit einer Hand die Sturmhaube hoch, bis der größte Teil seines Gesichts sichtbar war. Sein Lächeln wirkte seltsam vertraut und doch völlig fremd.

Eine schreckliche Furcht ergriff sein Herz. Einen Sekundenbruchteil später zerplatzte sein Schädel.

1

Melbourne, fünf Jahre später.

Verregnete Tage waren in Melbourne nichts Ungewöhnliches, aber heute fand er sie besonders scheußlich.

Er sah auf seinen üppig grünen Garten hinaus, während schwere Regentropfen in die Jacarandabäume klatschten. Das Spielzeug seiner Enkelkinder lag auf dem Rasen herum, ein Wirrwarr aus Puppenwagen, kleinen Fahrrädern und Bällen in allen Formen und Farben. Ein Klettergerüst flankierte ein gigantisches Trampolin, dem wiederum eine Schaukel gegenüberstand.

Einen Augenblick lang dachte er an seine eigene Kindheit zurück. Sein Spielplatz auf Paisleys Gallowhill war ein beliebter Treffpunkt gewesen von gelangweilten Teenagern, die Likörwein soffen, von Drogendealern und der gelegentlichen Prostituierten. Überall hatten Spritzen, Glassplitter und Hundehaufen herumgelegen. Er schüttelte sich.

Bald würde der Regen aufhören, und die Kinder von Ringwood East kamen wieder zum Spielen heraus. So war das Wetter in diesem Land, auch wenn die dunklen Wolken im Augenblick bedrohlich wirkten. Die Vorstadt war genau genommen ein eigener kleiner Ort im Osten der City, ein Sammelpunkt für die Ehrgeizigen und Aufstrebenden. Gute Schulen, sichere Umgebung und große Grünflächen. Hier konnten

Kinder und Erwachsene in ihren großzügig ausgestatteten, klimatisierten Häusern mit Pools und Fitnessräumen im Keller Zuflucht vor einer gefährlichen und unsicheren Welt finden.

Natürlich war er mit vierundvierzig noch recht jung, um drei Enkelkinder zu haben, aber er bereute es nicht. Seine Tochter hatte wie er früh eine eigene Familie gegründet und war schon in ihren Teenagerjahren stolze Mutter von zwei Kindern gewesen. Seine Frau hatte sie dazu überredet, zu ihnen nach Australien zu ziehen, nachdem Andy Lafferty, dieser Mistkerl von ihrem Freund und selbst ein Fußsoldat des Machie-Klans, ihr davongelaufen war. Er hatte sie in einem Hochhaus in Glasgow buchstäblich auf dem Trockenen sitzen lassen und sich ein anderes, leicht zu beeindruckendes Mädchen geschnappt. Dumm gelaufen, aber letztlich war er damit zufrieden, wie sich die Dinge entwickelt hatten.

In den zwei Jahren seit ihrer Ankunft hatte sich seine Tochter verliebt, geheiratet und noch ein Kind bekommen. Ihr Mann war ehrlich, bodenständig und freundlich, ein junger Bautechniker mit guten Zukunftsaussichten, dem es nichts ausgemacht hatte, die Stelle eines Vaters einzunehmen, der Tausende von Kilometern entfernt lebte. Immer vorausgesetzt, dass dieser überhaupt noch am Leben war. Wer auf der falschen Seite von Schottlands größter Stadt wohnte, dem war oft nur eine kurze, bedeutungslose Existenz beschieden. Zerfressen von Alkohol, Drogen oder einer Kombination von beidem, war er der Verwahrlosung und Verrohung hilflos ausgeliefert, die am Rande der Gesellschaft lauerte.

Kein großer Verlust.

So hätte auch sein eigenes Leben aussehen können. Noch zu Schulzeiten hatte er sich mit dem Verbrechen eingelassen.

Angefangen hatte es mit kleinen Ladendiebstählen bei Woolies und in dem kleinen Süßigkeitenladen die Straße runter. Es folgten aufgebrochene Autos und eingeschlagene Fenster, Taschendiebstähle. Dann kamen Drogenhandel und Schutzgelderpressung, und zu dem Zeitpunkt gehörte er bereits einer gut organisierten Verbrecherorganisation an, die sich in einzelne Zellen gliederte wie eine terroristische Vereinigung. So waren diejenigen an der Spitze gleichermaßen vor der Polizei wie vor ihren eigenen Leuten geschützt. Er hatte sich oft gefragt, ob der Typ mit dem teuren Anzug, der mit einem deutschen Sportwagen herumfuhr, der geheimnisvolle Mr. Big war, dem sie alle Gehorsam schuldeten, oder bloß ein blöder Wichser von einer Bank. Aber eigentlich war es ihm egal gewesen. Er hatte reichlich Geld verdient, mehr als die meisten armen Schweine, mit denen er zur Schule gegangen war, selbst die Intelligenteren von ihnen. Außerdem verfügte er über diese gewisse Ausstrahlung, die man nicht kaufen konnte, und die anderen Furcht und Respekt einflößte. Wenn er durch die Straßen ging, dann strotzte er vor Selbstbewusstsein, weil jeder seinen Namen kannte und wusste, wozu er fähig war. Während er in den Rängen der Organisation weiter aufstieg, nahmen Namen und Gesichter des diabolischen innersten Zirkels immer deutlicher Gestalt an. Bald gehörte er zu ihnen.

Und heute? Heute war er sicher, dass außer seiner Familie niemand der etwa zehntausend Einwohner von Ringwood East die leiseste Ahnung hatte, wer er war. So war es ihm am liebsten. Die neue Identität hatte dazu beigetragen, aber verdammt noch mal, das war schließlich das Mindeste, was ein dankbares Land für einen tun konnte! Dank der Informationen, die er der Polizei geliefert hatte, waren mehr als fünfzig eiskalte Berufsverbrecher verurteilt worden, von denen einige zu den gefährlichsten Männern Europas zählten.

Und jetzt gehörte ihm all das hier – ein schöner Garten, ein Pool, ein Fitnessraum, eine kleine Firma, damit der Rubel weiter rollte. Was wollte man mehr? Dazu eine glückliche Familie. Abgesehen natürlich von der, die er im verlotterten Umland von Glasgow zurückgelassen hatte.

Kurz nach vier Uhr nachmittags wachte er mit trockenem Mund und schwerem Schädel in seinem Liegestuhl auf. Er musste eingenickt sein. Bald würde seine Frau nach Hause kommen und ungeduldig den Bürogestank mit einem Sprung in den Pool und einem Gin Tonic wegspülen wollen – eine britische Angewohnheit, die sie nicht hatte ablegen können.

Marna – er konnte an sie nur als »Marna« denken – kümmerte sich ums Geschäft. Wenn nötig, griff er in schwierige Verhandlungen mit ein oder nahm sich einen aufsässigen Lieferfahrer vor. Seit dem folgenschweren Unfall eines hartgesottenen Queenslanders wussten seine Leute, dass mit ihrem schottischen Boss nicht zu spaßen war. Die Besuche bei ihrem ehemaligen Kollegen, der im Krankenhaus vor sich hin litt, hatten abschreckende Wirkung gehabt. Aber natürlich gab es immer wieder irgendeinen Großkotz, der sich profilieren wollte. Das war eben der Lauf der Welt.

Er schlenderte zum Barschrank und holte den Gin für Marna und für sich selbst den Ardbeg heraus. Er stellte ihre Flasche beiseite und hielt sein Glas unter den integrierten Eisbereiter. Während die Würfel in das breite Becherglas klackten, zog er den Korken aus der Whiskyflasche und schenkte sich einen großzügigen Schluck ein. Er hielt sich den Single Malt unter die Nase und atmete den typischen, »medizinischen« Duft ein.

Auf dich, Bonnie Scotland! Du kannst mich kreuzweise!

Er erhob das Glas und lächelte bei dem Trinkspruch, der zu seinem täglichen Mantra geworden war. Draußen zogen wieder dunkle Wolken auf. Es sah so aus, als müsste Marna das Schwimmen verschieben und sich mit dem Gin allein trösten – oder vielleicht mit einer Trainingssitzung im Fitnesskeller. Er seufzte und nippte an seinem Whisky, als die Türglocke ertönte.

»Schon wieder irgendein Scheiß von Amazon«, murmelte er vor sich hin, als er die Umrisse der großen Gestalt hinter der verglasten Haustür sah. Er fummelte eine Weile mit der Kette und dem doppelten Schloss herum, bevor er den massiven Messinggriff herunterdrückte und die Tür aufschwang.

»Schön zu wissen, dass du auf deine Sicherheit achtest, Gerald.«

Das Whiskyglas entglitt seiner Hand und fiel auf den dicken Teppichboden, während er versuchte, die Tür zuzuwerfen. Aber der Besucher war schneller, stieß ihn gegen die Wand zurück und rempelte sich den Weg ins Haus frei.

Der Schmerz des ersten Schlages mit der Machete auf seinen ungeschützten Schädel ließ Blitze hinter seinen Augen aufflammen. Sein linker Arm zuckte unkontrolliert, und die Knie gaben unter ihm nach. Der zweite Hieb war weniger schmerzhaft, denn er begann bereits, das Bewusstsein zu verlieren, während er an der Wand der Diele herunterrutschte. Nach dem dritten Schlag dachte oder fühlte er gar nichts mehr.

Gelassen ließ der Angreifer die Mordwaffe fallen, kümmerte sich nicht weiter um die sperrangelweit offen stehende Haustür, durch die jeder den Toten sehen konnte, lief leichtfüßig die Eingangsstufen hinunter und ging zu seinem Geländewagen.

Er öffnete die Heckklappe. Drinnen lag eine Frau mit angezogenen Knien auf der Seite, die Handgelenke hinter dem Rücken an die Fußknöchel gefesselt. Das breite Klebeband über ihrem Mund hinderte sie am Schreien und ließ nur ein leises Wimmern zu. Tränen strömten ihr aus den entsetzten, weit aufgerissenen Augen, und Mascara vermischte sich mit dem Schleim, der ihr aus der Nase lief. Er zerrte grob an dem Strick, mit dem sie gefesselt war, und ließ sie auf die Straße plumpsen. Der Schmerzensschrei der Frau hinter dem Panzerband war kaum zu hören. Ihr Kopf pochte vor Schmerz, und alles verschwamm ihr vor den Augen. Sie spürte Regen auf der Haut, und aus irgendeinem Grund glitten ihre Gedanken zurück zu einem Ausflug, den sie als Kind ins nasskalte Largs unternommen hatte – ganz deutlich sah sie das Gesicht ihrer Mutter vor sich.

Der Mann bückte sich und zerrte die schluchzende Frau auf die Knie, bevor er sie brüsk an den wasserstoffblonden Haaren packte und zwang, durch die weit geöffnete Tür ihres Hauses zu blicken. Sie schnaufte schwer durch die Nase, teils aus Furcht, teils aus Notwendigkeit, weil der Rotz ihre Atemwege zu verstopfen begann.

»Schau gut hin, Marna.« Die Stimme klang ruhig und seltsam fremd, weil sie sich inzwischen an das Aussie-Näseln gewöhnt hatte. »Wollte dich noch einen Blick auf deinen Mann werfen lassen. Ist nicht gerade in Hochform, was?« Er zerrte ihren Kopf an den Haaren zurück, während lautlose Schluchzer ihren Körper schüttelten.

Er schob die Jacke zurück und zog eine Pistole aus dem Hosenbund.

Sie musste wieder an ihre Mutter denken, wie sie ihr am Strand von Largs den Regen aus dem Gesicht wischte und sie dicht an sich drückte, um sie trocken zu halten.

»Hat sich ausgesungen, ihr miesen Verräter.«

Ein einziger Schuss aus der Pistole hallte in der stillen Vorstadtstraße wider und jagte ihr eine Kugel in die Schläfe.

Gelassen ging er zur Fahrertür und hielt inne, um irgendetwas am Himmel anzugrinsen, das anscheinend nur er sehen konnte. Dann sprang er in den Wagen und raste mit quietschenden Reifen über den nassen Asphalt davon.

Die Augen der toten Frau starrten ausdruckslos den Boden an, auf dem sie immer noch kniete. Ihr Kopf hing herunter, alle Erinnerungen waren erloschen.

2

30. November, Kinloch, Schottland

Sein Herz hämmerte bedrohlich und setzte ihm fast so sehr zu wie die engen Stiefel an den Füßen.

»Wir sind gleich da, Liebling.« Ihre Stimme klang klar, und sie war nicht im Geringsten außer Atem. »Noch zehn Minuten, dann setzen wir uns irgendwohin und machen die Flasche auf.«

»Ich ...« Er keuchte. »Ich ...«

»Versuch nicht zu sprechen, bevor wir da sind, mein Lieber, sonst kommst du vielleicht gar nicht mehr an«, kicherte sie. »Aber es ist der Mühe wert, glaub mir.« Sie sprang voraus, während er in der kalten Luft schwer atmend stehen blieb.

Eine halbe Stunde später fühlte er sich wieder halbwegs normal. Sie saßen auf einer grasbewachsenen Kuppe am Gipfel des Ben Saarnie, eines bescheidenen Hügels oberhalb von Kinloch. Die Stadt lag im Miniaturformat unter ihnen: Autos, Gebäude und herumwimmelnde Menschen, die auf diese Entfernung wie Spielzeuge aussahen. Daran, dass er einige der Fahrzeuge erkannte und ihre Insassen vor Augen sah, merkte er, wie sehr er sich schon hier eingelebt hatte. Niemand soll sagen, dass Jim Daley kein guter Beobachter ist, dachte er.

»In der Eisenzeit stand hier ein Fort, weißt du?« Sie schoss mit ihrer teuren Digitalkamera Fotos. »Ein eigenartiger Gedanke, dass vor so vielen Jahren Menschen genau hier standen, dieselbe Luft atmeten, ihr Leben lebten. Findest du nicht, Darling?«

Seine ganze Konzentration galt gerade dem Auspacken eines Penguin-Schokoriegels, dem Lohn dafür, dass er sich den Hügel heraufgekämpft hatte. Daher gab er seine übliche Standardantwort, wenn er etwas nicht mitbekommen hatte: eine Mischung aus einem Grunzen und einem Wort, unbestimmt genug, um als Antwort durchzugehen.

»Ich glaube, ich hole jetzt meine Titten raus. Das ist in dieser Höhe ein echt befreiendes Gefühl.« Sie grinste, während sie seine Bemühungen verfolgte, an seinen Leckerbissen zu gelangen.

Endlich! Es war ihm gelungen, die Plastikhülle aufzureißen, und er fand, dass er etwas sagen sollte, bevor er sich über den Inhalt hermachte. »Gute Idee, Liz, aye.« Dann schlang er mit einem einzigen Bissen den halben Schokoriegel hinunter.

»Du hörst schon wieder nicht zu«, sagte sie mit diesem Ich-hab's-ja-gewusst-Tonfall.

»Hä? Was meinst du?« Er spuckte ein paar Krümel aus und blickte mit dem Mund voll Schokolade zu ihr hoch.

»Nichts, Jim.« Sie lachte und hob den Sucher wieder ans Auge. »Genieße deine leeren Kalorien.«

Plötzlich schmeckte der Riegel bitter. Diese kleine Wanderung war Teil des Fitnessprogramms, das seine Frau in ihrer Großzügigkeit für ihn entworfen hatte. Sie war der Ansicht, wenn er nur regelmäßig Sport triebe und eine strikte Diät einhielte, könnte er noch vor dem nächsten Frühjahr fünfundzwanzig Kilo abnehmen. Er war gerade in der dritten Woche, und trotz großer Blasen an den Füßen und eines nie nachlassenden, nagenden Hungergefühls hatte er nur ein paar läppische Pfündchen verloren.

Guter Dinge hatte sein Eheweib beim letzten Wiegen auf ihrer neuen Badezimmerwaage die Schultern gezuckt und erklärt: »Die ersten Pfunde sind die schwersten. Danach geht es wie von selbst.«

Er fragte sich, woher sie das eigentlich wissen wollte. In den vielen Jahren, seit sie sich kannten, hatte sie kein Gramm zugenommen und dabei niemals, *niemals* eine Diät gemacht. Aber um ihr eine Freude zu bereiten und sich gut und tugendhaft zu fühlen, litt er weiter unter wunden Füßen und einem knurrenden Magen. Doch die Weihnachtszeit nahte mit ihren kalorienreichen Verlockungen und allgemeiner Sorglosigkeit, ganz zu schweigen vom Konsum verschiedener Sorten Alkoholika. Er versuchte, nicht daran zu denken.

Die Luft war kalt und erfrischend, während sie den Hügel wieder hinunterstapften. Daleys Knie schmerzten im Gleichklang mit dem Knurren seines unterbeschäftigten Magens. Es hing eine Art blaues Licht in der Luft, das alles mit einem Schimmer überzog, wie ihn nur der schottische Frühwinter erzeugen konnte. Das stille Wasser des Meeres unter ihnen schien fast zähflüssig die winterliche Landschaft widerzuspiegeln. Es war eine friedliche, prachtvolle Szenerie. Beim Aufstieg hatte Daley das gar nicht bemerkt und sich nur darauf konzentriert, den Gipfel zu erreichen, ohne schlapp zu machen. Aber er musste zugeben, dass die Landschaft – und bis zu einem gewissen Grad auch die Hügelwanderung – anregend wirkte. Gelang es ihm endlich, die Träume seiner Frau auch für sich zu entdecken?

Nun, ein Schritt nach dem anderen.

Daleys Wagen stand auf einem Stück Brachland neben dem Weidetor geparkt, durch das man auf den Hügel gelangte. Der neue Toyota RAV4 gehörte zu seinem neuen Dienstgrad als Chief Inspector und Chef der Kripo von Kinloch.

Er hatte die Schlüssel gerade aus den Tiefen seiner neuen Skijacke zutage gefördert – XXL, sehr teuer, ein Geschenk von Liz –, als sein neues iPhone klingelte, auch dieses ein Extra seiner Beförderung. Er schnallte sich mit einer Hand an, während er mit der anderen den Apparat aus der Tasche zog und mit zusammengekniffenen Augen feststellte, dass sein Vorgesetzter, Superintendent John Donald, ihm eine Mail geschickt hatte.

»Moment mal, Liz. Das guck ich mir besser mal an.« Während seine Frau einen Seufzer ausstieß, rief er sich ins Gedächtnis, wie man E-Mails abrief, und begann zu lesen.

Von: Supt. J. Donald
An: Chief Insp. J. Daley
Re: Mord, Australien
Nachricht: Was meinen Sie? – dringend

Daley klickte auf den Anhang, und das Banner des *Melbourne Star* tauchte auf. Er wischte mit dem Finger den Bildschirm herunter, bis eine fette Schlagzeile ins Bild rückte. EHEPAAR IN VORSTADT BRUTAL ERMORDET. Und als Untertitel: *Firmenchef am helllichten Tag exekutiert.*

Daley scrollte weiter und fragte sich, was dieser Mord in Übersee mit ihm zu tun haben sollte. Aber als zwei verschwommene, passfotoartige Bilder auftauchten, wusste er es augenblicklich. Er keuchte hörbar auf, und seine Frau sah ihn fragend an, während sie es sich auf dem Beifahrersitz bequem machte.

»Gottverdammte Scheiße« war alles, was er herausbrachte. »Gottverdammte Scheiße.«

3

Das SEMPER VIGILO-Logo flackerte auf dem übergroßen Bildschirm an der Wand des Medienraums im Polizeirevier von Kinnock.

»Alles fertig, Sir. Der Boss sollte in ein paar Minuten auf Sendung sein.« Detective Constable Dunn hatte gerade eine interne Skype-Verbindung zum Hauptquartier in Paisley hergestellt. »Sagen Sie mir einfach Bescheid, wenn das Gespräch beendet ist, dann logge ich Sie aus.« Sie lächelte, während sie aufstand und sich dabei gleichzeitig die Hose glatt strich, eine Geste, die Daley in den letzten paar Monaten oft gesehen hatte.

»Danke. Wie steht's mit Kaffee? Oder ist das eine sexistische Frage, die Sie lieber nicht hören wollen?« Er lächelte die junge Polizistin an, und sie schnitt ihm beim Hinausgehen eine Grimasse.

Von irgendwoher ertönte ein leises *Ping*, und das Logo auf dem Bildschirm wurde ersetzt durch die vertraute Gestalt von Superintendent John Donald. Er saß hinter seinem Schreibtisch und sprach mit jemandem außerhalb des Kamerawinkels, ohne zu bemerken, dass ihm sein Chief Inspector, der lange unter ihm gelitten hatte, bereits zusah.

»Wo haben Sie das denn gelernt, Jackie?« Er grinste mit einem schmierigen Lächeln die unsichtbare Gestalt an. »Ich will verdammt sein, wenn ich irgendetwas aus diesem Mistding herausbekomme. Sie hätten nicht vielleicht Lust, mir nach der Arbeit ein bisschen Privatunterricht zu geben? Bei ein oder zwei Drinks?«

Daley hüstelte diplomatisch, und sein Boss zuckte zusammen.

»Ach, Jim. Lautlos und tödlich, wie immer. Wie Sie zweifellos mitbekommen haben, versuche ich, diese neue Technologie in den Griff zu kriegen. Ich hoffe sehr, dass Sie in dieser Hinsicht auch das Nötige tun. Sie haben das neue iPhone-Ding, soviel ich weiß?«

»Ja, ich habe das iPhone-Ding erhalten, danke«, lautete Daleys knappe Antwort. Es ist nicht die Technologie, die du in den Griff kriegen willst, du alter Schwerenöter, dachte er. »Ich fürchte, ich habe noch nicht herausgefunden, wie man virtuell anklopft«, fügte er hinzu und lächelte in die Kamera.

»Ja, das ist zweifellos eine Frage des Protokolls, die wir noch lösen müssen.« Daley sah, dass sein Vorgesetzter Mühe hatte, seine Verlegenheit zu verbergen. »Wie dem auch sei, kommen wir zur Sache. Meine Zeit ist kostbar, wie bis zu einem gewissen Grad wohl auch ihre, da bin ich sicher. Der Schock muss für sie genauso groß gewesen sein wie für mich, wenn ich mich nicht irre.«

Daley zog die Augenbrauen hoch und nahm den plötzlichen Themenwechsel zum wahren Anlass des Anrufs wortlos zur Kenntnis. »So könnte man es ausdrücken, Sir.«

Donald betrachtete etwas auf seinem Schreibtisch. »Nun, ich fürchte, das ist nicht der einzige Schock, der Ihnen bevorsteht.« Er lächelte ihn von dem großen Bildschirm herab an.

Daley hatte gemischte Gefühle, was diese Art von virtuellen Meetings mit Donald anging. Der Vorteil war, dass er seine reale Gegenwart nicht ertragen musste, aber wenn er Donald von diesem riesigen Bildschirm eingerahmt sah, kam Daley sich vor, als würde er ein Gespräch mit einer Art Halbgott führen.

»Wie Sie wissen«, sprach Donald weiter, »waren Gerry und Marna Dowie mitverantwortlich für einen der größten Erfolge, die wir in diesem Land jemals gegen das organisierte Verbrechen erzielen konnten.« Er sah wieder in die Kamera und zwang Daley damit, gehorsam zu nicken.

»Und dann starben sie bei einem Autounfall an irgendeiner spanischen Costa, während sie im Zeugenschutzprogramm waren – oder jedenfalls wiegte man uns in diesem Glauben«, antwortete er.

»Ja, offenbar war ihre Sicherheit in Spanien nicht länger gewährleistet, daher wurde zur Tarnung diese Geschichte erfunden. Ein neues Leben in Australien.«

»Was nicht funktioniert hat.« Daley lehnte sich zurück und dachte an die Fotos vom Tatort, die Donald ihm per E-Mail geschickt hatte. Das Ausmaß der Gewalttätigkeit und Brutalität war erschreckend. Und dass sich die Morde mitten am Nachmittag in einer friedlichen Vorstadt ereignet hatten, machte es irgendwie noch schlimmer.

»Unsere Kollegen in Melbourne sind mit brutaler Bandenkriminalität durchaus vertraut, aber wie ich höre, waren selbst die schockiert, nicht nur von dem Verbrechen an sich, sondern auch von der Dreistigkeit, mit der es ausgeführt wurde.« Donald hatte die rechte Augenbraue hochgezogen, und das hieß für Daley, der ihn schon lange kannte, dass er ihnen zustimmte.

»Aber ich gehe davon aus, dass unsere Verbindung zu den

Ereignissen inzwischen eher unbedeutend ist, oder?« Daley wollte schnell zur Sache kommen.

»Nein. Im Gegenteil, fürchte ich.«

Daley sank das Herz.

»Zunächst einmal hatten Sie und DS Scott entscheidenden Anteil an den Ermittlungen, die zum Untergang des Machie-Klans führten.«

Wie könnte ich das vergessen? dachte Daley.

»Und natürlich wurden auch gegen Sie persönlich von der Anklagebank aus Drohungen ausgestoßen, wenn ich mich recht entsinne.« Donald grinste, um das Messer in der Wunde umzudrehen.

Die Verurteilung der Mitglieder der Machie-Familie und ihrer Organisation war als einer der erfolgreichsten Schläge in die Geschichte eingegangen, der in Großbritannien je gegen das organisierte Verbrechen geführt worden war. Die Gerichtsverhandlung hatte bewiesen, mit welch krimineller Energie das Familienimperium seine Tentakel bis nach Aberdeen und Exeter ausgestreckt hatte.

Die Anklage hatte sich hauptsächlich auf die Aussagen von zwei langjährigen Mitgliedern der Gang gestützt, Gerald Dowie und seinem Mentor Frank MacDougall, die zu den berüchtigtsten Verbrechern Schottlands gehört hatten. Beide kannten den Machie-Klan in- und auswendig. Nach der Festnahme durch Daley und Scott hatten sie einen Deal mit der Staatsanwaltschaft ausgehandelt. Gegen Straffreiheit und die Aufnahme ins Zeugenschutzprogramm waren sie bereit gewesen, jene Informationen zu liefern, die schließlich zur Verhaftung der gesamten Führungsriege der Verbrecherorganisation geführt hatten.

Ihre Aussagen hatten dramatische Folgen gehabt. Die Topleute wie Gavin Nash und Danny Whitaker würden den größten Teil ihres verbleibenden Lebens hinter Gittern verbringen. Und als Krönung war der selbsternannte Pate James »JayMac« Machie zu nicht weniger als fünfmal lebenslänglich verurteilt worden. Daley erinnerte sich noch genau daran, wie Machie persönlich Brian Scott und ihm Rache und Vergeltung geschworen hatte. Bei der Urteilsverkündung vor dem Schwurgericht in Glasgow war sein Gesicht eine Maske unversöhnlichen, kalten Hasses gewesen.

»Jetzt passen Sie mal auf, Jim. Ich möchte, dass Sie sich das hier ansehen.« Daleys Chef suchte auf dem Schreibtisch herum, und dann füllte plötzlich der üppige Ausschnitt von Donalds Assistentin den Bildschirm.

»Ah, gut gemacht, meine Liebe.« Donalds Gesicht war dicht über ihrer Schulter gerade noch zu erkennen. »Und, was halten Sie davon?« Daley vermutete, dass er damit nicht das tiefe Dekolleté meinte, das gleich darauf wieder verschwand.

Der Bildschirm wurde kurz dunkel, bevor das Schwarz-Weiß-Bild einer Straße mit großen Häusern erschien. Ein Geländewagen raste die Straße entlang und hielt in der unteren linken Ecke an. Eine dunkel gekleidete Gestalt stieg aus und verschwand aus dem Bild. Daley blickte auf die Datumsanzeige oben rechts: 28. November, 16.11 Uhr.

Die Zeit lief weiter, und Daley wollte schon protestieren, dass nichts zu sehen sei, als die Gestalt wieder auftauchte. Sie verschwand hinter dem Wagen, und die Heckklappe ging auf. Daley sah das Auto leicht nachfedern, und dann erschien undeutlich etwas in der unteren rechten Bildecke. Daley brauchte einen Herzschlag lang, um zu begreifen, dass er gerade einen menschlichen Kopf vom Asphalt hatte abprallen sehen. In den nächsten Sekunden spürte selbst der abgehärtete Polizeibeamte, wie ihm die Galle in die Kehle stieg, und er musste den Blick abwenden.

Trotz des verschwommenen Bilds konnte man deutlich sehen, wie der Schädel explodierte. Dass der Körper in kniender Stellung verharrte, während das Gehirn auf die Straße tropfte, machte die Szene umso abscheulicher.

Die dunkle Gestalt ging zur Fahrerseite des SUV. Diesmal blickte sie auf, direkt in die Kamera hinein. Der Mann grinste. Das Bild und Daleys Herz blieben gleichzeitig stehen. »Das kann nicht sein, Sir. Die Ähnlichkeit ist verblüffend, aber ... es ist einfach unmöglich.«

»Ich kann Ihren Schock nachvollziehen, Jim.« Donalds Stimme war körperlos, das Standbild füllte immer noch den großen Bildschirm. »Wie Sie sehen, haben die Computercracks die Aufnahme für uns verbessert, und die Ähnlichkeit ist frappierend.«

»Das kann nicht sein, Sir«, wiederholte Daley und starrte das Foto mit offenem Mund an.

Das Monitorbild wechselte wieder zu Donalds ausdruckslosem Gesicht. »Ich fürchte, das ist nicht alles. Es wird noch schlimmer.«

Noch schlimmer? Daley bemerkte plötzlich, dass ihm der Mund offen stehen geblieben war. Er machte ihn so schnell zu, dass die Zähne klackten und eine seiner Füllungen schmerzhaft protestierte.

»Es geht um etwas, das so vertraulich ist, dass ich nicht riskieren kann, es mit Ihnen hierüber zu besprechen ...« Donald machte mit der Hand eine vage Geste zur Kamera hin. »Es war vielleicht unklug von mir, aber ich habe die Informationen Ihrem beflissenen Adlatus anvertraut. Er bringt Sie Ihnen morgen nach Kinloch mit. Unnötig zu sagen, dass das Material höchst geheim ist. Lesen Sie es sich durch, und dann sprechen wir weiter.« Er blickte nach rechts. »Ich habe in zwei Stunden ein Meeting in Edinburgh – wegen diesem Unsinn mit der Vereinheitlichung der schottischen Polizei –, also muss ich mich sputen. Viel Glück, Jim, und sagen Sie Bescheid, wenn Sie die Sache verdaut haben.« Er lächelte gezwungen, und bevor Daley noch etwas erwidern konnte, erlosch das Bild und wurde wieder durch das SEMPER VIGILO-Logo ersetzt.

Als Daley Constable Dunn mit einem Becher Kaffee auf sich zukommen sah, hatte er das seltsame Gefühl, sich außerhalb seines Körpers zu befinden.

Er hatte sich nie vor Gespenstern gefürchtet – bis jetzt.

4

Daley kam es so vor, als würde er schon seit Stunden in seinem Glaskasten im Großraumbüro der Kripo von Kinloch sitzen. Er hatte der Versuchung widerstanden, Sergeant Scott am Vorabend nach seinem virtuellen Meeting mit Donald anzurufen. Er dachte, dass er die schreckliche Wahrheit noch früh genug erfahren würde.

Daley war ein Mensch, der selten Angst hatte, aber seine Erlebnisse mit dem Machie-Klan, vor allem mit JayMac, hatten ihn das Fürchten gelehrt. Polizisten gerieten öfter in Gefahr, tatsächlich kam das sogar nur allzu häufig vor. Manchmal brach die Gewalt ohne jede Vorankündigung aus, sodass ein Cop gar nicht dazu kam, sich um die eigene Sicherheit zu kümmern. Das Maß an bewusster Gewalttätigkeit und perverser Bösartigkeit jedoch, mit dem die berüchtigte Verbrecherfamilie ihr Imperium geleitet hatte, war ein Faktor gewesen, den jeder, der es mit ihr zu tun bekam, zwangsläufig im Blick haben musste.

Bevor JayMac und seine Komplizen hinter Gitter gewandert waren, sah der Job eines Polizisten in Glasgow wesentlich schwieriger und gefährlicher aus. Die Beamten hatten unermüdlich daran gearbeitet, einen Durchbruch gegen den Klan zu erzielen – irgendein entscheidendes Stück Information zu erhalten, mit dem sie den gordischen Knoten des Bösen durchschlagen konnten, über den die Gang herrschte.

Am Ende war es dann jedoch kein Angehöriger der vielen Teams aus Detectives gewesen, der den Fall geknackt hatte, und auch kein hoher Beamter des Inlandsgeheimdienstes MI5. Daleys rechte Hand, ein einfacher Detective Sergeant, hatte den Klan zu Fall gebracht.

Sergeant Brian Scott war es gelungen, die Verbindung zwischen einer Kette von Baufirmen in ganz Großbritannien und der Verbrecherorganisation der Machies nachzuweisen. Baumaschinen, Kräne und Bagger hatten als Tarnung gedient, um harte Drogen, Bargeld und Schusswaffen zu transportieren. Wann hatte die Polizei schon einmal einen Tieflader mit einer großen Baumaschine angehalten und durchsucht? Die einfache Antwort lautete: noch nie. Besonders peinlich wurde es für verschiedene Polizeibehörden, als sie feststellen mussten, dass sie diese Masche nicht nur nicht durchschaut, sondern auch noch Beamte abgestellt hatten, um die »Schwertransporte« durch das britische Straßennetz zu eskortieren.

Daley erinnerte sich an JayMacs höhnisches Grinsen, als die entsprechenden Beweise bei Gericht vorgelegt wurden. Jahrelang hatten Hunderte der Jungs in Blau im ganzen Land unwissentlich dafür gesorgt, dass die Geschäfte der Machie-Familie rundliefen.

Er senkte den Blick auf das Notizbuch, in dem er herumgekritzelt hatte. Unbewusst hatte er ein stilisiertes Kreuz gemalt. Ein Kreuz, das einem anderen aus Granit ähnelte, das über einem Grab auf einem Friedhof von Glasgow wachte. Schnell verdrängte er die Vorstellung aus seinem Kopf.

Er versuchte, sich auf den Bericht zu konzentrieren, an dem er gerade arbeitete, in dem es um einen örtlichen Farmer ging, der illegal Tabak verkauft hatte. Das Glas der Bürotür schepperte, als jemand anklopfte. Die Jalousie war zwar heruntergelassen, doch Daley erkannte das typische *Tap-tap-tap*, das seinen Detective Sergeant ankündigte.

»Wie geht's, wie steht's, Jim?« Scott streckte den Kopf durch die Tür. »Sorry«, setzte er mit einem vorsichtigen Blick über die Schulter hinzu, »*Sir*. Keine Sorge, ist bloß das kleine Dunn-Mädel im Büro, und sie sieht so aus, als würde sie gleich in den Computer krabbeln. Die Glückliche.« Er war zwar ein guter Detective, aber alles andere als ein IT-Spezialist.

»Komm rein, Brian.« Daley erhob sich von seinem großen Drehstuhl. »Wie war die Fahrt?«

»Was glaubste denn? Die reinste Katastrophe, wie üblich. Ich werd Seine Majestät mal fragen, ob er mir nicht lieber ein Flugticket zahlt. Auf *den* miesen Straßen würd sogar ein Heiliger die Geduld verlieren. Man glaubt jedes Mal, man kommt nie an, egal, wie oft man die Strecke schon gefahren ist. Mein Arsch bringt mich noch um.« Er rieb sich zur Betonung den Hintern.

Daley zog den Besucherstuhl auf der anderen Seite seines Schreibtisches hervor und bedeutete Scott, sich zu setzen. »Ich würde dir gerne ein Glas Whisky gegen den Schmerz anbieten. Ist aber noch ein bisschen früh. Du kannst später im County einen guten Tropfen kippen. Annie wird sich freuen, dich zu sehen, da bin ich sicher.«

Ein Lächeln glitt über Scotts Gesicht. »Wär gelogen, wenn ich sag, dass ich mich jetzt nicht auf einen kleinen Whisky freuen würd. Deswegen trinken sie hier drunten ja so viel, vor lauter Angst, dass sie die Scheißstraße wieder zurückfahren müssen.«

Daley setzte sich. Er war nicht sicher, wie viel Scott schon wusste. Er beugte sich vor und sah seinem Freund in die Augen.

»Schon okay, Jim«, ergriff Scott als Erster das Wort. »Weiß schon, was du mir sagen willst.«

»Tatsächlich?« Daley war überrascht.

»Aye, klaro. Du glaubst doch nicht, dass Seine Hochwohlgeboren mir lange was vormachen könnte? Außerdem hat einer der neuen DCs aus Springburn im Pub alles brühwarm gehört.«

»Ich muss schon sagen, Brian, du nimmst das sehr gelassen«, erwiderte Daley. Es überraschte ihn nicht sonderlich, dass die Unterwelt von Glasgow bereits im Besitz von Informationen war, die Donald für streng geheim hielt.

»Na ja.« Scott zuckte mit den Schultern. »Letzten Endes isses ja nicht so, dass ich ein großer Fan von Gerry Dowie gewesen wär, wie du sicher noch weißt, Jim.«

Daley betrachtete seinen lässig dasitzenden Sergeant. Seine unkonventionelle Vorgehensweise bei den meisten Problemen machte es manchmal schwierig, ihn einzuschätzen, auch wenn er vermutlich gerade aus diesem Grund so effektiv arbeitete.

»Es geht hier nicht nur um Gerry Dowie, Brian.«

»Ja, sie war 'n nettes Mädel«, meinte Scott. »Ich hab sie gekannt, bevor sie angefangen hat, mit dem Blödmann rumzuziehen, weißte?«

»Was?« Die Antwort erwischte Daley auf dem falschen Fuß.

»Och, seine Frau, wie hieß se gleich wieder?« Scott richtete den Blick nach einer Eingebung suchend zur Decke.

»Die habe ich nicht gemeint, Brian. Ich spreche von dem

Mörder.« Daley dämmerte, dass Scotts Netzwerk von Informanten ihn nicht so auf dem Laufenden hielt, wie er glaubte.

»Ach, dann ham se ihn schon erwischt? Schnelle Arbeit, die Aussies. Gut gemacht.«

Daley schloss die Augen und seufzte. Er hatte sich auf diese Unterredung nicht gerade gefreut.

»Was ist los, Großer? Haste gestern durchgemacht? Du bist ja bleich wie der Tod.«

Sehr passend, dachte Daley. So konnte man es ausdrücken. Er zog eine Schreibtischschublade auf, nahm eine rote Aktenmappe heraus und schob sie Scott kommentarlos hin.

»Ich hasse es, wenn du so was mit mir machst, Jim.« Scott griff nach der Mappe, schlug sie auf und drehte sie um, als er feststellte, dass das A4-Foto darin auf dem Kopf stand. Er schielte das Bild an. »Wart mal.« Er fischte etwas aus der Brusttasche, das wie ein brandneues Brillenetui aussah.

»Tja, das Alter, Jimmy-Boy. Irgendwann erwischt's uns alle. Du wirst dir auch bald so'n Ding zulegen, bei deiner vielen Leserei daheim. Ich lass meine Augen wenigstens mal Pause machen, wenn ich nicht grad arbeite.« Er setzte die Brille auf, richtete den Blick auf das Foto und ließ es augenblicklich wieder fallen.

»Wenn das deine Vorstellung von einem Witz ist, muss ich sagen, du hast schon bessere gemacht.« Scotts Gesicht hatte einen grünlichen Farbton angenommen.

»Ich weiß, es ist schwer verdaulich. Ich habe es selber erst gestern gehört. Das ist ein Videostandbild des Mörders von Gerald Dowie und seiner Frau, aufgenommen auf der Straße vor ihrem Haus unmittelbar nach der Tat.« Scott war sichtlich erschüttert. Er tat Daley leid.

»Das kann nicht sein, das ist unmöglich ...« Scott massierte sich die rechte Schulter mit der linken Hand und zuckte ein wenig zusammen. »Weißte, die hab ich seit mehr als drei Jahren nicht mehr gespürt. Aber ein Blick auf diese Visage, und es pocht wie der T...« Ein Klopfen an der Tür unterbrach ihn, und Constable Dunn kam mit zwei dampfenden Bechern Kaffee herein.

»Ich dachte, Sie hätten nach der Fahrt vielleicht gerne einen Kaffee, Sarge«, sagte sie fröhlich. »Oh, bitte entschuldigen Sie die Störung«, fügte sie hinzu, als sie die ernsten Mienen ihrer Vorgesetzten bemerkte.

»Ist schon gut, Mädel«, meinte Scott beruhigend. »Dann kipp ich vielleicht nicht gleich aus den Latschen. Was, Jim?«

Dunn entschuldigte sich, ging hinaus und schloss die Tür leise hinter sich.

»Und weit und breit kein Keks«, sagte Scott und blickte auf seinen Kaffee herunter.

»Hier.« Daley zog eine Schreibtischschublade auf und holte eine Flasche Single Malt heraus. »Ich glaube, den brauchst du jetzt doch, Brian.«

»Aye«, bestätigte dieser und griff nach der Flasche. Der Korken ploppte leise, und er goss einen reichlichen Schuss Whisky in den Kaffee, bis der Becher beinahe überlief.

»Es liegt nicht bloß daran, dass der Mistkerl auf mich geschossen hat, Jim.« Scott blickte auf und hob den dampfenden Becher an die Lippen. Daley bemerkte ein leises Zittern in seiner Hand, und ein Tropfen des Whiskykaffees lief herunter. Scott schlürfte laut, bevor er die Tasse absetzte und einen tiefen Seufzer ausstieß. »Jim, wir waren auf seiner Beerdigung. Ich hab gesehen, wie der Sarg in den Verbrennungsofen geschoben wurde. Er ist tot!«

5

Daley sah stumm zu, während Scott sich einen weiteren kräftigen Schluck Whisky eingoss. Kaffee brauchte er jetzt keinen mehr, nur Alkohol.

Ein paar Minuten verharrten sie in Schweigen. Sie mussten nicht reden. Jeder wusste, was der andere dachte. Sie hatten unermüdlich und hart daran gearbeitet, den Machie-Klan zu Fall zu bringen. Es war eine gefährliche, beklemmende Aufgabe gewesen, doch letztlich hatten sie Erfolg gehabt. Wie konnte ein Gespenst aus ihren schlimmsten Albträumen dem Tod ein Schnippchen geschlagen haben, um auf einer stillen australischen Straße wieder zum Leben zu erwachen? Das höhnische Grinsen des Mörders, als er in die Überwachungskamera blickte, bevor er die Szene des Grauens in Ringwood East verließ, hatte sich tief in Daleys Gedächtnis eingebrannt. So tief wie der Anblick seiner Mutter, die tot im Bett lag, oder das Gesicht des Kindes, das dessen betrunkener Vater mit einem Kissen erstickt hatte – eine von viel zu vielen Szenen aus Jim Daleys Karriere, die unwillkürlich vor seinem geistigen Auge abliefen.

»Ich hab dir 'ne Top-Secret-Akte von Seiner Majestät mitgebracht, Jim.« Scotts Worte rissen Daley aus seinen Betrachtungen.

»Ja, das hat er mir gesagt«, bestätigte der Chief Inspector müde. »Ich weiß nicht, was drinsteht, aber es kann kaum schlimmer sein als das, was wir bereits wissen. Oder?« Daley sah Scott um Zuspruch bemüht an, obwohl er wusste, dass er keinen bekommen würde.

»Nach dem heutigen Tag würd mich nix mehr überraschen. Nicht mal, wenn drunten auf der Straße grade Elvis vorbeiläuft.« Scotts müder Scherz zeigte Daley, wie sehr ihn die Neuigkeiten mitgenommen hatten. »Bin dann mal 'ne Sekunde weg. Hol sie nur schnell aus dem Wagen.«

»Ich hoffe, das wird nicht wieder so eine Sache wie bei meiner Beförderung. Weißt du noch?« Damals hatte sein Sergeant einen Brief verlegt, der ihn über seine Beförderung zum Chief Inspector informieren sollte. War das wirklich erst ein paar kurze Monate her? Es kam ihm vor wie Jahre.

»Nee, keine Sorge. Ich dachte schon, er besteht drauf, dass ich sie mir ans Handgelenk kette. Er hat keinen Zweifel gelassen, wie wichtig sie ist. Ich hab sie unter dem Sitz verstaut.« Scott machte sich auf den Weg zum Parkplatz.

Daley beäugte die Whiskyflasche, die noch auf dem Tisch stand. Er war nie ein schwerer Trinker gewesen, auch wenn er sich gelegentlich der Flasche zugewandt hatte, um sich gegen sein eigenes Leben abzustumpfen. Vermutlich hatte er einfach Glück, dass er keine echte Suchtpersönlichkeit war. Viele seiner Kollegen aus Vergangenheit und Gegenwart hatten Alkoholprobleme.

»So 'ne Scheiße!« Daleys Glastür sprang auf, und Sergeant Scott stand mit rot angelaufenem Gesicht darin. »Du musst mir helfen, Jim. Die Scheißakte ist so weit unter den Sitz gerutscht, dass ich nicht rankomme. Aber du mit deinen langen Armen schaffst das.«

Scott war mit seinem Dienstwagen unterwegs, einem Fahrzeug, das an seinen vielen Dellen und Kratzern und der dicken Staubschicht, die fast wie eine Tarnung wirkte, leicht zu erkennen war. Innen war es nicht besser. Überquellende Aschenbecher, der Gestank nach kaltem Zigarettenrauch, und der Boden sah aus wie der Traum eines Recyclingfanatikers, übersät mit leeren Zigarettenschachteln und Chipstüten, Styroporbechern, einem angebissenen Stück Kuchen und verschiedenen anderen, nicht so leicht identifizierbaren Objekten.

»Also, wenn du einfach deine Hand hier reinsteckst...« Scott verzog das Gesicht, während er die Tür öffnete und sich bückte, um mit ausgestrecktem Arm unter dem Fahrersitz herumzutasten. »Ich kann's mit den Fingerspitzen spüren, aber ich krieg das verdammte Ding nicht zu fassen.«

»Geh mal beiseite.« Daley schob seinen Sergeant aus dem Weg. »Der Wagen sieht ja jedes Mal schlimmer aus. Dass dir nicht schon der Arbeits- und Gesundheitsschutz im Nacken sitzt, ist ein reines Wunder!«

»Nein, aber der große Zampano wollte neulich mal in die Stadt mitgenommen werden«, sagte Scott. Er meinte Superintendent Donald. »Musste zu irgendeinem Empfang oder so.«

»Ich bin sicher, er war hellauf begeistert«, bemerkte Daley.

»Nicht direkt. Jedenfalls kamen wir bis zur Sneddon Street, und dann ließ er mich anhalten und verdrückte sich Richtung Bahnhof. Und klaro kriegte ich am nächsten Tag ein Memo deswegen«, erklärte Scott mit resigniertem Gesichtsausdruck.

»Dessen Inhalt du dir zweifellos zu Herzen genommen und bis aufs i-Tüpfelchen befolgt hast.«

»Nee, ich hab's in den Papierkorb geschmissen. Bin ich vielleicht sein blöder Chauffeur? Hab gedacht, das wär auch in deinem Sinn, Jim.« Scott wirkte verwirrt.

Daley zog die Augenbrauen hoch und musste unwillkürlich grinsen, während er sich neben dem Wagen hinkniete und unter den Fahrersitz griff. Tatsächlich konnte er die Ecke der Akte ertasten, knapp in Reichweite.

»Ich hab's gleich, Brian«, sagte er, und sein Gesicht lief vor Anstrengung rot an.

»Streng dich an, Großer. Ich wusste doch, dass du mit deinen Affenarmen da rankommst«, sagte er aufmunternd. »Nur noch ein Stückchen, dann hast du's.«

Daleys Arm schmerzte, doch er streckte ihn so weit wie möglich aus, bis er den Rand der Akte mit Daumen und Zeigefinger zu fassen bekam. Er zog sie unter dem Sitz hervor, und im selben Moment spürte er, wie ihm frische Luft über das Hinterteil strömte, während mit einem volltönenden Reißen wie aus dem Soundlabor sein Hosenboden entzweiging.

Er stand atemlos auf und reichte Scott wortlos und mit zusammengepressten Lippen den Aktenordner.

»Gut gemacht, Jim. Ich wusste doch, dass du das hinkriegst.« Scott nahm die Akte mit der Aufschrift »Höchst vertraulich« grinsend entgegen. »Schon wieder ein Paar Hosen im Arsch. Nur gut, dass du die Beförderung gekriegt hast – der Zwirn kostet heute 'ne Menge Geld.«

Daley sah ihn mit zusammengekniffenen Augen an. »Keinen Ton mehr, Brian.« Er machte auf dem Absatz kehrt und stampfte ins Büro zurück, während er mit der linken Hand die Hose hinten zusammenhielt. Scott folgte ihm, leise in sich hineinlachend.

Daley brach das Siegel auf dem Aktenordner mit einem Taschenmesser, das er im Schreibtisch aufbewahrte. Während er noch dabei war, bedauerte er, die Flasche Whisky nicht rechtzeitig weggestellt zu haben, denn Scott goss sich erneut einen kräftigen Schuss ein. Es bestand kein Zweifel, dass er innerlich in Aufruhr war – und zwar mehr, als er zugeben wollte.

Die Akte war relativ dünn, begann allerdings mit einem Deckblatt, das die Geheimhaltungsstufe des Inhalts betonte und die Art und Weise seiner Verbreitung vorschrieb, wie auch die Konsequenzen selbst eines unbeabsichtigten Verrats. Außerdem gab es Anweisungen, wie nach Kenntnisnahme damit zu verfahren sei. Das war etwas, das Daley überhaupt noch nicht erlebt hatte.

»Komm schon, Jimmy-Boy, raus mit den schlechten Nachrichten.« Scotts Augen hatten einen glasigen Ausdruck angenommen, der wohl auf fast eine halbe Flasche Single Malt zurückzuführen war. Durch das Hemd hindurch massierte er die Narbe, die JayMacs Kugel in seiner Schulter hinterlassen hatte.

Schon als er die erste Seite der Akte sah, wusste Daley, dass sie in Schwierigkeiten steckten. Unter einer Kopfzeile mit dem Titel HER MAJESTY'S HOME OFFICE WITNESS PROTECTION PROGRAMME – das war das Zeugenschutzprogramm des Innenministeriums – sah er ein Foto eines Mannes, der Mitte fünfzig zu sein schien und mit unbewegter, beinahe verächtlicher Miene in die Kamera starrte.

Es war unverkennbar das Gesicht von Frank MacDougall.

Daley las weiter und registrierte, dass Scott sein geradezu legendäres Talent einsetzte, kopfstehende Texte ebenso schnell zu lesen wie normale. Die meisten Informationen waren ihnen bekannt. Dass MacDougall und Dowie im Austausch für Immunität ihre ehemaligen Komplizen verraten und die gesamte

Verbrecherorganisation zu Fall gebracht hatten, wussten sie natürlich. Es folgten Details aus dem Verfahren, wobei auch die Drohungen erwähnt wurden, die gegen Zeugen und Polizeibeamte ausgestoßen worden waren, darunter er selbst und Scott.

Dann kam er zu einem Abschnitt, der ihm völlig neu war.

Nachdem die Verfahren gegen die Hauptfiguren des Machie-Klans abgeschlossen und die Angeklagten – allesamt – zu nicht weniger als fünfundzwanzig Jahren verurteilt worden waren, blieb das Problem, was man mit MacDougall und Dowie anstellen sollte.

Dowie hatte unbedingt so weit und so schnell wie möglich von Schottland wegkommen wollen. Er hatte das Angebot einer neuen Identität irgendwo in Großbritannien ausgeschlagen. In gewisser Hinsicht hatte das den Behörden ganz gut ins Konzept gepasst, denn sie wollten vermeiden, dass irgendwelche Überbleibsel der Machie-Organisation ihre Todfeinde aufspüren und töten konnten. Daley kannte zwar nun Dowies Schicksal in groben Umrissen, aber die Details seiner Umsiedlung gehörten nicht zu den Informationen, die Donald ihn wissen lassen wollte. Sie waren geschwärzt.

Mit Frank MacDougall dagegen sah es anders aus. Er hatte zwei Söhne und eine Tochter, die alle vom Machie-Klan bedroht worden waren und deshalb ebenfalls ein neues Leben und eine neue Identität gebraucht hatten. MacDougall hatte allerdings das Angebot, ins Ausland zu gehen, entschieden ausgeschlagen. Er hatte nicht nur in Großbritannien bleiben, sondern sogar weiterhin in Schottland leben wollen. Daley überflog die Versuche, die unternommen worden waren, ihn zum Umdenken zu bewegen. Es hatte nichts gefruchtet. Er hatte Portugal, die Türkei und sogar Schweden abgelehnt. Angesichts der Mühe, die die britische Regierung sich mit ihren Kronzeugen gab, fragte Daley sich nicht zum ersten Mal, warum er eigentlich diesen Job machte. Würde eine dankbare Regierung ihn und seine Familie in ein europäisches Land seiner Wahl umsiedeln und ihm sein Leben lang ein sich automatisch füllendes Bankkonto zur Verfügung stellen? Die Antwort war eindeutig: Nein.

Daley reagierte nur mit einem Grunzen, als Scott ihm mitteilte, dass er eine Toilettenpause einlegen müsse, und den Glaskasten verließ.

Er las weiter. MacDougalls ältester Sohn Cisco hatte das sichere Haus, das man der Familie auf einem ehemaligen Armeestützpunkt in der Nähe von London zur Verfügung gestellt hatte, bald sattbekommen. Eines Nachts war er über die Mauer geklettert. Zwei Tage später hatte man ihn mit durchschnittener Kehle im Treppenhaus einer Mietskaserne in Glasgow gefunden. Daley war ein wenig überrascht, dass er damals nichts davon gehört hatte, vermutete aber, dass der Rachemord der Umstände wegen vertuscht worden war. Die Führungsriege des Machie-Klans mochte hinter Gittern sitzen, aber ihr Erbe lebte weiter.

Er blätterte um und spürte, wie es ihm die Kehle zuschnürte – immer ein Vorbote schlechter Neuigkeiten.

Da stand es, wie es schlimmer nicht hätte kommen können. Man hatte Frank MacDougalls Bitten, ihn irgendwo in Schottland anzusiedeln, schließlich widerstrebend nachgegeben. Er und seine Familie hatten die versprochene neue Identität erhalten und waren an einen einsamen Ort auf dem Land geschickt worden.

Frank MacDougall hatte die letzten fünf Jahre auf einer Farm keine fünfzehn Kilometer von Kinloch entfernt verbracht.

Daley stieß die Akte von sich, massierte sich die Schläfen und versuchte, die Neuigkeiten zu verdauen. Während er noch dabei war, platzte die Tür auf, und sein Sergeant kehrte zurück. Er fluchte unterdrückt vor sich hin, was allerdings nicht ungewöhnlich war.

»Jetzt schau dir diese Scheiß-Wasserhähne auf der Toilette an«, beschwerte er sich und rieb mit einem Papierhandtuch an einem großen dunklen Flecken im Schritt seiner hellbraunen Hose herum. »Sobald man die verdammten Dinger aufdreht, spucken sie los wie ein Geysir. Ich sehe aus, als ob ich mich angepisst hätte.« Er hörte auf zu wischen, als er den Ausdruck in Daleys Gesicht bemerkte.

»Setz dich, Brian«, sagte Daley müde. »Ich muss dir etwas sagen, dass dir nicht gefallen wird. Bring mir den Becher da vom Aktenschrank mit, bitte. Ich glaube, ich brauche jetzt auch einen Tropfen.«

Die beiden Detectives nippten schweigend an ihren Kaffeebechern mit Malt Whisky.

Daley konnte es nicht fassen, dass er plötzlich in die schlimmste Phase seiner Laufbahn bei der Polizei zurückversetzt werden sollte. Er sah Scott verstohlen an. Sein Freund starrte in seinen Becher und ließ tief in Gedanken versunken den Inhalt kreisen. Von all den Polizeibeamten im Kampf gegen JayMac und dessen Kumpane hatten die Verbrecher Brian Scott am meisten gehasst, und beinahe hätten ihn seine Mühen das Leben gekostet. Scott war gemeinsam mit vielen dieser Kriminellen aufgewachsen, sodass er, der perversen Logik der

Bandengesetze folgend, ebenso ein Verräter war wie Dowie und MacDougall.

Das schrille Klingeln des Telefons schreckte sie beide auf. Daley ging ran, und die Vermittlung teilte ihm mit, dass Donald in der Leitung sei. Er ließ den Anruf durchstellen, drückte den Konferenzknopf auf der Tastatur und legte warnend den Finger an die Lippen, damit Scott nicht seine üblichen Schimpfworte von sich gab, während Daley mit ihrem Vorgesetzten telefonierte.

»Aha, Jim.« Donalds Stimme hallte überlaut in ihrem Glaskasten. »Ich nehme mal an, dass Sergeant Tweedledum es geschafft hat, die einfache Aufgabe zu erledigen, die ich ihm aufgetragen hatte?«

»Ja«, erwiderte Daley und zwinkerte dem finster dreinblickenden Scott zu. »Tatsächlich sitzt er mir gerade gegenüber.«

Das kümmerte Donald nicht im Geringsten, und er fuhr nahtlos fort. »Ich hoffe, er raucht nicht schon wieder. Ich hatte das Pech, einen halben Kilometer weit in dieser Müllkippe von Auto mitzufahren, das wir ihm dummerweise überlassen haben – ich wäre beinahe an einer Mischung aus Ersticken und Botulismus gestorben.« Daley hätte beinahe einen Lachanfall bekommen, als Scott eine obszöne Geste in Richtung Telefon machte.

»Ich habe die Akte gelesen, Sir. Soll ich sie auswendig lernen und dann vernichten?« Daley beschloss, seine eigene Art von Sarkasmus walten zu lassen.

»Ich hätte nicht erwartet, dass Sie die Angelegenheit komisch finden, Jim. Vor allem, weil das wahrscheinlichste Ziel für den nächsten Horrormord sich direkt in Ihrem Zuständigkeitsbereich aufhält.«

Wie stets schaffte es Donald, wie ein gönnerhafter Oberlehrer zu klingen, und Daley sträubten sich die Haare. »Langsam wird mir klar, warum ich hierherversetzt wurde, Sir«, sagte er. Seine Stimme triefte vor Verachtung.

»Wenn Sie glauben, ich hätte irgendeine Ahnung davon gehabt, dann irren Sie sich. Fra...« Donald brach plötzlich ab und überlegte es sich anders. »Der Aufenthaltsort der Zielperson war mir ebenso unbekannt wie Ihnen. Ehrlich gesagt wünschte ich, es wäre immer noch so.« Aus irgendeinem Grund glaubte Daley seinem Chef in diesem Fall. »Wenn es Ihnen ein Trost ist, ich habe das Zeugenschutzprogramm angerufen und denen geraten, dass es unter den gegenwärtigen Umständen klüger wäre, ihn an einen Ort zu bringen, wo wir über mehr Ressourcen verfügen. Ich warte noch auf Antwort.«

Ein paar Augenblicke lang blieb es still, bevor Daley resigniert meinte: »Das werden die nicht machen, Sir. Die glauben bestimmt, dass er hier mit seiner Tarnung so sicher ist wie überhaupt möglich.«

»Ach, Sie und Ihr ewiger Pessimismus, Jim. Wie dem auch sei, ich möchte, dass Sie die Akte einstweilen im Safe wegschließen, wo sie keinen Schaden anrichten kann, sozusagen. Ich habe beschlossen, morgen zu Ihnen hinunterzukommen – wir werden unserem alten Freund gemeinsam einen Besuch abstatten.«

»Na, das ist ja mal eine tolle Idee«, murmelte Scott und vergaß dabei, dass das Telefon auf Konferenzmodus geschaltet war.

»Sparen Sie sich Ihre tiefschürfenden Analysen, DS Scott. Verbringen Sie Ihre Zeit lieber damit, Ihren Dienstwagen zu putzen. Ich komme morgen früh mit dem Flugzeug und brauche ein Auto. Sorgen Sie dafür, dass es picobello aussieht. Habe ich mich klar ausgedrückt?«

»Äh, aye, Sir.« Scott schüttelte den Kopf und verzog das Gesicht. »Ganz im Ernst, ehrlich, genau das brauchen wir jetzt, Sir, dass Sie die Zügel in die Hand nehmen.« Er lächelte aufmunternd, als ob Donald ihn durchs Telefon sehen könnte.

»Unsinn«, lautete die knappe Antwort. »Sorgen Sie einfach dafür, dass Sie Punkt zehn Uhr morgen früh am Flughafen sind, und zwar mit einem sauberen Auto.« Ein lautes Klicken drang aus dem Telefon, als Donald in seinem Büro den Hörer auf die Gabel knallte und das Gespräch mit dem fernen Kinloch beendete.

»Na, da bin ich aber ins Fettnäpfchen getreten, was, Jim?«

»Ja«, lautete Daleys kurze, aber treffende Antwort. Er erhob sich und bat Scott, ihn zum Saferaum zu begleiten. Scott betupfte den Schritt seiner Hose mit dem Papierhandtuch, während sie hinausgingen. Constable Dunn zeigte einen nur schlecht verhehlten Ausdruck des Abscheus, als sie an ihr vorbei in den Korridor traten.

»Sagen Sie nichts, es ist nicht das, was sie denken – es liegt an den Wasserhähnen in ...« Scott verstummte, als sie die Hand hob, um ihm zu bedeuten, dass jede Erklärung überflüssig sei. Sie konnte ein Kichern nicht unterdrücken.

»Sagenhaft«, beklagte sich Scott. »Dieser elende Dreckskerl ist von den Toten wiederauferstanden, und alle machen sich hinter meinem Rücken über mich lustig, weil sie glauben, ich hätte mich angepisst.«

»Ich finde, du und ich, wir sollten einen kleinen Abstecher runter zum County machen«, sagte Daley. »Irgendetwas sagt mir, dass wir dazu nicht mehr oft Gelegenheit haben werden. Jedenfalls nicht fürs Erste.«

»Wenn die Dinge so laufen wie beim letzten Mal, haben wir vielleicht überhaupt keine Gelegenheit mehr dazu. Punkt. Wie zum Teufel kann so was möglich sein, Jim? Der Mann ist tot und begraben, da gibt's keinen Zweifel.« Scotts Gesicht war eine Maske der Sorge. »Du hast doch diese Gefängnisambulanz gesehen – da ist keiner lebend rausgekommen. Scheiße, ich war doch noch in derselben Nacht bei ihm im Leichenschauhaus – oder jedenfalls dem, was von ihm übrig war. Sie schnitten ihm gerade das Herz raus, oder weiß der Geier, was. Ich hab's gesehen, Jim, und du auch.«

»Nein, habe ich nicht«, erwiderte Daley zweifelnd.

»Du hast was nicht?« Scott war verwirrt.

»Ich habe den Krankenwagen gesehen, aber im Leichenschauhaus war ich nicht. Dieses zweifelhafte Vergnügen habe ich dir und dem Boss überlassen, erinnerst du dich?« Es war allgemein bekannt, dass Daleys Magen den forensischen Wissenschaften nur schlecht gewachsen war.

»Aye, stimmt. Du musst der einzige Cop in ganz Schottland gewesen sein, der nicht da war. War kein hübscher Anblick, das kann ich dir versichern.«

»Umso rätselhafter, dass er es anscheinend geschafft hat, wiederaufzuerstehen«, sagte Daley und seufzte.

»Das ist unmöglich, Jim. Aber heutzutage lässt sich alles Mögliche mit plastischer Chirurgie anstellen. Muss irgendein Bekloppter sein, ein zwanghaft Gestörter oder so was. Scheiße, davon laufen hier doch echt genug rum«, sagte Scott grimmig und rieb weiter am Schritt seiner Hose.

6

Der Hubschrauber schlingerte besorgniserregend, während der Pilot versuchte, auf dem Landeplatz des großen Containerfrachters aufzusetzen. Es herrschte relativ frischer Wind, doch das Hauptproblem lag in der Dünung, in der das Deck des Schiffes sich kräftig hob und senkte. Er musste all seine jahrelange, in der Royal Navy erworbene Erfahrung einsetzen. Nicht viele Privatpiloten wie er hätten in Betracht gezogen, einen Helikopter unter solchen Bedingungen zu landen. Auch er hatte gezögert, aber das Angebot war so lukrativ gewesen, dass er das Risiko in Kauf nahm.

Die Scheibenwischer kamen kaum gegen den sintflutartigen Regen an, der vom Atlantik her gegen das Cockpit der Maschine peitschte. Dann kam der Punkt, an dem es kein Zurück mehr gab. Er musste sich zur Landung entschließen oder durchstarten und einen weiteren Versuch unternehmen. Er entschied sich für Ersteres. Wieder schüttelte ihn eine Mischung aus stürmischen Böen und dem Bodeneffekt des Rotors über dem schwankenden Deck durch. Er hielt den Atem an, und endlich – mit einem heftigen Ruck – war er gelandet.

Er schaltete die Triebwerke nicht aus. Man hatte ihm klar und deutlich gesagt, dass er bei diesem Job unverzüglich wieder starten musste. Eine kleine Gruppe von Männern stand auf der windgeschützten Seite eines großen Containers, der mit Ketten an Deck befestigt war. Ihm fiel auf, wie wenig Ladung er sah. Vermutlich war der Frachter unterwegs zu einem der großen englischen Häfen, um Computer, Maschinenteile, Kleider oder Baumaterial aufzunehmen – irgendwelches Zeug von der verwirrend langen Liste, die die Grundlage des Welthandels bildete.

Zwei der Männer kamen auf den Hubschrauber zugelaufen, tief geduckt im Luftstrom des Rotors. Die schiefergraue See tauchte in seinem Blickfeld auf und verschwand wieder, während das Schiff in der Dünung schaukelte. Eine einsame Möwe kämpfte gegen den Wind an. Sie waren nicht weit vom Land entfernt – tatsächlich nur etwa dreißig Seemeilen von der irischen Nordküste.

Er beugte sich zur Seite und stieß die Tür des Hubschraubers auf. Ein schmaler, dunkelhäutiger Mann in einer Art Marineuniform starrte zu ihm hoch und nickte kurz, als er ihn erkannte. Er legte eine kleine Sporttasche auf den Passagiersitz. Der Pilot zog den Reißverschluss auf und sah zufrieden die großen, von breiten Gummibändern zusammengehaltenen Geldscheinbündel. Er hatte schon einige Jobs für die Stimme am Telefon durchgeführt. Allesamt waren lukrativ gewesen und absolut glattgelaufen. Hier ein Paket, das abgeholt werden musste, dort ein namenloser Passagier. Er wusste, dass das alles vermutlich illegal war, aber das war ihm inzwischen egal. Seine Versuche, von seiner mickrigen Pension zu leben, waren kläglich gescheitert. Er hatte sein Leben für sein Land aufs Spiel gesetzt, und der Lohn dafür war mehr als schäbig gewesen. Er verabscheute das Dasein als kommerzieller Hubschrauberpilot. Die Bezahlung war zwar gut, aber die Aufträge waren anstrengend und erforderten viele Überstunden. Das hatte er lange genug für die Navy gemacht. Jetzt war es an der Zeit, abzukassieren. Dieser eine Job hielt ihn leicht für ein ganzes Jahr über Wasser. Nächste Woche um dieselbe Zeit würde er schon auf seiner kleinen Jacht durch die Bahamas segeln – die einzige Art, den englischen Winter erträglich zu gestalten.

Er nickte dem Mann zu, der ihm die Tasche mit dem Geld gereicht hatte, schloss sie wieder und schob sie sorgfältig unter den Sitz. Ein zweiter Mann, in mittleren Jahren, mit rasiertem Schädel und einer dunklen Pilotenbrille, kletterte auf den Passagiersitz. Er trug Tarnhosen und eine teuer aussehende, dunkelblaue Allwetterjacke. Er hatte eine große Reisetasche bei sich, die er im Fußraum verstaute. Obwohl man seine durchtrainierte Gestalt durch die Kleidung nicht wahrnehmen konnte, spürte der Pilot die brutale Kraft, die von diesem Typen ausging. Er saß mit durchgedrücktem Rücken da und starrte unverwandt geradeaus, während der Pilot ihm half, sich anzuschnallen.

Der Passagier stülpte sich das Headset über, und auf Anfrage grunzte er zustimmend, um zu bestätigen, dass er den Piloten hören konnte.

Er hatte in den letzten Jahren so ziemlich alle Typen von Menschen befördert. Manche schwatzten aufgeregt vor sich hin, entweder, weil sie gespannt auf einen Helikopterflug waren, oder weil er sie nervös machte. Andere hielten sich sehr zurück. Dieser Passagier gehörte definitiv zur zweiten Sorte.

Wie man es ihm beigebracht hatte, ging der Pilot für seinen Schützling die Sicherheitshinweise durch, so ähnlich, wie es ein Flugbegleiter bei einer Airline tat. Bevor er weit gekommen war, unterbrach ihn der Mann, indem er die Hand hob und ihn zum ersten Mal ansah.

»Schaff das Scheißding einfach in die Luft.«

Der Mann sprach schroff und schnell. Er hätte ebenso Waliser wie Ire sein können, vielleicht stammte er sogar aus Glasgow – schwer zu sagen nach einer so knappen und brüsken Aussage. Aber der Pilot hatte das Gefühl, dass der Mann Schotte war – was ja auch einen Sinn ergab, denn Schottland, genauer gesagt die Küste von Ayrshire, war ihr Ziel. Der Pilot hatte die Koordinaten bereits in sein SatNav-System einprogrammiert. Wie es aussah, lag ihr Landeplatz in einem Waldstück.

Er überprüfte ein letztes Mal alle Systeme und ließ den Hubschrauber dann vorsichtig vom Deck abheben. Der Wind drückte die kleine Maschine zur Seite, und obwohl er darauf vorbereitet war, musste er schnell reagieren, um die Trimmung nachzujustieren. Sie rauschten in die Höhe und traten ihren kurzen Flug an.

Seine Gedanken glitten zurück zu den Bahamas. Er meinte fast, die Wärme der Sonne schon im Nacken zu spüren.

Der Passagier sah auf die unwirtliche See hinab. Er flog nicht gern und freute sich darauf, wieder festen Boden unter den Füßen zu haben. Immerhin hatte der Pilot seinen Wink verstanden und hielt den Mund. Die letzten paar Tage waren die reinste Tortur gewesen, Flugzeuge, Boote, Züge, schnelle Autos und sogar ein weiterer Hubschrauber. Aber es war der Mühe wert.

Am Horizont sah er einen goldenen Schimmer in der schauerlichen Schwärze auftauchen. Das Wetter vor ihnen schien besser zu sein. Das beruhigte ihn, denn er hatte mitbekommen, wie schwer es dem Piloten gefallen war, auf dem Schiff aufzusetzen.

Ein paar Minuten später wurde ein schmaler Streifen festen Landes unter dem goldgelben Himmel sichtbar. Er merkte, dass der Hubschrauber inzwischen stabiler in der Luft lag und nicht mehr von unsichtbaren Kräften geschüttelt wurde. Der Pilot blieb stumm. Man hatte ihm eingeschärft, beim Eintritt in den britischen Luftraum Funkstille zu bewahren. Sie flogen jetzt dicht über den Wellen, und das Land ragte immer deutlicher vor ihnen auf. Den Lärm der Rotorblätter hörte er nicht nur, er spürte ihn rhythmisch in der Brust vibrieren. Es erinnerte ihn an einige der Raves, die er in den frühen Neunzigern besucht hatte. Der Gedanke brachte ihn zum Lächeln.

Durch den veränderten Gesichtsausdruck fühlte der Pilot sich ermutigt, wieder das Wort zu ergreifen: »In etwa fünf Minuten sind wir da.« Er zögerte und wartete offenbar darauf, wie sein Passagier reagieren würde.

»Aye, gut« war alles, was der Mann erwiderte, während er weiter stur geradeaus sah. Seine eigene Stimme klang seltsam im Kopfhörer, blechern und verzerrt. Er schob die Reisetasche leicht mit dem Fuß beiseite.

Ein paar Minuten später wurden sie rasch langsamer, und bald schwebten sie auf der Stelle in der Luft. Der Mann blickte durch den teilweise verglasten Boden des Hubschraubers nach unten. Inmitten eines Nadelwalds sah er eine Lichtung, aus der ein helles Licht auf den Helikopter gerichtet wurde. Sie begannen zu sinken, und dann spürte er einen leichten Ruck, als sie aufsetzten.

Am Rande der Lichtung erkannte er die Umrisse eines Geländefahrzeugs. Der Regen hatte aufgehört, und das diffuse Licht, das durch die Bäume sickerte, verlieh dem Wald etwas Ätherisches.

Der Pilot beugte sich über ihn hinweg und öffnete ihm die Passagiertür, wie man es im Auto für einen älteren Menschen oder ein Kind tun würde.

»Stellen Sie das Ding kurz ab«, sagte der Passagier. »Ich habe noch etwas für Sie.« Er sah einen Funken Habgier in den Augen des Piloten aufblitzen. Zweifellos war er es gewohnt, für solche heimlichen Flüge gute Trinkgelder zu kassieren. Er nickte, legte ein paar Schalter um, und die Rotorblätter verlangsamten sich, bis sie schließlich stehen blieben.

Nachdem der Pilot ihm den Gurt gelöst und er den Kopfhörer abgesetzt hatte, kletterte der Passagier aus dem Hubschrauber und wandte sich um, um seine Tasche aus dem Fußraum zu holen und auf den Sitz zu stellen. Die Luft war kalt, und es roch nach Wald. Der Duft der Nadelbäume erinnerte ihn an Weihnachten, was wiederum ein Verlangen nach Whisky auslöste.

Der Pilot lächelte, während sein Fluggast den Reißverschluss der Tasche aufzog. Zweifellos erwartete er, ein weiteres Bündel Geldscheine zu sehen zu bekommen.

Die halbautomatische Pistole war schwarz, gut geölt, und der aufgeschraubte Schalldämpfer sorgte dafür, dass nur ein kaum hörbares Ploppen ertönte, während in der Stirn des Piloten zwei Löcher auftauchten. Blut, Knochen und Gehirnmasse spritzten auf die Windschutzscheibe des Helikopters. Der Passagier verstaute die Waffe sorgfältig wieder in der Reisetasche, stellte sie auf den Boden, kletterte in den Hubschrauber zurück und beugte sich über den toten Piloten. Mit der linken Hand zog er die Tasche unter dessen Sitz hervor und spürte das beruhigende Gewicht der Geldbündel darin.

»Cheers, Kumpel«, sagte er und stieg rückwärts aus dem Helikopter. »Allzeit gute Landung!«

Auf dem erstarrten Gesicht des Piloten lag noch immer der Schatten eines Lächelns, während ein Tropfen schwarzen Blutes an seinem Auge vorüberrann.

Der Passagier trat zurück, als wollte er sein Werk bewundern. Er fragte sich oft, wann genau das Gehirn aufhörte zu funktionieren. Selbst wenn eine Kugel es zerstört hatte, existierte vielleicht noch ein Fünkchen von Bewusstsein, das aufflackerte und schließlich erlosch wie eine qualmende Kerze.

Irgendwie hatte er es geschafft, sich in die Spitze des Zeigefingers zu schneiden. Er betrachtete die Verletzung und grinste, während er die Kuppe zwischen Daumen und Mittelfinger zusammenquetschte, damit das Blut stärker floss. Er zog den verletzten Finger über das Armaturenbrett auf der Passagierseite des Helikopters und hinterließ einen dunklen Streifen auf dem schwarzen Plastik.

»Hallo Jungs. Ich bin wieder da.« Er lächelte und schlenderte davon, ließ den Hubschrauber und seinen toten Insassen hinter sich zurück.

7

Die beiden Detectives gingen die Main Street entlang, Scott ein wenig unsicheren Schritts. Die Luft war kalt, und obwohl es noch nicht einmal vier Uhr nachmittags war, verwandelten die letzten Strahlen der Sonne das Wasser des Loch bereits in geschmolzenes Kupfer. Die Weihnachtsbeleuchtung der Stadt ging flackernd an, eine Reihe von leuchtenden Kugeln in verschiedenen Farben, Designs und Größen, die sich über die Main Street spannte bis zu der hohen Nordmanntanne im Zentrum des Lichtermeeres. Die Menschen winkten den beiden Polizeibeamten aus Autos, Vans und Bussen zu. Daley empfand diese offen zur Schau gestellte Freundlichkeit als ziemlich erdrückend, aber langsam fing er an, die Stimmung zu genießen. Ein Jugendlicher schrie ihnen eine unverständliche Beleidigung durch das halb geöffnete Fenster eines Wagens zu, sodass Scott stehen blieb, sich umdrehte und die Augen zusammenkniff, um das Nummernschild des entsprechenden Fahrzeugs zu entziffern.

Daley war zu dem Schluss gekommen, dass er vom Büro genug hatte. Er war müde, und sein Sergeant wurde immer betrunkener.

Zuvor hatte er ein Team von Kripobeamten in Uniform zu einer Razzia in eine Scheune geschickt, die sie nach sorgfältiger Observierung als Lager für eine beträchtliche Menge von geschmuggelten Zigaretten und Tabak identifiziert hatten.

Sie hatten den Farmer und seinen Betrieb zwei Monate lang beobachtet und gehofft, so einen größeren Fisch zu fangen. Aber dazu war es bisher nicht gekommen, also fand Daley, dass es an der Zeit war, ein Exempel zu statuieren. Er wusste genau, dass es Mittäter gab. Aber seltsamerweise hatte dieser Schmuggler, während sie ihn überwachten, keinerlei Lieferungen empfangen, sondern lediglich ab Lager verkauft.

Daley machte sich Sorgen wegen einer undichten Stelle im Büro. Die Vorstellung gefiel ihm nicht, doch er musste sie in Betracht ziehen. Während der paar Monate, die er jetzt das Revier im Ort leitete, hatte er feststellen müssen, dass überall noch der alte Schlendrian herrschte, den sein Vorgänger, Inspector MacLeod, eingeführt hatte. Das hatte mangelnde Effizienz und Missachtung der Dienstvorschriften zur Folge. Wie es schien, hatte MacLeod jeden vor sich hin wursteln lassen, solange nichts schiefging und er nicht in ein schlechtes Licht geriet. So war die eigentliche Polizeiarbeit stark vernachlässigt worden, abgesehen davon, in den Nächten am Wochenende das Stadtzentrum von Betrunkenen zu säubern und gelegentlich Verkehrskontrollen durchzuführen. Im Grunde waren nur Pro-forma-Aufgaben erledigt worden, die kaum Kenntnisse in Ermittlungsarbeit erforderten. Daley bemühte sich, einige der jüngeren Mitglieder seines Kripoteams mehr Erfahrung sammeln zu lassen. Die Razzia in der Scheune wurde geleitet von einem jungen Cop, den er erst kürzlich zum stellvertretenden Detective Sergeant befördert hatte.

Als Daley und sein Sergeant das County Hotel mit seinen Pseudo-Zinnen betraten, musste Daley an seine ersten Erlebnisse in diesem Etablissement mit seiner überaus neugierigen Kundschaft denken. Vielleicht war das der Grund, dass seine

Besuche in den vergangenen Monaten seltener geworden waren. Ein paarmal hatte er auf Drängen seiner Frau Liz dort mit ihr zusammen zu Abend gegessen, da sie sich mit Annie, der herrischen und doch liebenswürdigen Wirtin, angefreundet hatte. Jedes Mal, wenn er herkam, musste er sich einschärfen, dass er hier kein anonymer Gast in einer Großstadtkneipe war. Vielmehr stand er im Zentrum des Interesses der nach Klatsch und Tratsch hungernden Einheimischen.

Obwohl er auf der Hut sein musste, hegte Daley eine klammheimliche Sympathie für die Bevölkerung von Kinloch mit ihrer meist arglosen Neugier.

Die kleine, holzgetäfelte Bar war auf ihre spezielle Art weihnachtlich geschmückt. Abgewetztes Lametta in verschiedenen Farben schlängelte sich an den Wänden entlang, und ein angebrochenes Plastikschild wünschte in verblassten roten Lettern fröhliche Weihnachten. Das Holz im Kamin war beinahe heruntergebrannt, und wenn das Feuer nicht ausgehen sollte, musste bald nachgelegt werden. Auf dem Tresen prangte ein mottenzerfressener künstlicher Weihnachtsbaum, geschmückt mit nicht zusammenpassenden Weihnachtskugeln und Lichtern, von denen viele nicht funktionierten und schon bessere Tage gesehen hatten.

»Aye, ich weiß, ich weiß, Mister Daley«, rief Annie ihm zu, während sie einem anderen Gast an der Bar ein Pint einschenkte. »Aber es wird erwartet, dass ich die Dekoration aus eigener Tasche bezahle – und ich sag Ihnen eins, bevor es so weit kommt, fällt der Schnee grün und der Hagel gelb!« Bei Annie musste sich die festliche Stimmung offenbar noch einstellen. »Und übrigens«, fügte sie hinzu, während sie die hohle Hand ausstreckte, um das Pint abzukassieren, das sie gerade auf den Tresen gestellt hatte, »die Bande hier würde es nicht mal kümmern, wenn's hier wie in der Oxford Street aussieht, solang sie sich den Kopf zuknallen können. Da steht Ihnen noch was bevor, schließlich ist das Ihr erstes Weihnachten in der Stadt, glauben Sie mir.« Misstrauisch begutachtete sie das Kleingeld, dass der Gast ihr in die Hand gedrückt hatte. »Und du, Jocky Sinclair, du steckst jetzt schön noch mal die Hand in die Tasche. Da fehlen zwanzig Pence! Du weißt genau, dass die Preise seit letzter Woche gestiegen sind. Ist ja nicht so, als wärste seitdem nicht mehr hier gewesen.«

Der Mann brachte eine Handvoll Kupfermünzen zum Vorschein, die er reumütig abzählte, bevor er Annie eine reichte. »Aye, und fröhliche Weihnachten noch«, sagte sie unterdrückt, während sie die Münzen in die Kasse warf.

Daley wollte gerade seine Bestellung aufgeben, als sie die Schublade zuknallte und herumwirbelte. »Was zum Henker ham se denn mit dem da gemacht?« Sie starrte Scott an, der langsam hin und her schwankend neben Daley stand. Der kurze Spaziergang und die frische Luft hatten die Wirkung des Whiskys verstärkt.

»Immer mit der Ruhe, Lady«, brabbelte Scott mit einiger Mühe. »Geben Sie mir und dem großen Mann hier ein paar gute Schlückchen – aber nicht das teure Zeug, das er normalerweise trinkt. Billiger Whisky tut's auch. Aber doppelte, Schätzchen.« Scott fummelte in der Jackentasche herum und wollte die Brieftasche zücken.

»Man könnte sagen, dass wir keinen guten Tag hatten, Annie«, meinte Daley entschuldigend.

»Und für dich wird er noch schlechter, Jim.« Scott hatte einen Schluckauf. »Ich hab meine Brieftasche in der Schrottkarre vergessen. Hab 'se in Inveraray rausgeholt, um ein paar Pommes zu futtern, und dann in die Türablage gesteckt. Jetzt musste selber blechen.« Scott blickte Daley mit einem resignierten Gesichtsausdruck an, der entfernt an Stan Laurel erinnerte.

Er seufzte und griff in die Gesäßtasche, wo er normalerweise die Geldbörse hinsteckte. Sofort wurde ihm klar, dass er sich ja hatte umziehen müssen und nun die Ersatzhose trug, die er für Notfälle im Spind aufbewahrte. In diesem lag die Brieftasche jetzt sicher verwahrt, und nachdem er alle anderen Taschen durchwühlt hatte, fand er nur ein paar Pfund Wechselgeld. Er sah Annie um Verzeihung bittend an. »Tut mir leid. Ich glaube, wir legen besser einen Deckel an. Wir haben ein kleines Liquiditätsproblem.«

»Quatsch mit Soße«, erklärte Annie und stellte zwei kleine Whiskygläser auf den Tresen. »Wenn ich mich weigern würde, jedem was auszuschenken, der hier ohne Geld reinkommt, hätte ich schon lange nix mehr zu tun, das kann ich Ihnen versichern. Bringen Sie's einfach nächstes Mal mit. Ist ja nicht so, als ob ich nicht wüsste, wo ich Sie finde.«

»Mann, und ich dachte, ich hätt schon alles gesehen«, meinte der andere Gast am Tresen kopfschüttelnd. »Die Polis kommen voll bedüdelt hier rein und schnorren dann was zu trinken. Mensch, Sachen gibt's, aber echt.«

»Jetzt mal halblang«, sagte Scott und hob mahnend den Zeigefinger.

»Ach du grüne Scheiße«, meinte Jocky und deutete auf Scotts Hose. »Der Typ hat sich auch noch in die Hose gepinkelt und alles – also echt, mit den Polis geht's bergab, ich sag's euch.« Er grinste und blickte Annie an, die selbst ein bisschen verblüfft wirkte.

»Jetzt warte mal, du da. Das ist keine Pisse.«

»Am besten, wir suchen uns einen Platz zum Hinsetzen, Brian«, unterbrach ihn Daley und schleifte ihn mit zu einem Tisch im Hintergrund.

»Was redet ihr da, Annie?«, rief Scott besorgt über die Schulter. Sie und Jocky steckten die Köpfe zusammen, und er vermutete, dass es um die Art des Flecks ging, der seine Hose zierte.

»Och«, erwiderte Annie ein wenig steif, während sie heftig ein Bierglas mit einem weißen Geschirrtuch polierte, »bloß das Übliche. Erinnern Sie sich an Peter Williamson, der öfter mal hier war?«

»Kann ich nicht sagen«, murmelte Scott, während er an dem Drink nippte, den er eigentlich nicht mehr brauchte.

»Doch, tun Sie – netter Kerl an sich, bloß macht er sich ständig Sorgen. Na ja, jedenfalls hat er sich im Reißverschluss eingeklemmt, wenn Sie verstehn, was ich meine.« Sie grinste wissend in Richtung der Polizisten.

»Hier?« Daley zuckte zusammen und deutete unter den Tisch.

»Aye, ganz genau, Mr. Daley. Das war vielleicht ein Aufstand.« Das Grinsen auf Annies Gesicht wurde breiter, und das Thema von Scotts Hose schien vergessen. »Hab gehört, wie in der Toilette plötzlich ein Riesengeschrei losging. Ich dachte, da wird einer abgemurkst.« Sie blickte die Beamten verlegen an. »Na, jedenfalls bin ich mit dem Nudelholz rein, das ich immer unter der Bar hab – falls es Streit gibt, verstehen Se –, und da stand er, der arme Junge, hielt sich an der Wand fest, und seine Männlichkeit hing im Hosenstall fest.« Sie begann, das Glas mit verstärktem Eifer zu polieren, und ihr Blick war in die Ferne gerichtet, als würde sie die Szene noch einmal durchleben.

»Was ist aus dem Jungen geworden?«, brummelte Scott undeutlich und rieb an dem Flecken in seiner Hose herum, während er sich die Episode plastisch vorstellte.

»Na ja, wir mussten die Sanis holen«, erwiderte Annie strahlend. »Nachdem sie sich vor Lachen ausgeschüttet hatten, nahmen sie die Sache sozusagen in die Hand.« Sie stieß ein schallendes Gelächter aus, das sich bald auf die anderen Gäste in der Bar ausbreitete.

»Ihr erratet nie, wie sie ihn jetzt in der Stadt nennen.« Jocky drehte sich ein wenig unsicher auf seinem Hocker um, während ihm die Lachtränen über die Wangen liefen.

»Zip Up De Do Da«, rief Annie und klaute ihm die Pointe. Erneut brach Gelächter aus.

»War alles in Ordnung mit ihm?«, erkundigte sich Daley.

»Och, aye«, erwiderte Annie. »Obwohl er die nächsten paar Tage 'n bisschen komisch rumlief, muss ich sagen. Aber vor allem war's ihm peinlich, dem armen Kerl.«

»Da lachen wir noch in Monaten drüber«, sagte Jocky und hielt ihr sein Glas in der stummen Bitte hin, es wieder aufzufüllen.

»Aye, mag sein«, antwortete Annie. »Aber nach allem, was ich gesehen hab, gibt's nix, wofür der Junge sich schämen müsste. Eigentlich kein Wunder, dass er sich eingeklemmt hat, wenn ihr wisst, was ich meine.« Sie zwinkerte den Polizisten zu.

»Was meinste damit, Annie?« Jocky schwankte auf seinem Hocker hin und her. Die Verwirrung stand ihm ins Gesicht geschrieben.

»Na, nimm's mal so: Wenn Gott dir das gegeben hätte, was Peter hat, dann würden wir dich Jock the Cock nennen und nich Willie Winky.«

Trotz der Ereignisse der letzten Tage musste selbst Daley lachen.

Normalerweise übernachtete Scott im County Hotel, wenn seine Pflichten ihn nach Kinloch führten. Diesmal jedoch hatte er Daleys Angebot angenommen, bei ihm und Liz zu wohnen, in einem schön eingerichteten Bungalow auf dem Hügel oberhalb von Kinloch.

Die zwei Detectives saßen auf der Holzterrasse vor dem Haus und hatten sich gegen die frostige Nacht dick eingewickelt. Scott rauchte und wirkte schlecht gelaunt. Nach ein paar Drinks im County hatte Daley es ratsam gefunden, Liz anzurufen, die in ihrem neuen Mini Countryman – einem Geschenk ihres Vaters – gekommen war, um sie abzuholen. Sie hatte Lasagne gekocht, der die beiden Polizisten trotz der Anspannung des Tages, der hinter ihnen lag, herzhaft zusprachen.

Daley hatte mit Sorge bemerkt, dass seine Frau in ihrem Essen nur herumstocherte. Ihre Fähigkeit, nie ein Gramm zuzunehmen, stand normalerweise im Gegensatz zu einem gesunden Appetit. Es war höchst ungewöhnlich, sie düster auf einen kaum angerührten Teller starren zu sehen.

Darüber dachte er jetzt nach, während er zusah, wie der Rauch von Scotts Zigarette im sternklaren Nachthimmel verschwand. Unter ihnen schimmerte ein fast voller Mond im Wasser des Loch. Die Insel, die an seiner Mündung wachte, ragte schwarz und still aus den Fluten.

»Die Sache kann nur ein Riesenbetrug sein«, erklärte Scott, während er zu Daleys Verdruss den Zigarettenstummel über den Gartenzaun den Hügel hinabschnippte. Aber er sagte nichts, während er zusah, wie die Kippe in einem kurz aufstiebenden Funkenregen erlosch. »Du weißt ja selber, mit Computern kann man heute alles Mögliche anstellen. Das Video von der Überwachungskamera ist sicher bloß ein Trick.« Scott sah seinen Chef hoffnungsvoll an.

Daley seufzte. Er erspähte Liz' blasses Gesicht im Küchenfenster. »Es hat keinen Sinn, zu versuchen, der Sache auf den Grund zu gehen, bis wir morgen von Seiner Majestät mehr Informationen bekommen. Du kannst dich darauf verlassen, dass es etwas gibt, das er uns bequemerweise zu erzählen ›vergessen‹ hat.«

»Vielleicht hast du recht, Jim.« Scott steckte sich eine weitere Zigarette an und blies eine Rauchwolke in die klare Nacht. »Ich muss zugeben, ich bin ganz schön erledigt. Heute schlafe ich den Schlaf der Gerechten, das sag ich dir.«

»Das ist ja etwas ganz Neues bei dir, Brian«, bemerkte Daley amüsiert. »Kein Wunder, dass du so fertig bist – du hast eine ganz schöne Menge Whisky vernichtet.« Er sah seinen Sergeant mit hochgezogenen Augenbrauen an.

»Och, das war doch gar nix – den hat die Lasagne wieder aufgesaugt. Keine Sorge. Ich bin topfit für die königliche Audienz morgen früh. Ich hab 'ne Flasche Mundwasser im Gepäck. Scheiße«, fügte er hinzu und schnippte Asche auf die Terrasse, »ich hab das verdammte Zeug im Auto gelassen, und das steht beim Revier.«

»Ich habe eine Ersatzzahnbürste«, bot Daley an, während sie sich erhoben, um hineinzugehen.

»Danke, das wär nett. Ich bin bloß nicht sicher, ob mir deine Unterhosen passen.«

Daley lachte und schloss die Tür mit einem Knall, der den Hügel hinab über den Loch rollte.

8

Glasgow

Die Nacht an der schottischen Westküste war still und frostig.

Der Mann saß mit laufendem Motor in einem verbeulten alten Honda und hatte wegen der Kälte die Heizung eingeschaltet. Er starrte die von Gaslaternen erhellte Straße entlang und beobachtete, wie vereinzelte Gäste die Bar betraten und verließen, dick eingewickelt in Schals, mit Wollmützen auf den Köpfen. Von Zeit zu Zeit drückten sich zwei eingefleischte Raucher um einen an der Wand befestigten Aschenbecher herum und frönten ihrer Sucht. Er dachte darüber nach, wie sehr die Welt sich verändert hatte. Was hätte seine Großmutter davon gehalten, dass man in einem Pub nicht mehr rauchen durfte? Er erinnerte sich gut daran, wie sie auf ihrem Lieblingshocker an der Bar gesessen hatte, während ihr eine Capstan Full Strength an der Unterlippe klebte und sie mit den anderen Stammgästen plauderte. Bei dem Gedanken verzog sich sein Gesicht zu einem spontanen Lächeln. Sie war sein Fels in der Brandung gewesen, sein Anker in einer Kindheit, die von Trunksucht, Drogen und Gewalt überschattet gewesen war.

Er erinnerte sich auch noch an den Tag ihres Todes. Er hatte das Gefühl gehabt, als wäre die Welt plötzlich ein engerer, kälterer und feindseligerer Ort geworden. Er hatte drei Tage lang sein Zimmer nicht verlassen, niemanden sehen, mit niemandem sprechen wollen. Etwas in ihm hatte sich dabei verändert. Am vierten Tag war er herausgekommen und hatte sich geschworen, nie wieder so verlassen und schutzlos zu sein. In den folgenden Tagen hatte er sein Herz gestählt und die Einsamkeit daraus verbannt. Die Gedanken an seine Großmutter waren verblasst und hatten sich nach und nach mit dem kollektiven, nostalgischen Hang der Schotten für traurige Lieder vermischt, für Hogmanay – das Silvesterfest – und alte Zeiten.

Es war beinahe ein Uhr morgens, und im Radio spielte Gerry Rafferty, als eine besonders heftig abgefüllte Nachteule in die Kälte herausgetaumelt kam. Einen Moment lang hörte der Mann die gedämpften Laute betrunkener Unterhaltungen und einen Refrain aus der Jukebox, bevor die Tür wieder zufiel. Er beobachtete, wie der Betrunkene die Jackentaschen abklopfte, ein Päckchen Zigaretten hervorzog und sich eine davon zwischen die Lippen schob. Ein Feuerzeug flammte flackernd auf und beleuchtete einen Augenblick lang sein Gesicht. Er stand schwankend da und bog den Rücken durch, während er das Nikotin tief inhalierte. Dann steckte er die Packung und das Feuerzeug wieder ein und murmelte unhörbar etwas vor sich hin, bevor er die Schultern einzog und mit unsicheren Schritten den Nachhauseweg antrat.

Der Mann im Wagen lächelte, während er das Radio ausschaltete, die Handbremse löste, mit dem dumpfen Knirschen eines alten Schaltgetriebes den ersten Gang einlegte und langsam anfuhr.

Falls der Fußgänger das Auto wahrnahm, das an ihm vorbeirollte, war es ihm nicht anzumerken. Er ging mit schlurfenden Schritten und gesenktem Kopf dahin. Das grobe Profil seiner Stiefelsohle verhakte sich an einem zerbrochenen Pflasterstein. Er stolperte und fluchte.

Der Fahrer hielt dreißig Meter vor der dahinwankenden Gestalt am Straßenrand an, schaltete Motor und Scheinwerfer aus und stieg aus dem Honda. Er trat auf den Bürgersteig und ging dem Mann entgegen, der torkelnd eine Reihe leer stehender, mit Brettern vernagelter Geschäfte entlang auf ihn zukam.

Sie waren nur noch ein oder zwei Meter voneinander entfernt, als der Mann aus dem Wagen mit einem Ausfallschritt vorsprang und dem ahnungslosen Betrunkenen ein Jagdmesser mit breiter Klinge in den Bauch rammte. Ein Ausdruck des Entsetzens trat auf das Gesicht des Todgeweihten, während er nach dem Messergriff tastete und ein Strom dampfenden Urins sich von seinem Fußknöchel auf die Stiefel und das Pflaster ergoss.

Der Angreifer gab sich keine Mühe, das Messer aus dem Bauch des Mannes herauszuziehen. Er stieß ihn lediglich von sich, machte auf dem Absatz kehrt und schlenderte nonchalant zu seinem Wagen zurück. Dann fuhr er ohne Eile davon.

Blutrote Blasen bildeten sich vor dem Mund des Sterbenden, der auf dem kalten, dunklen Pflaster lag. Das hilflose Zittern seiner Hände, die nach dem Messergriff klaubten, verlangsamte sich und verging schließlich ganz.

Nach einer eiskalten Nacht musste Daley auf der Zufahrt, die sein Haus mit der Hauptstraße verband, sehr vorsichtig fahren. Als er im Büro ankam, hatte er sich im Geiste eine Notiz gemacht, Liz anzurufen und sie zu warnen, dass die Straßen glatt waren.

Der Blick über die Stadt und den Loch war atemberaubend. Der Himmel hatte eine beinahe karibisch blaue Farbe, und die Sonne glänzte auf dem Raureif der Hügel und im spiegelglatten Wasser des Loch. Alles wirkte sauber, frisch und neu. Aber so schön der Tag auch war, Daley musste die Autoheizung hochdrehen, um sich und Scott warm zu halten, während das Eis an der Windschutzscheibe langsam schmolz und herunterglitt.

Daley wurde das Herz schwer, als er seinem Sergeant im Beifahrersitz einen Seitenblick zuwarf. Sie litten beide an derselben Krankheit, und ihr Name lautete »James Machie«.

Die Passanten grüßten und nickten ihnen zu, als sie an der Ampel an der Main Street anhalten mussten. Scott schnaubte, als ihnen ein Wagen entgegenkam, das Rotlicht einfach ignorierte, während der Fahrer sie mit einem herzlichen Winken passierte.

»Hier hat man wohl noch nie was von ›Bei Rot stehen, bei Grün gehen‹ gehört, oder?« Es waren Scotts erste Worte, seit sie Daleys Haus verlassen hatten.

»Die Ampel gibt es erst seit ein paar Monaten. Sie brauchen hier ein bisschen, um sich an die neue Verkehrsregelung zu gewöhnen«, erklärte Daley, der froh war, über etwas anderes als James Machie reden zu können.

»Als junger Cop hätte ich den ganzen Tag lang da gestanden und hätte mir die Kerle geschnappt.« Scott erinnerte sich gut, dass man zu seiner Zeit als Anfänger im Polizeidienst dazu ermutigt worden war, so viele Verstöße wie möglich zu melden und dabei zu lernen, wie man eine Anzeige sauber aufbaute, egal, worum es ging.

»Brian, wenn wir jeden verfolgen würden, der über diese rote Ampel fährt oder einen kleineren Verkehrsverstoß begeht, wäre das Gericht sieben Tage die Woche vierundzwanzig Stunden lang beschäftigt. Hast du noch nie die ›Worte zur pragmatischen Polizeiarbeit‹ von unserem Oberboss gehört?«

»Du weißt doch, Jim, ich hör ihm so selten wie möglich zu.« Scott schüttelte den Kopf.

Es wurde grün, und sie fuhren weiter bis zur Polizeistation, wo sie durch das offene Tor in den Parkplatz an der Rückseite abbogen. Das Revier lag auf einer Kuppe und überblickte die gesamte Main Street.

»Tja, heute wirst du ihm andauernd zuhören müssen, mein Freund«, stellte Daley fest, während er auf den Stellplatz für den Revierleiter fuhr. Die Detectives stiegen aus, und Daley tippte den Sicherheitscode in eine Tastatur neben der schweren Sicherheitstür, die zu den Büros führte. Er stieß sie auf.

Sofort fiel ihm die gedämpfte Stimmung auf, die in der normalerweise lebhaften, sogar fröhlichen Arbeitsumgebung herrschte. An diesem Morgen wirkten alle bedrückt. Als er an der Anmeldung vorbeikam, zog der diensthabende Polizist den Zeigefinger quer über die Stirn und neigte den Kopf, um ihm zu bedeuten, dass ein hochrangiger Beamter anwesend war. Donald.

Obwohl Daley hier der Chef war, hatte er wie selbstverständlich den Glaskasten in den Kriporäumen als Büro gewählt. Wenn Superintendent Donald hier war, nahm er daher das alte Chefbüro in Beschlag. Wie Daley erwartet hatte, thronte er an dem Schreibtisch, der einmal Inspector MacLeod gehört hatte.

»Ah, da sind Sie ja endlich«, murmelte er und sah bedeutungsvoll auf die Uhr.

»Ich bin überrascht, Sie hier vorzufinden, Sir. Ich dachte, Sie kommen mit dem Flugzeug.«

»Ich bin schon vor knapp einer Stunde eingetroffen. Ich

hatte so viel am Hals, dass ich beschlossen habe, in aller Frühe herunterzufahren. Da sind die Straßen noch frei. Ich hatte gehofft, Sie wären schon lange vor dem Zeitpunkt bei der Arbeit, an dem ich einzutreffen gedachte.« Donald war in rechthaberischer Laune. Kein gutes Zeichen. »Die Dinge haben sich ziemlich schnell weiterentwickelt, fürchte ich. Kommen Sie rein, Sie beide, und machen Sie die Tür zu.«

Daley hörte Scott unterdrückt vor sich hin murmeln, als er die Tür fest hinter sich schloss. Abgesehen von Donalds Stuhl gab es im Raum nur einen einzigen Sitzplatz, daher bedeutete Daley seinem Sergeant, Platz zu nehmen.

»Was ist denn mit Ihnen los, DS Scott?«, fragte Donald. »Sieht so aus, als hätten Sie einen gigantischen Kater, wenn ich mir Ihre blutunterlaufenen Augen so ansehe. Bitte bemühen Sie sich, nicht in meine Richtung zu atmen.«

Scott machte den Mund auf, bekam jedoch keine Chance zu einer Erwiderung, denn Donald sprach, ohne Luft zu holen, weiter.

»In den frühen Morgenstunden wurde ein neunundvierzig Jahre alter Mann in einer Straße im East End von Glasgow tot aufgefunden. In seinem Solarplexus steckte ein achtzehn Zentimeter langes Messer.« Donald ließ den Blick über die beiden Männer gleiten, um ihre Reaktion zu beobachten, gab ihnen jedoch keine Gelegenheit zu einem Kommentar. »Zwei Stunden zuvor entdeckte jemand bei einem nächtlichen Orientierungslauf – was immer das sein mag – in einer Lichtung mitten im Wald von South Ayrshire einen Hubschrauber. Der Pilot war professionell mit zwei Schüssen in den Kopf exekutiert worden.« Donald blickte zum Bürofenster auf die Main Street von Kinloch hinaus.

»So etwas passiert nicht alle Tage, Sir«, bemerkte Daley, der den Eindruck hatte, etwas sagen zu müssen.

»Allerdings nicht, Jim. Höchst ungewöhnlich.« Donald war unübersehbar aus dem Gleichgewicht gebracht, und das machte seinen Untergebenen Sorgen. »Unter normalen Umständen wären diese Ereignisse, so abscheulich sie sein mögen, als absolut unzusammenhängend betrachtet worden. So war es auch, bis wir uns die letzten bekannten Bewegungen des Helikopters und die Identität des Ermordeten in Glasgow angesehen hatten.« Donald legte eine Kunstpause ein. »Bei dem Opfer handelt es sich um Peter MacDougall, Kleinkrimineller, Drogendealer, aber vor allem der jüngere Bruder von Frank – den ich Ihnen nicht weiter vorstellen muss.«

»Scheiße noch mal.« Scott beugte sich vor und starrte zu Boden.

»Soweit ich weiß, war der Verstorbene ein Freund von Ihnen, nicht wahr, DS Scott?«, fragte Donald.

»*Freund* würde ich nicht gerade sagen«, erwiderte Scott sichtlich betroffen. »Ich bin mit ihm zur Schule gegangen. Wir sind in derselben Straße groß geworden, das ist alles.«

»Nun, es liegt mir fern, in Ihren peinlichen persönlichen Beziehungen herumzustochern, Brian. Es sei denn, es gäbe darin etwas Unangemessenes, in welchem Fall ich ...«

»Sir«, warf Daley mit fester Stimme ein, ohne seine Verärgerung zu verbergen, »das bringt uns doch nicht weiter. Würden Sie bitte einfach fortfahren?«

»Großartig, Jim. Die neue Verantwortung scheint Ihnen gutzutun. Die Kripo in Cumnock hat die ganze Nacht an der Sache gearbeitet. Der Hubschrauber war auf einen gewissen Henry Parr zugelassen, einen ehemaligen Piloten der Royal

Navy, der sich seit einer Weile als Privatpilot durchgeschlagen hat – er beförderte Golfspieler zu Turnieren et cetera. Auf den ersten Blick wirkt es jedoch so, als hätte er nur unregelmäßig gearbeitet und sehr viel Zeit in seinem Urlaubsdomizil auf den Bahamas verbracht.«

»Was mit einer Navy-Pension nicht ganz einfach ist«, bemerkte Daley.

»Genau«, bestätigte Donald. »Die Untersuchung des Satelliten-Navigationssystems des Hubschraubers ergab, dass er sich offenbar ein paar Minuten an einem Punkt vor der Küste von North Antrim aufgehalten hatte, einer speziellen, zuvor einprogrammierten Position. Das war unmittelbar vor der Landung in Ayrshire – sein letzter Flug.«

»Und Peter MacDougall – was wissen wir über seine Ermordung?«, erkundigte sich Daley.

»Ihre Kollegen in der London Road arbeiten daran, aber Sie kennen ja das East End, Jim. Niemand hat etwas gesehen, und die Abdeckung durch Überwachungskameras ist nicht gerade vollständig. Der größte Teil der Straße ist völlig heruntergekommen. Wir wissen lediglich, dass er nur Minuten vor seiner Ermordung ein Pub ein paar Meter entfernt verlassen hat.« Donald lehnte sich zurück. »Wegen der heiklen Lage seines Bruders hat mich das Zeugenschutzprogramm gebeten, ihm die schlechten Neuigkeiten über Peter persönlich zu überbringen.« Er flocht die Finger unter dem Kinn zusammen und wartete auf eine Erwiderung.

»Wir sollen uns aus der Deckung wagen und Frank erzählen, dass man seinen Bruder umgebracht hat?«, fragte Scott ungläubig. »Können die das nicht selber?«, fügte er kopfschüttelnd hinzu.

»Ah, das Ding kann also doch sprechen«, bemerkte Donald. »Die Ermordung von Peter MacDougall hat alles verändert. Nach dem Tod der Dowies waren die vom Zeugenschutzprogramm noch relativ entspannt, wie ich Ihnen ja gestern sagte. Das ist nicht mehr der Fall. Die Regel besagt, dass sie, falls jemand aus dem Programm ernsthaft bedroht ist, mit den Polizeibehörden vor Ort zusammenarbeiten, wer immer das ist. Und in diesem Fall, meine Herren, sind damit wir gemeint. Es ist unsere unangenehme Pflicht, Frank MacDougall nicht nur darüber zu informieren, dass sein Bruder ermordet wurde, sondern ihm auch von ›Sie wissen schon, wem‹ zu berichten und ihn dazu zu überreden, dass ein weiterer Wechsel von Identität und Wohnort ... nun, sagen wir, angebracht wäre.«

»Angebracht?«, wiederholte Scott. »An seiner Stelle würde ich die Hühner satteln, und zwar schleunigst, bevor dieser Geist oder wer auch immer an meine Tür klopft.«

Daley löste sich vom Fenster, vor dem er gestanden hatte, und stemmte die Hände auf Donalds – seinen! – Tisch. »Ich bin in dieser Angelegenheit noch ganz verwirrt, Sir.« Er richtete den Zeigefinger auf die Tischplatte. »Zunächst einmal, falls es sich um JayMac handeln sollte – und das ist ganz sicher zumindest eine Debatte wert –: Wie konnte es dazu kommen? Menschen kehren nicht einfach von den Toten zurück.« Er sah auf Donald hinunter, der sich unbehaglich im Stuhl wand. Die Entwicklung gefiel ihm nicht.

»Wenn man mal vom großen Oberboss absieht«, sagte Scott. Seine beiden Kollegen starrten ihn an.

»Der große Oberboss?«, fragte Donald.

»Aye, Sie wissen schon – JC.« Scott lehnte sich zurück. »Jesses, muss ich noch deutlicher werden?«

»Vielleicht haben Sie Ihre Berufung verfehlt, Brian. Sie hätten es glatt zum Erzbischof von Canterbury bringen können, wenn Sie Geistlicher geworden wären. Die Kutte würde Ihnen gut stehen«, meinte Donald.

»Aye, na gut.« Scott ließ sich nicht beirren. »Vielleicht sollten wir den mal anrufen, damit er einen seiner Exorzismen für uns durchführt.«

Donald schnaubte verächtlich und wollte gerade etwas erwidern, als es an der Tür klopfte. Er bellte ein knappes »Ja?«, und Constable Dunn trat ein. Sie blieb neben der Tür stehen und glättete ein paar unsichtbare Fältchen in ihrem dunkelblauen Rock.

»Nur um Ihnen Bescheid zu sagen, *Sirs*«, begann sie mit erkennbarer Nervosität. »Die Präsentation ist jetzt bereit.« Sie neigte beflissen den Kopf, und einen schrecklichen Moment lang glaubte Daley, sie würde vor Donald einen Knicks machen. Aber dieser entließ sie auf dieselbe beiläufige Weise, wie er sie hereingebeten hatte, und sie eilte hinaus.

»Ich dachte, es wäre nützlich, einen Blick in die Vergangenheit zu werfen«, meinte Donald und nahm ein paar Papiere vom Schreibtisch. »Um eine Möglichkeit zu entdecken, wie das – falls es sich um JayMac handeln sollte – passieren konnte. Kommen Sie mit.«

Mit Donald an der Spitze marschierten sie aus dem Büro. Scott sah Daley schulterzuckend an und salutierte mit zwei Fingern hinter dem Rücken des Superintendenten.

»Jetzt ist aber auf der Stelle Schluss mit der Insubordination, Brian«, sagte Donald, ohne sich umzudrehen. »Genau genommen möchte ich privat ein Wörtchen mit Ihnen reden, DS Scott.« Er sah Daley an, der mit den Schultern zuckte, und zog Scott in ein nahe gelegenes Büro.

Daley versuchte, nicht hinzuhören, aber das war unmöglich. Donald spuckte lautstark Gift und Galle. Scotts Unbekümmertheit hatte ihn nicht gerade in die engere Wahl zum Angestellten des Monats gebracht.

9

Constable Dunn beugte sich über den Computer, mit dem alle audiovisuellen Geräte im Raum gesteuert wurden. Donald legte ihr den Arm um die Schulter und sprach mit gedämpfter Stimme auf sie ein, als würde er ihr ein Staatsgeheimnis verraten. Daley war sicher, dass er die junge Frau zurückzucken sah, als Donalds Hand sich klammheimlich ihren Rücken hinaufstahl. Wie oft hatte er diese Art von Manöver schon bei seinem Boss beobachtet?

Donald wandte sich von Dunn ab und bedeutete seinen Detectives, Platz zu nehmen. »Ich halte es für wichtig, dass wir uns präzise ins Gedächtnis rufen, was vor sechs Jahren geschehen ist«, sagte er mit tragender Stimme, als würde er vor einem großen Publikum sprechen. Er sah Dunn an. »Sie sind fertig? Sagen Sie mir einfach, welchen Knopf ich drücken muss, und dann seien Sie so nett, uns allein zu lassen.«

»Nehmen Sie eine beliebige Taste zum Starten und zum Stoppen ebenfalls«, erwiderte die Constable und errötete. Sie fühlte sich sichtlich unwohl in Gegenwart des Superintendenten.

»Großartig!«, rief Donald aus. »Und jetzt husch, husch.« Er beugte sich über die Tastatur und schob die Brille auf die Nasenspitze, während Constable Dunn sich hastig entfernte.

»Husch, husch«, flüsterte Scott. »Sind wir hier denn in *Downton Abbey*?«

»Ausgezeichnete Serie«, gab Donald zurück. »Aber bitte nicht so sarkastisch, DS Scott. Wenn ich mich recht entsinne, steht noch ihre jährliche Beurteilung aus, und ich versichere Ihnen, das wird keine angenehme Lektüre.« Er verstummte und vertiefte sich in die Geheimnisse des Computers. Er drückte eine Taste, und der große Bildschirm erwachte zum Leben. »Ich habe das hier sozusagen als Gedankenstütze zusammengestellt«, sagte er und nahm zwischen Daley und Scott Platz.

Das vertraute Gesicht einer bekannten schottischen Nachrichtensprecherin tauchte auf. Sie wirkte merklich jünger als vor ein paar Tagen, als Daley sie beim Fernsehen mit Liz zuletzt gesehen hatte.

Sie begann: »Der berüchtigte Gangster James ›JayMac‹ Machie wurde heute vor dem Glasgow High Court zu fünfmal lebenslänglich verurteilt. Er und beinahe fünfzig Mitglieder des kriminellen Machie-Klans standen in den letzten vier Monaten in einem der größten Verfahren dieser Art in der schottischen Rechtsgeschichte vor Gericht. Der Verbrecherorganisation wurden Mord, Erpressung, Drogenhandel und Geldwäsche sowie siebzehn weitere Anklagepunkte vorgeworfen. Zusammengenommen werden ihre Mitglieder mehr als tausend Jahre im Gefängnis verbringen.«

Das Bild wechselte zu einem Video von Machie, der von fünf unbehaglich dreinsehenden Wachleuten aus dem Gerichtsgebäude geführt wurde. Obwohl er mit Handschellen gefesselt war, spuckte er den Kameramann, die Reporter und ein paar Schaulustige an und warf ihnen unflätige Beleidigungen an den Kopf. Sein Benehmen wollte so gar nicht zu dem eleganten italienischen Anzug passen, den er trug, und seine verzerrte Miene drückte nur Hass und Rachsucht aus. Daley sah, dass Scott unruhig im Stuhl herumrutschte.

Dann erfolgte ein Schnitt auf eine Straße in Glasgow. Ein stark beschädigter weißer Krankenwagen stand auf dem Bürgersteig, und man sah ihm an, dass dort Schreckliches geschehen war. Er war von Kugeln durchsiebt, und die rückwärtigen Türen hingen zerknautscht in den Angeln, sodass man in das blutbespritzte Innere sehen konnte. Eine Gruppe von Männern in den weißen Overalls der Spurensicherung bemühte sich, das Fahrzeug mit einer blauen Plane abzuhängen. Vor dem zerstörten Transporter stand ein Abschleppwagen der Polizei. Zahlreiche Streifenwagen mit blitzendem Blaulicht umgaben die Szene.

»Scheiß auf die Vergangenheit«, platzte Scott heraus, diesmal, ohne sich um Donald zu kümmern.

Die Kamera zeigte nun einen anderen Reporter. Auch hier ein bekanntes Gesicht, ebenfalls deutlich jünger als in der Gegenwart. »Hinter mir sehen Sie die Überreste der Gefängnisambulanz, in der der berüchtigte Gangster James ›JayMac‹ Machie vor knapp über einer Stunde in einem Kugelhagel starb, während er sich nach der Behandlung wegen eines vermuteten Herzinfarkts in der Royal Infirmary-Klinik auf dem Rückweg in seine Zelle im Gefängnis von Barlinnie befand.

Einzelheiten sind noch nicht bekannt, aber es heißt, dass zwei Beamte einer motorisierten Polizeieskorte, zwei Gefängniswärter und ein privater Sicherheitsmann ebenfalls bei dem Überfall starben, der von bis zu zehn maskierten Männern begangen wurde. Sie benutzten dabei ein gestohlenes Taxi, einen Schwertransporter und einen Audi. Es wird vermutet, dass die gut geplante Hinrichtung das Werk einer rivalisierenden Gangsterbande sein könnte, die den gefürchteten James Machie ausschalten wollte, auch wenn es unwahrscheinlich war, dass er das Gefängnis je wieder verlassen würde.«

Die Kamera schwenkte auf einen uniformierten Polizeibeamten mit goldbetresster Mütze. Es handelte sich um Donald.

»Neben mir steht Superintendent John Donald, der stellvertretende Polizeikommandant. Superintendent Donald, was ist Ihr Kommentar zu diesen schrecklichen Ereignissen?«

Donald zog die Augenbrauen hoch und blickte direkt ins Objektiv, statt den Reporter anzusehen. »Die Vorfälle dieses Morgens sind äußerst tragisch, vor allem für die Angehörigen meiner beiden Leute, der Gefängnisbeamten und des privaten Wachmannes, die ihr Leben bei dem Versuch gelassen haben, Mr. Machie zu schützen.« Er verstummte angewidert und wandte sich dem Journalisten zu.

»Möchten Sie auch ein paar Worte an die Machie-Familie richten, Superintendent Donald, nun, da feststeht, dass James Machie bei dem Überfall starb?«

Wieder entschied sich Donald dafür, der Kamera die Antwort zu geben.

»In meinem Beruf gehört es leider zum Alltag, sich mit den Folgen von Gewalttaten zu beschäftigen. Selbstverständlich ist der Tod eines jeden Menschen unter derartigen Umständen höchst bedauerlich. Ich bin jedoch überzeugt, Ihre Zuschauer werden mir zustimmen, dass manche Todesfälle beklagenswerter sind als andere. Ich wiederhole, dass meine Gedanken den Familien der toten Beamten und des ermordeten Sicherheitspostens gelten. Das ist alles, was ich dazu zu sagen habe.«

Die Kamera schwenkte auf den zerstörten Krankenwagen, dann blendete das Bild aus. Es folgte eine Wiederholung der

Aufzeichnung der Überwachungskamera aus Australien. Daley warf Scott einen Seitenblick zu. Der beugte sich angespannt vor. Die Aufnahmen von den Morden in Ringwood East sah er zum ersten Mal.

Alles spielte sich ohne Ton auf dem großen Bildschirm ab. Als Marna Dowies Kopf ein weiteres Mal explodierte und Jay-Mac zur Fahrertür seines Wagens ging, blieb das Bild stehen, wurde vergrößert und verbessert. Daneben schob sich ein anderes Foto: JayMac, der in die Kamera emporsah, als er nach der Verurteilung vor fast sechs Jahren zurück ins Gefängnis gebracht worden war. Vielleicht war es die Pose, die die Ähnlichkeit so verblüffend machte.

Donald erhob sich und drehte sich zu seinen Detectives um. »Nun, Gentlemen, hat einer von Ihnen irgendwelche Zweifel in Bezug auf die Identität des Mannes, den wir gerade gesehen haben?« Er legte den Kopf schief.

»Nein«, antwortete Brian Scott. »Das ist er, daran besteht keinerlei Zweifel. Ich hab ihn ja schon als Kind gekannt.« Er blickte zu Boden, flocht die Finger ineinander und ließ sie knacken. Daley standen dabei wie immer die Haare zu Berge.

»Ausgezeichnet«, meinte Donald. »Ein seltener Ausbruch von Einverständnis zwischen uns, DS Scott.« Er ging hinter den Schreibtisch, der unter dem großen Bildschirm stand, und setzte sich. »Wir sind alle drei erfahrene Polizeibeamte und vernünftig denkende Menschen. Na ja, jedenfalls weitgehend«, meinte er mit einem Seitenblick auf Scott. »Wenn wir unsere bewährten Methoden anwenden, dürfen wir uns nicht über die scheinbare Wiederauferstehung von JayMac wundern, sondern müssen uns überlegen, wie es ihm gelungen sein kann. Irgendwelche Vorschläge?«

Daley lehnte sich zurück, verschränkte die Hände im Nacken und sah zur Decke. »Die einzige Erklärung ist, dass es sich bei dem Mann, der im Gefängniskrankenwagen gestorben ist, nicht um Machie handelte.« Er senkte den Blick zu Donald.

»Ja, ich bin zu einem ähnlichen Schluss gelangt. Was ist mit Ihnen, Brian?«, fragte Donald.

»Aye, okay, na schön. Aber ich habe ihn gesehen – die halbe Polizei muss ihn gesehen haben, außerdem der Pathologe von Glasgow, die Presse, seine Familie und weiß der Geier wer noch. Er war das auf dem Seziertisch, ich schwör's, garantiert.«

»Und doch stimmen Sie mir zu, dass er der Mann auf dem australischen Video ist. Sie müssen sich schon entscheiden, DS Scott.« Donald musterte ihn über den Tisch hinweg und seufzte. »Unser Job ist es, im Hier und Jetzt eine Lösung zu finden, so unangenehm diese Auferstehung, oder wie immer man es nennen will, sein mag.«

»Ich würde es lieber gar nix nennen«, sagte Scott. »Wenn ich Sie daran erinnern darf, Sir, er hätte mich beinahe abgemurkst und hat damit gedroht, mir beim nächsten Mal den Rest zu geben.«

»Ich schätze, wir müssen uns so bald wie möglich mit Frank MacDougall unterhalten, Sir«, unterbrach ihn Daley. »Wie viel weiß er?«

»Das ist schwer zu sagen, Jim«, erwiderte Donald. »Er weiß über die Dowies Bescheid, aber dass sein alter Spießgeselle ins Leben zurückgekehrt ist, dürfte für ihn ein ebensolcher Schock sein wie für uns. Holen wir uns Kaffee, Gentlemen, und dann machen wir uns ans Werk. Wir haben reichlich Zeit, um dahinterzukommen, wie JayMac diesen paranormalen Trick zuwege gebracht hat.« Donald stand auf, sammelte die Akten zusammen und ging hinaus.

»Da hast du's«, sagte Daley.

»Aye, null Problemo«, erwiderte Scott. »Weißte, Jim, die ganze Scheißsache ist ein einziger Albtraum. Ich krieg Gänsehaut. Ich bin jetzt schon lange Zeit bei der Polizei, aber so was ist mir noch nicht untergekommen.«

»Ich habe keine Ahnung, wie wir das vor den Medien geheim halten sollen. Das ist ein Teil der Aufgabe Seiner Majestät, um den ich ihn nicht beneide.« Daley erhob sich, streckte sich und gähnte. »Wahrscheinlich sollten wir Kaffee trinken, solange wir noch können«, sagte er zu Scott, der sich mit beiden Händen die Augen rieb.

»Vor den Medien geheim halten, Jimmy-Boy? Vergiss es. Bin überrascht, dass die nicht längst Wind davon bekommen haben.« Scott schüttelte grimmig den Kopf. »Tu mir einen Gefallen. Lass uns mit deiner Kiste zu Frank MacDougall rausfahren. Ich hab keinen Schimmer, wo das ist, und noch mehr Infoveranstaltung vom Boss halt ich nicht aus.«

10

Nach einem Blick auf die große Landkarte an der Wand des Büros, das Donald annektiert hatte, brachen die drei Beamten in Daleys Geländewagen auf – sehr zur Erleichterung des Sergeants, der hinten saß und die vorbeihuschende Landschaft betrachtete.

»Ich muss sagen, Jim, Sie achten gut auf Ihren Wagen. Ein Jammer, dass Sie den Herrn auf der Rückbank nicht auch davon überzeugen können«, sagte Donald und starrte erbost einen Fußgänger an, der ins Auto spähte, als sie an der Ampel auf Kinlochs Main Street warten mussten. »Haben diese Leute noch nie einen Polizisten mit einer Tresse an der Mütze gesehen?«, ärgerte er sich, als sie weiterfuhren.

»Aye, schon, nur noch keinen wie Sie«, äußerte Scott von der Rückbank aus, was nach Daleys Ansicht keine besonders gute Idee war.

Donald drehte sich zu ihm um. »Wie bitte, DS Scott?«

»Ich meine bloß, keinen, der in Uniform so gut aussieht wie Sie, Sir.«

»Halten Sie den Mund, Brian«, lautete Donalds knappe Antwort.

Sobald sie das Stadtgebiet von Kinloch verlassen hatten, änderte sich die Landschaft. Sie fuhren auf der Westhälfte der Halbinsel nach Norden. Die weißen Brecher des ruhelosen Atlantiks rollten auf eine felsige Küstenlinie zu. Das

Meer wirkte trotz des blauen Himmels kalt und grau. In der Ferne durchstießen Inseln den Horizont, und man konnte gerade noch ein rotes Fischerboot erkennen, das seine Netze in einer Wolke von herumschwirrenden Möwen ausgelegt hatte.

Obwohl die Straße die Hauptverkehrsader zwischen Kinloch und dem Rest von Schottland bildete, herrschte wenig Verkehr. Daley kannte die Strecke gut, schließlich war er sie oft auf dem Weg nach Hause gefahren. In den letzten Monaten waren er und Liz sich nähergekommen als zu jedem anderen Zeitpunkt ihrer Ehe. Die unbefangene Freundlichkeit der Menschen hier war völlig ungekünstelt, genau wie ihre kollektive Neugierde. Daley fragte sich manchmal, was sie wohl wirklich von Liz und ihm hielten, selbst wenn es ihn nicht besonders kümmerte.

Liz' Karriere als Naturfotografin nahm langsam Fahrt auf. Sie hatte ihre Arbeiten bereits in ein paar bekannten Magazinen veröffentlicht und beeindruckende Kritiken erhalten. Daley war überrascht, wie wenig sie das Stadtleben mit seinen Annehmlichkeiten zu vermissen schien. Unlängst hatte sie ihre Schwester Annie in ihrem Mini auf einen Einkaufsbummel in Glasgow begleitet. Sie hatten im alten Haus der Daleys in Howwood übernachtet, und Annie hatte es angemessen bewundert. Bei der Rückkehr hatte Liz ihm erzählt, wie seltsam es sich für sie angefühlt hatte, nicht in Kinloch zu sein, das sie mittlerweile als ihr Zuhause betrachtete. In gewisser Weise erging es ihm genauso.

Donald riss ihn aus seinen Gedanken. Er bediente das Navigationssystem auf seinem iPhone – eine Aufgabe, von der er offensichtlich überfordert war.

»Diese Mistdinger«, fauchte er. »Haben Sie die Landkarte, DS Scott?«

Daley bemerkte Scotts überraschten Blick im Rückspiegel.

»Nee«, sagte er. »Keiner hat mir gesagt, dass ich eine mitnehmen soll.«

»Ich erinnere mich klar und deutlich, dass ich Sie gebeten habe, sich vom diensthabenden Beamten eine Karte geben zu lassen«, betonte Donald. »Es ist mir ein Rätsel, warum die Satellitennavigation das Land hier noch nicht erreicht hat.« Er betrachtete sein Smartphone voller Abscheu. »Es ist natürlich wenig hilfreich, wenn die Untergebenen schon mit den einfachsten Aufgaben überfordert sind.«

Daley sah, wie Scott seinem Chef hinter dessen Rücken eine Grimasse schnitt.

»Wenn Sie im Handschuhfach nachsehen würden, Sir. Ich glaube, darin ist eine Landkarte der Umgebung«, warf Daley ein, während er sich anschickte, einen der wenigen anderen Wagen auf der Straße zu überholen.

Donald beugte sich vor und öffnete das Handschuhfach. Es gab das gut geölte Klicken eines gepflegten Autos von sich. Daley beobachtete ihn aus dem Augenwinkel, während er herumkramte.

»Ich muss schon sagen, Jim, das ist ja eine richtige Süßwarenhandlung da drin«, bemerkte Donald und brachte die Überreste einer Kekspackung und einen Schokoriegel zum Vorschein.

»Nun ja.« Daley wirkte plötzlich nervös. »Nur für Notfälle – falls wir im Schnee stecken bleiben, verstehen Sie?«

»Schöne Diät, Großer.« Scott lachte auf dem Rücksitz. »Salat und Grapefruit zum Tee, dann aber nix wie raus zum Wagen, Kekse und 'nen Marsriegel hinter die Kiemen schieben. Kein Wunder, dass du nicht abnimmst.«

Daley beschloss, den spöttischen Kommentar bezüglich seines heimlichen Zuckervorrats zu ignorieren. Er bremste, als er das Schild zu einer Abzweigung erreichte.

»Hier müssen wir abbiegen. Er wohnt in einem umgebauten Bauernhaus. Irgendein gälischer Name. Erinnerst du dich daran, Brian?« Daley fing Scotts Blick im Rückspiegel auf.

»Das ist ungefähr so wahrscheinlich, wie dass Sie auf Schokolade verzichten, würde ich sagen«, schnaubte Donald.

»Warte mal«, sagte Scott und versuchte ebenso angestrengt wie vergeblich, sich wenigstens an den Klang des Namens zu erinnern.

Kurz darauf konnten sie die Farm in der Ferne bereits erkennen. Ein großer schwarzer Range Rover stand an der Zufahrt geparkt.

»Wenn ich das richtig sehe, werden sie noch vom Zeugenschutzprogramm bewacht, nicht wahr, Sir?«, erkundigte sich Daley.

»Ja, bis heute Abend. Dann müssen wir diese unerfreuliche Aufgabe übernehmen.«

Ohne zu antworten, bremste Daley und bog in die Zufahrt ab. Sofort setzte sich der Range Rover in Bewegung und blockierte den Weg.

Zwei Männer stiegen aus. Einer von ihnen klopfte sich aufs Jackett, vermutlich um den Störenfrieden zu bedeuten, dass er bewaffnet war.

Daley drückte den Knopf, um sein Fenster herunterzulassen.

»Was haben Sie hier zu suchen?«, fragte der Mann im Anzug

brüsk mit einem Londoner Akzent. Er steckte den Kopf in den Wagen, um sich die Passagiere anzusehen.

Daley zog seinen Dienstausweis aus der Innentasche. »Polizei Strathclyde. Wir müssen mit dem Bewohner dieses Hauses sprechen – nicht mit Ihnen –, also würden Sie uns bitte durchlassen?«

»Nicht, bevor ich alle Ausweise kontrolliert habe.« Er streckte die Hand zum Fenster herein, um ihre Papiere in Empfang zu nehmen.

Donald zog eine Augenbraue hoch und fischte seinen Dienstausweis aus der Uniform. Der Mann studierte ihn kommentarlos.

Im Spiegel sah Daley, wie Scott verzweifelt in seinen Taschen herumsuchte. In der Jacke hatte er nichts gefunden, und jetzt stützte er sich seitlich auf den Ellbogen, um an die Gesäßtasche seiner Hose zu kommen.

»Nur Geduld, ich weiß, dass ich das blöde Ding hier irgendwo habe«, sagte er und verlagerte das Gewicht auf den anderen Ellbogen, um die zweite Hosentasche zu durchsuchen.

»Typisch«, erwiderte Donald und drehte sich halb um, um die Verrenkungen seines Detective Sergeants zu verfolgen. »Ihnen ist doch klar, dass ich eine Disziplinarstrafe aussprechen kann, weil Sie Ihre Marke nicht bei sich tragen.«

Der Mann vom Zeugenschutz beugte sich noch weiter in Daleys Wagen und funkelte Scott an. »Na los doch, Jocky-Boy«, sagte er. »Leg mal einen Zacken zu. In sechs Stunden sind wir hier weg und auf dem Rückweg in die Zivilisation.«

Donald löste den Sicherheitsgurt, stieg aus dem Wagen und knallte die Tür hinter sich zu. Daleys Blick folgte seinem Boss, während dieser gelassen um die Motorhaube herum auf die beiden Männer zuging.

»Jetzt spitzen Sie mal die Ohren, Sie arroganter englischer Mistkerl.« Donald war offensichtlich nicht in kompromissbereiter Stimmung. »Schaffen Sie Ihre Ärsche in Ihren Wagen und fahren Sie ihn aus dem Weg, bevor ich Sie beide wegen Landfriedensbruchs festnehme. Und seien Sie versichert«, fügte er giftig hinzu, »dass ich einen ausführlichen Bericht an Ihre Vorgesetzten schicken werde, sobald ich wieder im Büro bin.« Mit einem knappen Wink bedeutete er den Beamten vom Zeugenschutz, dass er mit ihnen fertig war.

»Aye, eins muss man ihm lassen«, bemerkte Scott. Er hatte die Suche nach seinem Ausweis aufgegeben. »Er weiß, wie man seinen Standpunkt deutlich macht.«

»Ja, aber ich glaube nicht, dass er das mit deiner Dienstmarke vergessen wird«, erwiderte Daley.

»Oh, das weiß ich, Jim«, sagte Scott. »Das weiß ich.«

Nachdem Donald wieder eingestiegen war, fuhren sie den Hügel hinauf weiter zur Farm. Der Superintendent schimpfte unterdrückt über Insubordination und mangelnden Respekt vor sich hin.

Es war eine kahle Landschaft. Die Farm und ein paar kleine Nebengebäude, die allesamt ziemlich heruntergekommen aussahen, lagen dicht unter dem Hügelkamm. Die Gegend wirkte unfruchtbar und windgepeitscht. Es gab keine Spur von Bäumen, Büschen oder überhaupt nennenswerter Vegetation.

Vor dem Haus stand ein schlammbespritzter Geländewagen neben einem alten Pick-up, der über einen Käfigaufbau verfügte, vermutlich für den Transport von Vieh gedacht. Daley registrierte das Fehlen von Hundegebell, das er mit bewirtschafteten Farmen verband.

Während Donald zur Haustür ging, sah Daley sich um.

Frank MacDougall mochte in bescheidenen Verhältnissen leben, aber er hatte einen wahrhaft großartigen Blick auf den Atlantik. Das roteFischerboot war immer noch zu sehen, jedoch inzwischen nur noch ein Stecknadelkopf vor der Silhouette der Inseln, die aus dieser Höhe betrachtet irgendwie näher und imposanter wirkten. Daley wünschte, er hätte eine Jacke mitgebracht. Er konnte seinen Atem in einer Wolke kondensieren sehen. Scott stampfte mit den Füßen, um sich warm zu halten, und hatte die Hände tief in den Taschen vergraben.

»Versuchen Sie, mehr wie ein Polizeibeamter und weniger wie ein Staubsaugervertreter auszusehen, DS Scott, wenn Sie so nett wären«, sagte Donald, während er an die Tür klopfte und seine Uniform glatt strich.

Scott wollte gerade etwas einwenden, als die Tür sich einen Spalt weit öffnete und eine ältere Frau herausspähte. Ihre Haare waren grau und ungepflegt, und sie starrte die Polizisten mit hervorquellenden Augen ängstlich an.

»Betty, bist du das?«, fragte Scott ungläubig.

»Aye, und wer will das wissen?«, erwiderte die Frau.

»Erkennst du mich denn nicht? Ich bin's, Brian Scott, Tams Junge. Wir haben zwei Türen weiter gewohnt, erinnerst du dich?«

Mit einem Ausdruck der Panik knallte die Frau die Tür zu. Daley hörte sie schluchzen, während sie die Riegel wieder vorschob.

»Eine ehemalige Nachbarin?«, erkundigte sich Donald. »Tja, immer ein Vergnügen, alte Freunde wiederzusehen.«

»Ich fasse es nicht«, sagte Scott kopfschüttelnd. »Man möchte es kaum glauben, aber als sie jung war, war sie eines der bestaussehenden Mädels in Glasgow. Sie ist ein bisschen älter als ich, aber ich seh sie noch vor mir, wie sie voll aufgebrezelt zum Tanzen ging. Umwerfend.« Er schüttelte den Kopf.

»Nun, was immer sie in den Jahren seitdem erlebt hat, scheint eher sie umgeworfen zu haben«, lautete Donalds Kommentar mit gewohnter Schärfe. »Ich würde sagen, sie hat keine Ahnung, was heute für ein Wochentag ist, ganz zu schweigen davon, wer wir sind.« Er wollte abermals klopfen, hielt jedoch inne, als er von innen eine laute Männerstimme vernahm.

»Moment, ich komme gleich.« Die Stimme klang tief, barsch und nach purem East End. Die Tür ging auf, und ein junger Mann Mitte zwanzig mit schmalem Gesicht tauchte darin auf. »Die Bullen«, sagte er, und seine Lippen kräuselten sich verächtlich.

»Hol deinen Vater, Bübchen«, befahl Donald.

»Wollten Sie nicht sagen: ›Dürfte ich bitte mit Ihrem Vater sprechen, Mr. Robertson?‹« Der junge Mann äffte Donalds Kelvinside-Akzent gekonnt nach, und ein arroganter Ausdruck glitt über sein hageres Gesicht.

»Schaff ihn her, du kleiner Bastard. Sofort!«

Die Tür schloss sich wieder, und die Beamten hörten den jungen Mann nach seinem Vater rufen, während die Frau im Hintergrund vor sich hin jammerte.

»Was soll die Mr. Robertson-Kacke?«, fragte Scott und steckte sich eine Zigarette an.

»Benützen Sie doch Ihren Verstand, DS Scott. Der ganze Sinn des Zeugenschutzes ist doch, dass man an einem Ort, wo einen niemand kennt, ein neues Leben beginnen kann. Die Logik sagt einem, dass eine Namensänderung dabei nicht unwichtig sein könnte, sonst müssen die alten Feinde nur einen Blick ins Telefonbuch oder ins Wählerverzeichnis werfen, um einen zu finden.« Donald starrte den Sergeant finster an. »Und machen Sie die verdammte Kippe aus«, fügte er zu Scotts Verdruss hinzu.

Während des Vortrags beschäftigte Daley sich damit, die Umgebung zu betrachten. Der Hof der Farm war mit rissigem Asphalt bedeckt, der stellenweise aufgeworfen und zerwühlt war. Es gab nicht nur keine Hunde, sondern überhaupt keine Tiere – nicht einmal Hühner oder die sonst allgegenwärtigen Katzen. An eines der Nebengebäude gelehnt stand ein Gerät, das vielleicht ein Pflug gewesen war, doch die ursprüngliche gelbe Farbe war durch eine dicke Rostschicht kaum noch zu erkennen. Nach Daleys Erfahrung stanken Farmen nach Dung und Jauche, die hier jedoch nicht. Es lag auf der Hand, dass das, womit Frank MacDougall den Lebensunterhalt der Familie Robertson bestritt, nichts mit schweißtreibender Landwirtschaft zu tun hatte.

»Ich frage mich, was wohl hinter dem Haus ist«, sagte Daley.

»Wahrscheinlich eine halbe Tonne Cannabis und ein Sherman-Panzer«, vermutete Scott und trat widerwillig seine Zigarette mit der Schuhspitze aus.

»Machen Sie sich nicht lächerlich, DS Scott«, wies Donald ihn zurecht. »Jeder im Zeugenschutzprogramm wird genauestens überwacht, um solche kriminellen Verhaltensweisen zu verhindern.«

»Aye, und ich bin Miss Marple.«

Bevor Donald Gelegenheit hatte zu antworten, erklangen laute Schritte hinter der Tür. Sie wurde aufgestoßen, und ein Mann erschien, der von Körperbau und Größe dem zuvor beinahe zum Verwechseln ähnlich sah. Doch sein ausgezehrtes Gesicht zeugte von dreißig zusätzlichen Jahren Raubbau an seiner Gesundheit. Vor ihnen stand einer von Glasgows legendärsten Verbrechern: Frank MacDougall.

Er musterte die drei Polizisten einen nach dem anderen.

»Anscheinend steigt mein Ansehen in der Welt«, sagte er und grinste Donald an. »Jetzt kommt uns sogar schon ein Inspector besuchen, was, John?« Donald zuckte bei der allzu familiären Begrüßung zusammen. »Und da ist ja auch der alte Jim.« Er nickte Daley zu. »Ich erinnere mich noch daran, wie Sie in Townhead Streife gingen. Mann, Sie haben ganz schön zugelegt, was?«

Das brachte Scott zum Lachen, und MacDougall wandte sich ihm zu. »Scooty, mein Alter.« Er trat aus der Tür und umarmte den Detective Sergeant. »Wie läuft's denn so, Kumpel?« Er schien ehrlich erfreut, Scott zu sehen, sehr zum Leidwesen von Donald, der die Szene mit unübersehbarem Missfallen betrachtete.

»Hör mal, Frankie, wir müssen reinkommen und dir was erzählen«, sagte Scott mit ernster Miene.

»Scheiße, ihr seid bestimmt nicht hier, um mir zu sagen, dass ich falsch geparkt habe. Bitte sehr.« Er trat beiseite und machte eine einladende Geste. »Tommy, mein Sohn«, rief er. »Brüh mal 'nen Fertigkaffee für die Polis auf.« Er bat die Beamten in eine Diele, in der händeringend die Frau stand und die Besucher furchtsam beäugte.

Ihr Gastgeber führte sie durch eine glasgetäfelte Tür in ein großzügiges Wohnzimmer mit frei liegenden Deckenbalken, einem offenen Kamin, teuer wirkenden Möbeln, geschmackvollen Gemälden und einem riesigen Fernsehgerät. Das heruntergekommene Äußere des Hauses spiegelte sich definitiv nicht in seinem Inneren wider. Daley fühlte sich eher an Wohnungen aus den Lifestyle-Magazinen erinnert, die Liz immer anschleppte.

Als er die Frau musterte, wurde ihm klar, dass es sich um Franks Gattin handeln musste. Er konnte sich nicht vorstellen, dass sie für die geschmackvolle Innenausstattung verantwortlich war. Sie hockte sich auf die Kante eines der ledernen Lehnstühle, krampfte die Hände zusammen und warf den Besuchern ängstliche Blicke zu.

MacDougall bemerkte, dass Daley seine Frau ansah. »Also los jetzt, Liebes, hol mir und diesen Gentlemen ein wenig Kaffee«, sagte er sanft, ging zu ihr und half ihr auf. »Tommy geht dir zur Hand.«

»Fährst du wieder ein, Frankie?«, fragte sie und blickte von ihm zu den Polizisten. »Sind sie gekommen, um mich nach Hause zu bringen?«

MacDougall begleitete sie zur Tür. Er sagte ihr leise etwas ins Ohr, drückte ihr einen Kuss auf den Scheitel und schob sie hinaus.

»Was ist denn los mit Betty?«, fragte Scott und sah MacDougall ernsthaft besorgt an.

»Vaskuläre Demenz«, antwortete dieser traurig. »Fing an, als wir hier einzogen – du weißt schon, erst nur leichte Vergesslichkeit, Geburtstage, Namen. Aber dann wurde es immer schlimmer. Ach bitte, setzt euch doch, Gents«, sagte er und nahm in dem Sessel Platz, den seine Frau gerade verlassen hatte. »Natürlich mussten wir sie in ein Krankenhaus in London bringen, für den Fall, dass jemand ihr nachspionierte, ihr wisst ja.« Er richtete das Wort ausschließlich an Scott. »Normalerweise bekommt man so eine Krankheit erst in hohem Alter. Sie hat einfach Pech gehabt.«

»Tut mir leid, das zu hören, Frankie«, sagte Scott. »Ich habe den Jungs gerade erzählt, was für 'ne Wucht sie damals war.« Er lächelte MacDougall zu.

»Aye, das war sie.« Er wandte den Blick ab, und in seinem rechten Augenwinkel glitzerte eine Träne. »Aber egal, scheiß drauf, Jungs. Das Leben geht weiter, was?« Sein Grinsen kehrte zurück, während er sich mit dem Handrücken über die Augen wischte. »Wenn man euch geschickt hat, um mir mehr über Gerry Dowie zu erzählen: Ich bin nicht interessiert. Versteht mich nicht falsch, ich mochte den Jungen, aber in unserer Branche ... na, ihr wisst ja selber, Leute. Berufsrisiko. Es tut mir nur leid wegen seiner Frau, das hatte sie nicht verdient.« Er sah jedem der Polizisten mit einem Blick des Bedauerns fest in die Augen.

Donald, der stehen geblieben war, trat vor. Daley erkannte, dass er zu einem seiner Vorträge ansetzte.

»Ich bringe schlechte Neuigkeiten für Sie, Mr. Robertson.« Donald sprach sehr förmlich und benutzte MacDougalls Pseudonym.

»Keine Sorge, Mann, ich kann was einstecken«, erwiderte MacDougall großspurig, auch wenn sich ein besorgter Ausdruck in seine Miene stahl. »Schießen Sie los. Feuer frei aus allen Rohren.«

»Es ist meine bedauerliche Pflicht, Ihnen mitzuteilen, dass Ihr Bruder Peter letzte Nacht in Glasgow ermordet wurde«, sagte Donald. Weder sein Gesicht noch seine Stimme zeigte eine Spur von Emotion. »Mein herzliches Beileid.«

MacDougall legte den Kopf in den Nacken und starrte zur Decke.

Scott ergriff das Wort, um das Schweigen zu durchbrechen.

»Mir tut es auch leid, Frankie. Er war kein schlechter Mensch, unser großer Peter«, sagte er mit ehrlicher Anteilnahme.

»Nee, er war nur ein verdammter Narr.« MacDougall sah die Polizeibeamten an. »Ich wusste immer, dass ihm mal so was passieren würde, dem blöden Kerl, nachdem ich mich nicht mehr um ihn kümmern konnte. Überrascht mich bloß, dass es so lange gedauert hat.« Er stand auf, zog ein Zigarettenpäckchen aus der Tasche, riss es auf und bot den Polizisten davon an. Scott griff gierig zu, ohne Donald anzusehen, der die Augen zum Himmel verdrehte.

Scott steckte sich gerade seine Zigarette an, als die Tür aufgestoßen wurde und eine junge Frau in Designerjeans und eng geschnittener Bluse auftauchte. Ihre Haare waren honigblond, das Gesicht rund und hübsch, beherrscht von großen grünen Augen. Sie wirkte frisch und gesund, ohne eine Spur der Ausschweifungen, die die Züge des jungen Mannes von vorhin gezeichnet hatten. Sie musterte die Besucher ausdruckslos, während sie den Raum durchquerte und zu ihrem Vater ging.

»Was ist denn los, Daddy?«, fragte sie mit so wohlmodulierter Stimme, dass Scott sie verblüfft anstarrte.

»Schlechte Nachrichten, Süße, schlechte Nachrichten«, sagte MacDougall und zog sie mit seiner knochigen Hand an sich. »Dein Onkel Peter ist ermordet worden.« Und als hätte das das Fass zum Überlaufen gebracht, begann er, leise an ihrer Schulter zu weinen.

»Setz dich doch, Daddy«, bat sie ihn. Er befolgte ihren Rat und ließ sich in den Lehnsessel zurücksinken. Mit bebenden Schultern stützte er den Kopf in die Hände.

»Vielen Dank, Gentlemen«, sagte sie kühl. »Sie haben Ihren Spruch aufgesagt. Jetzt gehen Sie einfach und lassen uns zufrieden.«

»So weit sind wir noch nicht«, gab Donald mit ebensolcher Kälte zurück. »Wir müssen mit Ihrem Vater sprechen – und zwar *privat*.«

»Ich finde, das zu entscheiden, ist Sache meines Vaters, meinen Sie nicht auch?«, erwiderte sie widerborstig und sah MacDougall an, der versuchte, die Fassung wiederzuerlangen.

Daley staunte über den Unterschied zwischen ihr und ihrem ungehobelten Bruder. Es war klar, dass dieses Mädchen völlig anders aufgewachsen sein musste als er. Donald trommelte mit den Fingern heftig auf die Armlehne seines Sessels. Brian Scott dagegen betrachtete die Szene, wie Daley wusste, mit aufrichtiger Anteilnahme. Sein Sergeant war mit vielen der Leute aufgewachsen, die er heute beruflich zu verfolgen gezwungen war. Wenn ihre Pfade sich kreuzten, behandelten beide Parteien das normalerweise als Berufsrisiko. Er hatte Scott mit Leuten lachen und Witze machen sehen, die viele andere Menschen für den Abschaum der Erde gehalten hätten. Daley wusste aber auch, dass es kein Pardon gab, sobald es hart auf hart ging. Die Bindungen einer gemeinschaftlich verbrachten Jugend hielten jedoch nicht immer. JayMac hatte versucht, Scott umzubringen. Und jetzt, da er anscheinend auf wundersame Weise dem Tod von der Schippe gesprungen war, würde er es wahrscheinlich erneut versuchen.

»Aye, Sarah, geh schon, Süße«, sagte MacDougall sanft. »Schau mal, ob du deine Mutter beruhigen kannst. Das ist nicht gerade eines der Talente deines Bruders.«

»Talente?«, gab sie zurück. »Falls du auf etwas stößt, das er wirklich kann, sag mir Bescheid.« Sie verstummte und ergriff mit beiden Händen die Hand ihres Vaters. »Bist du sicher, dass du mich nicht dabeihaben willst?«

»Aye, Püppchen. Wir sind sowieso fast fertig. Los, geh schon.« MacDougall drückte seiner Tochter den Arm und bedeutete ihr, hinauszugehen.

»Ihre Kinder sind sehr verschieden«, stellte Donald fest, als sie verschwunden war.

»Aye, kann man sagen«, antwortete MacDougall, das Gesicht von Tränen gezeichnet. »Hat sie ihrer Granny zu verdanken. Sarah war schon ein kluges Mädel, als sie noch ganz klein war. Die Lehrer merkten es sofort, als sie in die Schule kam. Meine Mutter war fest entschlossen, sie aus dem alten Trott rauszuholen, damit sie im Leben eine Chance bekam ... Und ich hatte ja die Kohle dazu.« Er grinste Donald an, dem völlig klar war, woher das Geld gestammt hatte. »Wir haben sie auf 'ne Privatschule in Perthshire geschickt. Wie Sie sehen, ist das kleine Mädel aus Glasgow mit den knochigen Knien und der Rotznase als junge Lady zurückgekommen. Das Scheißgefängnis hier macht sie kaputt. Sie kann nicht mal auf die Uni oder sich einen Job suchen, weil die Scheiße hier passiert ist.« Er funkelte Donald zornig an.

»Aye, aber wieso zum Teufel biste nicht nach Übersee, als du die Chance hattest, Frankie?«, fragte Scott.

»Wegen Betty«, lautete die resignierte Antwort. »Ihr hat's immer nur zu Hause gefallen, auch im Urlaub. Als das mit ihrem Kopf schlimmer wurde, hat se sich die Augen ausgeheult. Ich konnte nix machen. Sie schlugen vor, die Kinder sollten alleine weggehen, aber die wollten nicht. Unser Cisco hat den Preis dafür bezahlt.« MacDougall sah aus, als lastete das Gewicht der ganzen Welt auf seinen Schultern.

»Vielleicht hätten Sie eine alternative berufliche Laufbahn in Betracht ziehen sollen, Mr. Robertson«, fiel Donald ihm ins Wort.

»Hören Sie auf mit dem Robertson-Scheiß!«, stieß MacDougall hervor. »Sie kennen meinen Namen – also verwenden Sie ihn gefälligst. Egal, sagen Sie schon, was Sie zu sagen haben, und dann lassen Sie mich zufrieden, okay? Mir platzt gleich der Kopf.« Er stand auf und holte eine Flasche Whisky aus einem Schrank. »Will jemand 'nen kleinen Schluck?«, fragte er mit einem Blick in die Runde.

Scott wollte schon nicken, als Donald für sie alle antwortete. »Wir sind im Dienst, Mr. *MacDougall*. Und wir haben etwas Ernstes mit Ihnen zu besprechen.«

»Ernst? Sie haben mir gerade mitgeteilt, dass mein Bruder ermordet worden ist – wie viel ernster kann es denn werden?«

»Wir haben einen Verdacht, wer für seinen Tod und die Ermordung von Gerald und Marna Dowie verantwortlich sein könnte«, sagte Daley mit einem Ausdruck des Bedauerns.

»An deiner Stelle würd ich mir 'n tüchtigen Schuss einschenken«, riet Scott MacDougall. »Mach dich auf 'nen Schock gefasst.« MacDougall blickte ihn fragend an, befolgte aber den Rat und kehrte mit einem fast randvollen Glas zu seinem Sessel zurück.

»Wir haben allen Grund zu der Annahme, so fantastisch es klingen mag«, begann Daley, »dass alle drei und ein weiterer Mann von James Machie ermordet wurden.«

MacDougall beugte sich vor und starrte die Polizeibeamten einen nach dem anderen an. Er trank einen tiefen Zug von seinem Whisky und wischte sich die Lippen mit dem Handrücken ab. »Hätte nicht gedacht, dass du bei so was mitspielen würdest, Scooty«, sagte er, und Zorn blitzte in seinen schmalen Augen auf. »Solche Psychospielchen gehen mir am Arsch vorbei. Das könnt ihr euch für die Kids aufsparen, die ihr beim Ladendiebstahl erwischt, denn mich könnt ihr damit nicht beeindrucken. Okay?«

»Das ist der springende Punkt, Frankie«, erwiderte Scott. »Das sind keine Psychospielchen. Es ist wahr. Ich habe die Beweise mit eigenen Augen gesehen.«

MacDougall wollte gerade etwas erwidern, als Betty mit einem großen Tablett hereinkam, auf dem sie Kaffeetassen, Löffel, eine Zuckerschale, eine Kaffeekanne und einen Teller Kekse balancierte. Entweder war es der Schreck bei ihrem unvermittelten Eintreten oder die Horrorvorstellung von Machies Wiederauferstehung, jedenfalls entglitt das Whiskyglas MacDougalls Fingern und polterte auf den polierten Parkettboden.

Während ihr Ehemann das Glas aufhob, stellte Betty MacDougall das Kaffeetablett auf den Tisch und murmelte unterdrückt vor sich hin: »Er hat zwei Seelen, Constable. Oh, aye, zwei Seelen.«

»Verzeihen Sie?«, sagte Daley.

Doch Betty schüttelte nur den Kopf und ging hinaus.

»Was meinte sie damit?«, fragte Daley.

»Ach, hat nur was nicht ganz mitgekriegt, so ist sie eben inzwischen. Aber der Mistkerl konnte tatsächlich in einer Minute Shakespeare zitieren, und in der nächsten versuchte er, einem den verdammten Kopf abzuschneiden. Wir dachten immer, er wär schizo, Sie wissen schon ... gespaltene Persönlichkeit. Vielleicht ist es das, was sie sagen wollte, die arme Seele.«

MacDougall starrte die Tür an, die seine Frau gerade hinter sich geschlossen hatte.

Als alle mit Kaffee versorgt waren – und in Scotts Fall auch mit einer Menge Plätzchen –, nahmen sie das Gespräch wieder auf.

»Kommt schon, Jungs«, sagte MacDougall leise. »Wie soll das möglich sein? Ich hab ihn im Fernsehen in diesem Krankenwagen liegen sehen. Sie müssen die Leiche obduziert haben. Es gab doch sicher eine Leichenschau?«

»Niemand wünscht sich mehr als ich, dass JayMac noch in seinem Grab ruht«, erwiderte Donald. »Bitte sehen Sie sich das an, wenn Sie sich persönlich überzeugen wollen.« Der Superintendent zog ein Blatt aus der Akte, die er mitgebracht hatte, und reichte es MacDougall.

Nach ein paar Sekunden blickte er wieder davon auf. »Wann ist das aufgenommen worden?«

»Es stammt aus einem Überwachungsvideo am Schauplatz von Gerald und Marna Dowies Ermordung in Australien vor ein paar Tagen. Es wurde verbessert und vergrößert, aber ich versichere Ihnen, es wurde nichts getan, um die Details zu verändern.«

MacDougall warf das Foto auf den Tisch und schüttete seinen Kaffee hinunter. »Freunde, das hier ist mein schlimmster verdammter Albtraum.« Er stellte seine Tasse mit zitternder Hand ab.

»Von heute Abend an übernehmen wir die Verantwortung für Ihre Sicherheit und die Ihrer Familie«, stellte Donald förmlich fest. »Ich werde DS Scott hier als persönlichen Kontaktmann für Sie abstellen. Er wird die Beamten der Sondereinheit kommandieren, die herkommt, um den Job zu erledigen. Ich denke, Sie haben wohl keine Einwände dagegen.«

»Wenn man schon Cops um sich rumhaben muss, dann lieber Scooty als sonst jemand«, sagte MacDougall mit gezwungenem Lächeln.

»Das hätten Sie mir aber auch vorher sagen können«, murrte Scott und musterte seinen Chef missmutig.

»Logik, DS Scott, reine Logik. Da Sie genauso in der direkten Schusslinie stehen wie unser Freund Mr. MacDougall, ist hier der sicherste Ort für Sie, beschützt von einem Bataillon bewaffneter Beamter. Und jetzt zurück nach Kinloch«, sagte er und erhob sich. »Guten Tag, Mr. MacDougall.« Er drehte sich um und ging zur Tür.

»Moment mal.« MacDougall wirkte besorgt. »Wie soll das funktionieren? Ich meine, Tommy und Sarah gehen aus dem Haus, nach Tarbert und so. Was ist mit ihnen?«

»Die Beamten vom Zeugenschutzprogramm verschwinden heute Abend um sechs. Wenn wir übernehmen, gebe ich Ihnen und Ihrer Familie eine komplette Einweisung«, erwiderte Donald.

Daley nickte MacDougall zum Abschied zu, während er Donald nach draußen folgte. Scott zögerte, und die alten Kindheitsnachbarn umarmten sich, bevor er sich zum Gehen wandte.

»Danke für die Vorwarnung«, sagte Scott vom Rücksitz von Daleys Wagen aus.

»Keine Ursache, DS Scott. Oder soll ich lieber Scooty sagen?«, gab Donald zurück.

Während Daley losfuhr, blickte er in den Rückspiegel. Sarah MacDougall stand neben dem verdreckten Geländewagen auf dem Hof und sah den Polizisten nach.

11

Der Mann stand am Rand der Klippe und sah aufs Meer hinaus. Er hielt einen Becher Kaffee in der Hand, und der Dampf, der in der frostigen Luft aufstieg, nahm die Kälte von seinem Gesicht, während das Getränk ihn von innen wärmte. Das Meer war eisengrau, beinahe von der Farbe des Himmels. Eine in ihrer Silhouette an ein Brötchen erinnernde Insel erhob sich dunkel aus dem Wasser. Ailsa Craig. Dahinter war in der Düsternis ein schmaler Streifen Land zu sehen: Kintyre. Ein großer Vogel schwang sich herab und stürzte sich nicht weit vom Ufer ins Meer. Winterlicher Frost lag in der Luft. Obwohl es erst früher Nachmittag war, begann das Tageslicht bereits, aus dem Himmel zu schwinden. Bald würde der Schein von Tausenden von orangefarbenen Straßenlaternen ihn füllen und das Leuchten der unzähligen Sterne überlagern.

Er trank den Becher aus, schüttete die letzten Tropfen auf den kargen Boden und kehrte zu dem Cottage zurück, das ganz in der Nähe in der absoluten Einsamkeit der Klippe lag. Er wollte gerade hineingehen, als das Klingeln des Mobiltelefons in seiner Tasche ihn innehalten ließ. Automatisch sah er auf das Display, obwohl die Identität des Anrufers klar war – nur eine einzige Person besaß die Nummer dieses Prepaid-Handys. Er meldete sich mit einem Grunzen und hörte seufzend zu.

»Halte dich einfach an deinen Teil der Abmachung«, sagte

er dann. Er wartete die knappe Antwort ab und beendete das Telefonat.

Das Cottage war spartanisch eingerichtet. Im Hauptraum lagen der Wohnbereich und eine Küche, die mit einem Vorhang abgeteilt werden konnte. Auf einem wackeligen Tischchen, unter dem Stapel von DVDs herumlagen, befand sich ein kleines Fernsehgerät. Eine verstaubte Couch und ein Sessel standen im rechten Winkel zueinander mitten im Zimmer. Im Kamin gab es kein echtes Feuer, nur einen alten, verrosteten Elektroheizer. Zwei der Stäbe glühten hell und gaben ein leises Summen von sich.

Er kam nicht gut mit sich allein zurecht, tatenlos, den Gedanken an Vergangenheit, Gegenwart und Zukunft ausgeliefert. Während er darüber nachdachte, ob der Kurs, den er in den letzten Tagen eingeschlagen hatte, klug war, bestärkte ihn aufkeimender Zorn in seiner Entscheidung. Er erinnerte sich, einmal eine Fernsehdokumentation über Haie gesehen zu haben, die immer in Bewegung bleiben mussten, um zu überleben – genau so fühlte er sich. Er sehnte sich danach, unterwegs zu sein, die Dinge zu tun, die er sich vorgenommen hatte, bevor er wieder verschwand und ein neues Leben an einem Ort begann, an dem ihn diesmal nie jemand finden würde.

Während der letzten Jahre hatte er versucht, seinen Geist zu schulen. Erst war es ihm schwergefallen, aber dann war er süchtig danach geworden, Wissen anzusammeln. Bücher hatte er schon immer geliebt, und die Fähigkeit, Neues schnell aufzunehmen, hatte ihm in vergangenen Tagen oft geholfen. Seine Mutter hatte es seine besondere Gabe genannt, obwohl er noch über viele andere Talente verfügte.

In seiner neuen Inkarnation hatte er Essays verfasst und sogar eine wissenschaftliche Arbeit für ferne Tutoren und Professoren geschrieben, die diese so beeindruckt hatte, dass sie ihn zu ihrem Vorzeigestudenten machen wollten. Aber die Distanz war ja gerade das, was ihm gefiel. Er gab vor, an allem Möglichen von Platzangst bis zu Depressionen zu leiden, um sie sich vom Leib zu halten.

Auf dem Tisch stand einladend die Whiskyflasche. Er schaltete den Fernseher ein, um den Gedanken an wohltuende Betrunkenheit zu verdrängen. Auf dem Bildschirm versuchte gerade ein bärtiger Mann, eine Quizfrage zu beantworten, während eine metronomartige Melodie die Zeit herunterzählte. Der Kandidat blickte nach oben, als könnte der Himmel ihm die Antwort eingeben. »Das war Adam Smith, du Volltrottel«, schrie der Mann vor dem Fernseher und griff kopfschüttelnd nach der Flasche.

Der Typ in der Show beantwortete die Frage falsch, während die goldene Flüssigkeit ins Glas gluckerte. Der Mann sah noch ein paar Minuten weiter fern und wusste immer sofort die richtige Antwort auf die Fragen, anders als der schimmerlose Teilnehmer. Er fragte sich, wie jemand, der so dämlich war, auf die Idee kam, sich bei einer Quizsendung vor aller Welt zu blamieren.

»Blödes Arschloch«, murmelte er und schaltete um auf den Nachrichtenkanal der BBC. Die Sprecherin war jung und hübsch und lächelte kokett, während sie sogenannte »Nachrichten« über die öffentliche Demütigung eines D-Promis verlas.

»Und nun die neuesten Meldungen über einen Mord, der sich gestern Nacht in Glasgow ereignete«, verkündete sie. Er beugte sich vor und drehte lauter. »Ich spreche jetzt mit unserer schottischen Korrespondentin Gillian Lamont. Gillian, können Sie uns neue Details zu den Geschehnissen nennen?«

Sie hatten seine volle Aufmerksamkeit.

»Ja, das kann ich, Carol.« Die Frau stand in einer Straße in Glasgow. Den Hintergrund bildete ein heruntergekommener Pub. Die Szenerie war ihm bekannt, auch wenn sie im Tageslicht anders wirkte.

»Wir haben herausgefunden, dass es sich bei dem Mann, der in den frühen Morgenstunden in der Straße hinter mir niedergestochen wurde, um Peter MacDougall handelt, den Bruder des Gangsters Francis MacDougall, der angeblich untergetaucht ist, seit er mit seiner Zeugenaussage den berüchtigten Machie-Klan zu Fall brachte.«

Er zog die Augenbrauen hoch, als auf das Mädchen im Studio zurückgeschaltet wurde.

»Wissen wir schon Neues über die Tat?«, fragte die Nachrichtensprecherin.

Jetzt wurde es interessant.

»Nur sehr wenig. Die Polizei hält sich bedeckt. Wir haben lediglich Augenzeugenberichte von einigen Gästen aus dem Pub hinter mir, die ein grünes Fahrzeug in der Nähe gesehen haben wollen, möglicherweise einen Vauxhall Astra, unmittelbar bevor sich der Vorfall ereignete.«

Der Mann griff nach der Fernbedienung und schaltete aus. »Blöde Wichser«, lachte er in sich hinein. »Können nicht mal das Auto identifizieren.« Er ging in ein kleines angrenzendes Schlafzimmer und nahm ein Buch von Wittgenstein vom wackeligen Nachttischchen. Die gut geölte Waffe daneben ließ er liegen, als er ins Wohnzimmer zurückkehrte und zu lesen begann.

12

Es war später Nachmittag, als Daley sich bereit machte, nach Hause zu gehen. Er war geistig erschöpft – die schlimmste Sorte Müdigkeit, denn sie brachte nicht die Entspannung mit sich, die sich nach körperlicher Arbeit einstellte.

Als sie ins Büro zurückgekommen waren, hatten sie in der kleinen Kantine schon zehn Mitglieder der Spezialeinsatzgruppe erwartet, die Frank MacDougall und seine Familie beschützen sollte. Sie waren ausgestattet mit automatischen Waffen, Pistolen in Gürtelhalftern und einer Reihe von weiteren Ausrüstungsgegenständen, die auf ihren Einsatz warteten, Frank MacDougall und seine Familie zu beschützen. Der Gruppenführer hieß Sergeant Tully. Scott kannte ihn noch aus seinen Tagen als Streifenpolizist in Gorbals. Die beiden Männer begrüßten sich herzlich, bevor sie sich mit Donald hinsetzten, um die komplizierte Situation durchzusprechen.

Nach dem Meeting hatte Donald sie mit einer Großzügigkeit, die nicht recht zu ihm passen wollte, auf Kosten der Abteilung zum Essen ins County Hotel eingeladen. Da die Einsatzgruppe dort untergebracht werden sollte, beschloss Scott, sich ebenfalls hier einzumieten – teils aus Solidarität, teils wegen der Nähe zur Bar.

Anschließend hatte eine nervöse Constable Dunn Donald zum örtlichen Flugplatz gefahren. Inzwischen war sie wieder zurück und wirkte ausgesprochen erleichtert. Zu Daley sagte sie, dass sie den Chef »recht charmant« gefunden hätte. Während er diese Bemerkung noch zu interpretieren versuchte, streckte der diensthabende Sergeant Maxwell den Kopf zur Tür herein.

»Wollte nur Bescheid sagen, Sir«, sagte er, noch aufgeputscht von der Verhaftung des Farmers mit dem illegalen Tabak, dem ersten Einsatz, den er geleitet hatte. »Wir haben alles gründlich durchsucht. Das Haus, die Scheunen und anderen Nebengebäude, die Fahrzeuge, sogar seinen Traktor. Wir haben eine ganze Menge Ware sichergestellt, hauptsächlich aus Osteuropa.«

»Osteuropa?« Daley spitzte die Ohren. »Der geschmuggelte Tabak, den wir sonst beschlagnahmt haben, stammte vor allem aus Spanien.«

»Aye, Sir, das ist ja das Seltsame. Von dem spanischen Tabak war kaum noch etwas übrig, während das andere Zeug kistenweise herumlag. Nur eine davon war geöffnet, und es fehlten wenige Päckchen. Der Kerl behauptet, dass er die selbst geraucht hätte.« Der junge Detective wirkte verwirrt.

»Okay. Wo ist er jetzt?«

»In Zelle fünf, Sir«, erwiderte Maxwell mit gerunzelter Stirn.

»Die Beobachtungszelle?« Daley war verblüfft.

»Aye, Sir. Auf dem Weg hierher brach er in Tränen aus und wollte gar nicht mehr aufhören damit. Ich hielt es für angebracht, den Polizeiarzt zu holen. Ich befürchtete eine Art von Zusammenbruch. Anscheinend hat er schon eine ganze Weile lang schwer getrunken. Der Arzt gab ihm ein Beruhigungsmittel und empfahl mir, ihn im Auge zu behalten.« Maxwell hatte gesunden Menschenverstand und Mitgefühl gezeigt, jene Eigenschaften, die Daley gleich bei ihm aufgefallen waren.

»Okay, Alex«, antwortete Daley. »Sorgen Sie dafür, dass er heute Nacht ständig überwacht wird. Hat er gestanden?«

»Ja, Sir, rundheraus, schon bevor ich ihm etwas vorwarf. Schuldig«, wiederholte der junge Mann. »Ich habe einen Bericht geschrieben, wenn Sie ihn haben wollen, Sir.«

»Äh, könnten Sie ihn mir per E-Mail schicken?«, bat Daley. »Ich sehe ihn mir heute Abend an. Mit ein bisschen Glück führen wir ihn bis morgen Nachmittag einem Richter vor. Spricht etwas gegen Kaution?«, fuhr er fort, froh darüber, dem jungen Detective die Entscheidung überlassen zu können.

»Im Grunde nicht, Sir«, erwiderte Maxwell.

»Okay. Danke. Das klingt, als wäre er fürs Erste gut aufgehoben. Ich sehe morgen früh nach ihm, bevor Anklage erhoben wird.«

Maxwell verabschiedete sich mit einem Kopfnicken. Daley blieb zurück und dachte darüber nach, wie viele Menschen mit beschädigtem Verstand ihm in seiner Laufbahn untergekommen waren. Der Mann in der Beobachtungszelle würde nicht der Letzte bleiben. Er seufzte, während er seine Sachen zusammensuchte, um sich auf den Nachhauseweg zu machen.

Daley fühlte sich ausgelaugt, als er vom Parkplatz auf die Main Street einbog. Die Stadt war festlich geschmückt, voller hell erleuchteter Schaufenster mit unterschiedlichsten Weihnachtsdekorationen. Menschen huschten hin und her, dick eingemummt in Schals und warme Jacken, während ihr Atem in der Luft gefror.

Es war kurz nach vier Uhr nachmittags und noch nicht vollständig dunkel. Das Leuchten des Mondes und sogar einiger Sterne drang jedoch schon durch das gelborange Glühen der

Straßenbeleuchtung. Der Himmel war dunkelblau, noch getönt von den letzten Strahlen der untergehenden Sonne, die er zu Gesicht bekam, als er den Loch umrundete. Sanft spiegelten sich die vielen Lichter der Stadt im Wasser.

Er dachte daran, wie sehr seine Mutter Weihnachten geliebt hatte, und spürte dieses seltsame Ziehen in der Brust. Eine sehnsüchtige Erinnerung an Angehörige, Freunde und Kollegen, bei denen man allzu leicht vergaß, dass man sie irgendwann nie wiedersehen würde. Es fühlte sich seltsam an, dass Menschen, die das eigene Leben lange und intensiv begleitet hatten, einfach verschwanden, einen nicht mehr zurechtweisen, loben, beraten, lieben, aufmuntern oder ermahnen konnten. Alles, was zurückblieb, waren verblassende Fotos und Erinnerungen – gute wie schlechte – und dieser dumpfe Schmerz, der einen ohne Vorwarnung überfiel. Und Bilder von den Dahingeschiedenen, die unvermittelt im Schlaf aufblitzten und dann binnen Stunden oder Tagen wieder aus dem Gedächtnis verschwanden. Manche Träume jedoch konnte man nicht vergessen, weil sie zu lebendig waren oder immer wiederkehrten. Daley fragte sich, warum sie so oft von den Toten bevölkert waren. War es schlichte Chemie, oder handelte es sich tatsächlich um die Schatten dieser Menschen, Echos ihrer Stimmen aus einem fernen Abgrund? Geister, dachte er. *Ich sehe heute zu viele Gespenster.*

Als er die Abzweigung erreichte, wo er von der Umgehungsstraße des Loch zu seinem Haus abbiegen musste, fiel sein Blick auf eine reglose Gestalt, die den Arm zu einem statischen Winken erhoben hatte. Hamish.

Daley fuhr an den Straßenrand, stieg aus und ging mit ausgestreckter Hand auf Hamish zu. »Wie geht's, Hamish? Kalte

Nacht heute.« Er schüttelte dem älteren Mann die Hand, dessen gebräuntes Gesicht sich in Lachfalten legte.

»Ja, kalt wird sie, kann man sagen, Mr. Daley«, sagte er, zog eine Pfeife aus der Tasche seines Overalls und stopfte sie aus einem Tabakbeutel, den er in der schwieligen Hand hielt.

»Ich habe Sie länger nicht gesehen. Sie sollten mal zum Abendessen raufkommen zu uns.« Daley garnierte die spontane Einladung mit einem Lächeln.

»Ich höre, Sie haben Duncan Fearney verhaftet, von der High Ballochmeaddie Farm. Richtig?« Hamishs Miene verdüsterte sich.

»Sie wissen, dass ich darüber nicht reden darf, Hamish, egal, wie viel in der Gegend geklatscht wird«, antwortete Daley. Es war ihm klar, dass ein derartiges Ereignis sich wie ein Lauffeuer in der Stadt herumgesprochen haben musste, vielleicht sogar schon binnen Minuten, nachdem es stattgefunden hatte.

»Sie sollten bedenken, dass er ein guter Mensch ist«, sagte Hamish, als wäre das dem Polizisten sonst nicht aufgefallen. »Aye, und übrigens, er hatte ein verteufelt trauriges Leben.«

»Sie kennen meinen Job, Hamish. Ich weiß, dass gute Menschen manchmal dumme Dinge tun. Aber gut oder schlecht, wenn sie das Gesetz brechen, dann ist es meine Aufgabe, sie vor Gericht zu bringen.«

»Aye, das mag schon sein«, meinte Hamish. »Die Farmer haben zu kämpfen, um über die Runden zu kommen, vor allem die kleinen Mischbetriebe. Jeder Hundesohn und seine Mutter sind hinter ihrem bisschen Geld her. Ich will Ihnen nix einreden, verstehen Sie mich nicht falsch – wollte es nur mal gesagt haben.« Er tat einen tiefen Zug von seiner Pfeife und blies den würzigen blauen Rauch in dichten Wolken in die Luft.

»Und, was haben Sie gerade vor?«, fragte Daley, um das Thema zu wechseln.

»Och, Sie kennen mich ja, Mr. Daley.« Hamishs Lächeln kehrte zurück. »Ich hab immer was zu tun. Neulich hab ich mich mit Ihrer hübschen Frau unterhalten«, sagte er und zwinkerte ihm zu.

»Ja, das hat sie mir erzählt«, erwiderte Daley und tippte Hamish auf den Arm. »Hören Sie, wir sollten raus aus der Kälte. Kann ich Sie irgendwohin mitnehmen?«

»Nee, ich komm schon zurecht. Außerdem«, fügte Hamish hinzu, »am Ende lande ich dann noch in U-Haft. Ihr Polis nehmt ja gerade lauter anständige Leute fest, wo man hinschaut.« Wieder zwinkerte er dem Detective zu.

»Ich bin sicher, dass Sie zurechtkommen«, sagte Daley und ging zu seinem Wagen zurück. »Aber das war mein Ernst mit dem Abendessen. Ich frage die Chefin, wann es am besten passt.«

»Aye, das würde mich freuen.« Hamish lächelte. »Obwohl sie im Moment sicher was ganz anderes im Kopf hat, in ihrem Zustand und so.«

»Genau«, antwortete Daley. Es war dieselbe Taktik, die er bei Liz anwandte, wenn er etwas nicht richtig gehört oder verstanden hatte.

Er stieg ein, schloss den Gurt und ließ den Motor an. Als er wieder auf die Straße sah, um Hamish zuzuwinken, war der Mann verschwunden, und auch im Rückspiegel war keine Spur von ihm zu entdecken. Wie schafft er das nur? fragte Daley sich nicht zum ersten Mal.

Er fuhr los und machte sich auf den Heimweg. Etwas, das er nicht zu fassen bekam, nagte an seinem Unterbewusstsein.

Er schob den flüchtigen Gedanken beiseite, steckte ihn in die Schublade zu den anderen Sorgen und fuhr weiter.

Daley stellte den Wagen vor dem Haus ab und blickte über die dunkler werdende See zu der Erhebung an der Mündung des Loch hin. Der alte Damm, der den Zugang zur Insel bildete, schlängelte sich bei Ebbe wie ein Meeresungeheuer über die Oberfläche. Ein beinahe voller Mond erleuchtete die malerische Landschaft. Nichts regte sich, keine Autos auf der fernen Straße, keine Vögel im Flug, keine Schiffe auf dem Meer. Einen Augenblick lang schien es, als wäre er alleine mit dem Ozean und dem Himmel, eins mit jener Substanz von Zeit und Existenz, in der düstere Gedanken zu schweifen pflegen.

Und das taten sie soeben. Während Daley in den schwarzen Himmel starrte, war er auf seltsame Weise sicher, dass das wiederauferstandene menschliche Monster, das seine schlimmsten Ängste schürte, gerade denselben Blick genoss. Einen kurzen Augenblick lang erschien es ihm so, als wären sie zwei Seiten derselben abgegriffenen Münze – Teil einer Währung, die Vergangenheit, Gegenwart und Zukunft einschloss. Er und JayMac waren lediglich neuere Manifestationen des uralten Kampfes zwischen Gut und Böse.

So schnell das Gefühl ihn überkommen hatte, so schnell war es auch wieder verschwunden. Als erfahrener Detective hatte er gelernt, auf sein Unterbewusstsein zu vertrauen. Instinkt, Entschlossenheit und systematische Arbeit verbanden sich, um das Böse zur Strecke zu bringen. So unerklärlich solche Intuitionen sein mochten: Wenn man sie ignorierte, tat man es auf eigene Gefahr.

Ein Klacken und Quietschen riss ihn aus seiner nachdenklichen Stimmung. Die dreifach verglaste Tür schwang auf, und Liz trat auf die Veranda. Sie lächelte auf ihn herunter, während ihr ein paar lose Haarsträhnen ins Gesicht fielen.

»Worüber denkst du nach, Jim?«, fragte sie und strich sich die widerspenstigen Haare hinters Ohr.

»Och, nichts, Liz. Nur Tagträumereien, schätze ich. Was gibt's zum Essen? Doch nicht schon wieder Pasta, oder?« Er erklomm die Stufen zur Veranda, nahm seine Frau in die Arme und atmete tief ihren Duft ein. Sie fühlte sich warm und weich an. Er ließ die Hand unter ihr lockeres Top zu der glatten Haut ihres Rückens gleiten, und sie sog scharf die Luft ein, weil er so kalte Finger hatte. Zärtlich küsste er sie.

»Das Abendessen kann warten, Darling«, flüsterte sie und küsste seinen Hals. »Es wird Zeit, dass du ein paar Kalorien verbrennst.« Sie nahm ihn bei der Hand und zog ihn in die Wärme des Hauses auf dem Hügel. Helles Mondlicht ergoss sich über das Wasser und die braven Leute von Kinloch – und darüber hinaus.

13

Der Mond spiegelte sich auf dem Meer tief drunten, während er die Hecktür des Transit-Vans öffnete, den man für ihn beim Cottage hinterlassen hatte. Es war eines von vier Fahrzeugen, die ihm zur Verfügung standen. Dem Anschein nach waren sie alle angemeldet und versichert und völlig legal, abgesehen davon, dass die Leute, auf deren Namen sie liefen, entweder tot oder auf andere Weise indisponiert waren. Auf einem Stück Brachland im East End von Glasgow untersuchten gerade Tatortermittler der Polizei mit der Lupe jeden Millimeter des ausgebrannten Wracks eines alten Honda Civic.

Er zog es vor, nachts zu reisen, und dabei kam ihm zugute, dass in Schottland um diese Jahreszeit die Nacht kein Ende zu nehmen schien. Die Dunkelheit hatte ihn schon immer gereizt, selbst als Kind. Während seine Freunde vor der Schwärze am Ende des Tages zurückschreckten – dieser sich herabsenkenden Düsternis, die ihre Mietskasernen und Hochhauswohnungen verschlang –, hatte er ihre samtene Anonymität genossen. Glasgow war zwar eine Großstadt, aber es gab immer noch Ecken und Winkel, wo das Licht der Straßenlaternen nicht hinreichte.

Einer seiner Lieblingsplätze als Kind war ein alter Friedhof neben einer Kirche gewesen, nicht weit von zu Hause entfernt. Die uralten Grabsteine waren brüchig, von Moos bedeckt und an den meisten Stellen überwuchert. Die Schriftzüge, die den Toten Unsterblichkeit auf Erden verleihen sollten, waren vom

Regen, dem Wind und dem Lauf der Zeit unleserlich geworden. Er hatte mit den Fingern die Schleifen und Linien der Worte nachgezogen. Bald konnte er die Namen der Toten ertasten. Er erinnerte sich an jede Gruft und ihre Bewohner der Ewigkeit. Er sprach mit ihnen, während er seine nächtlichen Runden auf dem Friedhof drehte.

Ein Grabstein hatte ihn mehr als alle anderen fasziniert. Als er mit den Fingern über die gotischen Schriftzüge strich, hatte er ein Symbol entdeckt: einen Totenkopf mit gekreuzten Knochen. Darunter konnte er den Namen eines Jungen entziffern. John. Der Nachname begann mit einem »M«. Das dichte dornige Gebüsch, das den Stein überwuchert hatte, hatte ihm die Finger zerstochen, doch er war entschlossen gewesen, das Geheimnis zu ergründen. Er wusste, dass der Name einem Kind gehörte, denn er hatte den Teil freilegen können, in dem stand, dass der Junge im Alter von drei Jahren und vier Monaten gestorben war. Er vermutete, dass das Totenkopfzeichen für eine schwere Krankheit oder eine Tragödie stand, der der Kleine zum Opfer gefallen war. Während er durch die Grabsteine strich, war ihm schnell klar geworden, dass Kinder hier keineswegs in der Minderzahl waren.

Was ihn an diesem Grab jedoch am meisten fasziniert hatte, war eine Inschrift weiter unten, ebenfalls ein Name. Hier war die Schrift klarer, weniger verwittert, da die Vegetation den Fuß des Grabmals umschlossen und ihn geschützt hatte. In einer kalten Nacht, als ihm langweilig war und die meisten Geheimnisse des kleinen Friedhofs schon keine mehr waren, hatte er beschlossen, das hohe Gras und die Dornenranken wegzuziehen, um zu lesen, was darunter verborgen lag. Er hatte die üblichen Klischees von Leid und Trauer erwartet.

Er fand heraus, dass noch ein zweites totes Kind hier beerdigt worden war. Dieser Junge hatte länger gelebt und das reife Alter von sieben Jahren und acht Monaten erreicht. Sein Name hatte James gelautet. Mit fliegenden Fingern, deren Zittern er sich nicht erklären konnte, war es ihm sogar gelungen, den Nachnamen der Familie auf dem unbeschädigten Teil des Steins zu ertasten.

Während sein schmutziger Kinderzeigefinger die Lettern nachzog, hatte sich Kälte in sein Herz geschlichen. Nun war ihm klar, was das »M« bedeutete – es war der erste Buchstabe des Namens Machie. Seines eigenen Namens. Lange hatte er danach im nassen Gras auf dem Grab gehockt, als wollten ihn die Geister, die darunterlagen, nicht loslassen.

Irgendwann hatte er es geschafft, sich von den unsichtbaren Ketten zu lösen, mit denen die Jungen im Grab ihn an sich gefesselt hatten, und nach Hause zu gehen. Noch viele Nächte lang hatten sich seine Träume ausschließlich um die toten Brüder gedreht, die seinen Namen trugen.

Sein junges Gehirn hatte eine Weile gebraucht, um zu begreifen, was der letzte Satz auf dem Grabstein bedeutete. *Zusammen bei der Geburt, vereint im Tode.*

Erst lange später, als ihn eines Nachts wieder die Schreie der toten Kinder aus dem Traum rissen, die vor so langer Zeit gelebt hatten, begriff er: Sie waren Zwillinge gewesen.

Er hatte den Friedhof nie mehr besucht, aber die Gespenster der Machie-Zwillinge aus grauer Vergangenheit ließen ihn nie wieder los.

14

Donald nippte an einem Glas teuren Rotweins, während er im Dunkeln am Küchenfenster stand. Seine Frau besuchte wieder einmal einen Abendkurs – diesmal war es Altgriechisch. Sie hatte sich seinen Anstrengungen, sich selbst völlig neu zu erfinden, voller Eifer angeschlossen und sich bereits an Alltagsitalienisch, Kunstgeschichte, Altertumswissenschaft und Aquarellmalerei versucht. Aber Donald war nicht sicher, in welchem Maß ihre Begeisterung für eine persönliche Renaissance von Herzen kam. Er wusste, dass sie nach den Abendkursen viel lieber im Pub ein oder zwei Gläser Wein mit ihren Freundinnen trank, als ihn auf der Reise zur geistigen Erneuerung zu begleiten, die sie gemeinsam angetreten hatten. Aber egal. Sie hatten neue Freunde gewonnen, bewegten sich in höheren Kreisen und konnten sich beim Dinner selbstbewusst über eine ganze Reihe von verschiedenen Themen unterhalten – die Nagelprobe seines Erfolgs. Na ja, das und die altbekannten, weniger raffinierten Requisiten, die man für den langen Aufstieg über die wackelige Karriereleiter brauchte.

Das Mondlicht durchflutete die Küche mit seinem fahlen Schimmer, sodass er problemlos die Weinflasche auf der Granitarbeitsplatte fand, um sich ein neues Glas einzuschenken. Er hatte festgestellt, dass er bis zu einer Flasche pro Nacht trinken konnte, ohne am nächsten Tag die negativen Auswirkungen eines Katers zu spüren. Aber wenn es mehr war, wurde er unkonzentriert und in der Erfüllung seiner Pflichten beeinträchtigt. Das durfte er nicht zulassen, dafür war er viel zu erfolgshungrig, doch gleichzeitig zu gestresst, um ganz ohne die dämpfende und mildernde Wirkung des Alkohols als Teil der nächtlichen Entspannung auszukommen. Insofern hielt er sich in der Dosierung diszipliniert an seine Selbstmedikation mit dem Rebensaft.

Es ging ihm eine Menge durch den Kopf. Auf die gespenstische Wiederauferstehung von JayMac hätte er gerne verzichten können. Er hatte ohnehin schon genug am Hals, da er sich bei der Einführung dieser neuen, »nationalen« Polizeitruppe entsprechend in Stellung bringen und gegen die Konkurrenz durchsetzen musste. Viele hohe Beamte würden auf der Strecke bleiben und sich mit der Zusage von guten Pensionsdeals und einem goldenen Handschlag abfinden lassen. Doch das zog bei ihm nicht. Jedes Problem bedeutete gleichzeitig neue Chancen. Das war das Mantra seiner gesamten Karriere, und es hatte einen Verhaltenskodex hervorgebracht, von dem er nicht abweichen würde.

Während er die Waldbeerenaromen des Garnacha über den Gaumen rollen ließ, vibrierte sein Handy in der Hosentasche. Er hoffte, es wäre seine Frau, doch der Instinkt sagte ihm etwas anderes. Er runzelte die Stirn, und das Display des Telefons erleuchtete sein Gesicht im Halbdunkel des Raumes.

»Sprechen Sie«, sagte er anstelle einer Begrüßung.

»Unser Freund hat uns kontaktiert«, kam die knappe Antwort. Es war eine ausländische Stimme, die stockendes Englisch sprach.

»Wie?«

»Die üblichen Kanäle«, lautete die Antwort, beinahe so knapp, wie die Frage gewesen war.

»Wie haben Sie reagiert?« Eine gewisse Beklommenheit schwang in Donalds Tonfall mit, die seine Kollegen bei der Polizei höchst ungewöhnlich gefunden hätten.

»Wir arrangieren eine Sendung. In den nächsten zwei Tagen. Wir informieren Sie über den Zeitpunkt.« Die Stimme mit dem Akzent verstummte und suchte nach dem richtigen Wort. »Es ist organisiert.«

»Das ist kein guter Termin, überhaupt nicht«, gab Donald mit einem Flüstern zurück, das wie ein Schrei klang.

»Gut oder schlecht, was spielt es für eine Rolle?«, kam die Antwort. »Darüber haben wir nicht zu entscheiden, sondern unser Freund.«

Die Leitung erstarb. Donald rieb sich die Schläfen, ganz ähnlich wie es Jim Daley immer zu tun schien, wenn er unter unerbittlichem Stress stand.

Der »Freund« hatte sich bereits mit einem Festrumpfschlauchboot abgesetzt gehabt, als die Behörden in Kinloch das wahre Ausmaß des Handels mit illegalen Drogen erkannten, die durch die Stadt und ihre Umgebung geschleust wurden. Er hatte eine bedeutende Rolle in diesem korrupten Geschäft gespielt, und es war äußerst wichtig, dass er der Festnahme entging – doch zu diesem Zweck hatte er Hilfe gebraucht. Jetzt war für Donald die Zeit gekommen, den Preis für seine Unterstützung zu bezahlen.

Er griff wieder zur Weinflasche und stellte verärgert fest, dass sie fast leer war.

Vielleicht war es Zeit für einen Schlaftrunk mit etwas Härterem. Dies war doch gewiss eine passende Gelegenheit, um seine strikten Vorsätze, was den Alkoholkonsum betraf, zu durchbrechen. Er ging in das große und gut möblierte Wohnzimmer, wo er eine Flasche Laphroaig aus dem Barschrank holte. Als der warme Alkohol seine Lippen taub werden ließ, legte er mit geschlossenen Augen den Kopf in den Nacken. War er zu weit gegangen? War dies ein kalkuliertes Risiko zu viel gewesen?

15

Er musterte sich in dem langen Spiegel an der Schranktür von Kopf bis Fuß. Aus seiner Kindheit erinnerte er sich an eine Cartoon-Serie, in der die Hauptfigur jede Woche eine neue Montur getragen und den Job getan hatte, der dazugehörte.

Das hatte er nicht vor.

Die dicke Jacke passte nicht zu der Kleidung darunter. Er tauschte die Wollmütze gegen eine blaue Baseballmütze aus, und abermals veränderte sich sein Erscheinungsbild.

Er nahm die Pistole mit Schalldämpfer vom Nachttisch, verließ das Schlafzimmer, schaltete die Deckenlampe aus und leerte anschließend in dem kleinen Wohnzimmer die letzten Tropfen Whisky aus seinem Glas. Es hatte einen Sprung.

Das Cottage lag so abgeschieden, dass selten jemand vorbeikam, doch er beschloss, das Licht der alten Stehlampe brennen zu lassen.

»Man weiß ja nie, welche Gauner sich so herumtreiben.« Er grinste bei diesem Gedanken, der auf einen Spruch seiner Mutter zurückging, und trat hinaus in die mondhelle Nacht.

Scott stand mit Frank MacDougall auf dem Hügel hinter dem Haupthaus der Farm. Eine Wolke von Zigarettenrauch kräuselte sich in die Nacht, während die beiden Nachbarn aus Jugendzeiten den Hügel hinab über den kleinen Fluss auf einen anderen, waldgekrönten Hügelkamm blickten. Die Welt wirkte still und einfarbig. Das leise Plätschern des Flüsschens war kaum vernehmbar vor dem Hintergrund des entfernten Donnerns der Brandung an der Felsküste.

»Glaubst du die Scheiße, Scooty?«, fragte MacDougall den Polizisten. »Unser Mädel sagt, das ist nur so'n Psychospielchen vom Zeugenschutz, die probieren wollen, mich loszuwerden und ins Ausland abzuschieben. Ich mein, das ist das zweite Mal, dass Gerald Dowie gestorben ist, von eurem Kerl gar nicht zu reden.« Er verstummte, als könnte allein die Erwähnung seines Namens ihn heraufbeschwören.

»Eins kann ich dir sagen«, antwortete Scott und sog an seiner Zigarette, »das haben die saugut hingekriegt. Mir schwirrt der Kopf.« Er schnippte die Kippe den Hügel hinab.

MacDougall hustete und spuckte reichlich Schleim aus. »Wenn's nicht wegen meiner Frau wär, wär ich wahrscheinlich ins Ausland. Aber du hast sie ja gesehen – wenn ich bloß davon rede, dreht sie durch.« Er wischte sich mit dem Handrücken über den Mund. »Wer hätte gedacht, dass der miese Dreckskerl dem Tod von der Schippe hüpfen würde? Scheiße, aber er hat ja auch früher schon alle reingelegt. Schätze, wir sollten nicht allzu überrascht sein.«

»Es ist eine Schande, dass sie ... du weißt schon.«

»Aye, ein wahrer Jammer, das stimmt. Das Problem ist, ich kann sie jetzt nicht im Stich lassen. Der Doc hat gesagt, dass sie in, in ...« MacDougall verstummte. »In so eine Anstalt, weißt du?« Er blickte Scott ins Gesicht, und das Mondlicht vertiefte die Linien der Trauer auf seiner Stirn.

»Keine schöne Aussicht. Überhaupt nicht schön, Francis«, sagte Scott. Er fröstelte in seiner geborgten Jacke, während aus den Bäumen der Ruf einer Eule durch die Nacht schallte.

»Aye, und hör auf, mich Scooty zu nennen, du Arsch. Der Mistkerl von Donald macht's dir schon nach.«

»Schön zu sehen, dass er sich kaum verändert hat. Immer noch dasselbe arrogante Schwein wie vor sechs Jahren – eher noch schlimmer.«

»Daran gibt's keinen Zweifel, mein Freund.« Scott hob ruckartig den Kopf. »Hast du auch gesehen, dass sich da drüben was bewegt hat? Bei dem kleinen Boot unten am Fluss.«

»Was?«, flüsterte MacDougall und kniff die Augen zusammen. »Aye, da war es wieder.« Er deutete auf die gegenüberliegende Seite des Flüsschens und duckte sich.

Scott tat es ihm gleich, packte ihn am Arm und zog ihn langsam in Richtung des Hauses. »DS Scott an alle. Position?« Einer nach dem anderen meldeten sich die fünf Mitglieder der Einsatzgruppe. Ihre Stimmen klangen entfernt aus dem Funkgerät, das Scott auf Flüsterlautstärke heruntergedreht hatte.

»Wir haben Gesellschaft«, murmelte er ins Mikrofon. »Jenseits des Flusses, hinter dem Haus. Wer ist am nächsten dran?«

Scott und MacDougall legten sich flach auf den kalten Boden und spähten über die Hügelkuppe.

»Wenn der Typ von der Einsatzgruppe hier ist, gehst du zurück ins Haus. Sorg dafür, dass jeder an seinem Platz ist. Okay, Frankie?«

»Gib mir 'ne Knarre, Scooty. Wenn das dieser Arsch ist, blas ich ihm mit Vergnügen den Kopf weg«, sagte MacDougall trotzig.

»Aye, klar, ich geb dir 'ne Knarre, und dann zähl ich die Tage, bis sie mich einknasten. Tu einfach, was ich sage. Wir haben Glück, er rechnet bestimmt nicht damit, dass ihn jemand gesehen hat.«

Ein Rascheln hinter ihrem Rücken ließ die beiden Männer aufschrecken. Sie fuhren herum und sahen eine Gestalt in Schwarz herankriechen.

»Das Haus ist gesichert, Boss«, sagte der Beamte ohne eine Spur von Besorgnis in der Stimme. »Sie begleiten mich jetzt besser, Mr. Robertson.«

»Sie hätten mich fast zu Tode erschreckt«, beschwerte sich Scott und versuchte, seine Verstimmung in ein Flüstern zu packen. »Schaffen Sie Frankie ins Haus zurück. Ich bleibe hier und behalte den Bastard im Auge. Aber lassen Sie sich nicht zu lange Zeit. Nicht vergessen, ich bin unbewaffnet.« Scotts Genehmigung zum Tragen einer Feuerwaffe war zu seiner Frustration irgendwo im Hauptquartier liegen geblieben. »Der Dreckskerl von Donald hätte sich das nicht besser ausdenken können. Ich alleine auf einem scheiß-einsamen Hügel mit dem Geist der vergangenen Weihnacht … und nix als einen Knüppel zur Verteidigung.«

»Viel Glück«, sagte MacDougall und schickte sich an, mit dem bewaffneten Beamten den Hügel hinabzuschleichen.

Scott kniff die Augen zusammen und blickte zum Fluss hinunter. Eine vorbeiziehende Wolke dämpfte das helle Mondlicht, was seine Anspannung noch verstärkte. Er griff nach dem Mobiltelefon und schirmte das Display mit der Hand ab, damit die Gestalt, die sich irgendwo in der Dunkelheit heranschlich, das Licht nicht sehen konnte.

Der Wählton ertönte in seinem Ohr, und es klingelte nur ganz kurz, bevor abgehoben wurde.

»Jim, ich bin's.«

»Warum sprichst du so leise?«, kam die atemlose Antwort.

»Ich bin auf dem Hügel neben Franks Haus. Wir haben eine

Bewegung bemerkt. Die Jungs von der Einheit kümmern sich um die MacDougalls, und dann versuchen wir, den Bastard zu finden«, hauchte Scott in den Apparat. »Übrigens, warum bist du so außer Atem? Hat sie dich wieder zum Joggen geschleppt?«

»So in der Art«, erwiderte Daley unergründlich. »Hör zu, geh zurück ins Haus. Du bist unbewaffnet. Überlass das der Spezialeinheit. Ich alarmiere den Rest der Truppe im Hotel. Mit zwei Autos können wir schnell bei euch sein. Aber geh ins Haus.«

»Ich versteh dich so schlecht ... Wie war das, Großer? Die Leitung ... kann dich nicht ... bricht ...«, log Scott, bevor er auflegte.

Liz lag auf den Ellbogen gestützt im Bett und betrachtete ihren Ehemann. Die brennend roten Streifen auf seinem Rücken stammten von ihrem Liebesspiel, bei dem sie der Anruf unterbrochen hatte.

»Bitte sag mir, dass du jetzt nicht wegmusst«, sagte sie, obwohl sie genau wusste, wie die Antwort lauten würde.

»Es geht nicht anders, Liz.« Daley strampelte sich schwer atmend ins erste Hosenbein. »Sie haben jemanden herumschleichen sehen ...« Er unterbrach sich. Er hatte Liz nicht die volle Tragweite der Probleme erzählt, denen sie gegenüberstanden – und von JayMacs Auferstehung überhaupt nichts. »Dieser Robertson könnte sich in höchster Gefahr befinden – von Brian ganz zu schweigen.« Er zog den Bauch ein und kämpfte mit dem Hosenbund.

»Manchmal frage ich mich, ob ich deine Aufmerksamkeit besser gewinnen könnte, wenn ich mich in Brian umtaufe.«

»Aber ja«, erwiderte Daley, der offensichtlich wieder nicht zugehört hatte. Es war ihm gelungen, die Hose zu schließen, und nun versuchte er, das Hemd hineinzustopfen, was nicht so einfach ging.

»Gut, dass du wenigstens kein Feuerwehrmann bist, mein Lieber. Bis du deine Montur anhättest, läge alles in Schutt und Asche.«

Als er fertig war, beugte er sich übers Bett und küsste sie auf die Wange. »Bis später, wann immer das sein mag«, sagte er lächelnd. »Du weißt ja, wie es ist.« Er eilte aus dem Schlafzimmer und winkte zum Abschied, ohne sich noch einmal umzusehen.

»Sei vorsichtig!«, rief sie ihm nach. Leiser fügte sie hinzu: »Wir müssen uns wirklich mal unterhalten, Jim.« Sie legte sich zurück und starrte seufzend zur Decke. Wirklich, das müssen wir, dachte sie und strich sich mit der Hand über den Bauch.

Scott fühlte sich auf der Spitze des Hügels von allem abgeschnitten. Der Mond stand wieder in voller Pracht am Himmel, und die Wolke, die die Landschaft vorübergehend in tiefe Schwärze getaucht hatte, war weitergezogen.

In seiner Tasche steckte einer dieser neumodischen, ausziehbaren Metallschlagstöcke, aber das beruhigte ihn keineswegs. Was würde das Ding schon gegen JayMac helfen? dachte er. Bei dem Gefühl, beobachtet zu werden, sträubten sich ihm die Nackenhaare. Es war, als würde sein ganzer Körper sich gegen einen Angriff wappnen, dessen Richtung er verzweifelt zu erkennen versuchte. Seine Muskeln verkrampften sich, warteten auf den brennenden Schmerz, während sein Körper sich an die Schusswunde in der Schulter erinnerte, die ihm sein Gegner vor langer Zeit zugefügt hatte.

Er schreckte zusammen, als das Handy in seiner Hosentasche vibrierte. Ein weiteres Mal schirmte er das Display mit der hohlen Hand ab. Erfreut erkannte er Daleys Namen in großen Lettern auf dem Bildschirm.

»Wie läuft es, Jim?«, flüsterte er.

»Ich bin auf dem Weg ins Hotel, um den Rest der Einheit abzuholen, Brian. Wir dürften in etwa zwanzig Minuten da sein. Wo bist du? Wer ist bei dir?«

»Ich bin allein auf diesem verdammten Hügel und mach mir gleich in die Hosen, wenn du's genau wissen willst«, lautete Scotts ehrliche Antwort.

»Was meinst du mit ›allein‹?«

»Ich warte darauf, dass einer der Jungs zu mir zurückkommt. Sie sichern das Haus.« Die Anspannung schwang deutlich hörbar in Scotts Flüstern mit.

»Sieh zu, dass du reinkommst, Brian.« Daleys Stimme klang gepresst. »Du bist unbewaffnet. Ich besorge uns Pistolen, für dich auch. Scheiß auf Donald.«

»Nein danke«, erwiderte sein Sergeant. »Sieh einfach zu, dass du herkommst. Warte!« Er verstummte und hielt den Atem an. Etwas – jemand – bewegte sich weiter unten am Ufer, nur dreißig oder vierzig Meter von der Stelle entfernt, wo der Detective kauerte. »Jim, ich muss mich abmelden. Beeil dich, mein Freund.« Sein Flüstern klang kaum hörbar, sogar für ihn selbst. Er beendete das Telefonat, steckte das Handy weg und zückte den Schlagstock.

Irgendwie hatte die Gestalt, die er zwischen den Bäumen entdeckt hatte, es geschafft, das Flüsschen zu überqueren. Sie kauerte deutlich sichtbar im bleichen Mondlicht.

Glücklicherweise stellte sich heraus, dass die Mitglieder der Einsatzgruppe im County Hotel wesentlich fixer beim Anziehen gewesen waren als Daley. Er hielt vor der dunklen Phalanx von Polizisten an, die ihn bereits vor dem Hotel erwartete. Nach einem knappen Briefing stiegen drei von ihnen bei Daley ein, und die anderen beiden, einschließlich des befehlshabenden Sergeants, rannten die kurze Strecke zum Revier zurück, um ein weiteres Auto und das Waffenarsenal zu beschaffen, das Daley angefordert hatte.

Er wollte gerade losfahren, als er schon das Zivilfahrzeug die Main Street vom Polizeirevier herunterkommen sah. Bei sensiblen Einsätzen wie diesem, wo es vor allem auf Diskretion ankam, wurden keine großen Mannschaftstransporter eingesetzt. Die Truppe war auch mit drei getrennten Fahrzeugen in Kinloch eingetroffen, speziell ausgestattet mit Waffenhalterungen und raffinierter Kommunikationsausrüstung. Es waren drei voll ausgerüstete Einheiten, die einzeln genauso funktionierten wie als Teil eines größeren Ganzen. Das Zivilfahrzeug betätigte kurz die Lichthupe, als es an Daleys Allradfahrzeug vorüberbrauste. Die Kavallerie war unterwegs.

Scott wagte kaum zu atmen. In solchen Augenblicken verfluchte er sich dafür, dass er schwerer Raucher war. Wann immer er still sein musste, in der Kirche oder bei einer Beerdigung, bei einer der endlosen Einsatzbesprechungen mit Donald, selbst bei der Weihnachtsaufführung seiner Kinder in der Schule, stets spürte er dieses Kitzeln im Hals. Im Moment hielt die Furcht es in Schach – gerade so eben.

Als er schon glaubte, den Hustenreiz nicht länger zurückhalten zu können, fühlte er plötzlich eine Berührung am Rücken. Nachdem er das merkwürdige Gefühl durchlebt hatte, ohne Hilfe von Armen oder Beinen einen Satz in die Luft gemacht zu haben, drehte er sich um und sah zwei dunkel gekleidete Polizisten hinter sich kauern. Das Mondlicht glänzte auf den automatischen Waffen, die sie mit sich führten.

Scott schüttelte in gespieltem Zorn die Faust und bedeutete ihnen, still zu bleiben. Dann deutete er den Hügel hinunter, wo die Silhouette einer kauernden Gestalt sich vor dem silbernen Schimmer des Wasserlaufs abzeichnete.

Scott, der immer noch flach auf dem kalten Boden lag, nickte einem der beiden bewaffneten Beamten zu. Dieser kroch näher heran und neigte den Kopf zu ihm.

»Der Rest der Jungs ist unterwegs. Mein Befehl lautet, ein wachsames Auge zu haben, bis sie hier sind«, zischte er Scott ins Ohr.

Scott packte ihn beim Aufschlag und zog ihn näher zu sich. »Aye, das ist ja schön und gut, aber wenn es so weitergeht, tritt der Kerl uns in zwei Minuten auf die Zehen. Wir müssen versuchen, ihn aufzuhalten. Sonst erreicht er das Farmhaus, lange bevor eure Leute hier sind.«

Der Beamte legte den Kopf in den Nacken und starrte Scott nur an. Dann kroch er zu seinem Kollegen zurück, und nachdem sie kurz die Köpfe zusammengesteckt hatten, drehte er sich um und nickte.

In diesem Augenblick wurde ein Rascheln hörbar, gefolgt von einem dumpfen Aufprall und etwas, das wie ein unterdrückter Fluch klang.

Wenn das ein Geist ist, ist er nicht gerade trittsicher, dachte Scott. Er versuchte, die genaue Richtung zu erkennen, aus der das Geräusch gekommen war, aber unvermittelt blitzte es silbern in seinem Augenwinkel auf, und sein Kopf schnellte nach rechts herum. Ein Schatten huschte etwa fünfzig Meter entfernt an den Polizisten vorbei.

Daley nahm eine Kurve so schnell, dass das Mobiletelefon über das Armaturenbrett rauschte und dem Polizisten im Beifahrersitz in den Schoß fiel. Sie waren nur noch siebenhundert Meter von der Abzweigung zu dem einspurigen Weg entfernt, der zur Farm führte.

Das Funkgerät des Beamten neben Daley knisterte. Daley erwartete, dass es Tully war, der Kommandant der Einheit im anderen Wagen, doch er täuschte sich. Es handelte sich um einen der bewaffneten Polizisten bei der Farm.

»Stellen soeben Verdächtigen. Over.« Die Stimme klang knapp und präzise, ohne Umschweife.

Daley wandte sich zu dem Mann neben ihm. »Geben Sie mir Tully. Sofort!«

Scott zuckte ein weiteres Mal zusammen, als die zwei Polizisten in Aktion traten. Beide hatten starke Taschenlampen bei sich, mit deren Strahlen sie nun den Eindringling erfassten. Er blieb wie erstarrt stehen. Zwei Punkte tanzten wie rote Glühwürmchen über Brust und Gesicht des Mannes, und er hob den Arm, um die Augen vor dem unerwarteten grellen Licht abzuschirmen. Scott verengte die Augen und musterte ihn, während seine Kollegen Anweisungen schrien. Der Eindringling streckte die Arme aus und sank mit gesenktem Kopf auf die Knie.

Scott versuchte, den Mann genauer zu sehen, er brauchte einen freien Blick auf sein Gesicht. Langsam und im blendenden Licht blinzelnd, hob er den Kopf und sah direkt in Scotts Richtung.

Wer immer es war, um einen Geist handelte es sich definitiv nicht. Dieser Mann war nicht James Machie. Der Sergeant stieß einen erleichterten Seufzer aus.

16

Rasch ging er den überwucherten Pfad entlang. Drei Hochhäuser – die letzten Monumente der verrückten Architektur des Brutalismus in den Sechzigern – ragten aus einer öden, verwahrlosten Landschaft empor. Diese schöne neue Welt des vielgeschossigen Wohnens war dabei, den Weg alles Irdischen zu gehen wie ihre Vorgängerin, die früher allgegenwärtige Glasgower Mietskaserne. Er fragte sich, ob er der Einzige war, der noch etwas für diese einstmals blühende Umgebung übrighatte.

Er betrat das Gebäude durch große rote Sicherheitstüren aus hartem Polycarbonat, die inzwischen mit Graffiti übersät waren und von den Zigarettenstummeln, die man daran ausgedrückt hatte, bräunliche Brandspuren aufwiesen. Die elektronischen Schlösser und Riegel hatte man schon längst abmontiert. Das Echo, mit dem sie zuschlugen, hallte in der kahlen Vorhalle wider, die nach Pisse stank. Zwei der drei Aufzüge waren außer Betrieb. Er trat vor den funktionierenden und drückte den Knopf. Er hätte grün aufleuchten sollen, aber durch das gesplitterte Plastik konnte man die zerschmetterte Birne sehen.

Der Lift schien Ewigkeiten zu brauchen, aber am Ende kündigten ein entferntes Summen und ein Rums seine Ankunft an. Es klackte, und die Türen glitten quietschend und ruckelnd auf, als würde es ihnen widerstreben, ihr Inneres zu offenbaren. In diesem Fall war das ein Betrunkener, der ohnmächtig in einer Lache seines eigenen Urins am Boden lag.

Der Mann starrte auf den Bewusstlosen hinab. Der Gestank nach Urin, Erbrochenem und schalem Alkohol in dem beengten Raum war überwältigend. Der Mann am Boden stöhnte, und Speichel tröpfelte ihm über das unrasierte Kinn. Der Mann vor der Tür griff in die Tasche.

Sie begriff selbst nicht, warum sie Dokumentarfilme über den Krieg liebte. Es war die schrecklichste Zeit ihres Lebens gewesen. Sie war in Clydebank aufgewachsen und hatte miterlebt, wie der deutsche »Blitz« praktisch den ganzen Ort auslöschte. Tausende waren gestorben, darunter ihr Großvater, der an einem klaren Novembermorgen zur Arbeit gegangen und nicht wiedergekommen war. Er und fast alle anderen Insassen des Busses, der ihn nach der Arbeit in der Werft nach Hause hätte bringen sollen, waren ums Leben gekommen. Nur ein drei Monate altes Baby hatte überlebt, weil der Körper seiner toten Mutter es vor der Explosion geschützt hatte.

Doch trotz des schmerzlichen Verlustes von Freunden und Angehörigen im Krieg blickte sie jetzt fast mit Wehmut darauf zurück, mit einem Gefühl von Wärme und Verbundenheit und allem anderen, das sie in ihrem Leben nun vermisste. Die meisten ihrer Freunde waren tot, und ihre Familie – oder was davon noch übrig war – litt unter Alkoholsucht, Drogen und Armut. Sie hatte zwei Söhne an das Heroin verloren, und ihr Ehemann war vor beinahe vierzig Jahren gestorben, das Weiße in seinen Augen gelb verfärbt, als seine Leber den Kampf gegen den Alkohol aufgegeben hatte.

Sie rappelte sich steif aus dem Stuhl hoch, während ihre

Knie und Fußknöchel knackten und knirschten. Es war Zeit für eine weitere Tasse Tee und danach ab ins Bett – die einzige Möglichkeit, die ihr noch blieb, um ihrer Einsamkeit und den Schmerzen und sonstigen Wehwehchen zu entkommen.

Er zog die Hand aus der Tasche, beugte sich über den Mann und legte ihm die Fingerspitzen an den roten, schmutzverkrusteten Hals, um nach einem Puls zu fühlen.

»Da, nimm, Tony-Boy«, sagte er und schob ein Bündel Geldscheine unter den Kragen der schlafenden Gestalt. »Zweihundert sollten erst mal reichen, du armer Hund.« Er stieß ein Lachen aus und sah auf den Mann hinunter. *Aye, alter Zeiten eingedenk.*

Der Lift kam ruckelnd zum Stillstand, und die Türen glitten auf. Dahinter lag der Korridor des sechzehnten Stocks. Er zerrte das rechte Bein des bewusstlosen Betrunkenen über den pissegetränkten Boden zum Eingang des Lifts. Der Typ war so weggetreten, dass er sich kaum rührte und nur etwas Unverständliches grunzte, während ihm schmutzig brauner Speichel übers Kinn lief. Der andere Mann wartete, bis die Türen von dem Hindernis gestoppt wurden.

Das ist schon zweihundert Eier wert, Tony-Boy, dachte er. *Vermutlich mehr Geld, als du in den letzten dreißig Jahren verdient hast, und dabei bist du nicht einmal wach und musst etwas dafür tun.*

Er betrachtete sein Spiegelbild im polierten Aluminium der Lifttür und nutzte die Gelegenheit, die Mütze mit dem schwarz-weiß karierten Band zurechtzurücken. »Fick dich selber, Constable Plattfuß«, kicherte er rau in sich hinein. Dann ging er den Korridor entlang, der von Fußabstreifern mit der Aufschrift »Welcome« und Zierrat gesäumt war, den die Bewohner dieser Hochhaushölle vor die Tür stellten, um ihre Umgebung ein wenig erträglicher zu gestalten.

Vor einer Tür blieb er stehen. Das Namensschild lautete: 16/5. MacDougall.

Er klopfte laut. Nach einer Weile ging in der Diele das Licht an, und eine zierliche Gestalt kam langsam auf die Milchglasscheibe der Tür zugeschlurft.

»Wer ist da?« Die Stimme der Frau klang alt und brüchig.

»Polizei, Mrs. MacDougall. Kann ich Sie kurz sprechen?« Er sah, wie sie die Hand ausstreckte, und hörte das Rasseln von Ketten und Schlössern, als sie die Tür aufsperrte.

Im Polizeirevier von Kinloch war es warm und hell. Scott stand vor einem Heizkörper und hielt die Hände so dicht darüber, wie er es aushielt, um sich nach der Kälte auf dem Hügel bei Frank MacDougalls Farm aufzuwärmen.

»Da draußen friert man sich die Eier ab, Jim«, sagte er zu Daley, der den Knopf seiner Hose öffnete, während er sich in den Drehstuhl seines Glaskastenbüros sinken ließ, seiner zweiten Heimat.

»Ich lasse den bescheuerten Knaben über Nacht in der Zelle schmoren, bevor wir ihn verhören«, sagte er. Nachdem er seinem Bauch ein bisschen mehr Spielraum verschafft hatte, wirkte er wie erlöst, obwohl seine Hemdknöpfe immer noch bis zum Zerreißen gespannt waren.

»Aye, du hast aber abgenommen, oder was? Scheiße, in welchem Monat biste denn?« Zwischen den Kommentaren gähnte Scott herzhaft, was sie für seinen Chef nur unwesentlich genießbarer machte. Er runzelte die Stirn und zog den Bauch ein.

»Du hast ja keine Ahnung, was du für ein Glückspilz bist,

Brian. Du kannst essen und trinken, was du willst, und nimmst trotzdem kein Gramm zu. Ich dagegen«, sagte er und massierte sich den Bauch, »muss mich mit dem hier rumplagen oder verhungern.«

»Och, bei mir ist das bloß aufgestaute Energie – mein Verstand arbeitet eben ständig auf Hochtouren.« Scott grinste, setzte sich auf den Besucherstuhl, lehnte sich zurück und legte die Füße auf den Tisch.

»Aye«, stimmte Daley zu. »Und zwar daran, wo du deinen nächsten Drink herbekommst.«

»Das war jetzt aber ein Schlag unter die Gürtellinie, ehrlich, vor allem, weil du nicht gerade das bist, was ich als Krone der Nüchternheit bezeichnen würde«, erwiderte Scott mit geschlossenen Augen. »Ich sag dir, vorhin auf dem Hügel dachte ich echt, das wär unser Mann. Wenn ich 'nen Flachmann dabeigehabt hätte, hätte ich ihn ausgesoffen.« Bei dem Gedanken an einen guten Schluck Whisky schmatzte er mit den Lippen.

»Der Knabe hat den Schock seines Lebens weg, meinst du nicht?«, sagte Daley. Das bezog sich auf den jungen Mann, den die Sondereinheit vor knapp einer Stunde mit vorgehaltener Waffe gestellt hatte.

»Aye«, gluckste Scott. »Das war nicht die Art von Stelldichein, die er sich erträumt hatte. Aber diese Sarah ist ja auch ein hübsches Mädel, das muss man ihr lassen.« Er legte den Kopf auf eine Art schief, als wollte er sagen: *Wenn ich nur zwanzig Jahre jünger wäre*.

»Und bevor du es aussprichst, du wärst immer noch zu alt für sie.« Daley lachte. »Egal, irgendetwas sagt mir, dass die junge Miss MacDougall höhere Ziele vor Augen hat als einen

Detective Sergeant mit einer Schwäche für starke Getränke, der ihr schöne Augen macht.«

»Ich kann kaum glauben, dass sie mit Frank und Betty verwandt ist. Sie ist ganz anders als die beiden und ihre Großmutter«, sagte Scott. Er setzte sich gerade hin und stellte die Füße auf den Boden, als wäre der Schock, MacDougalls gewandte, kultivierte Tochter zu sehen, zu viel für ihn gewesen.

»Unter den jungen Männern von Tarbert hat sie eine Menge Verehrer«, erklärte Daley. Dort stammte der Eindringling her, der sich auf dem Weg zu Sarah MacDougall befunden hatte.

»Haste das Gesicht ihres Vaters gesehen, als sie sagte, dass da nichts weiter dran sei und sie bloß jemanden fürs Bett wollte? Ich dachte, Frankie geht an die Decke und kommt nicht mehr runter.«

»Tja«, meinte Daley. »Gibt nichts Besseres als eine Nacht in der Zelle, um die Leidenschaft abzukühlen.«

»Daran besteht gar kein Zweifel, Jim«, verkündete Scott. Er kratzte sich am Kopf und gähnte. Er wollte gerade noch etwas hinzufügen, als Daleys Bürotelefon klingelte.

»Hallo Sir.« Daley schnitt eine Grimasse, um Scott zu bedeuten, dass Donald am Apparat war.

»Wie ich höre, hatten Sie heute Abend eine Menge Spaß. Wer ist dieser Clown?« Donalds Stimme drang laut genug aus dem Hörer, dass Scott mithören konnte.

»Ein junger Mann aus der Gegend, Sir. Er stammt aus Tarbert, dem nächsten Ort. Ist wohl in MacDougalls Tochter verknallt, wie es aussieht.«

»Ich will, dass Sie ihn so lange wie möglich in Gewahrsam behalten, Jim. Beantragen Sie eine Haftverlängerung, wenn es sein muss. Falls nötig, mache ich meinen Einfluss geltend.« Die letzten paar Worte kamen dahingehaucht wie ein Seufzer, als wäre die Last der Verantwortung zu schwer für ihn geworden. So kannte Daley seinen Vorgesetzten gar nicht.

»Und welchen Grund soll ich dem Untersuchungsrichter nennen, Sir?«, fragte Daley.

»Seien Sie kreativ, Jim. Obwohl der Bursche vermutlich vor lauter Inzucht ein Halbtrottel ist, hat er zu viel gesehen. Es kann ihm nicht entgangen sein, dass es ein bisschen ungewöhnlich ist, wenn seine Freundin von bewaffneten Polizeikräften bewacht wird. Das Letzte, was wir jetzt brauchen können, ist, dass die örtliche Gerüchteküche überkocht und die Presse Wind von der Sache bekommt.«

»Ja, Sir. Das ist doch sicher ein zusätzlicher Grund für den Zeugenschutz, die Familie wegzuschicken, Sir.«

»Sollte man meinen, Jim. Leider stemmt sich unser Freund MacDougall mit aller Macht dagegen. Er behauptet, wegen des Geisteszustands seiner Frau würden ihre Menschenrechte verletzt, wenn man sie gegen ihren Willen zwingen sollte, anderswohin zu ziehen. Seelische Grausamkeit, sagt er. Ist das zu glauben?«

»Oh ja, Sir. Frank MacDougall hat sich sein Leben lang die Verteidigung der Menschenrechte auf die Fahne geschrieben«, sagte Daley. Was Gewalttätigkeit anging, hatte MacDougall zwar nicht in derselben Liga gespielt wie JayMac, aber trotzdem hatte er Verbrechen von abstoßender Grausamkeit verübt.

»Halten Sie ihn so lange fest, wie Sie können, Jim. Ich bemühe mich, MacDougall und seinen Klan so weit weg wie möglich von Kinloch zu schaffen, aber glauben Sie mir, das braucht seine Zeit.«

Eine kurze Stille entstand, ein Zeitraum, den der Superintendent normalerweise mit irgendeinem überheblichen Statement gefüllt hätte. Die Wiederauferstehung von James Machie schien ihn mehr mitgenommen zu haben, als Daley für möglich gehalten hätte.

Er beendete das Gespräch, indem er seinem Boss eine gute Nacht wünschte.

»Aye, und ich setz mich gerne an Ihr Bett und les Ihnen was vor«, fügte Scott hinzu, als er sicher war, dass der Hörer fest auf der Gabel lag.

»Er klingt nicht wie er selbst, Brian«, bemerkte Daley.

»Schön zu wissen, dass sogar Seine Magnifizenz mal einen schlechten Tag hat«, meinte Scott. »Und ich hatte eine echt harte Nacht, Jim. Wie wär's, wenn wir auf ein paar schnelle Gläschen als Schlummertrunk runtergehen, eh?«

Über diesen Vorschlag musste Daley nicht lange nachdenken, also nickte er und stand auf. Er zerrte den Hosenbund zusammen, und nach einigen Mühen gelang es ihm, den Knopf zu schließen.

»Aye, das aktive Leben auf dem Land wirkt Wunder für deine Figur, Großer«, grinste Scott.

»Halt den Mund und such deine Brieftasche. Mir ist nach einem großen Single Malt.«

»So ist das also?« Scott schnitt eine Grimasse. »Hätt ich bloß meine verdammte Schnauze gehalten.«

»Ich frage mich, wie reich du wohl wärst, wenn du jedes Mal ein Pfund für diesen Gedanken gekriegt hättest, Brian.« Daley grinste, als Scott vor sich hin brummelnd das gläserne Büro verließ.

Marion MacDougall lag in ihrem Wohnzimmer am Boden. Aus ihrem Blickwinkel sah es seltsam aus. Sie fror und war ganz durcheinander. Die rechte Kopfhälfte pochte, und sie spürte etwas Warmes, Klebriges am Arm. Sie wusste, dass sie nur mit einem Auge etwas sehen konnte, denn wenn sie das linke schloss, wurde alles schwarz, durchsetzt mit roten und gelben Blitzen.

Sie versuchte, die Beine zu bewegen, aber der Schmerz, der sie dabei durchfuhr, war unerträglich. Selbst das Atmen fiel ihr schwer. Die Luft blieb ihr in der Kehle stecken, als würde ein gewaltiges Gewicht auf ihrer Brust liegen.

»Und ein weiteres Mal schlechte Zahlen aus der Wirtschaft ...« Das war die Stimme des netten Walisers, der die Zehn-Uhr-Nachrichten las. Sie verstand nicht, wie es schon so spät sein konnte. Es war kalt – sehr kalt –, und doch störte es sie nicht so sehr wie üblich.

Aus dem Augenwinkel, ganz am Rande ihres Gesichtsfelds, konnte sie etwas Weißes erkennen. Ja, einen weißen Kreis. Sie versuchte, ruhig zu atmen und sich zu konzentrieren. Vor dem gesunden Auge begann ihr alles zu verschwimmen, und das war vielleicht ihre letzte Chance, ihre letzte Gelegenheit, zu überleben, etwas zu unternehmen, um ihr Leben zu retten, bevor die Welt um sie endgültig schwarz wurde.

Sie schaffte es, den Arm zu bewegen, obwohl der Schmerz dabei so scharf war, dass ihr übel wurde. Langsam gelang es ihr, den Daumen hinter die Kette zu schieben, an der die weiße Scheibe an ihrem Hals hing. Sie würgte eine ekelerregende Mischung aus Blut und Galle aus, die über ihr Gebiss an der Seite ihres Gesichts zu Boden floss. Ihr blieb nicht mehr viel Zeit. Statt die Kette heranzuziehen, streckte sie den Arm aus und fühlte, wie deren Glieder über ihren Daumen glitten. Obwohl es wehtat, wurde ihr immerhin nicht wieder übel.

Plötzlich straffte sich die Kette und grub sich in ihren Hals. Beinahe wäre sie ohnmächtig geworden. Ihr Atem ging in schnellen Stößen, aber sie hatte es geschafft. Die weiße Scheibe lag unter ihrer Handfläche. Sie drückte darauf und hörte den leisen Piepton, der bedeutete, dass sie funktioniert hatte. Bald, sehr bald würde Hilfe kommen. Aber würde es noch rechtzeitig sein?

17

Sie betraten das County Hotel durch die schwere alte Tür, auf die jemand mit künstlichem Schnee aus der Spraydose FRÖHLICHE WEIHNACHTEN!!! gesprüht hatte. Ein großer Plastikweihnachtsbaum stand mitten im Vorraum, geschmückt mit einem Sortiment von Kugeln, von denen keine zwei gleich aussahen.

Leises Stimmengemurmel drang aus der Küchenluke der kleinen Bar. Es klang so, als machte Annie für diese Tageszeit noch gute Geschäfte. Ein großer Mann hätte Scott fast umgerannt, als er an dem Detective vorbei zu den Toiletten lief. Anfeuernde Rufe folgten dem armen Kerl. »Mann, die Scheißeritis«. »Jetzt aber schnell, Willie!« Seine Saufkumpane amüsierten sich köstlich über die missliche Lage ihres Freundes.

Als die beiden Polizeibeamten die Bar betraten, kippte die Atmosphäre jedoch. Alle verstummten.

Unbeeindruckt schlenderte Scott weiter und zog die Brieftasche aus der Gesäßtasche. Er wählte eine Stelle zwischen zwei Stammgästen, die er kannte, und nickte den beiden zu.

»Aye, Jungs, ganz schön kalter Tag, was?« Scott rieb sich die Hände in Vorfreude auf den Whisky, der hoffentlich auch die Teile wärmen würde, wo der Alkohol nicht hinkam. Die mangelnde Reaktion der beiden Gäste überraschte ihn ein wenig, aber sogleich richtete sich seine Aufmerksamkeit auf Annie, die durch die Tür hinter der Bar hereinkam.

»Was darf ich Ihnen bringen, Sir?«, fragte sie steif und begann, den Tresen zu polieren, ohne ihren neuen Gast direkt anzusehen.

»Zwei große Single Malt, Süße, und einen für Sie, weil Sie letztes Mal so nett waren.« Scotts freundliches Lächeln blieb unerwidert.

Daley hatte sich bis zu dem Tisch im Hintergrund durchgearbeitet, an dem er normalerweise mit Liz saß. Sie hatte ihm schon vorgehalten, ihn bewusst ausgesucht zu haben, um die anderen Gäste besser beobachten zu können. Vielleicht stimmte das, aber der Tisch war auch am weitesten von der Bar und der Armee derjenigen entfernt, die nicht nur die Ohren spitzten, sondern sich auch in Gespräche einmischten, die Daley lieber privat führte. Erst vor ein paar Wochen hatte sich während einer Diskussion mit Liz über seine endlose Diät eine alte Frau vom Nebentisch zu ihnen gelehnt und Liz empfohlen, die Kalorienzählerei lieber einzustellen und ihrem Mann eine gute Portion Hackfleisch mit Kartoffelbrei zu verabreichen, wenn sie weiterhin ein aktives Liebesleben führen wollte.

Daley lächelte dem älteren Herrn zu, der in der Nähe an einem kleinen Glas Whisky nippte. Er war leicht überrascht, als dieser – normalerweise ein offener und freundlicher Mensch – nicht reagierte.

»Ist jemand gestorben?«, fragte Scott, als er die beiden randvollen Whiskygläser vor Daley auf den Tisch stellte. Er nahm den Stuhl gegenüber seinem Chef. Als er sich umsah, merkte er, dass jede einzelne Person im Raum sie anstarrte.

»Irgendetwas ist jedenfalls im Busch«, antwortete Daley.

Die beiden Polizisten fühlten sich zunehmend unwohl und

tranken schweigend. Scott blickte gelegentlich über die Schulter und stellte jedes Mal fest, dass sie immer noch mit steinernen Mienen angestarrt wurden.

»Ich muss mal pinkeln, Großer«, sagte Scott zu Daley und ging zum Ausgang.

»Aye, und ich hoffe, Willie Mason scheißt dich an«, tönte eine Stimme von irgendwoher.

»Okay, jetzt reicht's«, rief Annie, wenn auch nicht mit dem gewohnten Nachdruck. Aber es genügte, um den Bann zu brechen. Das Murmeln leiser Gespräche hob wieder an.

Daley ließ den Whisky im Glas kreisen, und Annie kam hinter ihrem Tresen hervor, während sie mit ihrem Geschirrtuch nach unsichtbaren Staubkörnchen schnippte.

»Wollen Sie noch einen?«, fragte sie kühl, während sie Scotts unbeaufsichtigtes Glas vom Tisch nahm, mit dem Tuch abwischte und auf einen Bierfilz stellte.

»Ja, wenn es nicht zu viel Mühe macht«, erwiderte Daley, leicht irritiert über den Empfang, der ihm in seiner Lieblingskneipe zuteilwurde.

»Hören Sie«, flüsterte Annie, »Sie können nicht erwarten, dass die Leute Sie mit offenen Armen empfangen, wenn Sie den armen Duncan Fearney so triezen. Er ist ein netter Kerl – sehr beliebt. Aye, und er hat schwere Zeiten durchgemacht, seit ihm die Frau mit dem KB-Kerl durchgebrannt ist.« Sie wandte sich zum Gehen.

»Warten Sie mal, Annie«, sagte Daley mit ernster Miene. »Ich komme gerne hierher, und Sie haben mich immer willkommen geheißen, aber Sie sollten wissen, dass ich meinen Job tun muss. Und egal, ob niemand in Kinloch je wieder ein Wort mit mir spricht, das werde ich.«

Annie, die ein wenig ungehalten wirkte, setzte sich in den Stuhl, den Scott gerade geräumt hatte, und beugte sich zu Daley. »Aye, das kann ich mir denken, Mister Daley, aber Sie dürfen nicht vergessen, wie nah die Menschen sich hier stehen. Wenn Sie einen treten, treten Sie uns alle. Verstehen Sie, was ich meine? Und außerdem waren die Jungs ganz begeistert, weil der Gute sie mit ...« Annie brach abrupt ab und vermied es, dem Polizisten in die Augen zu sehen.

»Was Sie sagen wollten, ist, dass er sie mit billigen Kippen versorgt hat«, riet Daley und starrte die errötende Annie an.

»Nee, so was wollte ich überhaupt nicht sagen, Mister Daley. Scheiße, ihr Polis seid vielleicht aalglatt«, erwiderte sie und erlangte ein wenig die Fassung zurück. »Nie nicht hab ich so was gesagt.«

»Nein, selbstverständlich nicht«, antwortete Daley. »Ich hoffe nur, dass Sie meine Position verstehen, Annie.«

Sie verdrehte die Augen und gab einen Laut des Missfallens von sich. »Aye, ich schätze, jeder von uns hat seinen Job zu tun. Sprechen wir nicht weiter darüber. Ich rede ein Wörtchen mit den Jungs.« Sie wollte sich erheben, doch Daley hielt sie zurück.

»Darf ich fragen, was ein KB-Kerl ist?«

»KB?« Annie grinste. »Künstliche Besamung, Mister Daley. Er ist der Mann, der die Runde macht, um die Kühe zu bedienen, falls Sie wissen, was ich meine. Sie nennen ihn den Bullen von Kintyre.«

Daley sah ihr nach und versuchte, ein Lachen zu unterdrücken. Wie es sich wohl anfühlte, wenn einem die Frau mit dem Mann durchbrannte, der dafür verantwortlich war, Kintyres Rinderbevölkerung zu schwängern? Als Scott von der Toilette zurückkam, gab er die Geschichte weiter. Das herzhafte Gelächter des Sergeants übertönte das leise Stimmengewirr im Hintergrund, und die Atmosphäre in der kleinen Hotelbar normalisierte sich langsam.

Detective Sergeant White hatte die Nase voll. Er hasste die Nachtschicht, vor allem, wenn er die ganze Zeit an seinem Schreibtisch sitzen musste, um Berichte in den Computer zu tippen. Der flackernde Bildschirm verschlimmerte die pochenden Kopfschmerzen, unter denen er litt, seit er am frühen Abend im Polizeihauptquartier in Paisley eingetroffen war.

Er war gerade dabei, einen besonders komplizierten Betrugsfall zusammenzufassen. Der Bericht sollte an die Staatsanwaltschaft gehen, und der zuständige Beamte war ebenso pedantisch wie kleinlich. Es kam durchaus vor, dass er den schwer erarbeiteten Bericht eines Detectives wie ein Oberlehrer mit Korrekturen versehen zurückschickte. Er und White trugen eine Art stummen Krieg der Worte aus, wobei der eine mit der Genauigkeit seiner Berichte auftrumpfte, der andere mit immer höher werdenden Ansprüchen.

White lehnte sich zurück, rieb sich die Augen und gähnte. Der Lockruf der Kaffeemaschine war unüberhörbar. Als die Worte auf dem Bildschirm zu verschwimmen begannen, stand er auf und kramte in der Hosentasche nach Kleingeld, das er brauchte, um das einzige Getränk zu kaufen, das ihn durch eine lange Nacht bringen konnte.

Während er den Schreibtisch verließ und den Gang entlang zum Getränkeautomaten ging, stand eine Gruppe von Polizeibeamten außen vor dem Hintereingang der Station geduldig Schlange. Sie unterhielten sich leise und beiläufig miteinander, während einer von ihnen den Sicherheitscode in das Tastenfeld an der Wand eintippte. Sie hatten gerade Essenspause. Der Duft nach Kebab und chinesischen Gerichten stieg aus verschiedenen braunen Papiertüten und weißen Plastikbeuteln auf.

Es piepste, dann glitten die Riegel der schweren Stahltür zurück, und der erste Mann in der Reihe zog sie auf. Die kleine Horde hungriger Polizisten strömte herein und ließ eine Wolke akkumulierten Atemhauchs hinter sich in der Kälte zurück, während sie das Allerheiligste des Polizeireviers betraten.

Der Letzte in der Reihe wollte gerade die Tür zuziehen, als ein Polizist in Uniform mit einer großen Tragetasche über den Parkplatz gesprintet kam.

»Cheers, Kumpel«, sagte der Mann außer Atem. »Ich habe hier eine Sendung vom Divisionskommandeur in der Baird Street für das Büro von Superintendent Donald. Wo ist das?«

Der Cop an der Tür, der endlich sein Kebab essen wollte, hielt dem Nachzügler die Tür auf und wies zur Treppe. »Oben im dritten Stock. Sie erreichen die Chefetage über das Büro der Kripo. Einer von den faulen Hunden ist nachts eigentlich immer da und verkriecht sich vor der Kälte.«

»Aye, so sind die«, meinte der Besucher. Er lief zwei Stufen auf einmal nehmend hinauf, und die Tragetasche an seiner Seite schwang vor und zurück.

»Scheiße!«, fluchte Detective Sergeant White, als der Summer an der Tür zum Kripobüro ertönte. Er hatte sich gerade mit seinem Kaffee hingesetzt und war dabei, online ein Weihnachtsgeschenk für seine Frau auszusuchen, bevor er sich wieder dem vermaledeiten Bericht über den Betrugsfall widmete. Er stellte den Kaffee neben seinem Computerterminal ab, erhob sich steif und schlängelte sich zwischen den unbesetzten Arbeitsplätzen hindurch zur Sicherheitstür am Ende des langen Raums. Ein Cop in Uniform starrte durch das schusssichere Glas herein, und das schwarz-weiß karierte Band seiner Mütze schimmerte im gedämpften Licht.

»Kann ich Ihnen helfen?«, fragte White und starrte den Cop an, den er nicht kannte.

»Das hier ist für Superintendent Donald«, verkündete der Mann und hob die Tragetasche, sodass White sie inspizieren konnte. »Vom Boss in der Baird Street. Hübsches kleines Weihnachtsgeschenk, würde ich denken.«

»Reichen Sie's mir einfach rein«, forderte White etwas schroffer als eigentlich beabsichtigt. Er hatte schon genug zu tun, ohne den inoffiziellen Weihnachtsmann für den Chef zu spielen.

»Wenn Sie nichts dagegen haben, meine Instruktionen lauten, es persönlich auf seinem Schreibtisch abzustellen. Sie kennen unseren Boss nicht. Der traut seiner eigenen Großmutter nicht.«

White dachte kurz nach und kam zu dem Schluss, dass ihm das den Weg die Treppe hinauf ersparte und er seinen Kaffee trinken konnte, bevor er kalt wurde. Er ließ den uniformierten Boten ins Kripobüro und führte ihn zu dem Aufzug, der den einzigen Zugang zu den Büros der Chefetage bildete. Er tippte den Code ein, und beinahe sofort glitt die Lifttür leise auf.

»Nehmen Sie den Lift bis zum dritten Stock. Dritte Tür links, hinter den Topfpflanzen. Sein Name steht an der Tür. Und keine Angst, die Kerle schließen nie ab.«

»Wozu auch«, grinste der Cop. »Wimmelt ja von Polis, was soll da schon schiefgehen? Kein schlechter Aufzug. Hab schon schlimmere gesehen. Die meisten sind vollgepisst.« Er lachte, und die Lifttür schloss sich mit einem dumpfen Klang.

White kehrte zu seinem Tisch zurück, wo der Kaffee im Styroporbecher vor sich hin dampfte. Er setzte sich, griff nach dem Getränk und streckte die Beine aus. Als er den ersten Schluck trank, spürte er einen Stich der Unruhe, den er sich nicht erklären konnte. Er trank noch einmal – mehr, als er vorgehabt hatte – und verbrannte sich die Zunge, bevor er auf die Uhr sah. Der Cop war erst seit ein paar Minuten in der oberen Etage, aber er wusste, wie neugierig die Kollegen sein konnten. Dass ein Beamter aus einem anderen Revier im Reich der Lamettaträger herumschnüffelte, war das Letzte, was er wollte. Er bereute bereits, dass er die Sendung nicht persönlich abgeliefert hatte, also ging er zum Lift und tippte den Code ein.

Ein roter Pfeil blinkte und sagte ihm, dass der Aufzug bereits unterwegs war. Mit dem Besucher vermutlich. Es klackte, als die Kabine anhielt. Die Tür glitt auf. Und ja, der uniformierte Beamte lehnte an der Rückwand und trug die Tragetasche nicht mehr bei sich, dafür aber etwas anderes, etwas Dunkles und Glänzendes.

»Also dann«, sagte White, der den unerwarteten Besucher so schnell wie möglich loswerden wollte.

Bevor er mehr sagen konnte, hob der Mann den Arm und richtete eine Pistole mit Schalldämpfer auf den schockierten Detective.

»Was zum …?« Der Fluch wurde nie vollendet, da ein sauberes schwarzes Loch in Whites Stirn auftauchte und ihm den Kopf mit einem lauten Knacken zurückwarf. Er schwankte.

Eine letzte Träne aus dunklem Blut rann ihm aus dem linken Auge über die Wange. Dann fiel er rücklings zu Boden. Sein Kopf prallte zweimal dumpf vom Teppichboden ab wie ein schlecht aufgepumpter Fußball.

Der Uniformierte beugte sich über Whites leblosen Körper. Er fischte ein Mobiltelefon aus der Tasche des Detectives und musterte es einen Moment lang, bevor er es mit ausgestrecktem Arm vors Gesicht hob. Der Blitz wurde mit dem Geräusch eines altmodischen Kameraverschlusses ausgelöst. Er legte dem toten Mann das Telefon auf die Brust, ging zum Eingang des Kripobüros, öffnete die Tür mit einem *Klick* von innen und stieß sie beim Gehen mit einem *Klack* hinter sich zu.

Daley konnte nicht schlafen. Etwas nagte an ihm, das er nicht zu fassen bekam, als würde er einen Sachverhalt nicht vollständig durchschauen, sodass er sich nicht scharf im klaren Licht seines Verstandes abzeichnete.

Liz atmete sanft an seinem bloßen Arm. Ein Streifen Mondlicht, der seinen Weg durch einen Spalt in den Vorhängen gefunden hatte, lag über ihrem Gesicht. Er sah auf die Uhr. Kurz vor fünf. Er kam zu dem Schluss, dass er keinen Schlaf mehr finden würde, daher schob er Liz' Kopf sanft und zärtlich von seiner Schulter und schlüpfte unter der Zudecke hervor.

Statt das anliegende Bad zu benutzen, tappte er durch die Diele zum großen Badezimmer. Duncan Fearney würde heute Morgen dem Haftrichter vorgeführt werden, und er wollte dabei sein. Nicht nur, um zu sehen, wie es mit dem Farmer weiterging, sondern auch, um ein Wörtchen mit dem Staatsanwalt zu reden. Er war ein vernünftiger Mann, der im Rahmen seiner schwierigen Aufgabe so hilfsbereit war wie nur möglich. Nach allem, was Daley über Fearney erfahren hatte, glaubte er nicht, dass er der Kopf des Tabakschmugglerrings war, selbst wenn er anscheinend die Hauptbezugsquelle am Ort darstellte. Jemand hier wusste mehr, als er preisgab. Daley war fest entschlossen, diese Person ausfindig zu machen und dafür zu sorgen, dass der glücklose Farmer nicht als Einziger die Konsequenzen tragen musste.

Er duschte, putzte die Zähne, sprühte sich mit Deo ein, klatschte sich Aftershave ins Gesicht und betrachtete sich im Badezimmerspiegel. Teile seines Oberkörpers, die einmal fest und athletisch gewesen waren, wirkten jetzt schwammig, bleich und irgendwie formlos. Seine frisch geschnittenen Haare hatten ihren dunklen Schimmer verloren und waren mit Grau durchsetzt. Er rieb sich das stoppelige Kinn. Er bewahrte einen Elektrorasierer in der Schreibtischschublade im Büro auf und beschloss, sich bei der Arbeit zu rasieren, wie er es oft tat.

Er schlang sich ein Handtuch um die Hüften, tapste zurück ins Schlafzimmer und öffnete die Schiebetür des Einbauschranks, in dem seine Anzüge, Hemden und Jacken hingen. Er nahm einen schwarzen Anzug vom Kleiderbügel – seinen derzeitigen Favoriten, weil die Hose einen weiten Bund besaß –, entschied sich für eines der weißen Hemden und holte dann Unterwäsche, Socken und Krawatte aus ihren jeweiligen Schubladen. Die letzte quietschte beim Öffnen metallisch. Ein besorgter Blick zeigte ihm, dass Liz nicht aufgewacht war, auch wenn sie im Schlaf vor sich hin murmelte. Er beugte sich über sie und versuchte zu verstehen, was sie sagte, damit er sie später damit necken konnte.

Er sah, dass ihre Augen sich unter den Lidern heftig bewegten.

»Ein Baby ...«, sagte sie undeutlich, und ein Lächeln breitete sich auf ihrem Gesicht aus.

Daley schüttelte den Kopf. Er kannte die Abneigung seiner Frau gegenüber der Idee, Kinder zu haben. Eine seltsame Ironie, dass sie ausgerechnet davon träumte. War es möglich, dass ihre innere Uhr in ihrem Unterbewusstsein arbeitete? Da er seine Frau kannte, bezweifelte er das.

Als er sich angezogen hatte, schnappte er sich die Autoschlüssel vom Tischchen neben der Eingangstür und trat hinaus in den mondhellen Morgen. Er hatte angesichts der winterlichen Temperaturen nahe beim Haus geparkt, um einen möglichst kurzen Weg zu haben. Der Wagen verfügte über ein Anti-Frost-System, daher war die Windschutzscheibe frei. Beim Näherkommen öffneten sich die Türen automatisch, obwohl der Schlüssel in seiner Tasche steckte. Er stieg ein und schnallte sich an, bevor er auf den Startknopf drückte. Nichts. Er versuchte es abermals, wobei er diesmal die Innenbeleuchtung einschaltete, um das komplizierte Armaturenbrett des Fahrzeugs besser erkennen zu können. Immer noch nichts.

So viel zu hochmodernen schlüssellosen Zündsystemen, dachte er, während er wieder ausstieg und die Tür zuknallte. Einen Augenblick blieb er neben dem Wagen stehen und überlegte, ob er die Nachtschicht anrufen sollte, um ihn abzuholen. Doch dann erinnerte er sich an das korpulente Spiegelbild, das ihm der Badezimmerspiegel kurz zuvor gezeigt hatte. Er öffnete die Tür des Autos wieder und zog die dicke Jacke heraus, die er für Notfälle dort aufbewahrte. Die knapp über zwei Kilometer zur Arbeit konnte er zu Fuß gehen, das war gut gegen den Speck. Erbost machte er sich über die vereiste Zufahrt auf den Weg und bemühte sich, auf der spiegelnden Oberfläche nicht auszurutschen.

Plötzlich blitzte etwas in seinem Augenwinkel auf, gefolgt von einer ohrenbetäubenden Explosion, deren Wucht ihn zu Boden warf. Endlose Sekunden lang konnte er keinen klaren Gedanken fassen. Mühsam rappelte er sich schließlich auf die Knie hoch und drehte sich unbeholfen um.

Sein neuer Dienstwagen war nur noch ein Feuerball, der so grell brannte, dass er das Haus dahinter nicht erkennen konnte.

»Liz!«, schrie er, kam auf die Füße und schirmte das Gesicht vor der Hitze der Flammen ab.

18

Endlich war er wieder genügend bei Sinnen, um sein Telefon aus der Tasche zu ziehen und die Polizei in Kinloch anzurufen. Nach einem kurzen Gespräch mit einem schockierten Constable schob er das Handy wieder in die Tasche und versuchte, sich dem lichterloh brennenden Wagen zu nähern. Die Zufahrt war an dieser Stelle sehr eng, und er befürchtete, eine Stichflamme könnte aus dem Tank entweichen, aber seine ganze Sorge galt seiner Frau. Er beschloss, es zu riskieren.

Als er sich an dem Fahrzeug vorbeischob, kam er den Flammen bis auf ein, zwei Meter nahe. Das Feuer versengte ihm die Haut und raubte ihm den Atem. Er hörte, fühlte und roch, wie seine Augenbrauen und seine Haare in der intensiven Hitze zu schmoren begannen. Beinahe wäre er auf dem gefrorenen Gras ausgerutscht, das jetzt schlüpfrig und nass war, als das Feuer das Eis der Nacht zum Schmelzen brachte. Er stolperte weiter. Binnen Sekunden, die ihm wie Stunden vorkamen, war er an den Überresten des Wagens vorbei und rannte zum Haus. Wirbelnde Schatten tanzten über die Fassade. Das große Vorderfenster existierte nicht mehr, und Daley stolperte über Teile der hölzernen Veranda, die von der Explosion abgerissen worden waren.

Liz ... Angst schnürte ihm die Kehle zu und lähmte ihn buchstäblich. Er versuchte, ein Aufschluchzen zu unterdrücken, während er in den Taschen nach dem Hausschlüssel suchte. Die Tür war wie durch ein Wunder intakt und unversehrt geblieben. In der Ferne hörte er schon das Heulen von Sirenen, als es ihm endlich gelang, den Schlüssel herauszufischen und ins Schloss zu stecken.

»Liz!«, rief er von der Diele aus, die im flackernden Licht der Flammen draußen fremd wirkte, während das Feuer knisterte und der Gestank nach brennendem Treibstoff, Plastik und Polstermaterial ihn zu ersticken drohte.

Er rannte weiter und stieß die Tür zum Schlafzimmer auf. Ohne die Helligkeit des lodernden Feuers konnte er nicht das Geringste erkennen. Er lief zum Bett und tastete hektisch mit ausgestreckten Armen herum, wie ein Kind, das zwischen den Laken nach seinem Lieblingsspielzeug suchte. Doch das Bett war leer.

Er rannte in die Küche. Das blasse Licht des fernen Mondes kämpfte mit der Glut auf der anderen Seite des Hauses um die Vorherrschaft.

Und dort, auf halbem Weg den kleinen Hügel hinauf, am Ende des Gartens, sah er eine blasse Gestalt. *Liz!*

Er stieß die Hintertür auf und sprang die kurze Treppe mit vier Stufen auf den Gartenweg hinunter. Sein rechtes Knie gab mit einem scharfen Schmerz unter ihm nach, und er fiel hin. Als er sich wieder aufgerappelt hatte, brannten seine Handflächen von den Abschürfungen, die er sich bei dem Versuch, sich abzufangen, zugezogen hatte.

»Jim!«, schrie Liz mit gepresster Stimme. Sie stand gebückt, beide Arme um den Bauch geschlungen, und trug nur ihr Nachthemd. »Bitte ruf einen Krankenwagen. Bitte.«

Detective Sergeant Scott hatte Mühe, die Augen aufzuschlagen. Er hatte sich an diesem Abend dafür entschieden, lieber im Hotel zu übernachten, als die Einladung seines Chefs anzunehmen. Das Erlebnis auf dem Hügel oberhalb von Frank MacDougalls Farm hatte ihn irgendwie beruhigt. Er war jetzt sicher, dass ein Fehler vorlag und der gefürchtete JayMac nur noch Asche war. Dass alles eine aufwendige Täuschung war. Tödlich und effektiv, aber trotzdem ein Schwindel. Solche Gedanken rauschten ihm durch den Kopf wie Wasser durch einen Abfluss, als das laute Klopfen an der Tür des Hotelzimmers ihn aus den Tiefen des Whiskyschlafs riss.

»Aye, aye, komm ja schon. Brennt's denn jetzt, oder was?«, rief er. Er bereute jetzt schon jeden Tropfen, den er in der vergangenen Nacht getrunken hatte, nachdem Daley nach Hause gegangen war. Wenn er ehrlich zu sich selbst war, war er hauptsächlich deshalb im Hotel geblieben, um sich zuzudröhnen und zu vergessen, dass James Machie je existiert hatte, von seiner Auferstehung ganz zu schweigen.

Er drehte den Zimmerschlüssel um und zog die Tür einen Spalt weit auf. Im Korridor des Hotels stand ein Constable mit teigiger Gesichtsfarbe.

»Sie müssen sich anziehen, Sergeant. Bei DCI Daleys Haus hat es eine Explosion gegeben.«

»Eine was?« Scott brachte kaum einen Ton heraus. Seine Zunge schien am Gaumen festzukleben. »Wenn das irgendeine Verarsche ist, trete ich Ihren Arsch von hier bis nach Paisley.« Doch der Ausdruck des jungen Polizisten genügte, damit Scott hastig nach seinen Kleidern griff.

Daley hatte sich die Jacke ausgezogen und sie Liz über die Schultern gelegt. Er wollte nicht zurück ins Haus, denn er war nicht sicher, ob sich nicht eine zweite, noch verheerendere Explosion ereignen würde, wenn der Benzintank des Wagens in die Luft flog. Aus demselben Grund konnten sie nicht zum vorderen Teil des Grundstücks. Ihre einzige Zuflucht war der kleine steile Hügel, auf dem sie saßen.

»Liz, wir müssen es da oben über die Felder versuchen, anders bekommen wir dich hier nicht heraus. Am Wagen vorbei kommt nicht infrage, das will ich nicht riskieren.« Er versuchte, so ermutigend und gelassen wie möglich zu klingen, und dankte insgeheim Gott für seine Polizeiausbildung. Er machte sich große Sorgen um Liz, die vornübergebeugt auf dem gefrorenen Boden saß, nur in seine Jacke gehüllt. Sie hatte offenkundig Schmerzen, wollte sich über ihre Ursache aber nicht äußern. Er vermutete, dass sie unter Schock stand, und ihm war klar, dass sie dringend einen Arzt brauchte.

»Ich glaube, das geht nicht, Jim«, stöhnte sie. »Bitte, bitte, tu etwas.« Sie begann zu schluchzen.

Die Kehle schnürte sich ihm zusammen, während er verzweifelt überlegte. Er zog ein weiteres Mal das Handy aus der Jackentasche und stellte fest, dass das Display einen Sprung hatte, wahrscheinlich von seinem Sturz auf dem Gartenweg. Glücklicherweise schien es noch zu funktionieren.

»Polizeirevier Kinloch, guten Morgen.« Die Stimme klang ruhig, doch jeder, der Constable Dunn kannte, hätte ihre Anspannung bemerkt.

»Hören Sie, ich bin's, Jim«, sagte Daley. »Liz und ich sind hinter dem Haus im Garten. Wegen des Feuers können wir nicht nach vorne, und Liz ist zu ...« Er rang um die richtigen Worte. »Sie hat Schmerzen, und sie schafft es nicht den Hügel hinauf. Jemand muss hierher zu ihr. Sie braucht sofort einen Arzt!« Daley merkte, dass er laut geworden war und bedauerte es augenblicklich, da Liz in seinen Armen zusammenzuckte und dann vor Schmerzen aufschrie.

»Ja, Sir«, erwiderte Dunn, die den Tränen nahe klang. »Ich ... Ich sage den Beamten vor Ort Bescheid. Feuerwehr und Sanitäter sind unterwegs, und auch DS Scott.«

»Bitte tun Sie Ihr Bestes. Bitte.« Daley legte auf, da Liz Krämpfe zu haben schien und ihr Körper sich verspannte. Er versuchte, sie zu trösten, strich ihr übers Haar und flüsterte ihr sanfte Worte ins Ohr. Er drückte sie an sich und bemühte sich, ihre nackten Beine so gut wie möglich mit seiner Jacke zuzudecken. Dabei fühlte er etwas Glitschiges an ihrem Oberschenkel. Es war offensichtlich Blut.

Er wählte noch einmal und klemmte sich das Telefon ans Ohr. »Brian, bitte schaff jemanden her, hinters Haus, Liz ist ... Sie hat furchtbare Schmerzen. Keine Verletzungen, die ich sehen könnte, aber sie blutet. Wir sitzen in der Falle.« Liz neben ihm schien in eine Ohnmacht abzugleiten. »Um Himmels willen, Brian, hilf mir!«

»Halt durch, Großer, halt durch!« Scott sprang vor der Zufahrt zum Anwesen der Daleys aus dem Wagen. Er hörte, wie die Verbindung unterbrochen wurde, während er auf die kleine Gruppe von Leuten zurannte, die sich ein Stück von dem brennenden Wagen entfernt versammelt hatten.

»Was zum Henker ist hier los!«, schrie er zwei jüngeren Polizeibeamten und einem älteren Feuerwehrmann zu, die von den Flammen abgeschirmt hinter einem Polizeiwagen standen.

»Wir müssen auf das Löschfahrzeug warten. Es kommt gleich. Wir dürfen nicht riskieren, das Haus an dem Wagen vorbei zu betreten, falls es zu einer weiteren Explosion kommt.«

»Was zum Teufel hält sie denn so lange auf?«

»Es sind Freiwillige. Sie müssen sich erst auf der Feuerwache formieren, bevor sie aufbrechen. Seien Sie versichert ...« Er erhielt keine Gelegenheit, den Satz zu beenden, da Scott sich an ihm und den beiden Polizisten vorbeidrängte.

»Sergeant, ich muss darauf bestehen, dass Sie sich von diesem Fahrzeug fernhalten«, rief ihm der Feuerwehrmann nach, während Scott sich dem Wagen näherte, der nicht mehr ganz so heftig zu lodern schien wie zuvor. Auf der Fahrt durch die Stadt war der Brand fast ununterbrochen zu sehen gewesen.

»Bestehen Sie doch, worauf Sie wollen!«, brüllte Scott und fiel in den Laufschritt.

Daleys Gedanken rasten. Jedes Mal, wenn er versuchte, Liz zu bewegen, flehte sie ihn an, damit aufzuhören. Ihre Schmerzen schienen sich laufend zu verschlimmern. Er hatte beschlossen, noch zwei, drei Minuten abzuwarten, bevor er sie trotz ihrer Bitten und der Probleme mit seinem verletzten Bein zur Vorderseite des Hauses und an dem brennenden Wagen vorbeitrug. Er versuchte, die Erinnerung an die Explosion zu verdrängen.

Gerade als er sie hochheben wollte, sah er eine Gestalt um die Hausecke biegen.

»Brian!«, rief Daley. »Verdammt, bin ich froh, dich zu sehen.«

Scott brauchte nur zwei Sekunden, um die Lage zu überblicken. Liz' Gesicht war totenblass, und sein Chef und Freund wirkte verzweifelt. In seinen Augen stand Panik.

»Schnell«, sagte Scott und übernahm das Kommando. »Pack sie unter den Armen, Jim. Ich nehme die Beine.«

Liz stöhnte, als die beiden Detectives sie auf drei hochhoben. Daley hielt sie unter den Achseln fest, und ihr Kopf rollte an seiner Brust hin und her.

»Okay, Jim, wir müssen es am Auto vorbei riskieren.«

»Gut«, stimmte Daley zu. »Aber ich habe mich am Bein verletzt, also renn nicht los.«

»Halt die Ohren steif, Big One«, antwortete Scott. »Los geht's.«

Die zwei Männer trugen Liz um die Hausecke, und der Schein des brennenden Wagens fiel auf sie. Daley keuchte und stöhnte immer wieder gequält auf, aber er hielt durch, während Scott ihn mit aufmunternden Worten weiter antrieb. Die Intensität des Feuers hatte zwar erheblich nachgelassen, aber es hing ein übelkeitserregender Benzingestank in der Luft.

»Ich glaube, er fliegt gleich in die Luft, Brian«, rief Daley.

»Geh weiter, Jim«, schrie Scott ihm über die Schulter zu. »Wenn das verdammte Ding hochgeht, bevor wir sie daran vorbeigeschafft haben, weiß nur der Himmel, wann wir Hilfe für sie holen können.«

Sie hielten sich so weit wie möglich von dem Auto entfernt. Das lodernde Wrack lag erst ein paar Meter hinter ihnen, als es einen lauten Knall gab, begleitet von einem grellen Lichtblitz. Daley sah, wie Scott von der Druckwelle nach vorne geworfen wurde. Er hielt Liz' Beine weiter umklammert und zerrte Daley so mit zu Boden.

Liz Daley schrie vor Schmerzen.

Donald lenkte seinen Wagen auf den Parkplatz hinter dem Polizeirevier von Paisley. Er hasste es, aus dem Schlaf gerissen zu werden, vor allem mit derartigen Neuigkeiten. Ein Beamter war tot. Es war das schlimmste denkbare Szenario.

Verärgert sah er, dass ein Krankenwagen auf seinem Privatparkplatz stand, daher beschloss er, sein Auto in der Bucht daneben abzustellen, die einem Chief Inspector gehörte, den er nicht leiden konnte.

Trotz der Brisanz des Anrufs und der ernsten Lage hatte er erst eine Dusche gebraucht, um einen klaren Kopf zu bekommen. Er war sich bewusst, dass er in der Nacht zuvor zu viel getrunken hatte, weit mehr als sein selbst auferlegtes Limit. Er tastete nach der kleinen Dose Mundspray in der Tasche und verfluchte sich insgeheim dafür, dass er es nicht schon vor dem Aussteigen benutzt hatte. Er überlegte, ob er das verstohlen nachholen sollte, während er die Sicherheitstür öffnete, doch dieser Plan wurde durch den Inspector der Doppelschicht vereitelt, der ihm blass und abgespannt entgegeneilte.

»Guten Morgen, Sir«, sagte er etwas unsicher. »Gott sei Dank, dass Sie hier sind.«

»Ich finde kaum, dass ein ›Guten Morgen‹ unter den gegebenen Umständen angemessen ist, meinen Sie nicht auch, Inspector Ray?« Donald hatte schlechte Laune. Der Tod eines Beamten war bedauerlich, äußerst bedauerlich, doch es war nicht sein Job, sich in Wehklagen darüber zu ergehen. Seine Rolle war es, die Zügel in die Hand zu nehmen, trauernde Angehörige zu trösten, und herauszufinden, was schiefgegangen war – wer hatte warum welche Fehler begangen? Dann waren entsprechende Maßnahmen zu ergreifen, während er gleichzeitig dafür sorgte, dass sein eigener Arsch nicht auf dem Spiel stand.

»Äh, nun, das ist eben die Sache, Sir.«

»Spucken Sie es aus, Mann!« Donald wirbelte herum wie ein

Wachposten beim Drill und starrte den gehetzten Ray unter seinen vorspringenden Brauen an. »Was ist *die Sache*?« Speichelbläschen bildeten sich in seinen Mundwinkeln.

»Sir, Ihr Büro – die gesamte obere Etage und die Kripoabteilung – ist, also es ist der Tatort.« Schweißtröpfchen traten dem Mann auf die Stirn.

»*Was?*«, fragte Donald ungläubig und mit hervorquellenden Augen. »Ist es das, was Sie mir am Telefon nicht sagen konnten?«

»Wir haben ein provisorisches Büro im Raum des Sergeants vom Dienst eingerichtet – ich begleite Sie hin.«

»Ich weiß, wo das ist, Ray. Kommen Sie in fünf Minuten nach und bringen Sie einen verdammten schwarzen Kaffee und einen detaillierten Bericht mit«, blaffte Donald über die Schulter, während er in Richtung seines neuen Reviers davonstapfte.

Daley saß im Wartezimmer des Krankenhauses von Kinloch. Die frühmorgendliche Sonne schien zum Fenster herein und glitzerte auf den Blättern der Bäume draußen, die noch von der kalten Umarmung einer Eisschicht eingehüllt waren.

Seine Hände waren säuberlich bandagiert, um die Risswunden und Kratzer zu schützen, die er sich auf dem Gartenweg zugezogen hatte. Ohne die Bandagen hätte er vor Verzweiflung die Hände gerungen. Liz war immer noch im Behandlungszimmer, und die Ärzte zögerten, dem betroffenen Polizeibeamten handfeste Auskünfte zu erteilen. Also machte er sich Sorgen und blinzelte in der frühmorgendlichen Sonne.

Die Tür zum Wartezimmer wurde aufgestoßen, und Daley wandte den Kopf in der Hoffnung, endlich gute Nachrichten zu erhalten. Stattdessen stand Sergeant Scott im Türrahmen und bemühte sich, sich mit zwei Kaffeebechern durch die Schwingtür zu schieben, ohne etwas zu verschütten.

»Mann, an solchen Orten wird einem das Leben noch schwerer gemacht, als es sowieso schon ist, ich schwör's. Zwei Mäuse für eine Tasse Scheißkaffee! Das ist reinster Straßenraub, hörst du?«, sagte er und reichte Daley einen der Becher. Er ergriff ihn vorsichtig mit einer verbundenen Hand.

»Konntest du etwas herausfinden, Brian?«, fragte Daley drängend.

»Nee, kein Sterbenswörtchen. Die Mistkerle sind so zugeknöpft wie ein Kriminaler. Wenn man in der Stadt einer Krankenschwester 'nen Kaffee spendiert, kriegt man die Krankenakte von jedem beliebigen Typen zu hören. Aber nicht hier, Jim. Tut mir leid, Kumpel.« Er sah, wie Daleys Ausdruck von Hoffnung in Verzweiflung umschlug.

»Sie hatte solche Schmerzen, Brian. Ich kann mir nicht vorstellen, warum – es ist unmöglich, dass sie etwas von der Explosion abbekommen hat. Ich meine, sie war hinten im Schlafzimmer, und das war praktisch unversehrt.« Daleys Stimme verklang, während er wieder zum Fenster hinaussah und den gefrorenen Baum und die zackige Bergspitze des Ben Airich dahinter anstarrte.

Sie verharrten ein paar Minuten lang in Schweigen, nur unterbrochen von einem gelegentlichen Schlürfen, wenn Scott seinen Kaffee trank.

Plötzlich schwang die Tür wieder auf, und Daley sprang auf, als ein weiß gekleideter Arzt mit einem Klemmbrett in der rechten Hand hereinkam. Scott, der gerade den Kaffeebecher an die Lippen gesetzt hatte, schaffte es, sich bei dem unvermittelten Erscheinen die Hälfte davon über Hemd und Krawatte zu schütten. Immerhin reduzierte er die folgenden Verwünschungen auf weniger als Zimmerlautstärke.

»Gibt es etwas Neues, Herr Doktor?« Daleys Gesicht war grau. Seine rechte Hand mit dem Kaffeebecher zitterte.

»Mr. Daley.« Der Arzt blickte ihn über eine Brille mit Drahtgestell hinweg an, die ihn erheblich älter aussehen ließ, als er tatsächlich war. »Kann ich Sie unter vier Augen sprechen?« Er warf einen Blick auf Scott, der Kaffee aus seiner Krawatte wrang, während er den Boden mit dahingehauchten Schimpfwörtern belegte.

»Wie bitte?« Daley war ein wenig verwirrt. »Nein, das ist nicht nötig. Alles, was Sie zu sagen haben, kann auch mein Freund hier hören. Alles.«

»Gut, wie Sie wollen«, sagte der junge Mann, während er den Blick auf das Klemmbrett senkte und die Augen hinter den Brillengläsern zusammenkniff. Er blätterte eine Seite um und nahm sich ein paar Sekunden Zeit, sie zu überfliegen.

»Sagen Sie schon, was Sie zu sagen haben, Mann.« Scott wollte, dass sein Freund schnell von seinen Leiden erlöst wurde; ein Gefühl, das Daley, begleitet von einem kleinen Stoßgebet, teilte.

»Nun, wie Sie wissen, hat Mrs. Daley einen schweren und sehr schmerzhaften Sturz erlitten. So etwas ist angesichts ihres Zustands höchst gefährlich, sowohl für sie als auch ...«

»Ihr Zustand?« Daley ließ sich auf den Stuhl zurückplumpsen, und noch mehr Kaffee ergoss sich auf den Boden des Wartezimmers. »Sie hat sich schon seit Wochen nicht wohlgefühlt – kein Appetit, Übelkeit, sehr blass. Was hat sie? Bitte sagen Sie mir nicht, dass es Krebs ist!« Er blickte den Arzt flehend an. Es war ein Ausdruck, der irgendwie nicht zu seiner sonst eher optimistischen und bulligen Erscheinung passte.

»Krebs?« Der Arzt blickte verwirrt drein. »Nein, nein, nichts dergleichen. Obwohl Ihre Frau natürlich eine Menge durchgemacht hat. Sie ist relativ jung und fit, trotzdem ist es fast ein Wunder, dass angesichts des Schocks und des Blutverlustes sowohl ihr als auch dem Baby absolut nichts fehlt.«

Daley versuchte zu sprechen, doch nur ein heiseres Flüstern kam heraus. Er starrte Scott mit weit aufgerissenen Augen an.

»Ähem.« Scott räusperte sich lautstark. »Ich glaube, was unser Jim hier sagen möchte, ist: Von welchem Baby sprechen Sie?«

»Oh«, stotterte der Klinikarzt, der erst jetzt begriff. »Ihre Frau ist fast im vierten Monat schwanger, Mr. Daley. Das ist nicht die übliche Art, das herauszufinden, zugegeben. Aber nun ist das Geheimnis gelüftet. Wie mir scheint, sind Glückwünsche angebracht.« Er lächelte Daley unbeholfen an, der seinen Blick wie betäubt erwiderte.

»Aye«, sagte Scott grinsend, »wie meine alte Mutter zu sagen pflegte: Man weiß nie, was der Tag alles bringt.« Er trat zu Daley und klopfte ihm auf den Rücken. »Du wirst stolzer Vater – und hast nicht mal mehr 'ne anständige Hose zur Feier des Tages, soweit ich das sehen kann.« Er senkte den Blick auf Daleys Hose, deren Knie in Fetzen hingen.

19

Donald sah sich geistesabwesend im Raum des Sergeants vom Dienst um. Er überlegte, dass er inzwischen fast so viel Zeit in Kinloch verbrachte wie im Hauptquartier in Paisley.

Er beschloss, den größten Schreibtisch – für den er sich entschieden hatte – an die hintere Wand rücken zu lassen, um die Grandezza seines eigenen Büros wenigstens einigermaßen zu reproduzieren. Er nahm einen Playboy-Kalender von einem Aktenschrank und warf ihn geschickt in einen stählernen Papierkorb, während ein angewidertes Kräuseln über seine Lippen glitt. Einige schmutzige Kaffeebecher, alte Zeitungen, Schokoladenpapiere und anderen Müll sammelte er ein und stapelte alles auf dem Tisch neben der Tür. Er wollte schon nach jemandem rufen, der den Müll abholte und hier sauber machte, als das Telefon klingelte.

Donald kannte die Nummer des Anrufers auf dem Display nur zu gut. Er griff nach dem Mobilteil und meldete sich zögernd. Der Tonfall der Stimme am anderen Ende ging ihm durch Mark und Bein. Das herablassende Kolorit konnte nur zu Sir Charles Hastings gehören, dem Chief Constable.

»Guten Morgen, Sir«, sprudelte es aus Donald heraus. »Ein höchst betrüblicher Tag.« Sobald die Worte heraus waren, bereute er sie. Angesichts dessen, was seinem Kollegen in der letzten Nacht angetan worden war, klangen sie viel zu banal.

»Und er wird noch sehr viel betrüblicher, John«, blaffte

Hastings in den Apparat. »Ich werde in etwa einer Stunde bei Ihnen sein. In der Zwischenzeit wünsche ich, dass Sie das Büro schließen und alle anstehenden Aufgaben auf die Unterabteilungen übertragen. Diese Vorfälle könnten sich zu der schlimmsten Katastrophe in unser beider Karrieren entwickeln ...« Den Rest bekam der Superintendent nicht mehr mit, da sein analytischer Verstand sich an dem Wort »Vorfälle« festgebissen hatte.

»Vorfälle im Plural, Sir?«

»Ja, *Vorfälle*, Mann! Erzählen Sie mir nicht, dass Sie noch nicht über die jüngsten Ereignisse in Kinloch informiert sind!«

Bei der Erwähnung von Kinloch drehte sich Donald der Magen um, und er spürte, wie ihm die Knie weich wurden. Er ließ sich in seinen Drehstuhl fallen und wäre beinahe herausgerutscht, so heftig hatte er sich hingesetzt. »Nein, Sir. Durch die Ermordung eines Beamten in diesem Büro während der Nacht war ich ziemlich beschäftigt, fürchte ich ...« Herrgott, sollte das etwa das Ende bedeuten?

»Jetzt räumen Sie aber endlich mal diesen Saustall auf, John«, donnerte Hastings.

»Nun, es liegt fast hundertfünfzig Kilometer weit weg, Sir«, stammelte Donald und fühlte sich wie nie zuvor in seiner Laufbahn, als hätte man ihn zum Tode verurteilt.

»Nicht in Kinloch! In Ihrem eigenen gottverdammten Büro! Ich habe es vor über einer Stunde erfahren. Was zum Teufel treiben Ihre Leute eigentlich? Man hätte Sie schon längst über die Entwicklungen unterrichten sollen. Es sieht Ihnen gar nicht ähnlich, die Zügel so schleifen zu lassen, Superintendent Donald, gar nicht ähnlich.«

»Ja, Sir ...«

»DCI Daleys Wagen wurde von einer Art Sprengsatz in die Luft gejagt. Allem Anschein nach hatten er und seine Frau verdammtes Glück, dass sie nicht getötet wurden.«

»Tatsächlich, Sir? Wie furchtbar. Ich kann es gar nicht glauben, dass ich nicht informiert wurde«, erwiderte Donald, der bereits fühlte, wie sein Pulsschlag sich beruhigte und die Panik nachließ, die sich wie ein eiserner Ring um seine Brust geschlossen hatte. Dieser verdammte Jim Daley, dachte er. *Heilige Scheiße, und einen Augenblick lang glaubte ich, es wäre alles vorbei.*

In Kinloch saß Daley gerade am Bett seiner Frau und hielt ihre Hand, während sie schlief, einen heiteren Ausdruck auf dem Gesicht. Neben ihr flackerte und piepste ein Monitor. Sie merkte nichts davon.

Zwei gänzlich unterschiedliche Gedanken wirbelten in seinem Kopf herum: Wer hatte versucht, ihn umzubringen, und es beinahe geschafft, seine Frau zu töten, und wie lange hatte sie schon gewusst, dass sie schwanger war? Die Fragen jagten sich gegenseitig wie ein Hund seinen eigenen Schwanz, ohne dass es Antworten gab.

Er fühlte, wie ihre Hand zuckte, und hob den Blick zu ihrem Gesicht. Ihre Augenlider flatterten. Sie hatte ein schwaches Beruhigungsmittel bekommen, um ihr über das Trauma der letzten Stunden hinwegzuhelfen. Dies war seine erste Gelegenheit, mit ihr zu sprechen. Falls sie richtig wach wurde.

Sie drehte den Kopf auf dem Kissen und bewegte die Lippen. Sie waren so trocken, dass kaum ein Ton herauskam. Er griff nach dem Glas Wasser auf dem Nachtkästchen und strich ihr sanft die Haare aus den Augen.

»Alles in Ordnung, Liebes. Ich bin hier. Es geht uns gut, uns allen dreien.« Die letzten Worte kamen beinahe als Flüstern heraus. Eigentlich hatte er sie gar nicht aussprechen wollen.

Sie schlug die Augen auf. Sie leuchteten kornblumenblau aus ihrem blassen Gesicht heraus.

»Dann weißt du es.« Sie sprach leise. Ihr Gesichtsausdruck war ängstlich.

Er lächelte sie an. »Ja. Ich weiß es. Warum hast du denn nichts gesagt?«

Sie schloss die Augen, und einen Augenblick lang dachte Daley, sie wäre wieder eingeschlafen, doch dann begann auch sie zu lächeln.

»Irgendwie schien es nie der richtige Zeitpunkt zu sein«, erwiderte sie zögernd und sah zu ihm hoch. »Ich ...« Sie begann zu husten. Daley schob ihr die Hand hinter den Kopf, hob ihn sanft vom Kissen und hielt ihr das Glas an die Lippen. Sie trank ein paar Schlucke, dann ließ er sie behutsam wieder zurücksinken.

»Diese ewige Morgenübelkeit, keinen Appetit mehr ... Ist dir nicht einmal aufgefallen, dass ich nichts mehr trinke?«

»Ja, also, nein, eigentlich nicht«, erwiderte er und zog eine Grimasse.

»Du bist mir ja ein schöner Detective«, sagte sie, und aus ihrem Lächeln wurde ein schwaches Auflachen. Ihr Ehemann stimmte leise mit ein.

Als Daley wieder in der Kripoabteilung von Kinloch eintraf, sah er überrascht, dass Sergeant Scott, Constable Dunn und eine weitere junge Polizistin Fotos auf eine Tafel pinnten. Im Mittelpunkt befand sich sein eigenes Gesicht – das Bild aus seinem offiziellen Dienstausweis. Er wirkte verhärmt und hatte Hängebacken. Ihm schoss der Gedanke durch den Kopf, dass seine Frisur auch nicht gerade toll aussah. Doch dann holte ihn ein Foto seines ausgebrannten Wagens neben einer Aufnahme von Liz jäh in die Wirklichkeit zurück.

Seine Tage in Kinloch verliefen oft ereignislos, nur mit jener Art von Kleinkriminalität gefüllt, deren Aufklärung das Hauptgeschäft der Kripo darstellte. Taschendiebstahl, Körperverletzung, gelegentliche Ladendiebstähle oder kleinere Drogendelikte. Heute war es erst 10.30 Uhr am Morgen, und es hatte bereits jemand versucht, ihn zu ermorden, und es beinahe geschafft, seine Frau umzubringen. Und darüber hinaus hatte er erfahren, dass er Vater wurde.

»Was willst du denn hier, Jamie?«, fragte Scott. »Du solltest nach Hause gehen und dich ausruhen oder bei deiner Frau sein. Wie geht's ihr überhaupt?« Der Sergeant zwinkerte ihm zu. »Alles paletti, du weißt schon …?« Er zeigte auf seinen Bauch und zog die Augenbrauen hoch, begierig auf Neuigkeiten.

»Alles in Ordnung, danke«, erwiderte Daley und setzte sich steif an einen der Arbeitsplätze. »Bitte«, sagte er, an alle Anwesenden gerichtet, »machen Sie weiter. Lassen Sie sich von mir nicht stören.«

Scott wandte sich ein wenig gekränkt wieder der anstehenden Aufgabe zu. »Aye, na schön. Da habt ihr's. Trotz des letzten Versuchs, unseren Boss abzumurksen, ist er gesund und munter, auch wenn er sich ein neues Paar Hosen kaufen muss.«

Constable Dunn bemühte sich, ein Grinsen zu unterdrücken. »Wir sind sehr froh, dass es Ihnen gut geht, Sir, und auch Mrs. Daley.«

»Okay«, sagte Scott. »Sieht aus, als hättet ihr noch 'ne

Menge zu tun, also macht euch besser an die Arbeit, was?« Er lächelte Constable Dunn zu, bevor er mit ernsterer Miene zu Daley sagte: »Du solltest dich lieber in deine Bude verziehen, Jim.« Dann wies er mit dem Daumen über die Schulter, als wüsste Daley nicht, wo sich sein eigenes Büro befand.

Drinnen schloss Daley die Jalousien seiner gläsernen Welt. Er hatte sich an den Kasten gewöhnt, doch er hasste es, wie ein magenkranker Fisch im Goldfischglas auf dem Präsentierteller zu sitzen. Er ließ sich vorsichtig in seinen bequemen Stuhl sinken. Die Knie taten ihm immer noch weh, und es fühlte sich an, als würden sie langsam steif. Es erinnerte ihn daran, wie sein Großvater über schmerzende Gelenke geklagt hatte.

»Wo liegt das Problem, Brian?«, fragte er. Er war sicher, dass nichts so schlimm sein konnte, wie beinahe in die Luft gejagt zu werden und dann fast seine Frau zu verlieren.

»Och«, sagte Scott, während er sich gegenüber niederließ und dann vorbeugte. »Unser Herr und Gebieter ist auf dem Weg hier runter. Aye, und er ist gerade gar nicht guter Laune, das kann ich dir sagen.«

»Ohne falsches Mitgefühl für mich«, gab Daley mit einem Schnauben zurück.

»Nee. Na ja, das heißt nicht, dass er sich keine Sorgen macht wegen dem, was dir und deinem Eheweib passiert ist, aber er hat so seine eigenen Probleme.« Scott wirkte geknickt. Er starrte blicklos und mit gesenktem Kopf auf eine Stelle auf Daleys Schreibtisch.

»Spuck es aus, Brian.« Daleys turbulenter Morgen fing an, Wirkung zu zeigen, und die Worte kamen brüsker heraus, als er beabsichtigt hatte.

»Rab White ist ermordet worden. Man hat ihn gestern Nacht im Büro der Kripo in Paisley totgeschossen.«

»Rab? Du meinst DS Rab White?«

»Aye, Jim. Unser Rab White. Scheiße, ich hab erst neulich ein paar Bier mit ihm getrunken …«

Daleys Gedanken rasten. Ein Mord und ein Mordversuch an zwei Polizisten, zwischen denen eine enge Verbindung bestand. Aus derselben Abteilung. In derselben Nacht. Konnte das Zufall sein? Er lehnte sich zurück und blickte zur Decke.

»Der Boss tat am Telefon sehr geheimnisvoll«, meinte Scott. »Behauptete, er könne uns die Details nur unter vier Augen mitteilen.«

Daley sah ihn an. »Denkst du, was ich auch denke, Brian?«

»Aye. JayMac.«

Er kletterte vorsichtig den steilen Pfad hinab, der sich an der Flanke der Klippe entlangwand. Unter ihm donnerte das Meer rastlos gegen das eisengraue Ufer. Scharfkantige schwarze Felszacken durchstießen in unregelmäßigen Abständen die Wellen und hoben sich drohend vom Grau des Ozeans ab, dessen Farbton nur geringfügig dunkler war als der Himmel darüber.

Unwillkürlich fröstelte er. Am Meer hatte er sich nie wohlgefühlt und sein Leben außerdem hauptsächlich im Inland verbracht. Der Gedanke an eine endlose Wasserwüste erfüllte ihn mit einem Anflug von Furcht, den er aber mit gewohnter Entschlossenheit verbannte. All seine Anstrengungen dienten einem höheren Zweck, nämlich dem maßlosen Wunsch nach Rache. Er riss sich zusammen. Nichts und niemand konnte ihn aufhalten. Er verdrängte seine Ängste in den Hinterkopf, und dort würden sie bleiben.

Einen Moment lang blieb er stehen. Die Knie schmerzten ihm von dem steilen Abstieg. Er blickte aufs Meer hinaus. Wo gestern noch ein graugrüner Streifen Land sichtbar gewesen war, war jetzt gar nichts mehr. Wellen und Himmel trafen sich am Horizont und vermittelten den Eindruck einer geschlossenen, weniger endlosen Landschaft. Es war ihm klar, dass es sich dabei um eine optische Täuschung handelte. Sein Ziel lag noch am selben Ort wie zu dem Zeitpunkt, als er es aus dem kleinen Fenster des Cottage erblickt hatte. Dennoch war die Aussicht, dem Unsichtbaren entgegenzusegeln, alles andere als ermutigend.

Er musterte den Rest des Pfads, der sich wie ein blasses Mal im Zickzack zum Ufer hinabzog. Viele der Männer, die er kannte, trugen eine ähnlich geformte Narbe wie ein Ehrenzeichen. Er machte sich wieder auf den Weg. Der Wind blies ihm frisch ins Gesicht, durchsetzt mit Wassertröpfchen von der Brandungsgischt. Er konnte die Seeluft gleichzeitig schmecken und riechen. Über ihm kreischten die Möwen, standen mit weit ausgebreiteten Flügeln reglos in der Luft und ließen sich von der Brise emportragen.

Ein wenig später spürte er, dass der harte Felsen des Klippenwegs einem weicheren Untergrund wich. Der Pfad wurde immer steiler, und am Ende schlitterte er das letzte Stück auf den groben Strand hinab, einer Mischung aus Felsbrocken, Sand und Kieseln. Den allerletzten Meter musste er springen, denn Wind und Wellen hatten den Weg weggespült. Es sah aus, als hätte jemand ein großes Stück aus der Steilküste herausgebissen.

Ungefähr zweihundert Meter weiter am Strand sah er die Wogen gegen einen dunklen Arm aus Stein krachen, der ins

Meer hinausragte. Das Gebilde wirkte eher natürlich, als von Menschenhand geschaffen, aber er wusste, dass es vor Hunderten von Jahren von Schmugglern erbaut worden war, die einen lukrativen Handel entlang der felsigen Westküste Schottlands betrieben hatten. Er hatte die Zeit in dem kleinen Cottage gut genutzt und seinen Kopf mit neuen Informationen gefüllt. Das war inzwischen die Droge seiner Wahl. Er lächelte in sich hinein, als er an diese Schmuggler dachte – Männer wie er –, wie sie Whiskyfässer, Rum oder Tabak mühsam über den kleinen Kai, den Strand und den steilen Pfad die Klippe hinaufgeschleift hatten. Verbrechen zahlte sich aus, aber es hatte auch seinen Preis.

Am Ende des Kais tanzte ein kleines Boot in den Wellen, mit weißem Rumpf und blauer Kabine. Die Schritte des Mannes knirschten über den Kies, bis er den alten Anleger erreichte, der glitschig war von Meerwasser und Algen. Während er vorsichtig weiterging, wäre er beinahe ausgerutscht und fluchte, als er das Gleichgewicht endlich wiedererlangt hatte. Das Boot wurde pausenlos gegen den Kai geworfen, geschützt nur durch zwei alte Autoreifen, die über die Bordwand hingen.

Er setzte sich an den Rand des Kais und stellte die Füße ins Boot, um es zu stabilisieren, zog es mit beiden Beinen fest an den kleinen Anleger heran. Dann ließ er sich hineingleiten und schleifte seine schwere Tasche hinter sich her. Sie landete mit einem dumpfen Aufprall zu seinen Füßen. Er schob sich über das schmale Deck zur Kabine vor, duckte sich hinein und schleifte die Tasche mit sich.

Nachdem er die Tür hinter sich geschlossen hatte, sah er sich um und bemerkte überrascht, wie geräumig der Steuerstand war. Zwei Sitze auf Stahlsäulen standen vor einer zerschrammten Konsole, auf der eine Klarsichtmappe und ein Gerät lagen, das einem der unhandlichen Mobiltelefone aus den frühen 1990er-Jahren ähnelte. Er öffnete die Mappe, zog den Inhalt heraus und begann zu lesen.

Im Prinzip war die Sache einfach. Bei dem Gerät handelte es sich nicht um ein Handy, sondern ein Satellitennavigationsinstrument, in das seine Zielkoordinaten bereits einprogrammiert waren. Er las die Begleitpapiere, die eine Bedienungsanleitung und die Nummer eines Mobiltelefons enthielten. Er zog sein eigenes aus der Tasche und wählte.

Nach viermaligem Klingeln nahm jemand ab. »Aye, ich bin's«, sagte er zu der Stimme am anderen Ende. »Ich bin auf dem verflixten Boot. Ich habe die Ausrüstung.« Er lauschte eine Weile. »Aye, egal«, meinte er gereizt. »Sorg einfach dafür, dass du vor mir da bist, verdammt noch mal.« Er beendete den Anruf und steckte das Handy in die Jacke. Dann griff er nach dem Navigationssystem und schaltete es mit der roten Taste ein. Nach und nach erschien eine Karte mit Zahlen und Richtungsangaben auf dem Display. Er drückte einen weiteren Knopf und wartete. Binnen Sekunden gab das Gerät einen Signalton von sich. Der Bildschirm schaltete um, und ein großer Pfeil zeigte nun auf einen Punkt, der in grünen Lettern mit dem Wort »Ziel« markiert war. Langsam scrollten Anweisungen über das Display: *Sorgen Sie dafür, dass der Pfeil immer auf das Ziel zeigt. Basierend auf einer konstanten Geschwindigkeit von 15 Knoten, werden Sie es in 2 h 15 min erreichen.* Der Bildschirm flackerte, dann erschien die Schrift: *Ihr Endziel ist McDonnall's Bay, Kintyre.*

»Aye«, sagte er. »›Follow the yellow brick road‹, immer der Nase lang, was, Frankie-Boy?«

20

Daley saß auf der Besuchergalerie des Gerichts in Kinloch. Es war ein holzgetäfelter Raum aus der viktorianischen Ära mit Holzbänken und einer Gewölbedecke. Fein gearbeitete Schnitzereien zierten den Richtertisch und die Anklagebank, wo ein unglücklicher Duncan Fearney nervös im Gerichtssaal herumblickte und die Hände rang. Das übliche Aroma von Desinfektionsmittel, Alter und unterdrückter Furcht hing in der Luft.

Daley interessierte sich aus einer ganzen Reihe von Gründen für den Fearney-Fall – nicht zuletzt, weil er Mitgefühl mit dem Mann empfand. Aber seine inneren Alarmglocken schrillten und sagten ihm, dass hinter der Sache viel, viel mehr steckte, als man auf Anhieb erkennen konnte. Der Detective hatte sich Fearneys Akte kommen lassen und festgestellt, dass er nur ein einziges Mal Ende der 1980er-Jahre wegen zu schnellen Fahrens verurteilt worden war. Indem er das Wissen einiger der altgedienten Cops von Kinloch anzapfte, hatte er herausgefunden, dass der Ausflug dieses Mannes ins organisierte Verbrechen überhaupt nicht zu seinem Charakter zu passen schien. Während Daley die verzagte Gestalt auf der Anklagebank betrachtete, musste er sich ins Gedächtnis rufen, dass der Farmer weder der Erste noch der Letzte gewesen wäre, der sich vom Lockruf des schnellen Geldes hatte verleiten lassen. Obwohl Fearney den Kopf meist gesenkt hielt, blickte er gelegentlich auf und warf dem Detective von unten her verstohlene Blicke zu. Von seiner trotzigen Bitterkeit bei der Verhaftung war nichts mehr zu spüren. Er war ein Ebenbild der Hoffnungslosigkeit.

Der Untersuchungsrichter hatte gerade einen heftigen Wortwechsel mit dem Staatsanwalt, was den Beginn der Voruntersuchung verzögerte. So hatten die Einheimischen Gelegenheit, auch noch die letzten Zuschauerbänke zu füllen, um moralische Unterstützung zu leisten. Daley wusste, dass das nicht ungewöhnlich war.

Seine Gedanken sprangen zwischen Rab Whites Tod, der Schwangerschaft seiner Frau und ihrem knappen Überleben hin und her, als er spürte, wie ihm jemand auf die Schulter tippte. Er drehte sich um und blickte in Hamishs schräg gestellte Augen, die ihn aus seinem Gesicht von der Farbe von altem Pergament ansahen.

»Aye, Mr. Daley, wie geht's Ihnen heute? Wie ich höre, gab's vorhin ein klein wenig Aufregung.«

»Hallo Hamish.« Daley lächelte und freute sich, ein freundliches Gesicht zu sehen. »Wir sind mit knapper Not davongekommen, aber Liz geht es gut. Sie muss nur noch ein paar Tage im Krankenhaus bleiben – zur Beobachtung.«

Hamish musterte ihn ein paar Sekunden lang, ohne etwas zu sagen. »Und wie geht's dem Baby?« Er klang beiläufig, als wäre nichts Ungewöhnliches an der Frage.

»Wie zum T...« Daley verstummte abrupt, als ihm klar wurde, wo er sich befand. »Woher wissen Sie von ... Ich habe es selbst gerade erst erfahren ...« Wieder einmal war er verblüfft, dass der Mann anscheinend Gedanken lesen konnte. »Hat Liz es Ihnen etwa gesagt?«, fragte er mit einem zornigen

Flüstern, erbost darüber, dass seine Frau möglicherweise erst mit diesem alten Mann über ihre Schwangerschaft gesprochen hatte, bevor sie ihn selbst ins Vertrauen zog.

»Nee, hat sie nicht. Und machen Sie ihr ja nicht deswegen das Leben schwer, sie hat nicht ein Wort zu mir gesagt.« Hamish blieb unbeirrt. »Wenn Sie erst mal so viele neue Leben auf die Welt haben kommen sehen wie ich, dann kennen Sie die Anzeichen.« Er grinste, als wäre er stolz auf seine eigene Lebensweisheit.

»War es das, was Sie mir sagen wollten, als ich Ihnen neulich anbot, Sie mitzunehmen?« Daleys Unmut legte sich wieder, als er sich an seine letzte Unterhaltung mit Hamish erinnerte.

»Immer langsam mit den jungen Pferden, Inspector. Ist nicht gut, wenn 'nem Mann in Ihren Jahren die Gäule durchgehen. Nicht jetzt jedenfalls, wo Sie Vater werden.«

Daley wollte schon etwas erwidern, als ein Kopf sich zwischen ihn und Hamish schob und ein anderer Zuschauer auf der Galerie eine Reihe weiter hinten die Gelegenheit ergriff, sich in ihre Unterhaltung einzumischen. Daley kannte den Mann von der Bar im County Hotel. Er war immer recht freundlich, auch wenn es ihm manchmal ein wenig an Takt fehlte. »Aye, da gratulier ich aber, Mr. Daley. Gute Arbeit«, grinste er und streckte den Arm aus, um Daley die Hand zu schütteln. »Sie haben also noch ein paar Schüsse im alten Köcher, was? Na ja, kann ja nicht so schwierig sein bei einem so hübschen Mädel wie Ihrer Frau«, fuhr er fort, senkte dabei aber die Stimme.

»Vielen Dank«, erwiderte Daley, ein wenig aus der Fassung geraten. Er fragte sich, wer sonst noch alles über den Zustand seiner Frau Bescheid wusste.

»Und wie geht's dir, Hamish?«, wollte der Mann von dem alten Fischer wissen, der sich seine kalte Pfeife zwischen die Lippen gesteckt hatte und darauf herumkaute. »Kein Wunder, dass deine Pfeife ausgegangen ist. Ich hab mich auch einschränken müssen mit den Kippen, seit der arme Dun...« Er vollendete den Satz nicht, sondern räusperte sich betont und sah dabei Daley an. »Oh, aye ... Äh, was ich sagen wollte, das Frauchen liegt mir sowieso in den Ohren, dass ich aufhören soll mit dem Rauchen. Übler Husten, wissen Sie?« Er lehnte sich verlegen wieder zurück.

»Ich hätte gedacht, die guten Leute hier würden sich eher dafür interessieren, dass ich heute Morgen beinahe in die Luft gejagt worden wäre«, bemerkte Daley seufzend.

»Och, sagen Sie doch so was nicht, Mr. Daley.« Hamish nahm die Pfeife aus dem Mund. »Niemand in Kinloch wär so unhöflich, so persönliche Sachen gegenüber einem Mann in Ihrer Position zu sagen. Das wär so was von überunhöflich.«

»Aber es ist in Ordnung, mich nach der Schwangerschaft meiner Frau zu fragen, über die Sie alle bemerkenswert gut informiert zu sein scheinen?«, fragte Daley.

»Sie ham sich immer noch nicht ganz in unsrem Städtchen eingelebt, Mr. Daley.« Hamish lächelte. »Es gibt keinen Einzigen hier, von dem nicht der Cousin, die Schwester, Mutter oder das Tantchen in einem Geschäft hier arbeitet – oder im Krankenhaus. Jetzt schauen Sie nicht wie ein Eichhörnchen«, fuhr er fort, als er Daleys besorgten Blick bemerkte. »Ärzte, Schwestern, sogar Polizisten. Sie machen 'nen guten Job, und normalerweise behalten sie berufliche Sachen auch für sich. Aber irgendjemand aus der Stadt schaut ihnen immer über die Schulter und kriegt was mit. Nicht mit Vorsatz oder so, das dürfen Sie mir glauben.« Er zwinkerte Daley zu, als wollte er sich selbst zur Benutzung des juristischen Ausdrucks beglückwünschen. »Nee, wir wollen bloß auf dem Laufenden bleiben, was in unserer eigenen kleinen Gemeinde so vorgeht. Aye, so ist das«, schloss er und nahm einen weiteren rauchlosen Zug von seiner Pfeife.

»Wozu denn?«, fragte Daley und rechnete im Kopf nach, wie viele Einheimische im örtlichen Polizeirevier arbeiteten.

»Och, weil wir nicht unhöflich wirken wollen, verstehn Sie? Zum Beispiel, wie hätten Se sich gefühlt, wenn Sie die große Neuigkeit über das Baby in Ihrem Herzen hätten verschließen müssen, ohne sie mit jemand teilen zu können? Da wärn Sie ganz schön fuchtig geworden mit der Zeit, aber ehrlich.«

Während Fearney nervös auf der Anklagebank herumrutschte, nahm der Gerichtsdiener an seinem Tisch Platz, blätterte einen Stapel Papiere durch und klappte einen Laptop auf. Die Verhandlung würde gleich beginnen.

Hamish beugte sich zu Daley und nickte in Fearneys Richtung. »Das ist ein Mann, der auf der Kippe steht. Ich kenn Duncan jetzt schon 'ne ganze Reihe von Jahren, und ich sag Ihnen, von seinem Verstand ist nicht mehr viel übrig.« Hamish schüttelte voll Mitgefühl für den Farmer den Kopf. »Kein schlechter Mensch, Mr. Daley, bloß ein dummer. Aber meinen Sie nicht, da ist noch was anderes?«

»Anderes? Was soll das denn ...« Doch Daley musste mitten im Satz abbrechen, da der Gerichtsdiener den Saal zur Ordnung rief.

Die Anhörung hatte nicht lange gedauert. Wie erwartet, hatte sich Duncan Fearney des Verkaufs von geschmuggelten Zigaretten und Tabak schuldig bekannt. Das war ein schweres Vergehen, und in den meisten Fällen wäre er in Untersuchungshaft geblieben. Aber Daley hatte vorher die Staatsanwaltschaft angerufen und gebeten, dem unvermeidlichen Antrag auf Kaution durch Fearneys Anwalt stattzugeben. Er spürte, dass hinter diesem Verbrechen wesentlich mehr steckte, als es den Anschein hatte, und wenn Fearney im Barlinnie-Gefängnis in Glasgow in U-Haft vor sich hin schmorte, brachte das die Ermittlungen nicht weiter. Er konnte mehr erfahren, wenn er den Mann überwachen ließ, während er auf Kaution draußen war. Tabakschmuggel war nicht so schlimm wie harte Drogen. Fearney war bloß eine Randfigur, und die Frage lautete: Wer leitete die Partie?

Fearney stand rauchend vor dem Gerichtsgebäude und wirkte verloren. Jemand aus Kinloch klopfte ihm auf die Schulter und wünschte ihm irgendwie resigniert alles Gute. Der Farmer hatte ehrlich erstaunt gewirkt, als seine Kaution bewilligt wurde. Zweifellos hatte ihn sein Anwalt darauf vorbereitet, dass er in Haft bleiben würde. Tatsächlich wirkte auch der Anwalt selbst – ein jüngerer Mann mit dicken Brillengläsern und einem nervösen Tic – ziemlich fassungslos. Während er seinem Klienten auf der Anklagebank ein paar Worte zugeflüstert hatte, hatte Daley den Eindruck gewonnen, dass er es nicht gewohnt war, mit seiner Verteidigung Erfolg zu haben.

»Mr. Fearney«, rief Daley dem Farmer zu.

»Die sind verzollt, Inspector«, versicherte Fearney hastig und hielt ein Päckchen Zigaretten als Beweis in die Höhe, während ein besorgter Ausdruck sich in seine Miene stahl.

»Freut mich zu hören«, erwiderte Daley, der den Mann

nicht einschüchtern wollte. »Ich habe mich nur gefragt, ob Sie vielleicht eine Mitfahrgelegenheit nach Hause brauchen. Ich weiß, dass Sie ein ganzes Stück außerhalb wohnen.« Er lächelte mit all dem Enthusiasmus, den er aufbrachte.

Fearney sah sich um und sagte: »Stimmt schon, ich hab gar nicht dafür gesorgt, dass mich jemand abholt. Dachte nicht, dass ich heute wieder nach Hause kommen würde, Inspector. Der Anwalt hat mich abgeholt.« Er senkte den Blick auf den kleinen Koffer, der neben ihm auf dem Gehsteig stand, zuckte mit den Schultern und hob ihn auf. »Schätze, ich muss Ihr freundliches Angebot annehmen«, fuhr er mit der Resignation eines Mannes fort, dessen Möglichkeiten im Leben immer weniger wurden.

Daley bedeutete ihm, ihm zu seinem Dienstwagen zu folgen – den Ersatz für den Geländewagen, der bei der Explosion zerstört worden war. Er stand nicht weit vom Gericht entfernt geparkt. Er fischte den ungewohnten Schlüsselanhänger aus der Tasche und deutete damit in etwa in Richtung des Wagens. Die Lichter blinkten kurz, und die Hupe gab einen leisen Ton von sich.

Solange sie durch Kinloch fuhren, sagte Daleys Passagier kein Wort. Er bemerkte, dass Fearney immer nervöser wurde, als sie die Stadt verließen und die kleine Straße erreichten, die zu seiner Farm führte. Er ruckte häufig mit dem Kopf, als wollte er einen unangenehmen Gedanken abschütteln, und er konnte die Hände nicht stillhalten. Er rieb sich das Kinn, ließ die Knöchel knacken und grub die Fingernägel in die Oberschenkel.

»Tut mir leid, dass ich neulich so unhöflich war, Mr. Daley«, platzte er plötzlich heraus. »Ich hab 'ne schlimme Zeit hinter mir, das kann ich Ihnen versichern, also ganz offen und ehrlich.« Die Anspannung der letzten Tage legte sich auf seine Stimme.

»Ja, ich weiß, dass Sie noch nie zuvor mit dem Gesetz in Konflikt geraten sind, Mr. Fearney. Für jemanden, der mit den Abläufen der Strafjustiz nicht vertraut ist, ist es immer am schwersten. Einer Menge Leute, mit denen ich es zu tun bekomme, ist es völlig egal, was mit ihnen passiert. Sie kennen das Gefängnis besser als ihr eigenes Wohnzimmer.«

»Aye«, sagte Fearney mit einem tiefen Seufzer. »Ich hab ein paar von ihnen kennengelernt.« Er drehte sich halb um, um aus dem Seitenfenster zu starren. Felder, Bäume und Büsche waren von einer dünnen Schicht Raureif bedeckt, der nicht tauen wollte. Das kam selten vor im normalerweise milden Klima von Kintyre. Daley warf einen Blick auf das Thermometer im Armaturenbrett. Es zeigte nur ein Grad über null an, und er beschloss, vorsichtiger zu fahren.

»Was, glauben Sie, wird wohl aus mir werden?«, fragte Fearney.

»Schwer zu beurteilen«, sagte Daley. »Ihr sauberes Vorstrafenregister wird für Sie sprechen. Aber täuschen Sie sich nicht, es handelt sich um ein sehr ernstes Vergehen.« Er warf einen Seitenblick auf seinen Passagier, der um Fassung rang.

»Und wenn ich Ihnen helfe – Sie wissen schon, Ihnen ein bisschen mehr Informationen liefere, zum Beispiel?«, fragte Fearney hoffnungsvoll.

»Das läuft nicht wie im Fernsehen, Duncan«, sagte Daley. »Wir machen keine Deals. Aber ich lüge Sie nicht an: Wenn Sie Ihre Lieferanten der Justiz zuführen, wird das gewiss Ihr Schaden nicht sein.« Er warf seinem Beifahrer einen weiteren raschen Blick zu. Er hatte den Kopf an die Nackenstütze zurückgelehnt.

»Ich muss über all das nachdenken, Mr. Daley. Es geht um Leute, mit denen man sich besser nicht anlegt, das kann ich Ihnen sagen.« Plötzlich wirkte er ganz verzweifelt.

Daley nickte mitfühlend. Er erinnerte sich, dass Fearney den Vernehmungsbeamten seit seiner Verhaftung so gut wie gar nichts gesagt und nur Fragen nach seinem Namen und Alter, seiner Adresse und einem Schuldeingeständnis beantwortet hatte.

»Wenn Sie mir ein paar Tage Zeit lassen, kann ich versuchen, Ihnen zu helfen, Duncan. Sie vor denjenigen schützen, die sie ausgenützt haben.« Daley sprach leise. Er hatte beschlossen, Fearney ausreichend Zeit zu geben, sich zu entscheiden, so wenig man bei dem gebrochenen Mann im Beifahrersitz damit auch rechnen durfte. Er bremste und bog in die Zufahrt zur Farm ab. Die Oberfläche war von tiefen Schlaglöchern übersät, in denen sich schmutzig braunes Wasser angesammelt hatte.

Als sie sich ihrem Ziel näherten, sog Fearney plötzlich scharf die Luft ein und versteifte sich. Vor ihnen in der schlammigen Einfahrt zum Hof stand ein Mann mit Tarnjacke. Eine Schrotflinte lag abgeknickt über seiner Ellenbeuge. Er starrte den Wagen ausdruckslos an, während Daley an ihm vorbei auf den heruntergekommenen Hof fuhr.

»Freund von Ihnen?«, fragte er seinen Passagier.

»Aye, so in der Art. Ihm gehört das kleine Gehöft oben am Hügel. Er hilft mir hin und wieder aus«, antwortete Fearney. »Bloß gegen 'nen Sack voll Kartoffeln oder so was«, fügte er hastig hinzu. »Nich gegen Geld.« Daley bemerkte, dass ihm trotz der Kühle Schweißtropfen auf der Stirn standen.

Als der Farmer ausstieg, beschloss Daley, sich ihm anzuschließen. Sein Instinkt sagte ihm, dass der Mann am Tor, wer immer er sein mochte, nichts Gutes im Schilde führte. Er duckte sich aus der Tür, ließ sie offen stehen und ging um das Fahrzeug herum zu Fearney, dessen Blicke nervös zwischen Daley und seinem Nachbarn hin und her glitten.

»Aye, danke fürs Mitnehmen, Mr. Daley«, sagte er übertrieben laut. »Aber wie ich Ihren Leuten schon gesagt habe, von mir erfahren Sie gar nichts, und die Konsequenzen sind mir egal.« Er grinste – nervös, wie Daley fand – den Mann mit der Schrotflinte an, der mittlerweile eine drohende Haltung eingenommen hatte. Seine bis dahin aufgeklappte Waffe hielt er nun schussbereit in seinen großen Händen quer über der Brust.

Daley ging mit ausgestreckter Hand auf ihn zu. »Jim Daley«, sagte er. »Ich bin der örtliche Chief Inspector. Wie geht's?« Er lächelte Fearneys Nachbarn an, doch der ignorierte Daleys dargebotene Hand geflissentlich.

»Ich bin wählerisch, wem ich die Hand gebe, Kumpel«, erwiderte er mit arroganter Miene und vorgerecktem Kinn. Er war untersetzt, durchschnittlich groß und trug schwarze Gummistiefel, in die er dunkelgrüne wasserdichte Hosenbeine gestopft hatte. Seine Haare waren bis zu Stoppeln abrasiert, und seine Gesichtshaut zeigte Anfänge von Erschlaffung. Er sah aus, als wäre er einmal athletisch gebaut gewesen, aber jetzt in die Jahre gekommen. Ein einst durchtrainierter Mann, der langsam Fett ansetzte. Das kannte Daley gut.

»Mr. Fearney hat mir erzählt, dass Sie ihm auf der Farm helfen«, sagte Daley fragend. Er stand nur einen Meter entfernt von seinem Gesprächspartner, und er überragte ihn beträchtlich.

»Ja, kommt vor«, erwiderte er. »Geht das vielleicht die Polizei etwas an?«

»Wie heißen Sie?«

»Sie meinen, Dunky-Boy hier hat Ihnen nichts gesagt?« Er wandte sich an Fearney. »Schämst du dich etwa für mich, Dunky?« Er grinste den Farmer verächtlich an, der unbehaglich von einem Bein aufs andere trat und aussah, als wäre er am liebsten im Boden versunken.

»Ihr Name, Sir«, wiederholte Daley mit Nachdruck.

»Paul. Paul Bentham, wenn Sie's genau wissen wollen. Zufrieden?« Sein Akzent stammte irgendwo aus dem Südosten von England – nicht direkt Cockney, aber auch nicht weit entfernt. »Nett von Ihnen, dass Sie meinen Kumpel hier mitgenommen haben, aber es gibt viel zu tun. Vor allem, nachdem Sie ihn in einer Zelle in *Kinlock* vor sich hinrotten haben lassen«, schnaubte er, wobei er den Namen der Stadt auf typisch englische Art falsch aussprach.

»Was hatten Sie mit der Waffe vor, Mr. Bentham?« Daley musterte ihn kühl. Er mochte den Mann immer weniger.

»Ach, Sie wissen schon, Mr. Daley«, sagte Bentham und rückte vor, bis die Zehen der beiden Männer fast zusammenstießen. »Gibt 'ne Menge Ungeziefer um die Zeit – vor allem heute, wie's aussieht.« Sein höhnischer Ausdruck verwandelte sich in ein zynisches Grinsen, während er zu Daley hochstarrte.

Langsam ging der Kerl dem Chief Inspector auf die Nerven, aber statt die Beherrschung zu verlieren, zwang er sich, ganz ruhig zu bleiben. Er beugte den Kopf vor, so nah, dass er den schalen Alkohol im Atem des Mannes riechen konnte.

»Haben Sie auch einen Waffenschein für die Flinte, Mr. Bentham?« Jetzt war es an Daley, zu grinsen.

Bentham sah den Polizisten ein paar Herzschläge lang an, bevor er antwortete: »Ja, was glauben Sie denn?«

»Gut, dann haben Sie sicher nichts dagegen, ihn innerhalb der nächsten achtundvierzig Stunden auf dem Polizeirevier in Kinloch vorzulegen.«

Trotz aller Mühe verging Bentham das Grinsen ein wenig. »Kein Problem. Welche Uhrzeit wäre Ihnen denn recht, Mr. Daley?«

Daley lehnte den Kopf in den Nacken und kratzte sich am Kinn, als müsse er über ein schwerwiegendes Problem nachdenken. »Wie wäre es um neun Uhr morgen früh?« Er grinste auf Bentham herunter und nutzte die einschüchternde Wirkung seiner massigen Gestalt voll aus.

Der Mann wollte etwas antworten, aber Daley hob abwehrend die Hand. »Warten Sie«, sagte er lächelnd. »Ich weiß ja, wie viel Mr. Fearney und Sie hier zu tun haben, und ich will Sie nicht davon abhalten.«

Fearney gab ein nervöses Schnauben von sich, und der Atem, den er aus der Nase strömen ließ, kristallisierte in der kalten Luft.

»Ich schicke stattdessen einen meiner Beamten zu Ihnen. Sie wissen schon, dann kann er sich gleich Ihren Waffenschrank ansehen und prüfen, ob alle Unterlagen in Ordnung sind – das ist doch viel einfacher, als wenn Sie sich persönlich in die Stadt bemühen müssen.« Daley machte auf dem Absatz kehrt und ging zum Wagen zurück.

In der offenen Tür drehte er sich noch einmal nach Bentham um. Seine Haltung hatte sich nicht verändert, doch er wirkte jetzt erheblich weniger selbstzufrieden. »Waren Sie beim Militär, Mr. Bentham?«

»Siebzehn Jahre bei den Royal Marines, Mr. Daley«, erwiderte er, und sein arrogantes Grinsen kehrte zurück.

Daley zog lediglich die Augenbrauen hoch und nickte dann Duncan Fearney zum Abschied zu. Der Farmer murmelte ein unterdrücktes Dankeschön.

Als der Wagen zur Straße zurückholperte, sah Daley in den Rückspiegel. Benthams Gesicht war wutverzerrt und angriffslustig, und er stieß mit dem Zeigefinger auf Fearney ein. Sie sind nicht so schlau, wie Sie glauben, Mr. Bentham, dachte Daley. Dann musste er sich wieder aufs Fahren konzentrieren, als eines der Vorderräder mit einem heftigen Stoß in einem der tieferen Schlaglöcher verschwand und er durchgeschüttelt wurde. Er beschloss, lieber etwas vorsichtiger zu sein.

21

Am Ufer vor dem kleinen Boot ragte ein hohes rot-graues Gebäude auf. Seevögel stiegen von ihren Nestern in den Himmel auf und stürzten sich dann wie Geschosse ins Meer, die Flügel dicht am Körper angelegt. Nach ein paar Sekunden tauchten sie wieder auf, und wenn sie Glück gehabt hatten, zappelte ein Fisch in ihrem gelben Schnabel. Er fragte sich, wie viele Dinge es wohl gab, die er nicht über diese Welt wusste – und nie wissen würde –, kam aber zu dem Schluss, dass selbst die größten Geister, die der Planet je hervorgebracht hatte, nur einen Bruchteil eines so komplexen Gebildes kennen konnten.

Das Navigationsgerät blieb stumm, das leuchtende Display zeigte lediglich an: »Halten Sie den gegenwärtigen Kurs«. Er blickte durch das Fenster und versuchte zu erkennen, wo er anlegen konnte. Es schien keinen Einschnitt in den Klippen zu geben, die die Landschaft mit ihren einschüchternden Dimensionen beherrschten. Der frische Salzgeruch des Meeres wurde langsam von etwas Erdigerem abgelöst – dem Gestank des Guano, der sich über Hunderte, vielleicht Tausende von Jahren hinweg auf den Felsen abgelagert hatte, gemischt mit dem Schwefelwasserstoffgeruch von verrottendem Seetang. Das Land schien eine Art Kälte auszustrahlen, nicht so wie der schneidende Wind auf dem Meer, eher wie eine dunkle, unsichtbare Hand, die ihre Finger nach der Seele eines Menschen ausstreckte.

Er riss sich aus seiner Unentschlossenheit. In seinem Leben und seiner Welt hatten solche Gedanken selten eine Rolle gespielt. Das Leben wollte gelebt, gepackt und in einer Explosion der Sinne genossen werden. Alkohol, Drogen, Geld, Sex, Macht – ihre Kombination gab dem Ego einen Energiestoß, dem schwer zu widerstehen war. Im Lauf der Zeit mussten die Drogen allerdings immer stärker, der Alkohol mehr und der Sex perverser werden, während die Gier nach Macht nie aufhörte, bis irgendwann nichts mehr ging. Der Spaß, die Wärme, die Ekstase, der Nervenkitzel – das Gefühl der Unbesiegbarkeit – verblassten und wendeten sich in einer gefräßigen, alles verschlingenden Orgie gegen sich selbst.

Das war ihm erst klar geworden, als er angefangen hatte zu lesen. Die vielen stillen Tage hatten seinen Durst auf Neues geweckt. Nicht die Suche nach dem nächsten High oder willigem Fleisch, nicht die Gier nach Reichtum und Rache. Die wahre Macht, der echte Kick, kam aus dem Wissen, aus dem Begreifen, aus der Fähigkeit, das Leben selbst zu analysieren und zu verstehen. Er hatte Philosophie und Geschichte mit derselben Intensität verschlungen, wie er früher Kokain geschnupft hatte. Auf seine Art war das ebenso suchtbildend.

Wäre er in der Lage gewesen, die wahre Seele dieser stummen Felsen zu spüren, wenn er nicht Kant, Wittgenstein oder Nietzsche gelesen hätte? Hätte er sich je so lebendig gefühlt?

Wie alles im Leben hatte auch das Wissen seinen Preis. Während Kokain und Alkohol den Körper zerstörten, nagten Nachdenklichkeit und Philosophie an der Freude. Die Welt war genauso hart und unerbittlich, wie er es schon als Kind vermutet hatte. Aber jetzt, tja, jetzt wusste er, dass sie noch unendlich viel erschreckender war.

Während das kleine Boot langsam auf die roten Klippen zutuckerte, dachte er, wie schon so oft, dass man sich, um sich der wahren Herausforderung zu stellen, vor der jedes Lebewesen stand, von der Vergangenheit befreien musste. Und das bedeutete, sie erneut aufzusuchen.

Er zuckte zusammen, als das Navigationsgerät sich meldete.

22

Daley konnte sich nicht erinnern, wann er Donald zuletzt so besorgt erlebt hatte. Es war höchst ungewöhnlich, ihn ohne Uniform zu sehen. Er trug einen dunkelgrauen Anzug und ein frisches weißes Hemd, so weit, so gut. Aber die hellgraue Krawatte baumelte an einem geöffneten Kragen, und auf seinem Kinn zeigten sich grau melierte Stoppeln. Daley sah das Gespenst des übergewichtigen, unordentlichen Sergeants vom Dienst, den er vor so vielen Jahren kennengelernt hatte. Es war wie eine Doppelbelichtung, die den makellos gekleideten Mann überlagerte, an den er sich gewöhnt hatte.

Auch Daley war von den Ereignissen der vergangenen Tage aus dem Gleichgewicht gebracht. Da sein Zuhause nun ein fensterloser Tatort war, hatte er eine ungemütliche Nacht im County Hotel verbracht. Die sich abschälenden Tapeten und die schmutzigen Gardinen hatten seine Stimmung verdüstert. Erinnerungen an all das Blut und die entsetzlichen Dinge, mit denen er in seiner Laufbahn konfrontiert worden war, peinigten ihn. Das war ein sicheres Zeichen dafür, dass ein Fall ihn aufzufressen begann.

»Na endlich«, sagte Donald mit Nachdruck, als Sergeant Scott das improvisierte Büro betrat, das einmal dem unglückseligen Inspector MacLeod gehört hatte. Offiziell hätte es Daley als Kommandant der Abteilung zugestanden, doch er hatte den weniger prätentiösen Glaskasten innerhalb des

Großraumbüros der Kripo vorgezogen.

»Sorry, Boss«, sagte Scott. »Musste erst ein Team zusammenstellen, um eine Schusswaffenkontrolle durchzuführen.«

»Was?« Donald wirkte verärgert. »Polizeibeamte wurden getötet, und Sie kontrollieren, ob die Leute ihre Waffenschränke vorschriftsmäßig abschließen?« Das Weiß seines Hemds hob die Röte hervor, die ihm ins Gesicht stieg. »Und hören Sie auf, mich Boss zu nennen. Es heißt Sir oder Superintendent, Sie respektloser Hurensohn.«

»DS Scott hat lediglich meine Anweisungen befolgt, Sir«, sprang Daley für seinen Freund in die Bresche. »Und es handelt sich nicht um eine normale Kontrolle. Ich habe das Gefühl, dass wir damit vielleicht den Hintergründen der Tabakschmuggel-Operation auf die Spur kommen.« Er sprach mit ausdrucksloser Stimme, mehr um seine Autorität geltend zu machen als aus dem Wunsch heraus, Informationen zu teilen.

»Im Licht der jüngsten Ereignisse und angesichts der Tatsache, dass es um Schusswaffen geht, kann ich nur hoffen, dass Sie für entsprechende Sicherheitsvorkehrungen gesorgt haben«, sagte Donald. »Das Letzte, was ich brauche, ist ein weiterer toter Polizist.«

»Bloß keine Sorge, *Sir*«, erwiderte Scott. »Ich hab zwei von der bewaffneten Spezialtruppe, die dienstfrei hatten, mit dem Team losgeschickt, und der leitende Sergeant trägt ebenfalls eine Schusswaffe. Also haben sie reichlich Feuerkraft, falls was schiefgeht.« Er klang selbstzufrieden.

»Wie dem auch sei, wie dem auch sei.« Donald wedelte mit einer Hand in der Luft herum, während er sich mit der anderen die Augenbrauen massierte. »Ich bringe noch ein paar schlechte Nachrichten ... oder vielmehr zusätzliche Details zu den schlechten Nachrichten, die Sie bereits kennen.«

»Wir sind ganz Ohr, Sir«, sagte Daley.

Donald starrte ihn wütend an. »So ist das also, ja? Leitende Beamte meiner Abteilung tauschen verdammten Klatsch und vertrauliche Informationen untereinander aus, während ich im Dunkeln tappen darf wie ein Arschloch.« Donald hieb mit der Faust auf den Tisch, und ein Briefbeschwerer mit schottischen Karos krachte zu Boden.

»Verzeihung, Sir?«, sagte Daley konsterniert. »Es mag Ihrer Aufmerksamkeit entgangen sein, aber ich hatte heute anderes im Kopf als ›verdammten Klatsch‹, wie Sie es nennen.« Er versuchte, die Verärgerung in seiner Stimme zu unterdrücken, doch wie immer bei Donald war das eine mühsame Aufgabe.

Donald ließ sich wie ein Ballon, dem die Luft ausgeht, in den Sessel sinken und hob die Hand zu einer beschwichtigenden Geste. Für seine Verhältnisse kam das einer Entschuldigung sehr nahe. Er starrte grimmig an die Decke. »Heute Morgen hatte ich Besuch vom Chief Constable. Als Rab White erschossen wurde, beschloss der Mörder, sein Markenzeichen am Tatort zu hinterlassen.« Er nahm eine Aktenmappe vom Tisch, öffnete sie vorsichtig und beäugte ihren Inhalt, als würde er ihn immer noch schockieren, obwohl er ihn offenbar nicht zum ersten Mal sah.

»Sir?« Daley wirkte verdutzt.

Donald zog eine große Fotografie aus der Akte und schob sie über den Tisch zu Daley hin, der sie, ohne zu blinzeln, anstarrte. Scott blickte ihm über die Schulter. Daley stieß einen langen Seufzer aus, während sein Sergeant aufstöhnte.

»Aufgenommen mit Whites eigenem Smartphone und dann am Tatort zurückgelassen«, erklärte Donald.

»Nun, Sir, seien wir doch ehrlich. Selbst wenn das das Letzte ist, was einer von uns sich gewünscht hätte, sind Sie denn ernsthaft überrascht?«

»Schockiert, überrascht, verblüfft. Wer zum Teufel weiß schon noch, was er denken soll, Jim?«, gab der Superintendent zurück. »Ein Überwachungsvideo, das siebzehntausend Kilometer entfernt aufgenommen wurde, ist eine Sache, aber das Gesicht dieses Mannes in meinem eigenen Büro zu sehen, wie er prahlend über der Leiche eines meiner Beamten steht? Es wäre eine Untertreibung, zu sagen, dass das beunruhigend ist.«

Donald beugte sich vor und stützte die Ellbogen auf den Tisch. »Hören Sie«, sagte er, »ich denke, wir stehen hier vor der größten und gefährlichsten Herausforderung unserer Laufbahn.« Er blickte seine beiden Untergebenen abwechselnd an. »Was Ihnen in den frühen Morgenstunden zugestoßen ist, Jim, ist nur der Anfang. Wir sitzen hier sozusagen wie Fische im Goldfischglas. Alle Leute, die JayMac am meisten hasst, sind hier in Kinloch versammelt. Lahme Enten. Leichte Beute.«

»Sie müssen sich schon entscheiden, Sir. Sind wir nun Fische oder Enten?«, gab Scott scheinbar in aller Ernsthaftigkeit zurück.

Donald starrte den Sergeant ausdruckslos an. Daley wartete auf die unvermeidliche Explosion, doch als sie kam, überraschte sie ihn und Scott gleichermaßen.

Der Superintendent warf den Kopf zurück und begann zu lachen, leise zunächst, doch dann aus vollem Hals. Seine Schultern zuckten, und sein Gesicht lief rot an, bis ihm die Tränen in die Augen traten. »Sie sind ein echter Spitzenarsch, Brian«, keuchte Donald. »Ein echtes Oberarschloch.«

Es dauerte nicht lange, bis Daley ein Grinsen nicht mehr zurückhalten konnte und ebenfalls zu lachen begann.

Scott musterte die beiden kopfschüttelnd. »Ich muss zugeben, das ist nicht die Antwort, die ich erwartet hatte.«

»Hysterie, Brian, reine Hysterie«, erwiderte Donald, von Hustenanfällen geschüttelt. »Nichts anderes, das kann ich Ihnen versichern.«

Es dauerte eine Weile, bis sie sich wieder beruhigt hatten. Ein längeres Schweigen schloss sich an, während jeder sich an den Gedanken gewöhnte, was geschehen war und was wahrscheinlich noch geschehen würde.

»Wie haben Sie das mit dem Ohr herausgefunden, Jim?« Donald klang beinahe freundlich.

»Welchem Ohr?«, fragte Daley.

»›Ganz Ohr.‹ Sagten Sie nicht ›ganz Ohr‹?«

»Nur so eine Redensart, sonst nichts, glauben Sie mir, Sir«, antwortete Daley.

»Ausgesprochen inspiriert und beinahe visionär«, bemerkte Donald. »Unser mitternächtlicher Mörder hat nämlich ein Päckchen auf meinem Schreibtisch hinterlassen, bevor er DS White umbrachte. Natürlich wurde zuerst das Bombenentschärfungskommando alarmiert, daher habe ich soeben erst von seinem Inhalt erfahren und wem es wahrscheinlich gehörte.«

»Sir?«, sagte Daley.

»Die Schachtel enthielt ein abgeschnittenes Ohr. Es war nur Stunden vor der Lieferung abgetrennt worden«, fuhr Donald fort. »Wie Sie wissen, mischt sich der Chief Constable inzwischen überall ein – und ebenso das Dezernat für Schwerverbrechen. Und was soll man sagen, in einem Akt, den man nur als ein Meisterstück der Polizeiarbeit bezeichnen kann, ist es ihnen gelungen, den Besitzer des Ohrs zu ermitteln.«

»Scheiße«, sagte Scott mit einem Ausdruck des Abscheus.

»Marion MacDougall, eine zweiundachtzig Jahre alte Witwe, die alleine im Springburn-Bezirk wohnt«, fuhr Donald fort. »Zweifellos eine alte Bekannte von Ihnen«, meinte er mit einem Seitenblick auf Scott.

»Meinen Sie zufällig Franks Tantchen, Sir, kann das sein?«

»Genau die, DS Scott. Sie wurde gestern von ihrem Betreuer aufgefunden, halb totgeschlagen und ohne rechtes Ohr.«

»Erst der Bruder, jetzt die Tante«, stellte Daley fest. »Aber eines verwirrt mich, Sir.«

»Nur eines, Jim? Sie überraschen mich.« Donald hatte nicht lange gebraucht, um seinen Sarkasmus wiederzufinden.

»Wenn JayMac den Aufenthaltsort von Frank kennt, wieso geht er nicht gleich auf ihn los, statt sich nach und nach durch die Familie zu arbeiten?«

»Warum spielt die Katze mit der Maus, bevor sie sie in Stücke beißt?«

»Vielleicht weiß er einfach nicht, wo Frank steckt, und versucht, ihn aus der Reserve zu locken«, sagte Scott mit einem Anflug von Hoffnung in der Stimme.

»Wenn das der Fall wäre, DS Scott, wie erklären wir uns dann, was gestern mit dem Wagen Ihres Kollegen passiert ist, genau hier in Kinloch?«

»Sir«, fiel Daley ihm ins Wort, »um welche Zeit wurde DS White getötet?«

»Zwei Uhr morgens, Jim. Um sechs nach zwei wurde der

Täter von den Überwachungskameras beim Verlassen des Büros gefilmt.«

»In dem Fall kann es nicht unser JayMac-Gespenst gewesen sein, der die Bombe unter meinem Auto angebracht hat. Das muss zwischen neun Uhr, als ich nach Hause kam, und fünf Uhr morgens geschehen sein, als ich wegfahren wollte. Es sei denn, er hätte einen Hubschrauber genommen, und den hätte bestimmt jemand gehört oder gesehen. Er kann unmöglich für den Überfall auf Mrs. MacDougall und den Mord an DS White verantwortlich gewesen sein und trotzdem noch die Zeit gehabt haben, den Sprengstoff unter meinem Wagen zu platzieren. Wir sind über zweihundert Kilometer weit weg. Das ist unmöglich.«

»In der Tat, DCI Daley.« Donald lächelte. »Ein Schluss, den ich natürlich auch schon gezogen habe. Es gibt nur zwei mögliche Antworten auf dieses spezielle Rätsel …«

»Er hat Hilfe. Der Dreckskerl ist nicht nur von den Toten zurückgekehrt, er hat auch seine Gang wieder zusammengeholt!«, unterbrach ihn Scott.

»Entweder das, oder wer immer mich umzubringen versucht hat, hat nichts mit JayMac zu tun. Es könnte sich auch um ein unglückliches Zusammentreffen handeln«, überlegte Daley.

»In der Tat unglücklich, Jim«, stimmte Donald zu. »Aber wer sonst hätte einen Grund, Sie in die Luft zu jagen?«

Daley zuckte mit den Schultern. »Abgesehen von dem Fall mit dem Tabakschmuggel war in Kinloch in den letzten paar Monaten nicht gerade viel los.«

»Wir sind immer noch den Drogenschmugglern auf der Spur«, sagte Scott eifrig. »Aber noch kein Durchbruch, leider.«

»Mmm.« Donald schloss die Akten und klappte den Laptop zu. »Ich denke, diese Geschichte lassen wir besser fürs Erste auf kleiner Flamme köcheln. Mir scheint, wir müssen uns mit wesentlich tödlicheren Bedrohungen auseinandersetzen.«

»Soll ich losziehen und Frankie die schlechten Neuigkeiten überbringen, Boss?«, fragte Scott. »Ich meine, Sir.«

»Nein«, antwortete Donald. »Sie kümmern sich weiter um Ihre Schusswaffenkontrolle. Jim, Sie überbringen Mr. Robertson die Nachricht. Ich möchte von Ihnen hören, wie er es aufgenommen hat. Und bringen Sie ihn dazu, seine verdammten Kinder unter Kontrolle zu halten. Die Schutzeinheit berichtet, dass sie kommen und gehen, als wäre nichts passiert.«

»Ja, Sir«, erwiderte Daley. »Ich mache mich gleich auf den Weg.«

»Ach, jetzt schauen Sie nicht so enttäuscht, DS Scott«, spöttelte Donald. »Ich bin sicher, Sie kommen später schon noch zu ein oder zwei kleinen Whiskys – mit der Zeit.«

Brian Scott öffnete den Mund zu einer Entgegnung, überlegte es sich jedoch anders und entschied sich dafür, lieber freundlich zu lächeln.

Er saß auf dem Beifahrersitz des Geländewagens, während dieser sich den schlammigen Hügel hinaufwühlte.

Er hatte kein Wort der Begrüßung geäußert, als er abgeholt wurde. Ihm war nicht nach Reden zumute. Irgendwie hatte seine Anwesenheit hier auf der Landspitze seine Seele zur Ruhe gebracht. Es war die Art von Frieden, die ein Verzweifelter fühlte, wenn er wusste, dass sein Entschluss, sich das Leben zu nehmen, unumkehrbar war. Die Gelassenheit des Unvermeidlichen.

Er durchstöberte sein Gedächtnis danach, wer solche Gedanken zum ersten Mal zu Papier gebracht hatte. Nietzsche, Freud, Jung? *Wenn du lange in einen Abgrund blickst, blickt der Abgrund auch in dich hinein ...*

Wellen der Müdigkeit schwappten hinter seinen Augen. Er nahm seine Reisetasche aus dem Fußraum, als das Fahrzeug schlitternd vor dem Eingang zu einem heruntergekommenen Cottage zum Stehen kam, nicht unähnlich dem, das er kürzlich in Ayrshire als Basis benutzt hatte.

»Warte hier«, befahl er, als er ausstieg und nach hinten ging, um die Heckklappe zu öffnen. Er nahm seine Sachen heraus, doch statt seine neue Bleibe zu betreten, blieb er neben der Fahrertür stehen und wartete, bis das Fenster heruntergefahren war.

»Nicht vergessen«, sagte er. »Von jetzt an ist es das Gegenteil dessen, was wir bisher getan haben. Ich will diese Mistkerle im Ungewissen halten, deshalb lasse ich mich für die nächsten paar Tage nicht blicken. Verstanden?«

Ein Nicken war die einzige Antwort, also sprach er weiter. »Und ich will, dass du das kleine Päckchen hier überbringst, aber nicht heute Nacht, irgendwann morgen.« Dann, ohne irgendeine Art von Verabschiedung, marschierte er davon, öffnete die Eingangstür des Cottage mit einem Fußtritt und verschwand darin.

23

Daley sah Frank MacDougalls Reaktion, sobald er die Tür öffnete. Der Mann schien vor seinen Augen zusammenzuschrumpfen, als wüsste er schon, dass er schlechte Nachrichten brachte.

»Sie kommen besser rein, Inspector Daley«, sagte MacDougall und führte ihn ins Wohnzimmer, in dem sie sich auch das letzte Mal getroffen hatten. »Wenn's um die Kinder geht, Mr. Daley, da kann ich 'nen Scheiß gegen machen.«

Daley schüttelte den Kopf. Er sprach ruhig und in dem formellen Ton, den er – wie alle Polizeibeamten – für solche Anlässe bereithielt. »Nein, Frank, es geht nicht um die Kinder. Es tut mir leid, aber ich fürchte, ich habe noch mehr schlechte Neuigkeiten.«

»Sagen Sie's mir ohne Umschweife«, bat MacDougall und rieb sich die Stirn. Sein Gesicht schien noch hagerer geworden zu sein, und er wirkte, als wäre er in der kurzen Zeit, seit Daley ihn zuletzt gesehen hatte, stark gealtert.

»Ihre Tante Marion liegt im Krankenhaus, Frank. Es geht ihr gar nicht gut.«

»Und keine natürlichen Ursachen, vermute ich.«

»Nein«, antwortete Daley. »Sie wurde in ihrer Wohnung von einem Mann überfallen, der sich als Polizist verkleidet hatte. Später lieferte der Verdächtige ihr abgeschnittenes Ohr in unserem Hauptquartier ab und ermordete dabei einen meiner Kollegen.« Normalerweise wäre er nicht so direkt vorgegangen, aber extreme Gewalttätigkeit war Frank MacDougall nicht fremd.

»Dann besteht also kein Zweifel mehr?«, fragte er und sah dem Polizisten zum ersten Mal seit seiner Ankunft direkt ins Gesicht.

»Wir haben fotografische Beweise, die zu bestätigen scheinen, dass es sich tatsächlich um James Machie handelt. Ich weiß nicht, wie das möglich sein soll, aber es macht den Eindruck, als wäre er in voller Lebensgröße wieder da.«

»Das ist genau die perverse Scheiße, auf die der Dreckskerl steht«, sagte MacDougall kopfschüttelnd. »Kommt Marion wieder auf die Beine? Ich meine, sie wird doch nicht sterben?«

»Es ist zu früh, um das sagen zu können«, erwiderte Daley. »Sie ist in ziemlich schlechter Verfassung, Frank.« Seine Antwort war so ehrlich und genau, wie sie es nach seinem Kenntnisstand sein konnte.

MacDougall trat an das große Fenster, das den Hügel und das Meer weiter unten überblickte.

»Sie kennen mich, Mr. Daley. Ich hatte im Leben nie vor was Angst. Vor gar nichts. Aber das … das ist was völlig anderes. Ich schäme mich nicht zu sagen, dass ich mich überfordert fühle. Was kann ich tun, um meine Familie zu schützen? Will der Scheißkerl sie einen nach dem anderen auslöschen?«

»Sie könnten anfangen, indem sie dafür sorgen, dass Ihre Kinder das Haus nicht verlassen, bis die Sache geklärt ist, Frank. Die zu Ihrem Schutz abgestellte Einheit berichtet mir, dass beide sich weigern, auf der Farm zu bleiben.«

»Sie sind volljährig. Wie zum Teufel soll ich sie dazu bringen, hierzubleiben? Sie haben beide neue Namen. Scheiße,

JayMac würde sie nicht mal erkennen, selbst wenn er wüsste, dass wir hier sind.« MacDougall wirkte beinahe hoffnungsvoll. »Denken Sie daran, er hat sie seit Jahren nicht gesehen.« Er steckte sich eine Zigarette an und inhalierte tief. »Sie hassen sich, wissen Sie?«

»Wer hasst sich?«

»Meine Kinder. Sie können sich nicht ausstehen. Nicht mehr, seit ... na ja, seit wir Cisco verloren haben.« Er zog noch einmal an der Zigarette. »Tommy wusste, was los war, mit welchen Leuten er sich da eingelassen hatte, aber er sagte kein Sterbenswörtchen. Das wird Sarah ihm nie verzeihen.«

»Diese erzwungene Nähe ist für sie bestimmt nicht einfach.«

»Aye«, bestätigte MacDougall, ohne richtig zuzuhören. »Er hätte nie riskieren dürfen, nach Glasgow zurückzugehen. Ich hatte ihn gewarnt. Ach, er war so ein Hitzkopf. Ich werde nie begreifen, was zum Teufel er damit erreichen wollte.«

»Es tut mir leid«, sagte Daley.

»Wir stammen aus verschiedenen Welten, Jim. Ich, ich werde jetzt langsam ein alter Mann. Betty kann York und New York nicht mehr unterscheiden. Und Tommy ... Scheiße, wir wissen doch alle, wo Tommy wäre, wenn nicht hier – im Knast oder in irgendeiner Fixerbude.«

Daley hörte sich die familiäre Beichte mit dem Abstand eines Detectives an. Langsam dämmerte ihm, dass Vaterschaft eine Sache mit ungewissem Ausgang war. Der Mann vor ihm war das beste Beispiel dafür. Und bald würde er vor demselben Problem stehen.

»Sarah hätte was Besseres verdient«, sprach MacDougall weiter, während er nach einem Foto von sich und seiner Tochter in einem silbernen Rahmen griff. »Sie hat alles: Schönheit, Verstand, einfach alles. Sie leidet hier am meisten. Blitzgescheit. Sie würde sich von James Machie nicht so leicht unterkriegen lassen.«

»Dazu wird es aber vielleicht kommen, wenn Sie sie nicht hierbehalten – nur bis die Sache sich in Wohlgefallen aufgelöst hat, Frank.«

»In Wohlgefallen aufgelöst?«, fragte MacDougall ungläubig. »Daley, das ist kein kleines Stürmchen, das sich totläuft wie die da draußen in der Bay. Der Dreckskerl ist wie ein verdammter Hurrikan!«

»Trotzdem«, sagte Daley. »Es ist besser, auf Nummer sicher zu gehen. Machie scheint ziemlich versiert darin zu sein, das Unmögliche möglich zu machen.«

»Aber wie hat er das angestellt, Jim?« MacDougall wirkte auf einmal verzweifelt. »Wie zum Henker hat er es angestellt?«

»Es gibt nur eine Erklärung, Frank.« Jetzt blickte Daley aufs Meer hinaus. »Der Mann, der in der Gefängnisambulanz getötet wurde, war nicht James Machie. So unwahrscheinlich das klingen mag.«

»Aye«, stimmte MacDougall zu und blickte plötzlich nachdenklich drein. »Als ich hörte, dass der Bastard tot ist, da fiel mir ein Stein vom Herzen.«

»Wir sind nie wirklich dahintergekommen, wer hinter diesem ... nun, Mordanschlag steckte, nicht wahr, Frank?«, sagte Daley und zog eine Augenbraue hoch.

»Das blieb ein Rätsel«, bestätigte MacDougall. »Hören Sie, ich tue mein Bestes, um die Kinder auf Zack zu bringen, aber Sie dürfen nicht vergessen, dass sie ein Recht auf ihr eigenes Leben haben. Schlimm genug, dass sie hier festsitzen, wo sich

Fuchs und Hase Gute Nacht sagen, auch ohne dass ich ihnen sage, was sie tun und lassen dürfen. Diese Bande vom Zeugenschutz wartet nur drauf, uns in einem noch sichereren Haus unterzubringen – 'nem eingemotteten Armeestützpunkt am besten oder was weiß ich. Kommt nicht infrage!« MacDougall drückte wütend seine Zigarette aus.

»Ich muss Ihnen ja nicht erklären, in welcher Gefahr Sie und Ihre Familie sich befinden«, sagte Daley. »Wir begreifen das einfach nicht, Frank – ganz und gar nicht. Ich werde nie verstehen, warum Sie nicht die Chance ergriffen haben, ins Ausland zu gehen.« Er musterte MacDougall. »Auf volle Staatskosten.« Irgendetwas stimmte da nicht, das sagte ihm sein Instinkt.

»Und was hat das Gerry Dowie genützt?«, gab MacDougall ohne einen Funken Emotion zurück.

Das nahm Daley ein wenig den Wind aus den Segeln.

»Keine Sorge«, sagte MacDougall. »Ich weiß genau, wozu Machie fähig ist, täuschen Sie sich nicht. Außerdem habe ich absolut nicht vor, meinem Bruder nachzufolgen«, sagte er und griff nach einer Kristallkaraffe mit Whisky. »Einen guten Schluck, bevor Sie gehen? Ich glaube, wir könnten beide einen brauchen.«

Daley nickte.

Während der bernsteinfarbene Trank seine Kehle hinunterrann, klingelte MacDougalls Festnetztelefon. Er nahm ab, meldete sich mit einem Knurren und reichte das schnurlose Mobilteil an Daley weiter. »Anscheinend bin ich Ihre neue Sekretärin.«

»DC Dunn, Sir.« Daley hörte Donald im Hintergrund toben.

»Ich kann Sie ziemlich schlecht verstehen«, sagte Daley.

»Es gab ein Problem bei der Schusswaffenkontrolle, Sir.« Dunn klang mitgenommen. »DS Scott ist schon dort. Irgendetwas mit Sprengstoff, Sir.« Sie verstummte, und Daley hörte neuerliche Verbalattacken aus dem Hintergrund. »Alles okay, Sir, niemand wurde verletzt, aber der Chef denkt, Sie sollten dabei sein ... nur für alle Fälle.«

»Ich fahre gleich rüber.« Daley legte auf und gab MacDougall den Apparat zurück.

»Aye, es stimmt schon, was man sagt, Mr. Daley.« MacDougall grinste schwach. »Als Polizist hat man's nicht leicht.«

Obwohl es erst drei Uhr nachmittags war, begann das Tageslicht bereits zu schwinden, als Sergeant Brian Scott und ein örtlicher Constable an der Fearney-Farm vorbei einen verwahrlosten Feldweg zu Benthams Cottage hochfuhren.

Sein Handy klingelte. »Hi, Jim«, meldete er sich. »Wie hat Frankie es aufgenommen?« Er hörte ein paar Sekunden schweigend zu. »Wenn du bei Fearneys Farm ankommst, sag Bescheid. Ich schicke einen der Jungs mit einem Land Rover runter, um dich abzuholen. Mit 'ner normalen Karre kommst du den Hügel nie rauf.« Ein tiefes Schlagloch rüttelte ihn durch, wie um seine Feststellung zu bekräftigen. »Sie haben was gefunden da oben. Bin noch nicht sicher, was genau, werd's aber gleich rausfinden.«

Scott beendete das Gespräch und steckte das Handy wieder in die Hosentasche. Normalerweise bewahrte er es in der Jacke auf, doch Donald hatte darauf bestanden, dass er und der Fahrer schusssichere Westen trugen. Er fühlte sich bereits eingeengt von der schweren Panzerung und rutschte herum, um eine bequemere Stellung zu finden.

Vor dem Eingang des Cottage erwartete sie ein Mitglied der Spezialeinheit mit einem automatischen Gewehr über der Schulter.

»Was ist hier los, und was soll die Geheimniskrämerei?«, fragte Scott, als er aus dem Land Rover stieg.

»Sehen Sie selbst, Chef.«

Das Cottage, das von außen heruntergekommen wirkte, war innen bemerkenswert gepflegt, ähnlich wie Frank MacDougalls Anwesen. Traf das auf alle Leute zu, die mitten im Nirgendwo lebten?

Aber bei der Aufgeräumtheit endete die Ähnlichkeit mit MacDougalls Wohnsitz. Hier gab es keine Designermöbel. Direkt hinter der Eingangstür lag ein kleiner Wohnbereich, an den eine mit einem Vorhang abgeteilte Kitchenette und eine Holztreppe angrenzten. Unter letzterer führte eine offene Tür in ein kleines Badezimmer. Im Kamin glommen schwach die Überreste eines Holzfeuers, und doch kam es einem innen kälter vor als draußen.

Scott sah sich mit professionellem Blick um, konnte aber nichts Ungewöhnliches entdecken. Der Teppich war dunkelrot und stellenweise abgetreten, aber sauber. Es gab keinen Staub auf dem Tisch in der Mitte des Zimmers, und auf einer fadenscheinigen Couch lag sorgfältig aufgestapelt eine Ansammlung von Magazinen. Alles war ordentlich und aufgeräumt, allerdings vermittelte das Fehlen von Bildern oder Nippes deutlich den Eindruck, dass hier keine Frau lebte.

Von oben hörte er Stimmen und Schritte, also kletterten er und der junge Constable die knarrende, blanke Holztreppe hinauf. Oben musste selbst Scott, der mit knapp einem Meter achtzig nicht besonders groß war, sich ducken, um sich nicht den Kopf an der niedrigen Decke zu stoßen. Von dem schmalen Treppenabsatz gingen zwei Türen ab, und durch eine davon konnte er ein paar Leute erkennen. Ein bewaffneter Beamter stand schief und gebückt im Türrahmen.

»Also gut, äh, Stephen?« Scott erkannte in dem bewaffneten Polizisten einen der Männer wieder, die unlängst sein Abenteuer auf MacDougalls Anwesen geteilt hatten. »Was ist hier los?«

»Sehen Sie selbst«, sagte der Beamte und duckte sich in den Raum zurück, um genügend Platz zu schaffen, damit Scott eintreten konnte.

Er beugte sich unter dem Türsturz hindurch und hielt den Atem an, als er das Waffenarsenal erblickte, das in einer Hälfte des kleinen Zimmers aufgestapelt war. Das Gesicht des jungen Cops aus Kinloch, der als Sergeant den Einsatz leitete, war bleich und ernst.

»Was sollen wir tun, Sergeant?«, fragte er unsicher.

»Zuerst mal«, sagte Scott, »will ich alle hier raushaben, bis auf Stephen von der Spezialeinheit. Einer von euch fährt runter zur Fearney-Farm und wartet auf DCI Daley.«

Darauf folgte ein rechtes Geschiebe und Gedränge, gemischt mit gemurmelten Entschuldigungen, als fünf ausgewachsene Männer versuchten, sich in dem beengten Raum in Bewegung zu setzen. Schließlich blieben nur noch Scott und der Beamte von der Spezialeinheit zurück, während die anderen knarrend die klapprige Holztreppe hinunterstiegen.

Scott sah Stephen an, der neben dem Waffenlager niederkniete. »Was meinen Sie, Mann?«

»Ich denke, wir brauchen mehr Leute«, antwortete der Cop. »Aye, und zwar nicht die hiesigen Trampel. Der kleine Haufen da muss auf mögliche Sprengfallen gecheckt werden, auf unsichere Waffen, Explosivstoffe. Das da sieht aus wie Semtex.« Er deutete auf einen Stapel Metallkästen. »Und das hier erkenne ich auch.« Er zeigte auf eine Edelstahlbox, die aussah wie eine große Streichholzschachtel. Aus einem Ende ragten rote, gelbe und grüne Drähte heraus.

»Spucken Sie's schon aus, verdammt noch mal.«

»Das ist ein Bewegungszünder«, sagte er und blickte Scott über die Schulter an. Der Sergeant starrte das Gerät im schwachen Licht mit zusammengekniffenen Augen an. »Die Sorte, mit der Terroristen Autos in die Luft sprengen. Altmodisch ... aus den Siebzigern oder frühen Achtzigern, wie es aussieht. Primitiv, aber es bringt einen trotzdem um.«

Ganz plötzlich wurde Brian Scott sehr kalt, und er fühlte sich gar nicht mehr sicher.

Daley betrachtete kopfschüttelnd das Waffenlager. Sein erster Eindruck von Paul Bentham war nicht gut gewesen, aber er hätte nicht gedacht, dass der Mann über eine solche Feuerkraft verfügte.

»Aye, ein beachtlicher Fund, Jim«, sagte Scott, der den Blick nicht von der Ansammlung automatischer und halbautomatischer Waffen, Munitionskisten, Sprengstoffe, Handgranaten und anderem tödlichen Militärspielzeug lösen konnte.

Daley hatte gerade mit Donald gesprochen. Der Superintendent hatte Befehl gegeben, das Gelände abzusperren und zu bewachen, bis ein Team von Spezialisten aus Glasgow eintraf. Der Inspector der Spezialeinheit war kurz nach Daley angekommen und hatte befunden, dass keine unmittelbare Gefahr bestand.

»Das Zeug ist ein paar Flocken wert, wenn man es an die richtigen Leute verscheuert, Brian«, meinte Daley. »Komm mit, hier können wir nichts mehr tun. Ich will auf dem Rückweg bei Duncan Fearney vorbeischauen. Wenn einer weiß, wohin Bentham verschwunden sein könnte, dann er.«

Die Detectives stiegen in einen Land Rover der Polizei und ließen zwei Kripoleute und zwei bewaffnete Polizisten zur Bewachung des Hauses zurück.

»Immer schön sauber bleiben!«, rief Scott aus dem Fahrerfenster, während er Gas gab und langsam anfuhr.

Nach einer kurzen, aber ungemütlichen Fahrt erreichten sie den Hof von Fearneys Farm.

»Kein Lebenszeichen«, sagte Scott, als sie ausstiegen.

Die frisch gestrichene gelbe Tür leuchtete im Zwielicht. Daley klopfte kräftig an, während Scott zwischen gewölbten Händen durch ein schmutziges Fenster etwas zu erkennen versuchte. In einem großen Schuppen auf der anderen Seite des schlammigen Hofs muhten die Rinder jämmerlich. Scott gab den Versuch auf, durch das Fenster etwas zu sehen, ging zum Stall und rümpfte die Nase bei dem Gestank nach Kuhmist.

»Bin ja kein Experte, Jim«, rief er, »aber die armen Viecher müssen gemolken werden, meinste nicht auch?«

Daley trat zu ihm in den Eingang des Stalls. Etwa ein Dutzend Kühe stand in getrennten Boxen und muhten gottbärmlich. An ihren geschwollenen Eutern sah man, dass sich eine Weile niemand um sie gekümmert hatte.

»Sieh dich hier mal um, Brian. Ich versuche, einen anderen Weg ins Haus zu finden«, sagte Daley. Sein Instinkt warnte ihn, dass hier etwas ganz und gar nicht in Ordnung war. Das Bild von Bentham, wie er Fearney bedrohte, gesehen im Rückspiegel seines Wagens am Tag zuvor, tauchte vor seinem geistigen Auge auf.

Scotts Verwünschungen, als er den Kuhstall betrat, wurden schnell von dem Radau verschluckt, den die Tiere veranstalteten, während Daley zum Farmhaus zurückeilte. Ein Stück weiter einen schlammigen Feldweg entlang sah er ein großes, rundes, blau gestrichenes Gebilde. Es wirkte ein bisschen wie ein übergroßes Planschbecken, in dem sich Kinder an einem heißen Sommertag abkühlten.

Er fluchte, als der Dreck ihm die Hose bespritzte, und wünschte sich, er hätte ein paar Gummistiefel mitgebracht.

Der Jauchetank war höher, als es den Eindruck gemacht hatte, reichlich übermannsgroß, daher blickte Daley sich nach irgendeiner Möglichkeit um, um hinaufzuklettern und hineinzusehen. Er wollte fast schon aufgeben, als er an der hinteren Seite eine Metallleiter entdeckte, die hinaufführte.

Die Sprossen waren glitschig von Dreck und Mist. Auf der zweiten glitt er mit dem Fuß weg und wäre beinahe gestürzt. Der Gestank war fast unerträglich.

Daley reckte den Kopf über den Rand und prallte zurück, als der üble Geruch ihn voll traf. Die Jauche hatte eine grünlich braune Farbe. Eine Schicht beißenden Dampfs hing über der Oberfläche. Er bemerkte eine Bewegung, und sein Herz setzte kurz aus. Aber es war nur ein schimmernder Käfer, der in Schlangenlinien über die verkrustete Schicht krabbelte.

»Jim! Schnell, hier drüben!«

Es klang dringend. Halb kletterte, halb fiel Daley in seiner Hast die glitschige Leiter hinunter. Er hatte vermutet, dass Bentham sich verdrückt hätte – aber vielleicht war das ja ein Irrtum gewesen.

Scott stand im Eingang zum Kuhstall. »Hör zu, Jim. Das sieht gar nicht gut aus.«

Der Lärm des Viehs und der Gestank des Mists betäubten Daleys Sinne, während er Scott in den Schuppen folgte. Die geplagten Tiere beobachteten die beiden Männer mit großen, feuchten Kuhaugen, und der Dampf ihres Atems kräuselte sich in der kalten Luft. Eine einzelne Glühbirne spendete spärliches gelbes Licht.

Daleys Blick richtete sich auf die weiß getünchte Wand am anderen Ende. Zwischen den Spritzern von Kuhmist war ein dunklerer Fleck, der sich über die Wand zog, zu erkennen: Blut. Darunter lag ein verdrehter Körper auf dem Boden. Das halbe Gesicht weggeschossen.

»Armer Hund«, sagte Scott. »Dieser Fearney war nicht gerade ein Glückspilz. Aber wenigstens wissen wir jetzt, hinter wem wir her sind – diesem Bentham-Typen.«

»Nein, sind wir nicht«, sagte Daley und versuchte verzweifelt, die Galle hinunterzuschlucken, die ihm in der Kehle brannte. »Das hier ist Paul Bentham.«

24

Tommy MacDougall ließ den Motor aufheulen und jagte den Feldweg hinunter. Im hellen Scheinwerferlicht tauchten zwei bewaffnete Polizeibeamte auf, die sich bemühten, unauffällig zu wirken. Sie lungerten in einem offenen Schuppen herum, der an einer Scheune angebaut war, die mit der Rückseite an die schmale Straße grenzte. Der Hauch ihres Atems leuchtete kurz im Licht der Halogenscheinwerfer auf.

Scheiß-Arschlöcher, dachte er, während das Heck des Wagens im Schlamm ausbrach. Er hasste die Polizei. Er hasste eigentlich alles, aber vor allem seine Familie, seinen Vater, seine arme Mutter und ganz besonders seine Schwester. Er verabscheute ihre herablassende Art und wie sie ihn offen auslachte. Er hasste die Art, wie sie redete und ging. Er hasste ihre Ansichten über ihn, sein Leben, über alles, was ihm Spaß machte und über jeden, mit dem er ihn teilte. Es trieb ihn zur Weißglut. Er hatte Fantasien, in denen er sie schlug, immer wieder, ihr hübsches Gesicht zerstörte und sie endgültig zum Schweigen brachte.

Er hatte gerade die Hauptstraße erreicht, als sein Handy auf dem Beifahrersitz klingelte.

»Ich bin unterwegs. Was wollen Sie?«, fragte er, und seine Lippen zuckten angewidert. »Was!? Ganz bestimmt? Das Zeug hätte da oben so sicher sein sollen wie in einer Bank. Der ganze verdammte Laden ist leer, verfluchte Scheiße.« Er lauschte mit wachsender Verärgerung. »Nee, zum Teufel, da kann ich doch nichts dafür, dass wir den Plan ändern mussten, klar? Ich hab niemandem was gesagt, ja? Hier passiert jede Menge Scheiß, aber ich kümmere mich darum. Suchen Sie sich niemand anderen, okay?«

Nach dem Gespräch warf er das Telefon wieder auf den Beifahrersitz. »Dreckskerl!«, schrie er und hieb mit der Faust aufs Lenkrad.

Ein Blick auf die Digitaluhr im Armaturenbrett zeigte ihm, dass er sich verspäten würde. Er drückte das Gaspedal durch, und die Scheinwerferstrahlen des BMW huschten kurz über ein Straßenschild: A83 Kinloch 7 Meilen.

Die drei Polizeibeamten saßen um einen Tisch im leeren Speisesaal des County Hotels herum. Zwei von ihnen aßen mit Appetit, während der dritte seine Fisch & Chips mit offensichtlichem Widerwillen betrachtete.

»Haben Sie keinen Hunger, Sir?«, erkundigte sich Sergeant Scott mit einem Mundvoll Hühnercurry.

»Was glauben Sie denn, Brian?«, entgegnete Donald und hob ein Glas Weißwein an die Lippen.

»Wenn Se Ihre Chips nicht mögen«, meinte Scott, »die nehm ich Ihnen gerne ab.« Er wollte schon einen Kommentar über den verschrumpelten Fisch abgeben, als ein Blick von Daley ihn zum Schweigen brachte.

»Dann bleiben Sie also für die Dauer des Falls hier, Sir?«, fragte Daley.

»Ja«, antwortete Donald. »Obwohl ich Ihnen versichern kann, dass es mir nicht das geringste Vergnügen bereitet. Der Chief Constable ist leider der Ansicht, dass die Schwere des

Verbrechens die Anwesenheit eines höheren Beamten erfordert.« Er leerte sein Glas. »Unglücklicherweise sieht es so aus, als würde mich dieser unerträgliche Ort wie ein Magnet anziehen. Wo zum Teufel bleibt eigentlich diese unfähige Kellnerin?« Er drehte sich halb um, um dieses unsichtbare Mitglied des Hotelpersonals zu lokalisieren. »Es hat eine verfluchte halbe Stunde gedauert, bis sie uns diesen Fraß vorgesetzt hat, und jetzt ist diese erbärmliche Imitation einer Serviererin auch noch verschwunden.«

»Ich hüpfe mal rüber zur Bar«, verkündete Scott und erhob sich, während er die Serviette herausriss, die er sich in den Hemdkragen gestopft hatte. »Braucht jemand Nachschub?«

»Ja«, sagte Donald. »Bringen Sie mir noch eine halbe Karaffe von dieser Mückenpisse.«

»Für mich nur noch ein Pint Bier bitte, Brian«, bat Daley lächelnd. Er hatte Donald im Auge behalten. Nach ihrer Ankunft waren sie direkt in den Speisesaal gegangen, da der Superintendent deutlich gemacht hatte, dass er keine Lust hatte, sich auf einen Aperitif zu den »Bauerntrotteln« in die Bar zu setzen. Er hatte bereits zwei Gläser Wein intus, dazu eine halbe Karaffe, die mit dem Essen gekommen war. Daley erinnerte sich, wie viel Donald in der Vergangenheit getrunken hatte, und im jetzigen Verhalten seines Vorgesetzten erkannte er ein Echo davon. Damals waren Bier und Whisky seine bevorzugten Getränke gewesen. Nicht zum ersten Mal während der letzten Tage bemerkte Daley, wie das Gespenst des schroffen und rüpelhaften Mannes von einst die oberflächliche Gewandtheit von Donalds neuer Persönlichkeit durchstieß. Das beunruhigte ihn.

»Dann werden Sie also Vater, Jim?«, sagte Donald.

»Ja, Sir. Ich glaube nicht, dass ich das schon richtig begriffen habe.«

»Nun, es waren nervenaufreibende Tage, gelinde gesagt.« Donald gab den Versuch auf, seine restlichen Erbsen aufzuspießen, warf die Gabel klirrend auf den Teller und schob ihn von sich. »Aber alles ist ... wie es sein sollte an dieser Front, oder?«

Daley war nicht sicher, ob ihn die Frage an sich mehr ärgerte oder der Ton, in dem sie gestellt wurde. Er hatte das vertraute Gefühl, dass sein Temperament an einer unsichtbaren Leine zu zerren begann. »Und was genau soll das heißen?«

Donald hielt seinem Blick einen Augenblick lang stand, bevor er schulterzuckend sagte: »Gratuliere jedenfalls. Mrs. Donald und ich waren in dieser Hinsicht leider nie gesegnet. Ich habe wohl angenommen, das würde bei Ihnen und Liz genauso sein.«

»Wie pflegten Sie doch immer zu mir zu sagen, Sir? Etwas ›anzunehmen‹ heißt, dass Sie ›sich selbst‹ und ›mich‹ zum Narren halten«, erwiderte Daley. Seine Miene war wie ein Donnergrollen.

»Nur eine höfliche Nachfrage von einem besorgten Freund, Jim, weiter nichts.«

»Sie und ich waren nie Freunde, John. Und ich würde es lieber dabei belassen.«

»Also ehrlich, Jim, ich hatte gehofft, sie würden Ihr Temperament in den Griff bekommen, wenn Sie älter und reifer werden – jetzt sehe ich, dass das nicht der Fall ist.«

»Tja, Sir, wir können uns eben nicht alle von Grund auf neu erfinden, nicht wahr?« Nun war Daley herablassend.

Donald wollte gerade etwas erwidern, als Scott wieder im Speisesaal auftauchte. Mit einer Hand knöpfte er den Hemdkragen auf und lockerte die Krawatte.

»Alles klar, Annie bringt die Drinks in null Komma nichts«, verkündete er. »Also«, fügte er hinzu, als er wieder Platz genommen hatte, »was habe ich verpasst?« Er sah seine Kollegen an.

»Nichts«, sagte Daley. »Überhaupt nichts.«

»Statt dieses müßigen Geplauders, Gentlemen«, verkündete Donald, »sollten wir vielleicht besser versuchen zu analysieren, wie weit wir in dieser schrecklichen Angelegenheit gekommen sind.«

»Nirgendwohin, soweit ich das sehen kann«, antwortete Scott.

»Wir müssen wohl darauf warten, dass Machie seinen nächsten Zug macht«, sagte Daley. »Es ist ja nicht so, als hätten die Abteilung oder das Dezernat irgendetwas Neues aufgedeckt, oder?«

Während Daleys Worten piepste Donalds Telefon und vibrierte lautstark auf dem Tisch. Er griff danach und scrollte durch die E-Mail, die er gerade erhalten hatte.

»Das stimmt nicht, Jim«, sagte er. Nach einer seiner dramatischen Pausen fuhr er fort: »Die Kripo in Dumnock hat DNA in dem Hubschrauber gefunden. Unsere schlimmsten Albträume sind wahr geworden.«

»Eine Übereinstimmung mit Machie?«, fragte Daley.

»Nicht direkt«, erwiderte Donald. »Wie Sie sich erinnern werden, sind seit seinem Tod alle physischen Beweismittel gegen Machie vernichtet worden.«

»Ja«, bestätigte Daley, dem Donalds Ton missfiel.

»Aber Sie erinnern sich gewiss an JayMacs Schwester – die bezaubernde Ina?«

»Aye, wie könnte ich die vergessen«, sagte Scott.

»Sie wurde letztes Jahr wegen Ladendiebstahls verhaftet. Sie hatte einen Bikini in Übergröße gestohlen.« Donald konnte ein Grinsen nicht unterdrücken, als er sich vorstellte, wie die in grotesker Weise übergewichtige Ina Machie sich in ein solches Kleidungsstück zwängte. »Wie dem auch sei, es besteht kein Zweifel: Die unbekannte Person am Tatort des Helikoptermordes war Inas Bruder. Nimmt man dazu die visuellen Beweise und die Tatsache, dass wir wissen, wer ihr einziger Bruder ist – nun denn ...«

Daley starrte stumm und ungläubig vor sich hin.

»Sind DNA-Tests denn hundertprozentig sicher? Ich meine, es gibt doch bestimmt eine Fehlerwahrscheinlichkeit.« In Scotts Stimme schwang eine Spur von Verzweiflung mit.

»Gewisse Zweifel bleiben bei fast allem bestehen«, blaffte Donald. »Aber das hier plus das Zeugnis Ihrer eigenen Augen und die Taten dieser Person sollten doch sicher den letzten Zweifel ausräumen. Wir müssen davon ausgehen, dass es sich bei diesem Irren tatsächlich um James Machie handelt. Und wir sollten uns eher damit befassen, wie wir ihn davon abhalten, noch mehr Unheil anzurichten, als uns Gedanken zu machen, wie er seine Wiederauferstehung bewerkstelligt hat.«

»Wir haben immer noch keine Ahnung, ob er weiß, wo sich MacDougall aufhält«, erklärte Daley. »Und das ist eigenartig. MacDougalls Tante behauptet, dass Machie während des Überfalls kein Wort zu ihr gesagt hat. Er fragte sie nicht einmal nach Frank – die arme Frau.«

»Wie hat MacDougall auf Ihren Appell reagiert, seine Brut an die Kandare zu nehmen, Jim?«, fragte Donald.

»Nicht gut, Sir. Er scheint sich machtlos zu fühlen, soweit es darum geht, sie unter Kontrolle zu halten.«

»Ich hätte mir denken können, dass er nicht dazu taugt, eine Familie großzuziehen. Allerdings ist das eine Aufgabe, die keinem Mann leichtfällt, was, Jim?«

Daley erkannte, dass der Superintendent zumindest angetrunken war. Bevor er einen weiteren Kommentar von sich geben konnte, begrüßte Scott begeistert die Ankunft von Annie mit einem Tablett voller Drinks. »Ah, da ist sie ja, mein Engel der Barmherzigkeit. Was hat Sie so lange aufgehalten? Ist doch nicht direkt viel los heute Abend ... wo bleiben denn die Gäste?«

Annie räumte eine Stelle auf dem Tisch frei und begann, die Drinks vor die Männer hinzustellen. »Lager für Sie, Brian. Und ein Pint für Sie, Jim. Mr. Daley, meine ich.« Sie lächelte Donald nervös an. Es war unübersehbar, dass die Respekt einflößende Herrin der Bar sich in Gegenwart des Superintendenten nicht wohlfühlte. »Und eine halbe Karaffe vom weißen Hauswein für Sie, Sir.«

»Aber gute Frau«, sprudelte es aus Donald heraus. »Bitte nennen Sie mich doch John – wir wollen nicht so förmlich sein. Schließlich bin ich Gast in Ihrem formidablen Etablissement und könnte es noch für eine Weile bleiben. Sagen Sie, Angela, warum ist es hier so ruhig?«

»Annie, Sir. Ich meine John.«

»Oh, und wer ist diese Annie? Was hat sie getan, um all Ihre Gäste zu vergraulen?«

»Ich bin Annie«, antwortete sie. Sie lächelte, um die Blamage für Donald abzuschwächen, dem der Gesprächsfaden entglitt.

»Verzeihung?« Der angesäuselte Polizeibeamte war jetzt vollkommen durcheinander.

Annie sah, dass es so nicht weiterging, und beschloss, das

Thema zu wechseln. »Heute Nacht ist die große Anschalte. Sie wissen schon, die Weihnachtsbeleuchtung.«

»Aber die brennt doch schon«, sagte Scott verblüfft.

»Aye, das ist bloß, weil die Ehrengäste es letzte Woche nicht geschafft haben«, berichtete sie. »Heute geht's richtig los. Mit großem Umzug und Dudelsackkapelle. Die Buden sind geöffnet und verkaufen Glühwein und Mince Pies. Es ist ein echtes gesellschaftliches Ereignis. Die Kleinen sind hin und weg davon.«

»Ach so«, sagte Scott erleichtert. Seine Sorge wegen der leeren Bar war also unbegründet gewesen. »Wann fängt der Spaß denn an?«

»In ungefähr einer Stunde«, antwortete Annie mit einem Blick auf die Armbanduhr.

»Ich bin überrascht, dass Sie davon nichts wussten, Jim«, tadelte Donald. »Ist ja bestimmt nicht leicht, die Menge unter Kontrolle zu halten, wenn es stimmt, was Angela hier sagt.« Er starrte Daley von oben herab an.

»Alles geregelt«, erwiderte Daley. »Ich bin ja nicht der einzige Polizist in Kinloch, Sir.«

»Das schon«, sagte Donald und schenkte sich Wein nach. »Aber Sie sollten die Leitung innehaben.«

»Och, darüber müsst ihr Jungs euch keine Sorgen machen«, versicherte Annie. »Das ist einer der Anlässe, wo niemand aus der Reihe tanzt. Sie sollten mal 'n paar Schritte tun und es sich ansehen – es ist eine herrliche Nacht.« Sie hielt einen Augenblick inne, als wäre ihr gerade etwas eingefallen. »Na ja, vielleicht abgesehen von damals, als Peter Wilson und Hoggie McIntosh die Rauferei hatten und durch das Schaufenster bei Broon gekracht sind.«

»Ach ja?«, sagte Donald und zog die Augenbrauen hoch.

»Aye, und dann vor ein paar Jahren, als Dougie McMillan und seine Tochter den Streit über ihre Rocklänge hatten und sie versuchte, ihn zu überfahren ... Oh, und damals, als Bessie Gilchrist stockbetrunken war und vor den Umzug gestürzt ist und der Pipe Major ihr mit seinem Stabdings beinahe den Kopf abgerissen hätte, oder wie immer das Teil heißt. Aye, und einmal ...«

»Ich bin sicher, es läuft alles reibungslos«, fiel Daley ihr ins Wort. Er wollte lieber nicht hören, was beim Einschalten der Weihnachtsbeleuchtung alles schiefgehen konnte – niemand hatte ihm je von diesen Ereignissen erzählt. Er tröstete sich damit, dass der stets zuverlässige Sergeant Shaw die Leitung hatte, ein Beamter, der die Traditionen von Kinloch kannte wie kein anderer. Schließlich hatte er mehr als zwanzig Jahre hier verbracht.

»Wenigstens haben sie dann etwas, das sie von den Vorgängen des heutigen Nachmittags ablenkt«, verkündete Donald, während er Annie nachsah, die mit dem leeren Tablett in die Bar zurückkehrte.

»Schon was Neues von den Jungs in der Forensik, Sir?«, fragte Scott.

»Die Sprengstoffexperten sehen sich alles im Cottage genau an, aus Gründen, die auf der Hand liegen. Und was Mr. Bentham angeht, da gibt es für die Gerichtsmedizin nur eine Frage zu beantworten.

»Aye, Selbstmord können wir ausschließen, denke ich«, sagte Scott. »Um das rauszufinden, muss man keinen weißen Kittel tragen.«

25

Tommy MacDougall wartete vor Kälte zitternd hinter einem Gebäude, dessen Fassade an die Main Street von Kinloch grenzte. In einer Hand hielt er eine Zigarette, die andere hatte er tief in der Fronttasche seiner Kapuzenjacke vergraben.

Die Immobilie hatte einmal zu einer großen Einzelhandelskette gehört, die durch die globale Finanzkrise in den Bankrott getrieben worden war. Es handelte sich um einen dreistöckigen Bau mit Flachdach, grauen Waschbetonwänden und großen, mit Brettern zugenagelten Fenstern. Ein Wareneingang war mit einem graffitiverzierten Schiebetor und einem Vorhängeschloss gesichert. Im schwachen Licht der Notbeleuchtung betrachtete er die Schmierereien. Bei den nicht ganz salonfähigen Kommentaren schnaubte er amüsiert, wenn er die Namen der betroffenen Personen erkannte. Ein oder zwei Meter über seinem Kopf schwebte die unterste Sprosse der außen liegenden Feuerleiter in der Luft. Die Einwohner von Kinloch hatten zwar in den 1960er-Jahren gegen den Bau protestiert, doch dann hatte sich der Laden zu einem Wahrzeichen der Main Street entwickelt. Tommy ließ das Zifferblatt seiner Uhr aufleuchten. Seine Hand zitterte ebenso vor Erwartung wie vor Kälte. Er hätte sich keine Sorgen machen müssen, dass er zu spät kam. Die Person, die er treffen wollte, hatte sich ebenfalls verspätet. Dachte er zumindest. Dann hörte er eine Bewegung von oben, legte den Kopf in den Nacken und sah zur Feuerleiter hoch.

»Sie, wie sind Sie so schnell hergekommen?«, fragte er, bestürzt über das Erscheinen des Mannes weiter oben. »Wieder mal typisch. Wir müssen die Scheiße ausgerechnet in der lebhaftesten Nacht des Jahres wegschaffen. Was ist mit dem Paar auf dem Dach, von dem Sie mir erzählt haben?«

Der Mann sagte nichts, sondern schob die Feuerleiter zu Tommy hinunter und bedeutete ihm stumm, ihm hinaufzufolgen.

»Was zum Teufel ist eigentlich mit Ihnen los?«, fragte Tommy, während er den rechten Fuß auf die erste Sprosse der rostigen Leiter setzte.

Daley war überrascht gewesen, als Donald den Wunsch äußerte, sich unter die Zuschauer zu mischen und den Umzug mit den Themenwagen anzusehen, der mit dem offiziellen Einschalten der Weihnachtsbeleuchtung enden sollte. Wenn sein Boss nicht so viel Alkohol getrunken hätte, hätte dieser den Abend sicher eher im Hotelzimmer verbracht oder auf dem Revier, wo er seine ewigen Ränke schmiedete.

Daleys Gedanken glitten zurück zu seinem Besuch bei Liz im Krankenhaus früher am Tag. Er hatte sich Sorgen gemacht, weil sie so blass und müde aussah, doch der Arzt hatte ihn beruhigt, dass das nur eine Nachwirkung des erlittenen Traumas in Kombination mit der Schwangerschaft sei. Er versuchte, sich vorzustellen, wie ihr Kind wohl aussehen würde. Er hoffte inständig, dass es seiner Frau ähneln würde und nicht ihm.

Nachdem er sich vergewissert hatte, dass für seine Gattin keine unmittelbare Gefahr bestand, hatte er die Chance wahrgenommen, nach den Aufregungen der letzten Tage ein bisschen Ruhe zu finden. Später hatte er ihr einen Kuss auf die

Stirn gedrückt und sich verabschiedet. Erst als er den langen Krankenhauskorridor entlanggeschritten war, hatte sich die Finsternis wieder in seinen Kopf geschlichen.

Scott unterbrach Daleys Gedankengang und lotste ihn und Donald durch die Menge zu einem besseren Aussichtspunkt. Daley war überrascht, wie viel auf der Straße los war, und dachte, dass der größte Teil der Stadt gekommen sein musste, um sich das Spektakel anzusehen. Neben ihm mummelte sich Donald in seinen schweren, zweifellos teuren Mantel ein.

»Gleich hier, Jungs«, rief Scott über die Schulter und deutete auf einen Ladeneingang. Durch die großen Fenster sah man drinnen Leute, die aus Plastikbechern tranken und Mince Pies aßen.

»Hätte mir ja denken können, dass wir bei einem Buchmacher landen«, stöhnte Donald, als sie in der großen Eingangsnische Position bezogen. »Ich kann nur hoffen, dass die da drin keinen Alkohol konsumieren. Kostenlos oder nicht, das wäre ein absoluter Verstoß gegen ihre Lizenzbedingungen nach dem Gaming and Lotteries Act.«

»Aye, gut, aber da wir selbst Alkohol konsumiert haben und nicht im Dienst sind, glaube ich nicht, dass wir einschreiten sollten, Sir«, witzelte Scott und zwinkerte Daley zu.

»Ich bin sicher, dass Sie häufig beim Buchmacher ›einschreiten‹, Brian«, gab Donald zurück. Er wurde abgelenkt von einer Frau in einem dicken Pelzmantel, die sich vor ihn stellte und ihm die Sicht auf den Festzug nahm. »Verzeihen Sie«, sagte er und tippte ihr auf die Schulter, »wir sind Polizeibeamte und benötigen freien Blick auf die Vorgänge. Bitte gehen Sie weiter.«

»Was?«, fragte die Frau und sah Donald stirnrunzelnd an.

»Is wer gestorben und hat Sie zum König der Welt ernannt oder was? Sie können mich mal!« Sie richtete ihre Aufmerksamkeit wieder auf ein kleines Kind, das zu ihren Füßen herumwuselte.

Donalds Gesichtsausdruck versetzte Scott in einen stummen Lachanfall. Der Superintendent wollte noch etwas sagen, doch aus einer Lautsprecheranlage tönte eine überlaute Stimme und schnitt ihm das Wort ab.

»He, wie geht's euch allen heute?«, rief die Stimme, begleitet von einem Ausbruch munterer Akkordeonmusik. Die Reaktion der Menge war nicht gerade enthusiastisch und lag zwischen freundlichen »Hallos« und eher abfälligen Äußerungen. Ein Ausruf übertönte alle anderen, »Verpiss dich, Dan!«, und eine Welle von Gelächter lief durch die Einwohner von Kinloch.

Ungeniert fuhr der Ansager nach einem kurzen Räuspern fort: »Also, erstmals dürfen wir voll Stolz sagen, dass Radio-Kinloch unsere heutige Abendunterhaltung live überträgt, und zwar für Sie alle mit unserer Lautsprecheranlage, die wir der Großzügigkeit der lieben Leute von Rankin Motors verdanken! Ein dreifaches Hoch auf Rankin Motors!« Das wurde mit müdem Applaus quittiert. »Könnt ihr mich hören?«, donnerte er, worauf Protestrufe laut wurden. »Dreh die Lautstärke runter, um Himmels willen« oder »Stellt das Scheißding ab« war zu hören.

»Ich darf euch die Identität unseres Ehrengastes noch nicht verraten, aber ich kann sagen, dass ihr nach oben schauen solltet«, verkündete die Stimme.

Plötzlich flammte irgendwo auf dem vierstöckigen Haus hinter den Polizisten ein starker Scheinwerfer auf und erleuchtete das Flachdach des Gebäudes auf der anderen Seite der Main Street. Daley vernahm das merkwürdige Jaulen von Dudelsäcken, die mit Luft gefüllt wurden, dann einen Trommelwirbel, bevor die Pfeifen loslegten und sich anschickten, ein Lied zu spielen. Die Menge applaudierte, und zu seiner Linken erspähte Daley blitzende Silberknöpfe und viel Tartanstoff, als die Bläser um die Ecke der Promenade bogen und ihren Marsch die Main Street hinauf begannen.

»Ein donnernder Applaus für die Kinloch Pipe Band!«, dröhnte Dan und übertönte damit mühelos das Schrillen der Pfeifen und den Jubel der Menge.

Daley warf einen Seitenblick auf Donald, der alles andere als angetan schien vom Beginn der Festlichkeiten. Vielleicht lag es auch daran, dass sich zu der Frau vor ihm einige ihrer Freundinnen gesellt hatten, ebenfalls mit ihren Sprösslingen, von denen einer – ein kleiner Junge mit Triefnase – am Mantelsaum des Superintendenten zupfte und mit großen Augen zu ihm emporsah.

Nach der Band folgte eine Prozession von Themenwagen, die jeweils mit einem anderen Motiv gestaltet waren. Eine Gruppe von Männern mit behaarter Brust und Bikini, allesamt mit platinblonden Perücken, schwang die Hüften unter künstlichen Palmen auf einer Unterlage, die nach einer halben Tonne Sand aussah. Sie hielten Bierdosen in der Hand und waren offenbar nicht mehr ganz nüchtern, denn sie schwankten, während das Fahrzeug die Main Street hinauftuckerte und sie in die Menge winkten.

»Die müssen doch schon halb erfroren sein, meinste nicht?«, sagte Scott. »Was für ein Völkchen hier – so wie's früher überall war.«

Jeder Wagen hatte seine eigene Musikanlage und beschallte die Zuschauer aus großen Lautsprechern, sodass ein wirklich ohrenbetäubender Radau herrschte.

»Applaus für die Mädels vom Douglas Arms«, schrie Dan, als ein Wagen, der wie eine Kneipe aus der Restaurationszeit gestaltet war, langsam vorbeizog, bevölkert von einem halben Dutzend Frauen in tief ausgeschnittenen Schnürkorsetts, die fröhlich lachend kleine Spielzeuge in die Menge warfen. Die Kinder von Kinloch stürzten sich darauf und krabbelten hektisch auf der Straße herum. Daley roch gebratene Zwiebeln und Burger. Sie verkauften sich bestimmt hervorragend. Obwohl er im County etwas gegessen hatte, fing sein Magen an zu knurren. Er sah, wie Donald verstohlen an einer Rotzspur herumwischte, die der kleine Junge an seinem Mantel hinterlassen hatte. Inzwischen steckte der Kleine mitten in der Rasselbande, die eines der begehrten Spielzeuge zu ergattern versuchte, die weiter in die Zuschauer flogen.

»Und nun ein Hoch auf Santa Claus!«, verkündete Dan, als der Star der Parade um die Ecke bog. Ein großer, als Weihnachtsmann verkleideter Typ saß in einer üppig verzierten Grotte, umgeben von Elfen in außerordentlich kurzen grünen Röckchen und dazu passenden Hüten.

»Das ist doch die reinste Pornografie«, erklärte Donald, als eine der Elfen ihren Rock hob und die Strumpfhalter über den grünen Netzstrümpfen entblößte. Ein lasziives Johlen aus der Menge belohnte ihren Auftritt.

»Aye, davon verstehn Sie was, Boss«, murmelte Scott fast unhörbar. »Das gibt es heute viel zu selten«, fuhr er lauter fort. »Es ist toll, die Kids draußen rumlaufen zu sehen, statt dass sie die Köpfe in ihre Computer stecken.«

»Sehr löblich, davon bin ich überzeugt«, antwortete der Superintendent, während er voll Abscheu den Saum seines Mantels begutachtete.

Die Frauen vor ihnen ließen passend zum Anlass eine Flasche Sekt kreisen. Sie hatten sich gut vorbereitet und Plastikgläser und zwei Tüten Chips dabei. Ihre Unterhaltung war lebhaft, und sie kreischten vor Lachen bei jeder neuen Attraktion, während ihre Kinder fröhlich mit ihren frisch erbeuteten Spielzeugen spielten.

Daley betrachtete das alles mit einem aufkeimenden Gefühl von Wärme und Zufriedenheit. Vielleicht lag es an der Weihnachtszeit, möglicherweise auch am Alkohol, aber vermutlich, so dachte er, war es einfach das Gefühl, Teil von etwas zu sein, das größer war als man selbst. Er hatte sich daran gewöhnt, ein missmutiger Augenzeuge all dessen zu sein, was mit der Menschheit nicht stimmte. Es war leicht, sich zu einem zynischen Beobachter zu entwickeln, wenn man erwartete, dass die Dinge nur schlimmer werden konnten, nie besser. Doch hier, an diesem Ort, als Teil dieser kleinen Gemeinschaft, spürte er Hoffnung in sich aufsteigen.

Nachdem der Festzug vorbeigezogen war, erblickte er auf der anderen Straßenseite einen Mann, der ein kleines Kind an der Hand hielt. Der Junge trug gegen die Kälte eine blaue Pudelmütze und eine dicke Jacke und starrte mit großen Augen die Lichter und die vielen Menschen an. Der Mann kauerte sich neben ihm hin, zeigte auf alle möglichen Dinge und flüsterte ihm dabei ins Ohr – er half diesem winzigen, unfertigen Verstand dabei, all das Unbekannte zu begreifen. Ein Lächeln breitete sich auf dem Gesicht des Mannes aus.

Daley wurde bewusst, dass er seine eigene Zukunft vor

sich sah. Er war dabei, auf die Achterbahn der Vaterschaft mit all ihren Höhen und Tiefen aufzuspringen. Sein Herz schlug schneller, als ein Gefühl der Verantwortung ihm die Brust zusammenzog. Eines war sicher: Es gab viel schlechtere Orte als Kinloch, um ein Kind aufzuziehen. Dieses einzigartige Städtchen schien sich etwas bewahrt zu haben, das die moderne, komplizierte Welt vielerorts verloren hatte. Ein Gefühl der Zusammengehörigkeit und des Zuhauseseins, als Teil einer größeren Gemeinschaft. Er lächelte voll Vorfreude.

Während Daley sich im Gefühl seiner bevorstehenden Vaterschaft sonnte, hatte er gar nicht bemerkt, dass jemand lautlos neben ihn getreten war. Er drehte sich zu der Gestalt um und erkannte erfreut Hamish, der blaue Wolken von Pfeifenrauch in den Nachthimmel paffte.

»Ein schöner Anblick, Mr. Daley«, sagte er. »Aye, wirklich schön.«

»Ja, Hamish«, antwortete Daley. Er beobachtete immer noch den kleinen Jungen auf der anderen Straßenseite, der ganz aufgeregt auf den Weihnachtsmann zeigte.

»Aber nicht ganz so schön für Duncan Fearney, wie?« Hamish wandte den Blick seiner schräg stehenden Augen zu Daley.

»Wie kommt es, dass Sie davon wissen, Hamish?«, zischte Daley dem alten Mann ins Ohr. »Nein, antworten Sie mir nicht«, sagte er nach kurzem Nachdenken. »Lassen Sie das einfach nicht den Boss hören. Er bestellt Sie glatt als möglichen Komplizen zum Verhör, bevor Sie sichs versehen.«

»Aye, schön, aber da muss er sich hinten anstellen«, bemerkte Hamish und wies mit seiner Pfeife auf die Menge. »Ich erinnere mich noch an 1952, da ist der junge Erchie Dougall vom Wehrdienst desertiert – genau um diese Jahreszeit.« Er lächelte Daley zu. »Damals hatten wir bloß einen großen Weihnachtsbaum mit ein paar Lämpchen drauf – nicht so 'ne Extravaganzen wie heute. Allerdings gingen die Leute trotzdem alle auf die Straße, um die Lichter aufleuchten zu sehen und den Stern an der Spitze vom Baum.«

Daley hörte geduldig zu, weil er wusste, dass Hamish schon irgendwann irgendwo ankommen würde.

»Die halbe Stadt war um den Baum rum versammelt – alle hatten schon was getrunken, ja. Dann tauchten diese zwei Rotkäppchen von der Militärpolizei auf. Anscheinend waren sie Eddie gefolgt und hatten beschlossen, dass die Zeit reif war, ihn sich zu schnappen, so ganz öffentlich sozusagen.« Er musste die Stimme erheben, da die Dudelsackgruppe jetzt ganz in der Nähe einen besonders lauten Reel blies. »Die zwei traten also in Aktion. Sie packten Eddie und versuchten, ihn in Gewahrsam zu nehmen und zur Army zurückzubringen, wo man ihn wegen seines kleinen Fehltritts sicher ziemlich fies behandelt hätte.«

»Also sich ohne Erlaubnis von der Truppe zu entfernen ist ein bisschen mehr als ein Fehltritt, Hamish«, meinte Daley lächelnd. »Wie ging es weiter?«

»Och, langer Rede kurzer Sinn: Bevor sie Eddie wegschaffen konnten, fing die Menge an zu toben und schmiss die beiden in den Loch. Aye, die war'n nicht von hier, verstehen Sie? Sie wissen ja, untereinander gehen wir uns vielleicht auch mal an die Gurgel, aber Gott gnade jedem Fremden, der auf einen von uns losgeht.« Er lächelte Daley an, während er einen weiteren langen Zug von seiner Pfeife tat.

»Sehr clever, Hamish. Aber ich warne Sie, was immer Sie

über die jüngsten Ereignisse wissen, kein Wort darüber.« Daley sah den alten Mann mit hochgezogenen Augenbrauen an.

»Hab ich Ihnen nicht gesagt, dass Duncan Fearney ein verzweifelter Mensch ist, Mr. Daley, und wie Sie ja selber wissen ... verzweifelte Männer tun verzweifelte Dinge.«

»Ich möchte morgen mit Ihnen sprechen, Jim«, brabbelte Donald Daley ins andere Ohr. Die Wirkung des vielen Weins, den der Superintendent konsumiert hatte, hatte voll eingesetzt und wurde von der kalten Abendluft verstärkt. »Höchst wichtig ... Höchst vertraulich. Ich ...«

»Das kann warten, Sir«, unterbrach Daley ihn. Sein Gefühl der Zufriedenheit verflüchtigte sich allein beim Klang von Donalds Stimme.

»Dann also morgen«, antwortete der Superintendent mit einem kleinen Schluckauf. Der Ausdruck von Geringschätzung stahl sich wieder auf sein Gesicht, als die Frauen vor ihm, die sich inzwischen Partyhüte aufgesetzt hatten, ein Lied zu singen begannen.

»Ladies und Gentlemen, darf ich um Ihre Aufmerksamkeit bitten!«, dröhnte Dans Stimme aus dem Lautsprecher. »Wie Sie alle wissen, sind die Lichter schon letzte Woche angegangen.« Missfallenskundgebungen aus dem Publikum wurden laut. »Ach, kommt schon – hat doch keinen Sinn, dem großen Hughie die Schuld zu geben. Er hat bloß den Schalter umgelegt, während er vielleicht besser seinen Pillermann in die Hand genommen hätte.« Die Menge grummelte weiter. »Na ja, wenn wir sie wieder ausgeschaltet hätten, hättet ihr euch doch alle beschwert, also haben wir sie einfach angelassen.«

Zu einer Tonkulisse von »Jetzt komm endlich zur Sache«, »So ein Haufen Kacke!« oder »Hau doch ab und steck deinen Schädel in den Kochtopf!« machte Dan, ein mehr als entschlossener Conférencier, unverdrossen weiter. »Weil die Lichter also schon an sind, hat der Stadtrat 'ne kleine Überraschung vorbereitet.«

»Warn die dabei auch nüchtern?«, schrie jemand.

Das ignorierte Dan. »Heute Abend«, fuhr er fort, »kommt unser Ehrengast den ganzen langen Weg aus dem tiefsten Afrika ... Ladies und Gentlemen, hier kommt er: Tarzan!« Er röhrte es so ins Mikrofon, dass der Lautsprecher protestierend aufkreischte. »Tarzan wird sich an einem Kabel vom Dach von Woolies – oder wo mal Woolies war – zu uns herabschwingen und genau hier landen, wo der Schalter ist, der das große Feuerwerk auslöst!«

»Scheiße«, sagte Scott Daley ins Ohr. »Ich hoffe, die Jungs vom Arbeitsschutz haben das alles gecheckt. Hätte uns gerade noch gefehlt, wenn uns dieser Tarzan vor den Füßen zermatscht und dem Boss auf die guten Schuhe spritzt.«

»Seid ihr bereit?«, versuchte Dan, sein Publikum aufzuheizen. »Zehn! Neun! Acht!« Die Menge stimmte in den Countdown mit ein, während ein Spotlight zum Dach des Gebäudes auf der anderen Seite hochschwenkte. »Sieben! Sechs! Fünf! Vier!« Erst da bemerkte Daley den dünnen Draht, der im schrägen Winkel vom Dach zur Straße verlief.

»Drei! Zwei! Eins!« Alle Augen waren nach oben gerichtet. »Bist du da, Tarzan?«, schrie Dan.

Daley bemerkte eine Bewegung. Tarzan, der verspätet sein Geschirr anlegte, vermutete er.

»Wir fangen noch mal mit dem Countdown an. Tarzan ist

anscheinend noch mit Jane beschäftigt«, witzelte Dan, und das Publikum stöhnte. »Zehn! Neun! Acht!«

Daley sah eine Gestalt an der Dachkante auftauchen. Er kniff die Augen zusammen, während die Menge Tarzan grölend aufforderte, zur Liane zu greifen und sich herunterzuschwingen. »Sieben! Sechs! Fünf!« Daley konnte eine zweite Gestalt auf dem Dach des Gebäudes erkennen, wenn auch undeutlicher als die erste. Beide waren schwarz gekleidet.

»Vier! Drei! Zwei! Eins! Tarzan, schwing dich runter!«, rief Dan.

Nach einer kurzen Pause fing die Menge an zu klatschen, als Tarzan mit einem Schubs von der Gestalt hinter ihm seine Fahrt nach unten begann. Doch da stimmte etwas nicht. Im hellen Licht des Spots konnte man sehen, dass die Person am Draht schlaff herabhing und kein Kostüm trug, keinen Lendenschurz, sondern Jeans und eine Kapuzenjacke, die ihr übers Gesicht gezogen war.

Scott sah Daley verdutzt an. Im selben Moment wurden Schreie laut. Sie kamen aus dem Abschnitt der Zuschauer, die direkt unter dem Draht standen. Daley zupfte Scott am Ärmel und zog ihn an der Gruppe der Frauen vorbei, die inzwischen verstummt waren, und starrte hoch zu der herabsausenden Gestalt. Ein Mädchen kam auf Daley zugerannt. Es schrie und hielt die Hände vor sich ausgestreckt. Im orangefarbenen Licht der Straßenlaternen schien ihr Gesicht mit schwarzen Punkten gesprenkelt zu sein.

»Helft mir«, rief sie. Die Menge begann, sich in Wellen von dem Punkt wegzubewegen, an dem der Draht endete. Schreie und Hilferufe zerrissen die kalte Abendluft.

Panik brach aus, während Daley und Scott sich zu der Stelle

durchkämpften, an der der Draht verankert war. Daley sah, dass uniformierte Polizisten mit wenig Erfolg versuchten, die panische Menge zu beruhigen.

Im Mittelpunkt des Tumults erreichten die Detectives den Mann mit der Kapuze, der in einem Teich von Licht auf dem Pflaster zusammengesackt lag. Scott bückte sich, zog ihm vorsichtig die Kapuze herunter und fuhr erschrocken zurück.

»Jim, gottverdammte Scheiße. Gottverdammte Scheiße.«

Daley sah hinunter auf das Gesicht des toten Tommy MacDougall. Ein sauberer Schnitt zog sich durch seine Kehle. Glänzendes schwarzes Blut quoll aus der Wunde und sammelte sich zu einer Pfütze.

Das Telefon in Daleys Tasche klingelte, und er wunderte sich, warum es so laut klang. Erst als er abhob, merkte er es. Die Zuschauermenge auf der Main Street von Kinloch war verstummt. Er musterte die Gesichter der Leute. Sie wirkten betroffen und schockiert, einige weinten. Daley blickte auf und wurde fast geblendet von einem grellen Lichtstrahl. Die Leiche war in weißes Leuchten getaucht. Er bedeutete Scott, denjenigen, der den Spot bediente, dazu zu bringen, ihn auszuschalten. Der Sergeant eilte davon, während immer mehr uniformierte Beamte auftauchten und sich bemühten, die Leute aus der Stadt dazu zu bewegen, nach Hause zu gehen. Andere rannten auf das Gebäude zu, auf dem Tommy MacDougall getötet worden war.

Daley hörte den Stress in seiner eigenen Stimme, als er das Telefonat annahm.

»Hier ist Constable Ingram von der Spezialeinheit, Sir«, vernahm er.

»Kann ich Sie zurückrufen? Wir haben hier einen akuten

Notfall«, antwortete Daley, als er Superintendent Donald erblickte, der flankiert von zwei Beamten in Uniform versuchte, sich durch die Menge zu drängen, vermutlich, um MacDougalls Mörder zu verfolgen.

»Besser nicht, Sir. Es ist dringend. Der Chef hat mich gebeten, Sie persönlich anzurufen.«

»Okay, aber machen Sie schnell«, sagte Daley.

»Unsere Zielperson erhielt gerade einen Anruf, Sir. Der Mann am Telefon sagte, dass er die Tochter der Zielperson entführt hätte.«

Daley fluchte. »Mist. Wann war das?«

»Vor ungefähr fünf Minuten, Sir.«

Sollte zuvor noch irgendein Zweifel bestanden haben, dass Machie MacDougalls Aufenthaltsort kannte, war dieser jetzt ausgeräumt.

Während Sergeant Shaw und ein Constable die Leiche von Tommy MacDougall mit einer Plane eines Festzugswagens zudeckten, hastete der Detective über die Straße und tippte Donald auf die Schulter.

»Was ist denn?«, fauchte Donald. Seine Miene wurde ein wenig sanfter, als er merkte, dass es sein Chief Inspector war.

»Wir müssen auf der Stelle ins Revier zurück, Sir.«

»Wir müssen hier einen Mörder schnappen, verdammt noch mal.« Donald klang wieder genau wie der Mann, den Daley vor zwanzig Jahren kennengelernt hatte. Die Mischung aus Alkohol und Meuchelmord hatte den Lack von seinem gepflegten Akzent abgekratzt.

»Frank MacDougalls Tochter ist entführt worden, Sir.«

Ein Ausdruck der Verzweiflung breitete sich auf Donalds Gesicht aus.

26

Draußen war es stockfinster. Sie blickte sich in dem düsteren, nasskalten Raum um. Eine kleine Tischlampe erhellte die winzige Küche, in der sie saß. Die weiß getünchten Backsteinwände des Zimmers mit einem alten Herd, der schmutzig und verrostet war, waren von Wasserflecken übersät. In einer gesprungenen, viereckigen Belfast-Spüle türmten sich ungewaschene Teller und Töpfe. Sie sah, dass eine Spinne, die ihr Netz in einer Ecke an der Decke gesponnen hatte, sich langsam an einem seidenen Faden auf eine glücklose Fliege zubewegte, die um ihr Leben zappelte.

»Nicht direkt das, was du gewohnt bist, schätze ich.«

»Nein«, antwortete sie. »Aber es ist gut, mal zu sehen, wie der Pöbel so lebt.«

»Du glaubst wohl, deine Scheiße stinkt nicht, was?«, sagte er. »Wer hätte gedacht, dass Frankie-Boy ein so hochnäsiges kleines Ding großziehen würde wie dich?« Er lachte bei dem Gedanken.

»Wer hätte gedacht, dass jemand wie du Wittgenstein liest?« Sie nickte zu dem zerfledderten Taschenbuch am Tisch hin.

»Alles, was sich aussprechen lässt, lässt sich auch klar aussprechen«, erwiderte er mit unergründlicher Miene.

»Wie klug«, sagte sie. »Du musst ja *sooo* stolz auf dich sein.«

Er stand auf und baute sich vor ihr auf. Sie bemerkte eine alte Narbe an seinem Hals, rot und wulstig, mit den Spuren einer schlampig ausgeführten Naht.

»Da, wo ich und mein Vater herkommen, war ein Buch zu lesen nur wenig besser als 'ne Schwuchtel zu sein, falls du weißt, was ich meine.«

»Mein Vater zieht Jeremy Kyle und Fußball vor. Er ist kein großer Leser. Ich bezweifle sehr, dass er weiß, was mathematische Philosophie ist, von Wittgenstein ganz zu schweigen.«

»Oh, da hast du aber noch viel zu lernen, Süße. Du wärst überrascht, was dein Vater alles weiß.« Er strich sich über die dunklen Stoppeln auf seinem Schädel. »Ihn zu unterschätzen war einer meiner großen Fehler.«

»Nur einer von vielen? Bist du sicher?« Sie grinste schief. Sie hatte an ihren Vater nie in solchen Kategorien gedacht, als einen kalten, berechnenden, gefühllosen Mann wie den, der hier vor ihr stand.

Er beugte sich dicht zu ihr. »Ich habe ein paar Fehler gemacht. Wer hat das nicht? Wer weiß, vielleicht hast sogar du schon mal einen begangen.«

»Ich habe neulich eine Zeitschrift gelesen«, erklärte sie.

»Oh, aye. Welche denn – *The Sun* oder die *Racing Post*?«

»Genau genommen gehörte es zu meinem Soziologiekurs an der Uni.«

Er lachte spöttisch.

»Menschen wie du könnten alles schaffen, alles tun, was sie wollen: im Geschäftsleben, in der Politik, überall. Du hättest Erfolg gehabt und es weit bringen können«, sagte sie.

»Menschen wie ich?«

»Ja. Soziopathen.«

»Aye, aber wusstest du denn nicht, dass ich mal eine der erfolgreichsten Baufirmen in Schottland besessen habe, Süße?«, erwiderte er. Er zog eine Zigarette aus seinem Päckchen und steckte sie mit einem Zippo an.

»Warum bist du dann nicht ehrlich geblieben? Du könntest inzwischen reich sein, reich und frei, und du müsstest nicht ständig über die Schulter schauen.«

»Aye, sehr gut.« Er stieß den Rauch in die Luft aus. »Hast du überhaupt eine Ahnung, wie scheißlangweilig das gewesen wäre – ganz zu schweigen von der schlechten Rendite? Kannst du dir vorstellen, dass ich hinter meinem Schreibtisch am Computer sitze und so 'ne kleine Hure von Sekretärin auf meinem Schoß sitzt?«

»Eigentlich schon. Ist doch genau dein Stil, könnte ich mir denken«, sagte sie und lächelte spöttisch.

»Das siehst du falsch«, entgegnete er.

»Niemand kann einen Gedanken für mich denken, wie mir niemand als ich den Hut aufsetzen kann«, antwortete sie.

»Aye, klug gesagt, das muss ich dir lassen. Gut gemacht, Süße. Hoffen wir, dass deinem cleveren kleinen Kopf nichts zustößt«, sagte er und ging hinaus.

Während sie ihm nachsah, verblasste ihr Lächeln.

Frank MacDougall tigerte im Familienraum des Polizeireviers von Kinloch auf und ab. Seine Tränen waren getrocknet, aber er hatte rote, geschwollene Augen. Er hatte gewütet, geschrien und sogar angefangen, auf die Wand einzuschlagen. Die Knöchel seiner rechten Hand waren aufgeschürft und blutig.

Donald hatte auf Anweisung von ganz oben MacDougall und seine Frau so schnell wie möglich von einem bewaffneten Konvoi zur Polizeistation schaffen lassen, wo sie fürs Erste bleiben würden.

»Zwei meiner Kleinen sind tot, und die andere wird vermisst«, stöhnte MacDougall und rieb sich mit beiden Händen das Gesicht. »Es ist mir piepegal, was einer sagt, Scooty, ich geh nicht weg hier, bis mein kleines Mädel gefunden ist, und wenn ich selber da rausmüsste, um sie zu holen.«

»Hör zu, Frankie«, sagte Scott, der sich zu Donalds Unmut dafür entschieden hatte, bei MacDougall zu bleiben. »Was kannste da schon machen? Denk doch mal nach, Mann. Denk an deine Frau, um Himmels willen ... Und hör auf, mich Scooty zu nennen.« Scott, der selbst Vater war, wagte es nicht, auch nur zu versuchen, sich vorzustellen, was sein Nachbar aus Kindertagen durchmachte.

»All die Jahre auf verschiedenen Seiten des Zauns, und jetzt sitzen wir hier im selben Scheiß-Boot, und der Dreckskerl lauert uns auf«, sagte MacDougall.

»Aye, es ist lange her, Frankie. Lange her, dass du meinen Arsch kreuz und quer über den Spielplatz geprügelt hast«, meinte Scott grinsend.

»Kommt einem vor wie eine andere Welt, was?« MacDougall blieb stehen und starrte ein Gemälde an der Wand an. Wellen donnerten auf einen leeren Strand.

»Hübsches Bild«, sagte Scott, nur um irgendetwas zu sagen.

»Sieht aus wie mein zukünftiges Leben. Leer ... und weit und breit kein Schwein zu sehen.«

»Ich weiß, es ist nicht leicht, Frankie. Niemand hätte sich vorstellen können, dass es so weit kommen würde. Man fasst es nicht.« Scott massierte sich die Narbe seiner alten Schusswunde an der Schulter.

»Ist aber passiert. Ich sag dir, Scooty, ich hab nie Angst vor dem Dreckskerl gehabt, nicht mal in seinem ersten Leben.«

»So ist es richtig, mein Freund. Wir tun alles, um Sarah zurückzuholen – die Kavallerie ist schon unterwegs. Du weißt genau, dass unser Jim es schaffen kann. Daley hat das Zeug dazu.«

»Ich weiß, was er vorhat, ja«, sagte MacDougall.

»Was wer vorhat?«

»JayMac«, antwortete MacDougall. »Er will mich rauslocken. Mit Sarah als Druckmittel. Er ist nicht blöd. Er weiß genau, dass er nur so an mich rankommt.«

Scott wandte den Blick ab. Er wusste genau, worauf das hinauslief. Aber seine Vorgesetzten würden es niemals zulassen, dass MacDougall den Köder spielte. Sie würden mit Machie verhandeln wollen, wenn möglich, oder ihm drohen. Dass zwei von Schottlands gefürchtetsten Gangstern – einer wieder aufgetaucht von den Toten, der andere aus dem Untergrund – auf irgendeinem einsamen Hügel in Kintyre zum spektakulären Showdown gegeneinander antraten, würde nicht in Betracht gezogen werden.

»Du musst mir helfen, Scooty-Boy.«

Da war es. Scott wandte sich zu MacDougall.

»Wie meinst du das, Frankie?«

»Du weißt so gut wie ich, dass dieser Arsch von Donald, oder welche hohen Tiere sie sonst noch ranschaffen, mich nie auch nur in die Nähe von Machie lassen würde. Ich brauche deine Hilfe. Du weißt genau, dass du ohne mich tot wärst.« Er starrte Scott unverwandt an.

»So einfach ist das nicht, Frank. Weißt du eigentlich, was du da von mir verlangst?«

»Aye, das tu ich«, erwiderte MacDougall. »Ich bitte dich darum, dass du es ihm heimzahlst, dass er dir beinahe den Kopf weggeblasen hätte. Aye, nur keine Ausflüchte, ich hab gesehen, wie du dir die Schulter gerieben hast, genau an der Stelle, wo er dich angeschossen hat.«

»Also reicht's nicht, dass der Mistkerl mich beinahe umgelegt hätte, jetzt soll er auch noch verantwortlich dafür sein, dass ich meinen Job verliere und in den Knast wandere. Kommt nicht infrage, Frankie, so läuft das nicht.«

»Dann lässt du mein kleines Mädel also sterben? Schau dir meine arme Frau an, da im Krankenzimmer, bis zu den Ohren vollgestopft mit Beruhigungsmitteln, damit ihr nicht vor Trauer der Kopf platzt, wennse aufwacht. Ich kenn dich, Brian. Du bist wie ich, wir stammen aus derselben Straße. Du kannst 'nen Jungen zu den Polis reinsetzen, aber du kannst ihn nicht von seinen eigenen Leuten losreißen, Mann. Denk, was du willst – du bist einer von uns.«

»Ich sag's dir noch mal: Kommt nicht infrage«, wiederholte Scott. Er wirkte nervös.

Jim Daley saß in seinem Glaskasten. Heute Nacht würden die Polizisten von Kinloch wenig Schlaf bekommen. Die Straßen waren geräumt worden, es galt eine Ausgangssperre, und uniformierte Beamte suchten nach Tommy MacDougalls Killer, der sich in Luft aufgelöst zu haben schien.

Auf einem Stück Papier hatte Daley die Namen der Hauptakteure in diesem bedrückenden Drama aufgeschrieben. MacDougall und seine zwei toten Söhne, seine vermisste Tochter und seine bedauernswerte Frau. James Machie – JayMac. Und dann sein eigener Name neben dem seines Sergeants Brian Scott. Aber irgendetwas fehlte.

Das Rätsel von Machies Wiederauferstehung hatte er aus

seinen Gedanken verdrängt. Er musste versuchen, diesen Fall zu behandeln wie jeden anderen, gründlich und methodisch, bis der Augenblick der Inspiration kam, mit der alle Puzzleteilchen an ihren Platz fielen.

Irgendetwas nagte in seinem Hinterkopf, etwas, das er übersehen hatte oder auf das er einfach noch nicht gekommen war. Er schrieb Duncan Fearneys Namen neben den von Paul Bentham, letzteren in Klammern – seine spezielle Methode, auf einem solchen Papier zu vermerken, dass jemand verstorben war. Das Bild wollte ihm nicht aus dem Kopf, wie Bentham im Rückspiegel aggressiv mit dem Zeigefinger auf Fearney eingestoßen hatte, während der Polizeiwagen auf dem Feldweg davonholperte. Er erinnerte sich, wie schockiert er gewesen war, als er die Identität des Toten in Fearneys Kuhstall festgestellt hatte. Er hätte viel Geld darauf gewettet, dass es der Farmer selbst war, doch stattdessen hatten sie die untersetzte Gestalt von Bentham gefunden, dessen Gehirn zur Hälfte über die weiß getünchte Wand von Fearneys Schuppen verspritzt war.

War es Bentham gewesen, der die Bombe an seinem Wagen angebracht hatte, oder eher Machie? Gewiss, die Indizien deuteten darauf hin, dass es Bentham gewesen war. Die Forensik hatte die Zünder und den Sprengstoff identifiziert und festgestellt, dass sie mit denen aus Benthams Cottage identisch waren. Wenn er jedoch als eine Art Komplize auf Machies Befehl hin gehandelt hatte, warum ihn dann umbringen? Das ergab keinen Sinn. Und wie passte Duncan Fearney in das Puzzle? Er war ein Mann, der sich jeder Kategorisierung entzog. Ein Farmer mit sanftem Benehmen, der anscheinend der Kopf eines großen Tabakschmuggelrings in Kintyre war. Irgendetwas stimmte da ganz und gar nicht, aber er konnte derzeit nicht sagen, was. Was verknüpfte diese Personen miteinander, falls überhaupt eine Verbindung bestand?

Ein Klopfen brachte die Glastür seines Kastens zum Scheppern, und ein leicht ungepflegter John Donald trat unaufgefordert ein. Sein Hemd stand offen, er hatte trübe Augen und war unrasiert.

»Sir«, grüßte Daley.

»Ah, Jim«, sagte Donald mit leerem Lächeln. »Gut zu sehen, dass Sie da sind und die Dinge in der Hand zu behalten versuchen.«

»Sie werden sich vielleicht daran erinnern, Sir, dass wir in den letzten paar Tagen hier zwei Morde hatten ... plus eine mögliche Entführung, und meine Frau und ich wären beinahe in die Luft gesprengt worden.«

»Gewiss, DCI Daley, gewiss«, sagte Donald und nahm Platz. »Ich fürchte, ich muss Ihnen noch etwas berichten. Ich hatte es ja während dieses furchtbaren Festzugs bereits erwähnt, wenn Sie sich erinnern ... Nun, wir können das genauso gut jetzt aus der Welt schaffen. Wer weiß, welche Schrecken der morgige Tag bringt.« Er legte einen grauen Aktenordner auf den Tisch.

»Ich hoffe doch sehr, dass das nicht irgendeine Übung in Erbsenzählerei ist, Sir«, sagte Daley und lehnte sich zurück.

»Nein, das ist es nicht, Jim, aber ich fürchte, es wird Ihnen noch weniger gefallen, wenn ich das so sagen darf.« Er schob den Ordner über den Tisch zu Daley hin.

Daley hielt seinen Blick einen Moment lang fest, dann klappte er die Akte auf.

»Ich wurde vor ein paar Wochen vom Betrugsdezernat kontaktiert, unmittelbar bevor diese traurige Scheiße hier anfing.«

Donald wirkte seltsam unbehaglich, als würde es ihm missfallen, im Besucherstuhl zu sitzen – oder es lag ihm etwas auf der Seele. »Gegen Ihren Schwager Mark Henderson wird wegen geschäftlicher Verbindungen zu einigen ausgesprochen unappetitlichen Individuen ermittelt. Da man von Ihren familiären Beziehungen wusste, wurde die Sache zu mir als Ihrem Vorgesetzten durchgereicht. Natürlich sagte ich ihnen, dass es keinen Grund zur Beunruhigung gäbe und dass Ihr Verhältnis zu ihm bestenfalls als angespannt zu bezeichnen sei. Das hier war die Antwort.«

Daley sah eine Anzahl Fotos vor sich, typische Überwachungsaufnahmen, in schneller Folge automatisch geschossen.

»Henderson steht seit einiger Zeit unter Verdacht. Man hofft, über ihn an einen der großen Fische heranzukommen. Auf die Details muss ich ja nicht weiter eingehen.«

Ein seltsames Gefühl in der Brust überkam Daley, ein Flattern, von dem er wusste, dass es keine medizinische Ursache hatte. Ein Mann und eine Frau standen auf dem Hof eines Autohändlers. Im weiteren Verlauf der Bilderserie lachten sie und steckten die Köpfe zusammen, dann umarmten und küssten sie sich, während die Hand des Mannes sich im schimmernden Haar seiner Begleiterin vergrub. In der nächsten Aufnahme tauchte eine weitere Person auf, überreichte dem Mann etwas, und im folgenden Foto schüttelte dieselbe Person ihm die Hand.

Daley blätterte zum nächsten Bild weiter. Der Mann hielt der Frau einen Autoschlüssel vor die Nase, und sie grinsten sich breit an.

Auf dem vorletzten Foto stieg die Frau in einen Mini Countryman. Auf dem letzten war nur noch ihr Arm sichtbar, der den Hinterkopf des Mannes umschlang, während er sich durchs offene Fenster beugte, um sie abermals zu küssen.

»Es tut mir leid, Jim«, sagte Donald, und es klang nach ehrlichem Mitgefühl. »Das konnte ich Ihnen nicht vorenthalten, nicht unter diesen Umständen.«

Stumm senkte Daley den Blick von seinem Chef wieder auf die Bilderserie und blätterte sie ein weiteres Mal langsam durch. Bei der Aufnahme des ersten Kusses hielt er inne, und das Herz wurde ihm schwer. Der Mann war Mark Henderson, Daleys verhasster Schwager. Die Frau war Liz.

Donald wollte gerade aufstehen und sich verabschieden, als das Polizeifunkgerät zu knistern begann.

»Zwei eins drei an alle Stationen – Code zweiundvierzig. Wiederhole: Code zweiundvierzig.« Die Stimme sprach schnell und angespannt. »Polizeibeamte in Bedrängnis. Schüsse sind gefallen.«

Daley und Donald waren bereits aufgesprungen, als die Funkzentrale im Revier von Kinloch antwortete: »Zwei eins drei, Ihren Standort bitte.«

»Wir sind auf der Low Mill Road ...« Die Meldung wurde durch etwas unterbrochen, bei dem es sich nur um den Knall einer Waffe handeln konnte.

Daley schnappte sich das Funkgerät, und dann rannten er und Donald zur Funkzentrale. Der diensthabende Constable nickte seinen Vorgesetzten zu, als sie hereingestürmt kamen. Die Beleuchtung war bewusst schwach gehalten. Die Lampen in der Decke verströmten ein dunkelblaues Licht, das es dem Personal erleichterte, die Bildschirme der Überwachungskameras, Computer und Funkverbindungen im Auge zu behalten.

»Zwei eins drei, ich wiederhole: Ihre Position bitte.« Der Constable klang angespannt, sein Gesicht war eine Maske der

Konzentration. Nach einer quälend langen Pause begannen die Lautsprecher wieder zu knistern, lauter als üblich in der Funkzentrale.

»Position ist Low Mill Road, bei der Schiffswerft. Fordere sofortig Unterstützung an. Wiederhole: sofortige Unterstützung. Angreifer ist bewaffnet und ...« Bevor der Beamte den Satz beenden konnte, knallte ein weiterer Schuss.

Daley wandte sich zu Donald. »Wir haben zwei bewaffnete Männer von der Spezialeinheit, die das Büro bewachen, und zwei im County. Ich brauche einen von beiden Gruppen. Bitte autorisieren Sie das, Sir.« Donald signalisierte sein Einverständnis. »Und lassen Sie das Waffenarsenal öffnen, Sir. Ich will, dass jeder Beamte im Dienst, der eine gültige Erlaubnis für Feuerwaffen besitzt, auch damit ausgestattet wird.« Dann forderte Daley ein Funkmikrofon und einen offenen Kanal. »Hier ist DCI Daley, an alle Einheiten. Begeben Sie sich zur Low Mill Road an der alten Werft. Beamte unter Feuer. Ich wiederhole: Beamte unter Feuer. Gehen Sie mit äußerster Vorsicht vor. Bewaffnete Einheiten sind unterwegs.«

Er erteilte dem Beamten am Funkgerät noch ein paar Anweisungen, und dann, als er den Raum gerade verlassen wollte, wäre er beinahe mit Sergeant Scott zusammengestoßen.

»Was zum Teufel ist hier los, Jim? Ist es Machie?«

»Ich weiß nicht, Brian. Ich dachte, du wärst im Hotel. Schnell, schnapp dir eine Weste und eine Pistole. Komm schon.«

Ein paar Sekunden lang blieb Brian Scott wie erstarrt in der Tür zum Funkraum stehen und strich sich mit grimmiger Miene übers Kinn. Er seufzte, bevor er mit einem Kopfschütteln seinem Chef zur Waffenkammer folgte.

27

Der Constable kauerte zitternd hinter einem verrosteten stählernen Container, der auf dem Gelände der aufgelassenen Werft zurückgeblieben war. Er versuchte, nicht zu heftig zu atmen, damit nicht eine Wolke seines warmen Atems seine Position verriet. Er und sein Kollege waren auf der Suche nach dem Mörder von Tommy MacDougall gewesen. Ein paar Einheimische hatten einen Mann vom Tatort wegrennen und in einen bisher nicht identifizierten Pick-up steigen sehen. Man war davon ausgegangen, dass der Täter dieses öffentlichen Mordes versuchen würde, mit dem Auto oder einem Boot so schnell und so weit weg wie möglich von Kinloch fortzukommen. Doch dann waren die zwei jungen Constables auf dem Parkplatz dieser aufgelassenen Schiffswerft auf ein Fahrzeug gestoßen, das der Beschreibung entsprach, und hatten beschlossen, sich die Sache anzusehen. Als ein Schuss die Dunkelheit zerriss, waren beide Polizisten in Deckung gegangen und hatten es bereut, nicht rechtzeitig Verstärkung gerufen zu haben, wie es die Dienstvorschriften für diesen Fall eigentlich forderten.

Als der zweite Schuss zwischen den alten Werksschuppen widerhallte, die einmal »Kinloch Shipbuilders« beherbergt hatten, hatte der Constable einen Aufschrei von seinem Partner gehört. Und dann, während der letzten paar Minuten, nur noch Stille.

Hinter sich hörte er das dunkle Wasser des Loch an die alte Helling klatschen. Er atmete weiter flach und wartete auf Hilfe. Wenigstens ist es ihm gelungen, Verstärkung anzufordern, dachte er.

Als er plötzlich von links einen Laut hörte, hätte er beinahe vor Schreck laut aufgekeucht. Er sah sich nach der Quelle um und bemerkte eine große Ratte, die die Helling hinunter zum Strand huschte. Er hatte erwartet, einen bewaffneten Mann über sich stehen zu sehen, der ihm im nächsten Augenblick das Leben nehmen würde. Während er versuchte, sich zu erinnern, was er auf der Polizeischule darüber gelernt hatte, wie man sich in einer solchen Situation verhielt, stellte er fest, dass er mit den Tränen kämpfte.

Wo zum Teufel seid ihr? dachte er. *Kommt schon, kommt schon. Bitte!*

Dann hörte er noch ein Geräusch, ganz leise. Er lauschte mit angehaltenem Atem. Irgendwo rechts von ihm ertönte eine Art Stöhnen. Das musste sein Kollege sein, der vermutlich getroffen war und sich vor Schmerzen wand.

Plötzlich erklang ein anderer Laut, deutlich und unverwechselbar in der kalten Nachtluft. Schritte. Jemand kam auf ihn zu.

Während Polizisten in Zivil und in Uniform in ihre Autos und Vans sprangen, blieb Sergeant Scott zurück und sah Jim Daley nach, der begleitet von einem uniformierten Constable und einem Mitglied der Spezialeinheit davonfuhr. Er hatte sich eine Waffe geben lassen, autorisiert von Donald, weil er die nötigen Papiere nicht bei sich trug. Sie lagen, so vermutete er, in der Kommode im Gästezimmer seines Hauses in Glasgow.

Der Hof des Polizeireviers war in das gelbe Licht starker Außenscheinwerfer getaucht. Scott sah zahlreiche Reifenspuren im Reif, der den schwarzen Asphalt überzog.

»Scheiße, ich muss noch was checken, Norrie«, sagte er, während er wieder zurück ins Revier ging. Dann hielt er inne und drehte sich noch einmal kurz um. »Übrigens, kann ich deinen Wagen haben?«, rief er. »Die Kerle sind alle weg und haben mich einfach sitzen lassen.«

»Hier.« Der Kollege fischte seinen Autoschlüssel aus der Hosentasche und warf ihn Scott zu. »Aber bring ihn ja nicht verdreckt zurück«, sagte er, während Scott dankend den Daumen nach oben reckte und weiterging.

Er öffnete die Tür zum Büro der Kripo und betrat Daleys Glaskasten, wo er auf dem Schreibtisch nach einem Stift suchte. Er kritzelte ein paar Worte auf einen alten Umschlag, bevor er zu einem Aktenschrank ging und die unterste Schublade aufzog. Es war nichts darin außer einer Flasche Whisky. Er legte die Nachricht unter die Flasche und schloss die Schublade leise wieder.

Der junge Constable hätte am liebsten geschrien. Er atmete weiter ganz flach und verfluchte sich dafür, dass er je zur Polizei gegangen war. Mittlerweile zitterte er am ganzen Körper vor Angst und Kälte. Abermals verspannte er sich, als er das Scharren schwerer Stiefel im Schotter in der Nähe der Helling vernahm. Das Geräusch kam direkt von der anderen Seite des Stahlbehälters, gegen den er sich der Länge nach presste wie ein Kletterer auf halber Höhe einer trügerischen Felswand. Ohne Vorwarnung spürte er, wie sich eine seltsame Wärme an seinem Bein ausbreitete, und zu seinem Entsetzen begriff er, dass er sich gerade in die Hose machte. Urin lief aus seinem linken Hosenbein über den Fußknöchel in den Schuh. Eine kleine dampfende Wolke stieg in der frostigen Dunkelheit auf.

Das Stöhnen, das er ein paar Augenblicke zuvor gehört hatte, hob erneut an, leise und stockend, während sein Kollege mit Schmerzen und der Bewusstlosigkeit kämpfte.

Als er hörte, wie die Schritte des Schützen sich von seinem Versteck entfernten und auf den verwundeten Mann zubewegten, stieg Entsetzen in ihm auf. Er holte tief Luft, bevor er sich langsam an der Seite des Stahlbehälters entlangschob. Ein saugender Laut kam von seinem linken Schuh. Er suchte an seinem Gürtel nach dem Pfefferspray, das er immer bei sich trug, und zog die Dose vorsichtig aus der Halterung. Als der Klettverschluss hörbar aufriss, zuckte er zusammen, doch endlich hielt er den kleinen Behälter in der Hand. Es war nicht viel, aber besser als gar nichts, und vielleicht hatte er damit eine Chance gegen den Mann mit der Waffe.

Er streckte den Kopf um die Ecke des Stahlbehälters, und seine Fingerspitzen froren an dem eiskalten Metall fest. Er sah einen vollständig schwarz gekleideten Mann, der mit dem Rücken zu ihm stand. Er hielt eine Pistole in der Hand, die an seiner Seite herabhing.

Der junge Constable atmete tief und mühsam durch.

Scott stieß die Tür zum Familienraum auf und stellte fest, dass Frank MacDougall auf dem Sofa lag und die Hände hinter dem Kopf verschränkt hatte. Er sah erschöpft aus, doch irgendetwas an ihm – eine gewisse Schärfe in seinen Zügen – wirkte bedrohlich. Die Tragödie seiner Familie mochte Frank

MacDougall angezählt haben, aber er war noch lange nicht k. o.

»Scooty, mein Junge, was hat dich so lange aufgehalten?«, fragte er, ohne sich zu rühren.

»Das hier«, erwiderte der Polizist und schlug die Jacke zurück, um das Schulterhalfter mit seiner Pistole zu präsentieren.

»Hast du sie erst selber bauen müssen?«

»Ich habe versucht, mir auszurechnen, wie viel Zeit im Bau mich das kostet«, antwortete Scott düster. »Hier.« Er warf MacDougall die Autoschlüssel zu. »Der schwarze Astra im Hof. Aber du musst an der Anmeldung vorbei.«

»Nur keine Sorge, Brian«, antwortete MacDougall kühl. »Wenn jeder Bulle, der mir mal geholfen hat, im Knast säße, wär dort kein Platz mehr für anständige Kriminelle. Ich bin zu meiner Zeit ziemlich oft wo eingebrochen, und ich trau mir durchaus zu, dass ich hier auch ausbreche.«

»Aye, mag schon sein«, sagte Scott und zog die Pistole aus dem Halfter. »Also los, du weißt ja, was zu tun ist.«

MacDougall rührte sich immer noch nicht und sah bloß zu dem Polizisten hoch. »Vielleicht ganz gut, Brian, dass keiner von uns weiß, was die Zukunft bringt«, sagte er, und ein Schatten von Trauer legte sich über seine Miene. Dann setzte er sich mit einer Behändigkeit auf, die man ihm bei seinem Alter nicht zugetraut hätte, und nahm Scott die Pistole aus der zitternden Hand.

»Du bist hier nicht der Einzige, der Kinder hat«, sagte Scott leise, bevor er dem Gangster den Rücken zukehrte.

»Richtig, Scooty.« MacDougall grinste. »Aber du bist der Einzige, der ein Herz hat.« Er hob die Waffe und zog Scott den Griff über den Schädel.

Kein Laut war mehr von seinem Kollegen zu hören, auch nicht von dem Schützen. Im Mondlicht erkannte er die Linie eines Pfades, der sich durch einen Streifen niedrigen Grases am Ufer entlangzog. Er war ein guter Sprinter. Er hatte in der Schule Pokale gewonnen und konnte jeden seiner Teamgefährten im örtlichen Fußballklub abhängen. Im Schutz der Dunkelheit würde er den Pfad in null Komma nichts erreicht haben.

Er holte tief und lautlos Atem und richtete sich vorsichtig aus seiner geduckten Haltung auf. Als der Schotter unter seinen Schuhen knirschte, zuckte er ängstlich zusammen. Aber kein Geräusch drang durch die stille Nachtluft. Über ihm am dunkelblauen Nachthimmel funkelten die Sterne.

Er rannte los.

MacDougall bewegte sich leise durch die verlassenen Korridore des Polizeireviers von Kinloch. Er hörte das entfernte Knistern des Polizeifunks und gedämpfte Stimmen, daher ging er in die andere Richtung und schlüpfte durch eine Tür in den Männerumkleideraum. Nach einigem Herumtasten fand er den Lichtschalter.

Er stand vor einer Reihe grauer Spinde. Ein leichter Geruch nach schmutzigen Socken und feuchter Kleidung, Schweiß und Desinfektionsmittel hing in der Luft. Alle Spinde bis auf zwei waren versperrt. Er öffnete den ersten davon und fand eine große Leuchtjacke, ein Paar schwarze, gut polierte Stiefel, eine Taschenlampe mit gummiertem Gehäuse, ein frisches Päckchen Zigaretten und eine alte Zeitung. Er nahm die Zigaretten an sich und ging weiter zum nächsten offenen Spind. Darin hing eine komplette Uniform, Hose, schwarzes Hemd, schuss- und stichsichere Weste, Mütze. MacDougall nahm die Hose vom Kleiderbügel und begutachtete sie. Sie war ein bisschen weit, aber besser zu groß als zu klein.

Die ersten vier Schritte lang ging sein Fluchtversuch gut, beim fünften war es aus damit. Etwas gab unter seinem rechten Fuß nach, er stolperte und ging zu Boden. Die Schottersteine bohrten sich in seine Hände, als er sich abzufangen versuchte.

Außer Atem, lag er mit dem Gesicht nach unten auf dem kalten Boden und bemühte sich, wieder Luft zu bekommen. Wie aus dem Nichts packte ihn eine kräftige Hand an der stichsicheren Weste und warf ihn auf den Rücken. Im Mondlicht erkannte er die dunklen Umrisse eines Mannes, dessen Gesicht hinter einer Sturmhaube verborgen war.

»Aufstehen! Mitkommen!« Der junge Cop wurde auf die Beine gerissen, und dann spürte er die Berührung kalten Stahls an seiner Wange, als der andere Mann ihm einen Pistolenlauf ins Gesicht drückte.

»Bitte, bitte, töten Sie mich nicht«, wimmerte der Cop.

Als er schon alle Hoffnung aufgeben wollte, sah er zu seiner Rechten Lichter aufblitzen und wusste, dass die Kavallerie endlich unterwegs war.

28

Daley saß im dritten Wagen des Konvois, der am Revier in Kinloch losgefahren war. Er spähte mit zusammengekniffenen Augen in die Dunkelheit, während die Autos durch das geöffnete Tor in den Hof der aufgelassenen Schiffswerft rasten.

Vor ihnen stellte sich der Wagen der bewaffneten Spezialeinheit quer über die Straße. Daley kam schlitternd zum Stehen und ließ sich geduckt aus dem Fahrzeug rollen. Seine Passagiere taten es ihm gleich, und die drei Männer gingen hinter dem Wagen der Spezialeinheit in Stellung, während eines der Mitglieder der Einheit ihnen bedeutete, den Kopf unten zu halten.

Ein Van und zwei andere Autos kamen hinter ihnen in den Hof geschossen und bremsten hinter der Barrikade aus Polizeifahrzeugen. Die Sirenen verstummten, doch die rot-blauen Blitze der Funkellichter durchschnitten weiter die Nacht.

Daley kroch hinter das Steuer des Wagens und nahm das Mikrofon vom Haken am Armaturenbrett. »DCI Daley an Lima-Einheit in der Werft von Kinloch. Ihre Position bitte.« Das Funkgerät knisterte und prasselte, doch es kam keine Antwort. Er wollte die Frage gerade wiederholen, als er einen Schuss hörte.

MacDougall entschied sich gegen die fluoreszierende Jacke und zog stattdessen eine Uniform-Fleecejacke über der stichsicheren Weste an. Das Ding war erheblich schwerer, als er erwartet hatte, aber vermutlich musste es so robust sein, um eine Messerklinge aufzuhalten. Jetzt, da er eine vollständige Uniform samt Mütze trug, ging er zur Tür des Umkleideraums und schaltete das Licht aus, bevor er sie leise öffnete. Der Gang vor ihm war leer. An der Wand befand sich ein Leuchtsignal mit dem Schriftzug NOTAUSGANG. Daneben hing ein Hinweis auf offiziellem Schreibpapier mit der Unterschrift des Chief Constable: *Dieser Notausgang ist zu allen Zeiten geschlossen zu halten, es sei denn im Brandfall oder unter vergleichbaren Umständen. Das Öffnen dieses Notausgangs löst automatisch Alarm aus.*

MacDougall grinste in sich hinein.

Daley hielt das Megafon des Wagens der Spezialeinheit in der Hand. »Hier spricht die bewaffnete Polizei. Legen Sie die Waffen nieder, heben Sie die Hände über den Kopf und gehen Sie auf die Polizeifahrzeuge zu, bis ich Ihnen sage, dass Sie stehen bleiben sollen!« Er klang erheblich gebieterischer, als er sich fühlte.

Es kam keine Antwort.

»Versuchen Sie weiter, die Lima-Einheit über Funk zu erreichen«, sagte er zu dem uniformierten Cop neben sich. »Wo ist eigentlich DS Scott?« Er blickte über die Schulter zu den anderen Polizeibeamten. Sie schüttelten den Kopf. »Verdammt noch mal.«

In diesem Augenblick hörte er einen Schrei vom ehemaligen Hauptgebäude der Werft her, das in der Dunkelheit vor ihnen aufragte.

»Polizeibeamter. Nicht schießen! Nicht schießen!« Der

junge Polizist stand stocksteif mit erhobenen Händen da. »Eine Pistole ist auf meinen Kopf gerichtet«, rief er, als er ihre Aufmerksamkeit gewonnen hatte. »Ich habe eine Nachricht für DCI Daley. Bitte hören Sie genau zu. Er bringt mich um, wenn ich etwas falsch mache.«

Daley drückte das Mundstück des Geräts schwer atmend gegen die Brust. Wieder einmal suchten ihn die Gespenster zu vieler toter Gesichter heim.

»Sprechen Sie.« Seine Stimme klang sehr laut in der stillen Luft. »Was will er?«

Der junge Polizist drehte den Kopf zur Seite und hörte jemandem zu, der hinter ihm stand. »Er will tauschen«, antwortete er. Seine Stimme schwankte vor Furcht.

Daley sah seine Kollegen an. »Okay«, erwiderte er. »Wie soll das aussehen?«

»Er will Sie, Sir.« Die Stimme des Polizisten klang jetzt dünn und hoch. »Er gibt Ihnen fünf Minuten, bevor er Dawson tötet ... und noch einmal fünf, bevor er mich umbringt.«

Daley holte tief Luft. Rote und blaue Lichter tanzten in den Wolken von gefrierendem Hauch in der kalten Nachtluft. Er hatte gehofft, dass nur einer der Beamten betroffen wäre. »Er muss mir ein wenig Zeit lassen.«

»Er sagt, fünf Minuten, bis er Dawson tötet. Und keine Verhandlungen.«

»Scheiße«, sagte Daley und drehte sich um. »Geben Sie mir Donald, sofort!«

Superintendent Donald stand im Dunkeln. Der Alarm schrillte, und ein rotes Licht blitzte an der Zimmerdecke. Er lächelte, als er den dunklen Astra vom Büroparkplatz auf die Main Street einbiegen sah. Als die Rücklichter verschwanden, wurde die Tür zu seinem Büro aufgestoßen, und der diensthabende Beamte kam hereingestürmt.

»Sir, wir haben soeben DS Scott bewusstlos im Familienraum aufgefunden, und MacDougall ist weg.«

»Was?«, rief Donald aus. »Wie? Wo ist Scott jetzt?«

»Im Sanitätsraum, Sir. Der Polizeiarzt ist unterwegs. Sir, außerdem habe ich DCI Daley am Apparat. Es gibt eine Geiselnahme.«

»Eine was?« Donald blinzelte, als fände er diese Nachricht wesentlich schwerer zu verdauen als die von MacDougalls Flucht.

»Hier, Sir«, sagte der Beamte und reichte dem Superintendenten ein Telefon.

»Sprechen Sie«, sagte Donald in den Hörer.

»Die beiden Mitglieder der Lima-Einheit wurden als Geiseln genommen, Sir, und der Geiselnehmer droht, sie zu erschießen.« Die Anspannung in Daleys Stimme war unüberhörbar, doch er sprach konzentriert und präzise. »Es geht um einen direkten Austausch – sie gegen mich. Kommen Sie her und übernehmen Sie die Einsatzleitung!« Die letzten Worte waren ein Befehl, und dann hatte Daley aufgelegt.

»Jim!«, schrie Donald. »Mistkerl!«, stieß er hervor und knallte das Mobilteil auf den Schreibtisch. »Holen Sie mir einen Wagen!«

»Sollen wir das Hauptquartier über MacDougall informieren, Sir?«

Donald zögerte. »Ja, ja, tun Sie das. Geben Sie MacDougalls Verschwinden auch über Funk durch. Los, machen Sie schon«, schrie er, während der Diensthabende noch abwartete, ob weitere Anweisungen folgen würden.

Donald zog ein Mobiltelefon aus der Tasche, wählte und hielt es ans Ohr. »Was zum Teufel ist da los? Das ist nicht das, was wir besprochen hatten.« Er lauschte einen Moment lang in das Gerät hinein, dann stürmte er aus dem Büro.

Brian Scott lag auf einem Rollbett im Sanitätsraum des Reviers. Seine Denkvorgänge waren durch den Schlag auf den Kopf beeinträchtigt, doch die Folgen seiner Handlungsweise waren ihm klar, sobald er das Bewusstsein wiedererlangte. Er hörte einen Tumult im Gang und wusste, dass er höchstwahrscheinlich mit MacDougall zu tun hatte. Sein persönliches Funkgerät lag auf dem kleinen Nachttisch. Als er sich aus dem Bett beugte, um danach zu greifen, schoss ihm ein scharfer Schmerz durch den Kopf, und vor seinen Augen tanzten Funken und Blitze.

Nach einem zweiten Versuch hielt Scott das Gerät in den zitternden Händen und schaltete es ein. Zu seiner Erleichterung verstummte das Schrillen des Alarms, während die Anzeigen aufleuchteten und er den Funkverkehr der Abteilung mithören konnte. Er brauchte ein paar Sekunden, um zu begreifen, was vorging.

Donalds Stimme dröhnte aus dem Funkgerät: »Donald an DCI Daley. Bitte kommen. Over.« Er klang brüsk, und Scott kannte den Tonfall nur zu gut, da er oft genug seine Zielscheibe gewesen war. »Donald an alle Einheiten in der Schiffswerft von Kinloch: Auf *gar keinen* Fall darf der DCI den Geiselaustausch durchführen. Ich wiederhole: Das darf auf *gar keinen* Fall passieren!«

Stille.

Scott hielt den Atem an und massierte sich das pochende rechte Auge, während er darauf wartete, dass sein Freund antwortete.

Doch als eine Antwort kam, war es nicht Jim Daley. »DC Waters an Mr. Donald: zu spät, Sir. Der Geiselaustausch findet soeben statt.«

Scott wartete nicht auf Donalds Erwiderung, sondern kämpfte sich aus dem Bett und stand auf. Augenblicklich wurde ihm schwindelig, und er musste sich ein paar Sekunden an die Wand lehnen, um das Gleichgewicht wiederzufinden.

»Scheiße noch mal, Jim, was machst du denn da, Mann?«, murmelte er, während er den Sanitätsraum verließ.

29

Daley ging langsam auf die zwei Polizeibeamten zu, von denen einer schwach stöhnte und vom anderen gestützt werden musste.

»Hände über den Kopf«, befahl eine körperlose Stimme, die zwischen den Gebäuden der ehemaligen Werft widerhallte.

Daley gehorchte. Er war jetzt beinahe auf gleicher Höhe mit seinen Kollegen und starrte an ihnen vorbei ins Dunkel, versuchte, einen Blick auf den Mann mit der Pistole zu erhaschen.

»Nur Daley, zu mir«, sagte die Stimme. »Ihr zwei bleibt, wo ihr seid.«

Daley bewegte sich nicht. »Ich gehe keinen Schritt weiter, bevor Sie meinen Beamten nicht gestatten, sich in Sicherheit zu bringen«, sagte er.

»Sie sind nicht in der Position, zu verhandeln«, kam die knappe Antwort aus dem Schatten.

»Im Gegenteil«, gab Daley zurück. »Falls einem von uns dreien etwas passiert, haben meine Leute Befehl zu schießen.« Die Stimme des Inspectors hatte einen stählernen Unterton.

Nach einer kurzen Pause befahl der Bewaffnete den Polizisten in Uniform, zu gehen. Daley bemerkte die Erleichterung im Gesicht seines jungen Kollegen, während er sich abmühte, den Verletzten hinter die Barrikade aus Polizeifahrzeugen zu schleppen.

»Gehen Sie weiter, Daley«, wiederholte die Stimme, und der Detective schritt langsam in die Dunkelheit hinein.

Er konnte kaum etwas erkennen. Er befand sich in einem riesigen, an drei Seiten geschlossenen Schuppen, dessen Dach das winterliche Mondlicht abhielt, das die Landschaft draußen erhellte.

»Bleiben Sie da stehen!«, befahl eine Stimme ganz in der Nähe.

Daley war sich nicht sicher, doch der barsche Tonfall kam ihm bekannt vor. »Was wollen Sie?«, fragte er. »Es muss Ihnen doch klar sein, dass Ihre Lage hoffnungslos ist. Geben Sie auf und ...« Doch er kam nicht dazu auszureden.

»Halten Sie den Mund und hören Sie mir zu.« Die Stimme klang jetzt noch näher. »Ich habe Ihnen etwas zu sagen.«

Donald hielt mit kreischenden Bremsen an der Schiffswerft und stellte den Wagen in der Reihe derer ab, die schon dastanden. Wie sein Chief Inspector vor wenigen Minuten rollte er sich aus dem Wagen und duckte sich hinter das Fahrzeug der Spezialeinheit. Ein Scheinwerfer war aufgestellt worden, der den schmalen Pfad zu einem Wellblechschuppen beleuchtete.

»Was zum Teufel ist passiert?«, wollte Donald wissen.

»DCI Daley hat soeben das Gebäude betreten, Sir«, erwiderte einer der Beamten vor Ort.

»Geniale Idee. Genau das, was wir brauchen. Muss unbedingt wieder den Helden spielen, dieses blöde A...« Er verstummte, als ihm bewusst wurde, dass der Constable ihn mit offenem Mund anstarrte. Er war es nicht gewohnt, dass ein höherer Beamter auf diese Weise über einen anderen sprach. »Berichten Sie.«

Daley hatte sich oft gefragt, wie jemand Stille als ohrenbetäubend beschreiben konnte. Jetzt wusste er es. Es hätte eine Minute her sein können, seit der Geiselnehmer zum letzten Mal gesprochen hatte, oder auch fünf. Unter den gegebenen Umständen war das schwer zu sagen. Er zwang sich zur Konzentration, versuchte, die Dynamik der Situation zu begreifen und zu überlegen, wie er sie am besten zu seinem Vorteil verändern konnte. Es war sinnvoller, nichts zu sagen, keine Fragen zu stellen. Er erinnerte sich an einen Vortrag über Geiselnahmen in Tulliallan, dem Ausbildungszentrum der Truppe. Das Beste war, sich zurückzuhalten, zu ermutigen und zu schmeicheln. Mehr konnte man nicht tun, um sein Leben zu retten. Als er gerade anfing, die Weisheit seiner Entscheidung, stumm zu bleiben, zu bezweifeln, begann der Mann wieder zu sprechen.

»Sie haben Mumm, Mr. Daley, das muss ich Ihnen lassen.« Wer immer er sein mochte, er bewegte sich jetzt, und das Scharren seiner Schritte hallte in dem großen leeren Raum wider.

»Wenn Sie damit meinen, dass ich bereit war, mich gegen diejenigen austauschen zu lassen, für die ich unmittelbar verantwortlich bin, so hat das mehr mit Pflichterfüllung zu tun als mit Tapferkeit«, antwortete er. Er war beinahe sicher, dass er links von sich eine Bewegung in der Düsternis erkannt hatte.

»Pflicht?«, fragte der Mann. »Die Pflicht kennt viele Formen, Mr. Daley.«

»Und das heißt?«, gab Daley die Frage zurück.

»Das heißt, bei der Pflichterfüllung geht es nicht nur darum, das Leben von Polizeibeamten zu retten«, sagte der Mann und kam in Sicht.

»Allerdings«, erwiderte Daley. Jetzt, da er den Geiselnehmer sehen konnte, legte sich seine Nervosität ein wenig. »Aber wenn Sie der Ansicht sind, auf Polizisten zu schießen und sie als Geiseln zu nehmen, wäre pflichtbewusst, dann haben Sie etwas falsch verstanden.«

»Ein Mittel zum Zweck, sonst nichts«, entgegnete der Mann. Er stand jetzt nur noch ein oder zwei Meter von dem Detective entfernt.

Daley konnte seine Stimme immer noch nicht unterbringen, und sie wurde von der schwarzen Skimaske gedämpft. Aber eines wusste er gewiss: Dies war nicht James Machie.

Donald erteilte zwei der Beamten der Spezialeinheit Anweisungen im Flüsterton. Als er fertig war, sprangen die beiden bewaffneten Männer hinter der Barrikade der Polizeifahrzeuge hervor und huschten zu dem verrosteten Stahlcontainer, der gerade noch ihrem Kollegen als Versteck gedient hatte.

Anschließend sprach Donald mit dem jungen Cop, der soeben seine Freiheit wiedererlangt hatte und jetzt zitternd hinten im Polizei-Van saß. Sein verletzter Kollege war unverzüglich weggebracht worden, um medizinisch versorgt zu werden.

»Sind Sie sicher, dass es vom Ufer her einen Zugang zur Rückseite dieses Gebäudes gibt?«, fragte Donald.

»Ja, Sir«, antwortete er und schluckte mühsam. »Es gab ein paar Schwierigkeiten mit Jugendlichen, seitdem die Firma zugemacht hat, deshalb kontrolliere ich diese Seite des Geländes regelmäßig.« Er gab sich alle Mühe, sich in Gegenwart seines Vorgesetzten zusammenzureißen.

»Gut«, sagte Donald und starrte auf das schwarze Wasser des Loch, das auf den Kieselstrand zischte.

Viele Jahre erstklassiger krimineller Ausbildung hatten Frank MacDougall gelehrt, erfinderisch zu sein. Er wusste, dass er den Astra schnellstens loswerden musste, also fuhr er an den Stadtrand und in eine anonyme Seitenstraße, die mit Autos gesäumt war. Eine Menge der Fahrzeuge waren relativ neu, daher ignorierte er sie. Moderne Schlösser und Alarmsysteme waren die Domäne einer neuen Art von Dieben, die sich modernster Technologien bedienten, um die verbesserten Sicherheitssysteme auszutricksen. In seiner Jugend war Frank MacDougall einer dieser Opportunisten gewesen – ein Experte mit einem zurechtgebogenen Kleiderbügel, mit Hammer und Schraubenzieher. Er hatte nur Sekunden gebraucht, um ein Autoradio zu stehlen, das er dann für ein paar Mäuse verscheuerte, um Dope oder Bier zu kaufen.

Er parkte neben dem altersschwachen Modell eines ehrwürdigen Baujahrs, stieg aus und klappte den Kofferraum auf. Das schwache Innenlicht beleuchtete eine karierte Reisedecke und eine Reihe von leeren Einkaufstüten. Er machte den Teppich frei und hob ihn an. Eine Vertiefung wurde sichtbar, in der ein kleiner Werkzeugkasten festgeschnallt war.

MacDougall grinste, als er einen Schraubenzieher in das Türschloss an der Fahrerseite des alten Autos rammte und ihm einen scharfen Schlag mit einem kleinen Hammer versetzte. Augenblicklich sprangen die Arretiernocken heraus, und er konnte die Tür aufziehen. Er setzte sich in den Wagen, beugte sich vor, bis seine Wange am Lenkrad lag, und fummelte emsig unter der Lenksäule herum. Nach ein paar Sekunden gab der Wagen ein kehliges Bullern von sich. MacDougall spürte einen plötzlichen Anflug von nostalgischer Wehmut, während er leise die Tür schloss und losfuhr. Auf die gute alte Zeit, dachte er. Es würde ein paar Stunden dauern, bis sein Verbrechen entdeckt wurde, und dann würde er schon bereit sein, sich mit der Vergangenheit auf andere Art auseinanderzusetzen.

Daleys Geiselnehmer fasste ihn beim Ärmel und führte ihn ein Stück weiter, wo eine Blechkiste und eine umgestürzte Kabeltrommel nebeneinanderlagen, schwach erhellt durch einen Strahl Mondlicht, der schräg durch ein Fenster hoch oben in der Seitenwand des Gebäudes fiel.

»Setzen Sie sich!«, kommandierte der Mann und winkte mit der Pistole.

Daley gehorchte und nahm auf der Kabeltrommel Platz, die sich durch die Hose kalt und feucht anfühlte.

Der Mann blieb einen Moment lang stumm, dann sprach er weiter, diesmal im Flüsterton. »Es ist schon erstaunlich, welche Streiche einem das Leben spielt«, seufzte er und ließ sich schwer auf die Metallkiste Daley gegenüber fallen.

»In welcher Hinsicht?«, fragte Daley und sah seinem Hauch nach, der im fahlen Mondlicht in die Höhe stieg.

Der Mann gab keine Antwort. Mit einer Hand ergriff er die Sturmhaube unter dem Kinn und zog sie sich grob über den Kopf.

Selbst im schlechten Licht war das Gesicht von Duncan Fearney unverkennbar.

Donald trommelte mit den Fingern auf sein Knie, während er über seine mannigfaltigen Probleme nachgrübelte. Er hatte das Doppelleben langsam satt, das er führte und mit dem er anfangs gleichermaßen seinem Ehrgeiz wie seiner Gier gefrönt hatte. Und jetzt saß er hier und fror sich mitten in der Nacht einen Ast ab, in einer aufgelassenen Werft in einer Stadt, die er hasste, während sein tollkühner und durchgeknallter Chief Inspector alle möglichen Arten von Heldentaten vollbrachte, die die ganze Welt um sie beide herum zum Einsturz bringen konnten.

Er spürte sein Telefon vibrieren, zog es aus der Tasche und starrte auf das Leuchtdisplay. *Ich brauche mehr Zeit.* Die Worte sprangen ihn aus der Dunkelheit des Polizeiwagens an. Er warf das Handy auf den Beifahrersitz – das war ihm im Moment zu viel – und hob das Funkgerät an die Lippen.

»Donald an Spezialeinheit. Bericht. Over.«

Das Funkgerät knisterte. »Wir sind jetzt an der Rückseite des Gebäudes, Sir, und versuchen, ein Fenster in der Wand zu erreichen. Bitte warten.«

Donald gab sich nicht die Mühe zu antworten. Er streckte die Beine aus und lehnte sich mit geschlossenen Augen in den Sitz zurück, während er langsam den Kopf schüttelte.

30

»Duncan«, sagte Daley, »warum tun Sie das?«

»Die Frage stelle ich mir schon lange, Mr. Daley«, antwortete Fearney mit vor Zerknirschung belegter Stimme.

»Ein Mann wie Sie, Fearney, wie konnte es denn so weit kommen?«

»Ich habe nicht mein ganzes Leben in Kinloch verbracht, wissen Sie?« Fearney schien Daley gar nicht zu hören. »Habe die Tochter eines hiesigen Farmers geheiratet. Ich bin auch auf Farmen aufgewachsen, im Landesinneren, gleich südlich von Oban.«

»Ich denke, wenn man seinem Herzen folgt, kann man überallhin kommen«, sagte Daley mit aufgesetzter Munterkeit.

»Aye«, erwiderte Fearney nach einer Pause. »Aber manche Dinge fressen einen einfach auf, Mr. Daley ... die Seele, meine ich.«

»Ich weiß sehr gut, was Sie meinen, Duncan.«

»Nur sind manche Dinge schlimmer als andere.« Fearney war offenbar in philosophischer Stimmung, ungeachtet der Umstände. »Es gibt Sachen, die kriegt man einfach nie mehr aus dem Kopf, und man kann auch niemandem davon erzählen. Wissen Sie, was ich meine?«

Daley gab keine Antwort. Er wusste, dass Fearney gerade ein Geständnis ablegte, aber ihm war nicht klar, worauf es hinauslief.

»Wollen Sie mich denn gar nicht vernehmen?«, fragte Fearney und durchbrach die Stille. »Sie haben doch sicher diesen arroganten Hund gefunden, diesen Bentham?«

»Ja. Warum haben Sie das getan, Duncan?«

»Weil er selbstherrlich war und ein verdammter Killer, Mr. Daley. Ich konnte einfach nicht mehr«, sagte Fearney mit ernster Stimme. »Ich halte das alles nicht mehr aus.« Er sah den Polizisten an. »Ich hatte nix damit zu tun, was mit Ihrem Wagen passiert ist, Mr. Daley, ehrlich nicht. Der Kerl war verrückt.«

»Wieso haben Sie sich überhaupt mit ihm eingelassen, überhaupt auf die ganze Geschichte, Duncan?«

»Ich hab was rausgefunden, Mr. Daley, ganz zufällig, wissen Sie, vor ein paar Jahren.«

»Wir haben reichlich Zeit, Duncan. Erzählen Sie mir einfach, worum es geht.«

Fearney neigte den Kopf, und ein Aufschluchzen entrang sich seiner Kehle. Seine Schultern zuckten, während ihn ein Weinkrampf schüttelte. »Ich war ein Einzelkind, Mr. Daley«, brachte er schließlich heraus. »Meine Eltern haben drei Kinder schon als Babys verloren. Ich war der Einzige, der überlebte. Meine Ma wollte noch ein Kind nach mir, aber der Doc sagte, sie kann keine mehr kriegen.« Er holte zitternd Luft und wischte sich die Tränen ab. »Sie stammte aus dem East End von Glasgow, Mr. Daley«, brach es aus ihm heraus.

»Wirklich? Aus welchem Teil?«, fragte Daley, während sein Instinkt ihm zuschrie, den Mann reden zu lassen.

»Och, die reinste Hölle«, sagte Fearney voller Abscheu. »Ich hab Glasgow immer gehasst. Alle Städte eigentlich.« Er schüttelte den Kopf. »Sie hat dann einen kleinen Jungen adoptiert. Okay, ich bin nicht sicher, ob die Sache ganz astrein war, aber damals liefen die Dinge noch anders, Mr. Daley.«

»Das taten sie allerdings«, sagte Daley. Er hielt seine Erwiderungen absichtlich kurz.

»Aye, na gut. Ich war beinahe vier, als er zu uns kam, also sind wir zusammen aufgewachsen ... Sie wissen schon, wie Brüder.« Er begann wieder zu weinen.

»Worauf wollen Sie hinaus, Duncan? Sie müssen das jetzt rauslassen, Mann.«

»Er war ganz anders als ich, Mr. Daley. Gut aussehend. Selbstbewusst.« Er lachte rau. »Ich hätte der große Bruder sein sollen, aber er war derjenige, der für mich eingestanden ist, bei Prügeleien und so. Aye, wie sich rausstellte, war er hart wie Stahl.«

»Was ist aus ihm geworden, Duncan?«

»Aye, das ist es eben«, sagte Fearney. »Ich kann nicht glauben, dass Sie der erste Mensch sind, dem ich das erzähle.«

»Sie wären überrascht, was mir die Menschen alles anvertrauen«, meinte Daley aufrichtig.

»Als ich älter wurde ... mit siebzehn, achtzehn und später.« Die Stimme versagte ihm wieder. »Da hab ich angefangen ...«

»Bitte, Duncan, reden Sie es sich von der Seele. Dann werden Sie sich besser fühlen.«

Duncan Fearney stieß einen Laut aus wie ein Mann, der das Wertvollste auf der Welt verloren hat. »Ich hab ihn geliebt. Ich hab ihn verdammt noch mal geliebt, Mr. Daley.« Fearney schrie das Geheimnis, das ihm so viele Jahre auf der Seele gelegen hatte, aus voller Kehle hinaus.

»Wusste er das?«, fragte Daley.

»Aye, nein. Ich weiß nicht. Er hat mal versucht, mich zu küssen, als wir besoffen waren. Aber wir haben sonst nie was getan oder gesagt. Haben einfach weitergemacht wie immer, darüber gelacht und gespottet – ich jedenfalls – und so getan, als wär unser Verhältnis so, wie's zwischen Brüdern sein soll.« Er legte den Kopf in die Hände, als wäre die Last zu schwer zu ertragen. »Wie sagt man, Mr. Daley? Die Liebe, die ihren Namen nicht zu nennen wagt … heißt es nicht so?«

»Ja«, antwortete Daley und hatte Mühe, Bilder von Liz und seinem Schwager aus seinen Gedanken zu verdrängen. »Das ist richtig. Die Liebe, die ihren Namen nicht zu nennen wagt.«

Die beiden Männer verfielen in Schweigen.

Fearney ergriff als Erster wieder das Wort. »Irgendwann hatte er dann 'ne Freundin. Hübsches Ding, blondes Haar und große blaue Augen. Einfach umwerfend.«

»Und wie haben Sie sich dabei gefühlt?«, fragte Daley und zuckte zusammen, als er sich daran erinnerte, wie oft man ihm diese Frage während seiner Sitzungen in Aggressionstherapie gestellt hatte.

»Ich war am Boden zerstört. Ich wusste, dass ich wegmusste, fort von ihm. Es hat mir das Herz gebrochen.« Fearneys Stimme zitterte, als die lange zurückliegenden Emotionen noch einmal aufwallten.

»Und dann sind Sie nach Kinloch gekommen?«, fragte Daley.

Fearney nickte. »Ich hatte hier 'nen alten Onkel, der ein bisschen Grund und Boden besaß. Gerade genug, dass er sich über Wasser halten konnte, aye, und später war's dann meiner für 'ne Weile, bis ich Sandra begegnet bin. Ihr Vater lag im Sterben, und er hatte keine Söhne. Wir haben geheiratet.«

»Und was ist aus Ihrem Bruder geworden, Duncan?«, fragte Daley. »Und wie hängt das mit alldem hier zusammen?« Er machte eine Geste in die Dunkelheit hinein.

Fearney holte ein paarmal tief Luft, als würde er versuchen, die Fassung wiederzuerlangen. »Ich bin hier wegen meiner eigenen Dämlichkeit, sonst nichts. Ich dachte, ich könnte rausfinden, was aus ihm geworden ist. Das war ein Riesenfehler.« Er hielt wieder inne. »Dreckskerle wie Bentham und dieser Scheiß-Tommy.«

»Warum? Sie haben Tommy deswegen getötet? Ich verstehe nicht.«

»Ich bin durchgedreht, Mr. Daley, ganz einfach. Ich hab mit Tommy gemacht, was er mit mir vorgehabt hat. Aye, er hat gedacht, ich würde stillhalten wie so'n beklopptes Weichei.« Fearney wirkte verzweifelt. »Ich war das schwache Glied in der Kette. Mich erwischen zu lassen, meine ich. Er hatte Angst, ich würde die ganze Sache platzen lassen, zum Kronzeugen werden oder wie man das nennt. Sie mussten mich aus dem Weg räumen, Mr. Daley, nur für alle Fälle.«

»Also haben Sie ihn umgebracht. Und dann haben Sie ihn den Draht runtergeschickt, um alle abzulenken, während Sie die Flucht ergriffen.«

»Aye, auch wenn ich's schon bereut hab, als ich die Kinder hab schreien hören.« Er ließ den Kopf hängen. »Ich musste ihn töten. Es hieß, er oder ich. Ich wusste, dass Leute rauf aufs Dach kommen würden, wenn nix passierte. Er hat gedacht, ich wär schwach. Aber jetzt weiß er's besser.«

Fearneys Gesicht war im Zwielicht eine Maske des Trotzes. Trotz gemischt mit Scham bei dem Gedanken daran, was er getan hatte.

»Es war kein angenehmer Anblick«, erklärte Daley missbilligender, als er vorgehabt hatte. »Aber warum haben Sie es getan? Ich verstehe es immer noch nicht.«

»Er steckte voll mit drin ... Tommy. Die Drogen, meine ich.«

»Drogen? Was hatten Sie denn damit zu tun, Duncan?«

»Nix, davon hab ich mich ferngehalten, Mr. Daley. Na ja, so gut's eben ging.« Fearney wirkte reumütig. »Die Drogen, aye, und der Tabak auch wurden auf einsamen Stränden rund um die Halbinsel hinterlassen. Ich hab bloß die Lieferungen abgeholt. Ich hab die Kippen gelagert und so. Ein paar davon hab ich auch vertickt, bloß weil ich so viele Leute kenne, Mr. Daley. Tommy war nix als ein Handlanger, auch wenn er sich gern eingebildet hat, er hätte das Sagen.«

»Und wer hatte das Sagen, Duncan?«

»Aye, ich komm schon noch dazu, Mr. Daley. Haben Sie Geduld«, sagte Fearney und stand auf. »Hier, die können Sie genauso gut haben. Ich komm hier sowieso nicht mehr raus.« Er reichte Daley die Pistole.

»Was meinen Sie damit?« Daley legte die Waffe neben sich hin und blieb sitzen.

»Meine Leute sind alle tot«, sagte Fearney, ohne auf Daleys Frage einzugehen. »Und ich war nicht mal auf den Beerdigungen, weil ich wusste, dass *er* da sein würde. Er machte weiter mit der Farm unseres Vaters – nicht, dass er damit viel Erfolg gehabt hätte, soweit ich höre. Hat sie runtergewirtschaftet. Dann verschwand er einfach. Spurlos. Die Polizei hat mich befragt, weil ich sein nächster Angehöriger war. Na ja, jedenfalls der Einzige, den sie finden konnten.« Fearneys Miene drückte Ungläubigkeit und Schmerz aus. »Natürlich konnt ich ihnen nicht weiterhelfen, weil ich ihn so lange nicht mehr gesehen hatte.«

»Er war also von einer Sekunde auf die andere verschwunden?«, fragte Daley. »Wusste denn keiner von seinen Freunden oder Familienangehörigen etwas? Wann ist das passiert?«

»Och, vor sechs Jahren oder so«, antwortete Fearney. »Stellte sich raus, dass seine Frau ihn schon vor Jahren verlassen und seinen Sohn mitgenommen hatte und dass er danach allein blieb. Sie hatten keinen Kontakt mehr, und niemand konnte sie finden. Die Polis sagten mir, dass er sich wahrscheinlich selber umgebracht hätte – ist heutzutage nix Ungewöhnliches bei 'nem Farmer, Mr. Daley.« Fearney brach ab und schluchzte wieder auf. »Er hat sogar ein kleines Vermögen hinterlassen. Ich werd's nie begreifen – fast fünfzigtausend Pfund in bar, in Plastiktüten, auf der ganzen Farm verteilt.«

»Sie haben keine Ahnung, woher das Geld stammte?«

»Nee. Die Polizei dachte, es wär illegal, deshalb hatten die Polis und die Leute von der Steuer die Finger drauf, und weil's niemanden gab ...«

»Das ist seltsam, Duncan.«

»Und eine Weile später beim Fernsehen ... Ich konnt nicht glauben, was ich da gesehen hab.«

»Was?«

»Es waren die Nachrichten – so 'ne Gerichtsverhandlung in Glasgow. Ich konnt's nicht glauben. Da war unser Angus, wie er leibt und lebt. Und noch andere Typen. Den, der die Aussage machte, den hab ich später noch mal gesehen, aye, und zwar nicht nur im Fernsehen.«

»Was? Wo haben Sie ihn gesehen, Duncan?«

In dieser Sekunde bemerkte der Detective etwas aus dem

Augenwinkel. Ein rotes Aufblitzen flackerte durch sein Gesichtsfeld, und ein roter Punkt erschien auf der Schulter des anderen Mannes.

Fearney, der der Lichtquelle den Rücken zuwandte, sah ihn nicht und öffnete den Mund, um weiterzusprechen. »Oh, Sie kennen ihn auch, Mr. D…«

Es gab einen lauten Knall, und die Brust des Farmers explodierte. Einen Augenblick lang stand er vollkommen reglos da, bevor er in Richtung des Polizisten zusammensackte wie ein einstürzendes Bauwerk. Daley bekam den fallenden Mann zu fassen. Mühsam fing er sein Gewicht auf und legte ihn auf den Boden.

»Hier spricht DCI Daley! Feuer einstellen!«, schrie er und beugte sich über Fearney. Selbst in der Düsternis sah man sofort, dass das Licht in seinen Augen erloschen war. Sein Geständnis hatte die toten Lippen nicht mehr erreicht.

31

Sarah MacDougall lag auf einer fadenscheinigen Couch und benutzte eine schmutzige Häkeldecke als Betttuch. Durchs Fenster sah sie, wie das erste graue Licht der Dämmerung die Dunkelheit der Nacht färbte. Sie hatte unruhig geschlafen, ihren Gedanken und Ängsten wehrlos ausgeliefert. Wenn sie träumte, sah sie ihren ältesten Bruder Cisco auf der untersten Stufe einer Treppe in einem feuchtkalten Hochhaus in Glasgow hocken, überströmt von seinem eigenen Blut. Sie sah es aus fahlen Schnittwunden in seinem ganzen Körper sickern und sich in einer roten Pfütze zu seinen Füßen sammeln. Trotz allem lächelte er in ihrem Traum und winkte sie mit der linken Hand zu sich. Als sie näher kam, riss eine eiternde Wunde quer über seinem Gesicht auf, und Blut sprühte auf ihr weißes Kleid. Seine Züge verwandelten sich von denen des Bruders, den sie geliebt hatte, in jene, den sie verachtete. Sie träumte jede Nacht denselben Traum.

Während sie so vor sich hin döste, hörte sie ein vertrautes Geräusch. Ein entfernter Glockenklang vertrieb den Traum aus ihrem Bewusstsein. Ihr Mobiltelefon klingelte.

Sergeant Scott saß im Beifahrersitz eines Streifenwagens, während seine Kollegen sich über das verlassene Werftgelände verteilt hatten. Sein Kopf schmerzte beinahe so sehr wie sein Herz, das wie ein dicker und schwerer Knoten in seiner Brust saß.

Er wusste, dass sein Freund in Sicherheit war, aber gleichzeitig auch, dass nichts so war, wie es sein sollte. Die Szene, in der er verspätet und zu Fuß eingetroffen war, wirkte surreal. Donald stand hoch aufgerichtet neben einem Polizei-Van und sprach mit strenger, unnachgiebiger Miene in ein Mobiltelefon. Scott war im selben Moment aufgetaucht, als Donald den Befehl erteilte, den Bewaffneten wegen des Risikos für einen seiner Beamten ohne Vorwarnung zu erschießen. Donald würde sich für diese Handlungsweise verantworten müssen. Doch Scott konnte sich keinen Mann vorstellen, der besser geeignet gewesen wäre, Kreide zu fressen und sich vor einer Untersuchungskommission herauszureden. Und sofern man sich an vergangenen Ereignissen orientierte, würde er auch noch für seine schnelle und kaltblütige Reaktion befördert und belobigt werden.

Scott fühlte sich nicht wohl in seiner Haut. Er sah, wie eine große, bullige Gestalt sich im weichen Licht der Morgendämmerung auf ihn zubewegte. Selbst aus der Entfernung war nicht zu verkennen, dass Jim Daley alles andere als glücklich war. Sein Gesicht war rot angelaufen und zornig. Seine zielgerichteten Schritte führten ihn direkt zu dem Wagen, in dem Scott saß.

»Alles klar, Jimmy-Boy?«, fragte Scott gezwungen leutselig. »Das war knapp, was?«

»Halb so wild, Brian«, sagte Daley und lehnte sich ins offene Fenster auf Scotts Seite des Wagens. »Erzähl mir lieber, wie das mit Frank MacDougall war.« Es stand keine Spur von Anteilnahme in seiner Miene. Scott kannte diesen Blick, aber er war noch nie auf ihn selbst gerichtet gewesen. Daley ging um die Motorhaube herum und ließ sich in den Fahrersitz gleiten.

Der Mann hörte mit ausdrucksloser Miene zu. »Aye, sie ist hier. Aber jetzt warte mal, was ist das denn für eine Begrüßung? Kein ›Wie geht's, wie steht's?‹ oder ›Du hast dich überhaupt nicht verändert?‹.« Er tigerte in dem winzigen Raum auf und ab, wo Sarah auf dem Sofa saß. »Och, komm schon, Mann. Glaubst du wirklich, ich würde einem so netten kleinen Mädel was antun?«, sagte er. »Du kennst mich doch.« Mit einem Grinsen gab er das Mobiltelefon an Sarah weiter.

»Hi Daddy«, sagte sie mit schwankender Stimme. »Mach dir um mich keine Sorgen. Mir geht's gut. Dieses Monster hat mich …« Der Satz wurde abgeschnitten, als der Mann ihr das Telefon aus der Hand riss.

»Siehst du, mein alter Freund, Daddys kleiner Prinzessin geht es bestens. Vorläufig jedenfalls.« Er grinste höhnisch, als würde er Frank MacDougall persönlich in die Augen sehen. Er lauschte auf die Antwort, schnaubte verächtlich und legte auf. Dann lächelte er dem Mädchen zu, das auf der ramponierten Couch saß, die Knie bis zum Kinn hochgezogen hatte und sie mit den Armen umschlungen hielt. »Siehst du, meine Süße. Daddy ist schon am Ball. Ein Jammer, dass er nicht so scharf drauf war, dem Rest eurer Familie zu helfen.«

»Ich will nicht über Cisco sprechen«, entgegnete sie.

»Nee, ich meine ja auch deinen Bruder Tom«, sagte er. Offenbar amüsierte er sich königlich.

»Was?«

»Dein Vater hat mich am Telefon bedroht, hat gesagt, er schneidet mir die Kehle durch, genau wie es Tommy ergangen ist.« Er grinste breit. »Das klingt jetzt vielleicht pessimistisch, aber mir will scheinen, als würde die Chance, alt zu werden, erheblich sinken, wenn sie einem die Kehle durchgeschnitten haben.«

Sie sah zu ihm hoch und bemerkte im schwachen Licht die silbernen Stoppeln auf seinem Kinn.

»Er hat mich auf dem falschen Fuß erwischt«, antwortete Scott, dem Daleys Fragerei langsam auf die Nerven ging.

»Sagst du.« Daleys Miene blieb ausdruckslos, während er seinem Untergebenen ins Gesicht starrte.

»Was willst du damit sagen?«, schrie Scott so laut, dass zwei Cops in Uniform, die dreißig Meter entfernt standen, ihnen besorgte Blicke zuwarfen.

»Komm schon, Brian«, sagte Daley mit einem Ausdruck des Widerwillens. »Dein alter Nachbar – ein Freund aus Kindertagen und nebenbei einer der gefährlichsten Verbrecher Schottlands – sucht sich zufällig ausgerechnet dich aus, um seine Flucht zu bewerkstelligen. Und zwar genau dann, wenn du mit einer Schusswaffe und den Schlüsseln zu einem geborgten Auto ausgestattet bist?«

»Hast du die verdammte Beule an meinem Hinterkopf gesehen, Jim? Ich hab mich aus dem Krankenbett gewälzt, als ich hörte, dass du in Schwierigkeiten steckst. Und du wirfst mir vor, korrupt zu sein? Ich kann's nicht glauben, dass du das bist, der da spricht, Jim. Was auch immer hier passiert ist, es scheint dir das Hirn aufgeweicht zu haben.« Obwohl Scott beinahe schrie, sprachen seine Augen eine andere Sprache. Sie flehten seinen Freund an, ihm zu glauben. »Falls du dich noch erinnern kannst: Ich war es, der MacDougall damals hochgenommen hat.«

»Oh ja«, antwortete Daley nach einer Pause. »Und ich muss zugeben, Brian, darüber habe ich mich schon damals gewundert.«

»Hör zu, *Sir*«, sagte Scott. »Ich weiß nicht, was mit dir los ist, aber ich werd hier nicht brav rumsitzen mit meinen Kopfschmerzen, nur damit du das Vergnügen hast, mich auseinanderzunehmen.« Er wollte die Autotür öffnen.

»Bleib, wo du bist«, befahl Daley. »Egal, was ich denke oder nicht denke, Brian, du weißt genauso gut wie ich, dass der Dreckskerl Donald da drüben sich wie ein Bluthund auf deine Spur setzen wird, sobald er die Sache hier geregelt hat.« Daleys Stimme klang jetzt wesentlich ruhiger. Er massierte sich die Schläfen und spürte, wie die Erschöpfung der letzten Tage ihn einholte.

»Mach dir um den keine Gedanken, Jim«, sagte Scott. »Nach der Geschichte hat er genug damit zu tun, den eigenen Kopf aus der Schlinge zu ziehen.« Er nickte zu dem Leichenwagen hin, der gerade auf den Hof rollte.

»Ja«, erwiderte Daley nachdenklich. »Sollte man meinen.«

»Was willst du damit sagen?« Scott sah Daley von der Seite her an.

»Das weiß ich selbst nicht genau«, antwortete Daley. »Irgendetwas geht hier vor. Ich übersehe da etwas – und das nagt jetzt schon seit Monaten an mir, wenn du's genau wissen willst.«

»Oh«, sagte Scott und blickte aus dem Fenster. Die Sonne breitete ihre goldenen Strahlen über dem Loch aus und verwandelte seine dunkelblaue Farbe in Türkis. »Hm«, fügte er hinzu und rieb sich das Kinn.

32

Sie hatte Mühe, mit ihm Schritt zu halten, während sie zu dem kleinen Anleger hinuntergingen, an dem das Boot festgemacht lag und im klaren Morgenlicht auf den Wellen tanzte. Er warf mühelos eine schwere Reisetasche an Bord und hievte dann vorsichtig eine mit Stahlbändern armierte Kiste auf das Deck des kleinen Fahrzeugs.

Die See war ruhig und schiefergrau, ohne das kalte Blau des Himmels zu reflektieren, in dem die Möwen kreisten und in der windstillen Luft lauthals kreischten. Der Anleger war glatt und mit weißem Reif bedeckt, ebenso wie die kleinen Fenster des Steuerhauses. Er packte Sarah grob und hob sie an Bord. Die dicke Kleidung, die er gegen die Kälte trug, ließ ihn noch kraftvoller erscheinen.

»Setz dich hin, dann fahren wir zu Daddy«, sagte er und zeigte auf eine kleine Bank an der Seite der winzigen Kabine. »Wer hätte gedacht, dass Frankie und ich uns mal an das Leben auf See gewöhnen, was? Wonach fischt er gleich wieder?«

»Nur zum Vergnügen, er macht das nicht als Geschäft«, sagte sie. »Versuch du doch mal, jahrelang an so einem gottverlassenen Ort zu leben, ohne etwas zu tun zu haben.«

»Oh, aye.« Er grinste. »Ich dagegen hatte in den letzten Jahren die schönste Zeit meines Lebens, Süße. Supertoll.«

»Besser, als tot zu sein, stelle ich mir vor.«

»Ich weiß nicht, ich war noch nie tot«, sagte er, wobei er den Philosophen falsch zitierte.

»Immerhin hattest du Zeit, deinen Verstand zu schulen«, meinte sie.

»Glaubst du? Ich hab vielleicht ein paar Dinge gelernt, die ich vorher nicht wusste, aber was meinen Verstand angeht, na ja, wie will man Perfektion verbessern? Okay, festhalten jetzt. Es ist Zeit, alte Rechnungen zu begleichen.« In einer Wolke blauen Rauchs sprang der Dieselmotor klappernd an.

John Donald hasste Navigationsgeräte. Sie hatten ihn im Lauf der Jahre oft genug in die Irre geführt, daher war er überrascht, als der kleine Parkplatz an der Bai tatsächlich vor ihm auftauchte. Er stellte den Wagen mit der Motorhaube zum Meer ab, bevor er sein Mobiltelefon hervorzog und es besorgt betrachtete. Er hatte Empfang – wie versprochen –, allerdings keine neuen Nachrichten. Er legte den Kopf zurück und schloss die Augen, während die Klänge von Mendelssohns »Schottischer Symphonie« aus den Lautsprechern drangen und der Landschaft draußen einen noch dramatischeren Anstrich gaben. In der Ferne durchstieß die Silhouette eines großen Hochseefrachters den Horizont, und näher am Ufer neigte sich das weiße Segel einer einsamen Jacht.

Donald war fast eingeschlafen, als sein Mobiltelefon sich meldete. Er spürte, wie ihm Schweißtropfen auf die Stirn traten, als er die Nachricht las. Er zwang sich, tief durchzuatmen und sich zu konzentrieren. Der Knoten in seinem Magen zog sich zusammen.

Als Daley das Krankenhaus betrat, sprang ein aufgeregter Constable von seinem Stuhl auf und kam auf ihn zugelaufen.

»Sir, Mrs. Robertson ist wach und fragt nach ihrer Familie. Ich weiß nicht, was ich ihr sagen soll. Der Arzt will sie nicht länger unter Beruhigungsmittel setzen.« Betty MacDougall war ins örtliche Krankenhaus eingeliefert worden. Der Schock dessen, was ihrer Familie angetan worden war, war zu viel für sie gewesen.

»Okay, mein Junge«, sagte Daley beruhigend. »Ich kümmere mich schon darum.« Er betrat das ein Stück abseits gelegene Privatzimmer, in dem Frank MacDougalls Frau aufrecht im Bett saß und sich mit geröteten Augen vor und zurück wiegte. Sie war ein Bild des Elends.

»Hallo, mein Sohn«, sagte sie. »Haben Sie Frankie mitgebracht?«

»Nein, tut mir leid«, antwortete Daley und stellte einen Stuhl ans Fußende des Betts. »Ich muss mit Ihnen sprechen.«

»Ich will Frankie sehen«, heulte sie auf, als ein gehetzt wirkender Arzt ins Zimmer geeilt kam. Daley erkannte erfreut denjenigen, der ihm von Liz' Schwangerschaft berichtet hatte.

»Mr. Daley«, sagte der Doktor mit schwachem Lächeln. »Ich fürchte, Mrs. Robertson ist nicht in der Verfassung, um von der Polizei vernommen zu werden. Ich nehme an, das ist der Grund Ihrer Anwesenheit?«

»Mrs. Robertson steht keineswegs unter Arrest, Herr Doktor«, versicherte Daley ihm ruhig. »Ich bin lediglich als Besucher hier. Stimmt's, meine Liebe?« Er lächelte die Frau im Bett an.

»Aye«, bestätigte sie. »Ich muss so oder so mit dem Beamten hier sprechen.« Daley war froh, dass sie wenigstens halbwegs bei Verstand zu sein schien. Der junge Arzt runzelte die Stirn und ging kopfschüttelnd hinaus.

»Sie haben da vor ein paar Tagen etwas gesagt«, begann Daley. Er war sich darüber im Klaren, dass die Unterhaltung jäh beendet werden konnte, wenn ein Chefarzt auftauchte.

»Ich kann mich nicht erinnern«, sagte sie und begann wieder zu schluchzen. »Wann?«

Vielleicht war es vergebliche Liebesmühe, doch der Chief Inspector musste es versuchen. »Bei Ihnen zu Hause, erst kürzlich, als wir uns auf der Farm kennengelernt haben.«

Durch die geschlossenen Augen liefen ihr weiter die Tränen übers Gesicht. Trotz ihres Alters und der seelischen Qualen, die sie litt, konnte der Detective noch einen Schatten der schönen Frau erkennen, die sie einmal gewesen war.

Sie sah ihm direkt in die Augen. »Gibt es in Ihrem Leben nicht Zeiten, in denen Ihnen einfach alles zu viel ist, mein Sohn?«

»Doch. Ich glaube, das geht jedem so, Betty«, antwortete Daley und ergriff ihre Hand.

»Das Problem ist, wenn das die einzigen Zeiten sind, die man hat, die einzigen, an die man sich erinnern kann ... dann hält man es nicht mehr aus. Man versteckt sich einfach, versteckt sich in einer Ecke seines eigenen Kopfs.«

Daley lächelte sie an, sagte jedoch nichts. In solchen Augenblicken kam er sich vor wie ein Schwindler, der sich als mitfühlendes menschliches Wesen tarnte. Denn natürlich wollte er dieser gequälten Seele eigentlich nur so viele Informationen wie möglich entringen, um sie dann ihrem Schicksal zu überlassen, während die Jagd weiterging. Sie war ein Mittel zum Zweck, ein Werkzeug, sonst nichts. Nicht zum ersten Mal fühlte Daley sich von seinem eigenen Verhalten abgestoßen.

»Wissen Sie, wann ich ihn das erste Mal gesehen habe?«, fragte sie mit einem Leuchten in den Augen.

»Wen?«

»Jamie Machie. Aye, den kleinen Jamie Machie.« Sie lächelte, als würde ihr die Erinnerung an dieses Monster aus lange vergangenen Tagen Freude bereiten, was Daley überraschte. »Ein helles Kerlchen war er, einen Kopf größer als der Rest der Kleinen. Und hübsch. Aye, wirklich hübsch. Er konnte mit seinem Charme einfach jeden betören, Mr. Daley«, sagte sie. Zum ersten Mal, seit sie sich begegnet waren, wirkte sie aufrichtig glücklich.

»Wie die Menschen sich doch ändern«, bemerkte Daley und wünschte sofort, er hätte sich den Kommentar verkniffen. Wieder hatte er dieses nagende Gefühl im Hinterkopf, dass er die Antwort kannte und nur die Fäden nicht miteinander verknüpfen konnte. Dass es ihm nicht gelang, die Schlinge fest genug zuzuziehen, um das, was er brauchte, aus den Tiefen seiner Erinnerung zu zerren.

»Ich war drei Jahre älter als er«, sagte Betty unbeschwert im Plauderton. »Aye, und Frankie auch. Obwohl er auf eine andere Schule ging als ich, weil er Fenier war und alles, ein Kathole eben.«

Daley staunte, wie beiläufig das religiöse Sektierertum an der Westküste von Schottland sich in ein Gespräch einschleichen konnte. Die Vorstellung, dass Katholiken und Protestanten auf unterschiedliche Schulen und in verschiedene Kirchen gingen, dass sie in einer Großstadt wie Glasgow völlig getrennte Leben führten, hatte ihn schon als Junge verblüfft. Kinder, die unmittelbar nebeneinander in den alten Mietskasernen lebten und auf sich allein gestellt Spielgefährten und

Freunde geworden wären. Aber das war unmöglich, wenn ihre Familien erst einmal den Schleier der Bigotterie über sie gelegt hatten. Kinder, die im selben Hinterhof groß wurden, wussten so wenig voneinander, als würden sie von verschiedenen Planeten stammen. Daley war zwar im römisch-katholischen Glauben erzogen worden, doch sein Vater hatte nichts für Scheinheiligkeit übriggehabt, sondern ihn vielmehr ermutigt, mit anderen Kindern in der Straße Umgang zu pflegen, die auf andere Schulen gingen und blaue Trikots trugen, wenn sie auf dem roten Abraumfeld am Ende der Straße Fußball spielten. Das war vermutlich das Beste, was sein Vater je für ihn getan hatte.

»Aber das war später, Mr. Daley«, sagte Betty MacDougall, und ihr Lächeln ließ sie um Jahre jünger erscheinen. »Als ich ihn zum ersten Mal sah, trug er seinen Taufumhang. Natürlich war ich selber auch noch klein, aber ich weiß es noch, als wär's gestern gewesen.« Sie tätschelte dem Polizeibeamten die Hand, während sie daran zurückdachte.

»Er hat anscheinend großen Eindruck auf Sie gemacht, Betty.«

»Aye, das hat er wohl. Ja, sie trugen blaue Schals und kleine Rasseln – die waren auch blau-weiß. Eigentlich war zu der Zeit in unserer Straße alles blau und weiß, sogar die Katzen und Hunde.«

»Sie sagten gerade ›sie‹, Betty.« Daley spitzte die Ohren.

»Aye, natürlich«, erwiderte sie, und ein verwirrter Ausdruck trat auf ihr Gesicht. »Hätte ja wenig Sinn gehabt, den einen taufen zu lassen und den anderen nicht.«

In diesem Moment wurde die Tür plötzlich aufgestoßen, und der junge Arzt, eine Schwester in mittleren Jahren und ein junger Mann im Anzug rauschten herein. Betty MacDougall entzog Daley ihre Hand und flüchtete sich in eine Ecke des Betts, während ihr Gesicht zu einer Maske des Schreckens erstarrte.

»Mr. Daley«, sagte die Krankenschwester, »Sie haben keinerlei Recht, hier zu sein. Mrs. Robertson ist nicht in einem Zustand, um von der Polizei verhört zu werden.« Sie warf dem jungen Arzt, der sich auf die Lippen biss, einen empörten Blick zu.

»Ich bin nicht als Polizeibeamter hier«, gab Daley zurück. Er war wütend, dass sie mit ihrem Eindringen Betty MacDougalls Blick in die Vergangenheit unterbrochen hatten.

»Tun Sie sich selbst einen Gefallen, Mr. Daley«, riet der gepflegte junge Mann mit einem arroganten Lächeln. »Gehen Sie jetzt, bevor ich Ihren Vorgesetzten anrufe. Ich weiß, dass er sich derzeit in Kinloch aufhält.«

»Also gut, Betty«, sagte Daley. Er erhob sich und blickte auf die gepeinigte Frau herunter, der schon wieder die Tränen übers Gesicht strömten.

»Sie können mir ein andermal von der Taufe erzählen«, sagte er in der Hoffnung, ihr noch einen Fetzen Information zu entlocken.

Betty MacDougall schluchzte nur. Mary Robertson war wieder zurück, und Daley wusste, dass er nichts mehr aus ihr herausbekommen würde.

»Gut, Inspector, wenn Sie jetzt bitte gehen würden. Es ist Ihnen doch klar, dass ich eine offizielle Beschwerde über Ihr Verhalten einreichen muss.« Der junge Mann im Anzug musterte Daley hochnäsig.

Er war groß, aber Daley war größer. Der Polizeibeamte

baute sich unmittelbar vor ihm auf, grinste und klopfte ihm auf die Schulter seines teuren Anzugs. Daleys Stimme klang leise und nicht ungefährlich. »Keine Sorge, Söhnchen. Ich werde dafür sorgen, dass das Gesundheitsamt erfährt, wie gerne Sie gelegentlich mal einen Joint rauchen. Wir haben letzte Woche Ihren Dealer verhaftet, und seine Buchführung war makellos. Ihr Name stand ganz oben auf der Liste.«

Der Detective ging hinaus.

Zu Donalds Überraschung war es ein kleines und unauffälliges Auto. Aus irgendeinem Grund hatte er mit einem protzigeren Fahrzeug gerechnet. Er spähte hinein und versuchte, die Insassen zu erkennen, doch die Sonne schien zu hell, und er konnte lediglich zwei Silhouetten auf den Vordersitzen wahrnehmen.

Donald erinnerte sich nur an wenige Gelegenheiten, bei denen er ähnlich nervös gewesen war. Zum Beispiel an seinem ersten Tag auf der Werft in Gowan. Er hatte eine Woche zuvor die Schule verlassen. Und der Mangel an Hoffnungen, den seine Eltern in ihn setzten, wurde nur noch unterboten von der armseligen Liste von Qualifikationen, die er nach seiner Schulzeit vorweisen konnte.

Er erinnerte sich noch gut an den Lärm und die Hitze in der gewaltigen Werft, in der einige der größten Schiffe der Welt gebaut worden waren. Man hatte ihn einem älteren Schweißer zugeteilt, einem dünnen Mann, dessen Zunge so spitz war wie seine Nase, die sich vom vielen Alkohol bereits bläulich verfärbte. Er hatte kaum ein Wort an seinen jugendlichen Schützling gerichtet, und wenn doch, dann barsch und ungnädig.

An Donalds drittem Tag auf der Werft in Glasgow erhielten er und sein »Mentor« den Auftrag, einen Teil des Schiffes hoch oben unter dem Bug zu schweißen. Um dorthin zu gelangen, mussten sie ein stählernes Gerüst bis in beängstigende Höhen erklimmen. Als Donald, der nie unter Höhenangst gelitten hatte, in die Leere unter sich hinabblickte, drehte sich ihm der Magen um, und ihm wurde schwindelig. Das Gefühl hatte sich verstärkt, während sie sich der Spitze des Gerüsts näherten. Es schwankte immer stärker, je höher sie kamen. Er erinnerte sich, dass die Angst sich wie ein eiserner Ring um seine Brust geschlossen und ihm den Atem geraubt hatte. Ein Schweißfilm war ihm auf die Stirn getreten.

Ohne Vorwarnung hatte sein Mentor ihn am Arm gepackt und über das wackelige Geländer des Gerüsts über den Abgrund gestoßen. Er hatte ins Nichts gestarrt, während ihm das Herz bis zum Hals schlug und er verzweifelt versuchte, sich mit den Zehenspitzen auf den Planken des Gerüsts festzukrallen, denn es war das Einzige, was ihn außer dem Griff des Schweißers vor einem Sturz in den Tod bewahrte.

»Ich will, dass du mir sagst, dass du ein Wichser bist«, hatte der Mann gesagt, während er seinen Schutzbefohlenen ins Leere baumeln ließ wie ein Segel am Mastbaum einer Jacht. »Und wenn nicht, du kleine Schwuchtel, dann lass ich dich los. Bilde dir ja nicht ein, dass es irgendjemand kümmert, was aus dir wird, du armseliger Wicht, du. Hier passieren ständig Unfälle, falls du weißt, was ich meine.«

Donald sah eine Gruppe von Männern ganz weit unten, die auf ihn zeigten und sich über seine missliche Lage amüsierten. Er spürte, wie seine Blase nachgab. Die Erniedrigung, seinen eigenen Urin am Bein hinunterlaufen zu fühlen, während sich ein dunkler Fleck auf seiner blauen Montur ausbreitete, war nichts gewesen im Vergleich zu der Furcht, die er empfand.

»Ich bin ein Wichser«, hatte er leise und mit trockenem Mund gesagt.

»Ich kann dich nicht hören«, hatte sein Peiniger gehöhnt und den Griff an Donalds Arm gelockert.

»Ich bin ein Wichser!«, hatte er aus vollem Hals geschrien.

»Was sagst du?« Die Finger des Schweißers begannen, den Halt am Ärmel von Donalds ölverschmiertem Overall zu verlieren.

»Ich bin ein Wichser!«, hatte Donald in den höchsten Tönen gekreischt und sich heftig übergeben müssen.

Trotz seiner Beschämung war die Erleichterung riesig gewesen, als er auf die Plattform des Gerüsts zurückgezogen wurde und die Holzplanken beruhigend klapperten, während er auf ihnen zusammenbrach.

»Und angepisst hat er sich auch noch. Ein Schweinigel, nicht bloß ein verdammter Schmutzfink.«

Donald erinnerte sich noch heute, wie er sich an jenem Tag gefühlt hatte. Die Last auf seiner Brust, die Todesangst. Aber vor allem war ihm der Hass im Gedächtnis haften geblieben, der stumme Wunsch nach Rache, der sich gegen den Mann richtete, der ihm das Unsagbare zugefügt hatte. Die Gefühle, die dieser Vorfall ausgelöst hatte, waren zum treibenden Element in seinem Leben geworden, zu den spitzen Steigeisen, mit denen er die trügerische Karriereleiter erklomm. Am nächsten Tag hatte er die Lehrstelle gekündigt und sich für den Polizeidienst beworben.

Jetzt blickte Donald zu dem anderen Fahrzeug auf dem Parkplatz hinüber. Er konnte keine Bewegung darin erkennen. Er schloss die Augen, und abermals reiste er in der Zeit zurück. Er machte wieder Streifendienst in Glasgows Townhead. Seine vier Jahre als Kadett waren vorbei. Inzwischen war er Police Constable.

Die Gestalt, die aus dem heruntergekommenen Pub getaumelt kam, hatte etwas an sich gehabt, das ihm bekannt vorkam. Der Mann war stehen geblieben, hatte in der Tasche herumgefummelt und sich aus dem Wind gedreht, um in der hohlen Hand eine Zigarette anzuzünden. Dann hatte er sich wieder dem jungen Polizeibeamten zugewandt.

Donald beobachtete den Mann, während er tief an seiner Zigarette zog. Zwei Häuser entfernt vom Pub zweigte eine dunkle Gasse ab. Der Mann verschwand darin, ließ Wolken von Zigarettenrauch in seinem Kielwasser zurück. Donald wartete zwei Herzschläge lang, bevor er ihm folgte.

»Was zum Teufel soll das?«, stieß der Mann hervor und drehte ihm den Kopf zu. Er hatte eine Hand gegen die Mauer gestützt, während er in der Gasse Wasser ließ. Er war geblendet vom grellen Strahl der Taschenlampe, die ihm ins Gesicht leuchtete.

»Oh Scheiße, die verfluchten Polis«, sagte er, während er zusah, wie der Beamte sich bückte und etwas aus dem Abfall in der Gasse auflas. »Lassen Sie mich wenigstens fertig pinkeln, bevor Sie mich einbuchten.«

Der Backstein lag rau und fest in Donalds Hand. Die narbige Oberfläche grub sich in seine Handfläche, während er ihn dem Mann wiederholt gegen den Kopf schmetterte. Er sackte in einer Pfütze aus seiner eigene Pisse zusammen und ließ das Dasein hinter sich.

»Wer ist jetzt der Scheiß-Wichser, du Dreckskerl?«, fragte Donald, als er ihm den Backstein an den eingeschlagenen Schädel warf. Er verließ die Gasse und ging gelassen die Straße entlang, während er die Finger über die Schaufensterscheiben auf der einen Seite gleiten ließ und die andere sorgsam im Auge behielt. Das Funkgerät in seiner Tasche erwachte knisternd zum Leben.

»Zwo eins zwo, Ihre Position bitte. Irgendwelche Meldungen?«

»Swan Street bei der Canal Street. Nichts los hier«, erwiderte der junge Donald.

»Roger. Weitermachen.«

33

Daley betrat einen langen Korridor des Krankenhauses. Ohne es wirklich zu wollen, ging er an einer Reihe von Privatzimmern vorüber, bis er das mit dem Schild »L. Daley« erreichte. Er klopfte nicht an, sondern drückte gleich die Klinke herunter und trat ein.

Liz schlief fest. Er spürte, wie sein Herz einen Sprung tat. Ihre dichten, kastanienbraunen Haare ergossen sich über das weiße Kopfkissen. Ihre bleiche Gesichtsfarbe zeugte von dem kürzlich erlittenen Trauma und ihrem Zustand. Er betrachtete ihre Stupsnase, die er so unwiderstehlich fand. Ihr kleiner Mund formte einen perfekten Amorbogen. Die Lippen waren leicht geöffnet, sodass man die Spitzen ihrer weißen Zähne sah. Es war ein Mund, der den Blick auf sich zog, das Herz erfreute und geküsst werden wollte.

Er sah auf seine schlafende Frau hinunter, und es brach ihm fast das Herz. Die Bilder der Überwachungskamera bei dem Autohändler, die sie mit Mark Henderson zeigten, hatten sich in sein geistiges Auge eingebrannt. Die Anziehung zwischen den beiden war in jeder Aufnahme spürbar. Ihre Hand in seinen Haaren, die Art, wie sie ihm das Gesicht entgegenreckte. Daley stellte sich vor, wie ihre hellblauen Augen den Ehemann ihrer Schwester mit einem Blick ansahen, von dem er gehofft hatte, er bliebe ihm vorbehalten.

Finstere Gedanken folgten. Ihr Körper, eng umschlungen

mit dem eines anderen Mannes. Ihr Duft. Das Braunrot ihrer Brustwarzen. Ihr langer, eleganter Hals, der sich zurückbog, während sie in der Ekstase des Orgasmus aufkeuchte. Ihre Fingernägel, die rote Striemen auf dem Rücken seines Nebenbuhlers hinterließen.

Während ihrer ganzen Ehe hatte Liz ein lockereres Verhältnis zum Sex an den Tag gelegt als er – und, so vermutete er, damit auch zur Treue. Es schien fast, als würde ihr jener Gipfel der Eifersucht – der Gedanke daran, dass ein Geliebter von einem anderen genommen, besessen wurde – nichts bedeuten. Als könne sie nicht verstehen, warum Fleisch, das in Fleisch eindrang, ein Gefühl von Abscheu und Verzweiflung auslöste.

Und jetzt – jetzt war alles noch schlimmer geworden. Jim Daley stand kurz davor, Vater eines Kindes zu werden, das er niemals als sein eigenes würde akzeptieren können. Er hatte jahrelang mit den Liebeleien seiner Frau gelebt – die Erinnerung daran suchte ihn immer wieder heim –, doch nun würde es ein lebendiges, atmendes Zeugnis für ihre Untreue geben. Die fleischgewordene Sünde des Ehebruchs.

Er ging hinaus und schloss leise die Tür hinter sich.

Das Landhotel war ein umgebautes, zweigeschossiges Haus, das ein kleines Stück abseits der Straße stand. Verblichene Plastikstühle und -tische standen zwischen Pfützen von schmelzendem Eis in einem unordentlichen Biergarten an der Vorderseite des Anwesens herum.

Trotz des kalten Wetters wurde die Tür zur Bar von einem Bierfass offen gehalten. Als Donald hineinging, attackierte der stechende Geruch nach Bleichmittel seinen Geruchssinn, gemischt mit dem widerlich süßlichen Aroma von schalem Alkohol.

»Aye, wir haben gerade erst aufgemacht«, rief eine Frau irgendwo hinter ihm.

Donald zuckte erschrocken zusammen. In einem Versuch, seine Autorität durchzusetzen, ging er zu der kleinen Bar und zog sich einen Hocker heran. »In dem Fall haben Sie sicher nichts dagegen, mir einen großen Whisky einzuschenken.«

Eine nicht mehr ganz junge, kleine Frau kam in sein Blickfeld gewatschelt. Sie trug einen weiten weißen Pulli, schmuddelige schwarze Leggings und Flipflops. »Ist das Ihr Wagen da draußen?«, fragte sie, ein wenig verschnupft wegen des unhöflichen Tons ihres neuen Gastes.

»Ja«, antwortete Donald. »Ist das ein Problem?«

»Nicht direkt«, sagte sie kopfschüttelnd. »Es ist ja Ihr Führerschein. Denken Sie dran, die Cops schauen öfter auf eine Tasse Tee hier rein. Sie wissen schon, die Jungs mit dem großen Wagen für die Verkehrskontrollen.«

»Ach, was Sie nicht sagen? Nun, ich werde die Augen offen halten, keine Sorge. Also, was ist nun mit dem Whisky?«

Umständlich stellte sie ein kleines Glas unter den großen Spender, der an einer Magnumflasche Whisky befestigt war. »Ich hab gehört, dass sie den hiesigen Boss von den Polis heute aus dem Krankenhaus geschmissen haben, also passen Sie besser auf.« Sie stellte den Drink vor Donald hin. Er warf einen Zwanzig-Pfund-Schein auf den Tresen und kippte das Getränk in einem Zug hinunter.

»Nur keine Sorge. Vor dem Typen werde ich mich besonders in Acht nehmen. Klingt ja wie ein ganz übler Bursche«, sagte Donald und hob sein Glas in die Höhe. »Noch mal dasselbe.«

Während die Frau weiter ihren Aufgaben nachging, sah Donald sich um. Es gab das übliche Sortiment von schäbigen Barhockern und zerschrammten Kupfertischen auf einem blanken Holzfußboden, der vom Putzen noch feucht war. Am anderen Ende des Raums, neben einer Tür, hing ein Schild mit der Aufschrift BIERGARTEN, TOILETTEN, ÖFFENTLICHES TELEFON.

Donald fummelte die Münzen aus seiner Tasche, die er am Vorabend im Hotel gesammelt hatte, und musste an einen Lieblingsspruch seiner Mutter denken: *Einem Säufer mangelt es nie an Kleingeld.*

»Ich benutze mal eben Ihre Toilette«, sagte er zu der Barfrau, als er den nächsten Drink bezahlte. Hinter der Tür fand er ein gelbes Münztelefon mit Plexiglashaube. Mit zitternder Hand warf er eine Münze ein und wählte die Nummer, die er so gut kannte. Seine eigene Stimme klang ihm fremd, als er sich meldete. Er hielt das Gespräch kurz und legte grußlos auf.

MacDougall kämpfte mit dem Vorhängeschloss am Rumpf des kleinen Kabinenkreuzers. Er war im vergangenen Sommer einmal als Gast mitgefahren und hatte mit dem Besitzer, einem Einheimischen, die Insel Gigha umrundet.

In den letzten Jahren hatte er sich zu einem recht guten Seemann entwickelt, und er war gerne auf dem Meer. Die pausenlose Bewegung des Bootes, die salzige Seeluft und das immer wechselnde Panorama waren ein Fest für die Sinne. Als er zum ersten Mal alleine hinausgefahren war, hatte er gestaunt, wie sehr sich dieses Erlebnis von der endlosen Langeweile seiner Jugend unterschied, die er in einem verfallenden Wohnblock im East End von Glasgow verbracht hatte. Enge Horizonte formten beschränkte Geister. Das lag auf der Hand, und doch wurde seit Generationen nichts getan, um die sich daraus ergebende soziale Spaltung zu beheben. Es wirkte beinahe so, als wären die Armen nicht nur die Unterklasse, sondern eine fremde Spezies, dazu verdammt, ihr Dasein auf einer völlig anderen Ebene zu verbringen. Er wusste, dass seine Tochter der lebende Beweis dafür war, dass Familien wie die MacDougalls, Opfer und Täter von Gewaltverbrechen über Generationen hinweg, sich ändern konnten. Er hoffte, dass wenigstens Sarah den Namen MacDougall zu neuen, saftigeren Weiden tragen würde.

Nach ein paar Sekunden ließ er den Motor an, warf Vorder- und Achterleine los und lenkte den Kabinenkreuzer hinaus in die Bai. MacDougall wusste, dass dieses Boot wenigstens fünfunddreißig Knoten schnell fahren konnte. Er schob den Gashebel langsam vor, ohne die Instrumententafel aus den Augen zu lassen. Nach seinen Berechnungen würde er nicht ganz eine Stunde brauchen, um die Koordinaten zu erreichen, die ihm als Textnachricht vom Handy seiner Tochter übermittelt worden waren. Es war ein einfacher Kurs, immer geradeaus, ohne Unterwasserfelsen, Sandbänke oder unter der Oberfläche verborgen liegende Wracks. Dorthin zu kommen war kein Problem – für Sarahs Überleben zu sorgen schon.

Machie hatte den Ort gut gewählt. Dicht daneben lag der berüchtigte Mahlstrom von Corryvreckan, sodass es unwahrscheinlich war, dort auf andere Schiffe zu treffen. Er stellte sich – nicht zum ersten Mal – James Machies Gesicht vor und fragte sich, wie die Zeit ihn wohl verändert hatte. Hatte sie seine animalische Schläue noch geschärft, seine skrupellose Gerissenheit, sein Talent, fast jede Situation zum eigenen Vorteil umzudrehen? Aber er hatte eine Achillesferse – seine Arroganz. JayMac hatte sich immer eines übermäßigen Selbstvertrauens erfreut, und das verführte zu Leichtsinn. Wäre Machie nicht so entspannt umgegangen mit seinen »Kontakten« bei der Polizei und deren Fähigkeit, ihm den Rücken freizuhalten, hätte das Familienimperium neue Höhen erklimmen können. Keiner von ihnen wäre zu einem planlosen Rückzug gezwungen gewesen, bei dem es nur noch hieß: jeder für sich. Dann säße er jetzt nicht unter einem angenommenen Namen auf einem gestohlenen Boot. Seine Söhne wären noch am Leben.

Er musste wieder an Sarah denken. Machie würde keine Skrupel haben, sie vor seinen Augen zu töten. Wie sollte er es ertragen, das Leben aus diesen intelligenten grünen Augen schwinden zu sehen? Obwohl er fast immer von Tod und Gewalt umgeben gewesen war, war dies ein Schmerz, den zu vermeiden Frank MacDougall fest entschlossen war.

Auf einer kleinen Plakette über dem Armaturenbrett stand *Morning Prayer*, der Name des Bootes. Die Ironie entging dem Mann nicht, während er das Fahrzeug steuerte, und er betete stumm für seine Tochter, das Licht seines Lebens.

34

»Die Chefs aus dem Hauptquartier haben sich gemeldet, Sir«, sagte Constable Dunn. Sie eilte über den Hof von Kinlochs Polizeirevier zu Daley herüber. »Es gibt neue Entwicklungen.«

Daley folgte ihr durch die Sicherheitstür nach innen. Sergeant Brian Scott stand im Großraumbüro der Kripo. Er trug einen frischen Verband um den Kopf und sah aus wie ein Tennisspieler aus den 1970er-Jahren. Daley nickte ihm knapp zu. So sehr der Chief Inspector sich auch bemühte, er konnte nicht glauben, dass MacDougalls Verschwinden nicht in irgendeiner Weise durch heimliche Mithilfe seines Freundes zustande gekommen war. Er war die Umstände der Flucht des Gangsters immer wieder im Kopf durchgegangen. Es ergab einfach keinen Sinn.

»Aye, gut, da bist du ja, *Sir*«, begann Scott zögernd. »Wir haben versucht, dich über die Quasselkiste zu erreichen.«

»Ich war im Krankenhaus und hatte das Handy abgeschaltet«, antwortete Daley, ohne seinen Sergeant anzusehen. »Was ist los?«

»Vor ein paar Minuten hat das Hauptquartier einen anonymen telefonischen Tipp bekommen.« Scott sprach in einem sachlichen Tonfall, den Daley nicht gewohnt war. »Sie haben versucht, den Anruf zurückzuverfolgen, aber er kam von einem privaten Münztelefon, und der Anrufer blieb nicht lange genug in der Leitung.«

»Und, was ist also los?«, fragte Daley ungeduldig.

»Schau her.« Scott führte seinen Chef zu einer Landkarte der Halbinsel Kintyre, die einen Großteil der Wand einnahm. Dem Maßstab entsprechend war sie sehr detailliert und enthielt die Namen von Farmen, historischen Bauwerken und Ähnlichem. Scott stellte sich wie ein Meteorologe im Wetterbericht daneben auf. »Nun, alles, was wir haben, ist im Grunde ein Satz von Koordinaten«, sagte er, während er die große Landkarte mit zusammengekniffenen Augen ansah. »DC Dunn, Ton ab, bitte.«

Die junge Beamtin drückte ein paar Tasten an ihrem Computer, und eine vertraute Ansage klang in den Raum hinein. »Guten Morgen, Polizeihauptquartier Pitt Street. Wie kann ich Ihnen helfen?«

Es gab eine Pause, dann ertönte eine hingehauchte Stimme. »Ich besitze Informationen über Sarah MacDougall.« Der Mann gab kurz und knapp eine Liste von Koordinaten durch und knallte dann den Hörer auf.

Scott streckte die Hand aus und legte seinen dicken Zeigefinger auf eine Stelle im Meer kurz vor der Küste der Halbinsel. »Das ist ziemlich exakt der Punkt, den er angegeben hat«, sagte er und ließ seinen Finger ein paar Sekunden lang darauf liegen.

Daley trat näher an die Karte und sah sich genauer an, worauf Scott da zeigte. »Was heißt das?«, fragte er und strich mit dem Finger über ein gälisches Wort.

»Corryvreckan, Sir«, erklärte Constable Dunn. »Es ist ein Wasserwirbel. Auf Wikipedia steht, dass es der größte der Welt ist.«

»Was zum Teufel ist Wikipedia?«, fragte Scott.

»Wer könnte über Machies Aktivitäten Bescheid wissen, abgesehen von ihm selbst?«, fragte Daley, ohne darauf einzugehen. »Und warum sollte er seine Informationen an uns weiterleiten?«

»Keine Ahnung, Jim«, antwortete Scott. Die Spannung zwischen ihnen hatte ein wenig nachgelassen. »Bei dem Kerl weiß man doch nie. Das Schlimmste ist, sie wollen, dass wir ein Boot beschlagnahmen und da rausfahren.«

»*Was* sollen wir?«

»Aye, das nächste Polizeiboot kann erst in vier Stunden vor Ort sein, und der Hubschrauber ist mit der Suche nach einem vermissten Kind drüben bei Motherwell beschäftigt. Bleiben nur wir.«

»Und wo sollen wir das Boot hernehmen?«

»Oh, das hab ich schon arrangiert. Der Typ drunten am Kai mit seinem RID.«

»RID?«

»Aye, das Schnellbootdingens«, sagte Scott, aus der Tiefe seiner nautischen Kenntnisse schöpfend.

»RIB, Brian. Rigid Inflatable Boat. Ein Festrumpfschlauchboot.«

»Hab ich das nicht gesagt?«

Daley konnte sich ein unwillkürliches Grinsen nicht verkneifen. »Geht das schon wieder los?«

»Ich hab die Jungs von der Spezialeinheit zusammengetrommelt, aber was die Taktik betrifft, das ist deine Angelegenheit, Boss. Wie sagt der Große Vorsitzende immer?«

»Mit der Macht kommt die Verantwortung.« Daley schüttelte den Kopf und ging in seinen Glaskasten.

Das kleine Boot begann zunehmend zu gieren, als sie sich ihrem Ziel näherten. Wie aus dem Nichts wurde die See kabbelig und war von weißen Schaumkronen bedeckt, die ganz und gar nicht zu der absoluten Ruhe des kalten, windstillen Tages passten.

»Ich hoffe, du weißt, was du tust«, sagte Sarah, während sie aus dem kleinen Kabinenfenster starrte.

»Was willst du denn? Es ist nicht das Meer, um das du dir Sorgen machen solltest. Außerdem sind wir hier bloß in dem Gebiet, das sie Grey Dogs nennen, noch nicht mal im eigentlichen Strudel. Jetzt müssen wir nur noch nach Daddy Ausschau halten.«

Es sah so aus, als würde das Meer in der Ferne irgendwie ansteigen und höher liegen. Sarah öffnete die kleine Tür hinten in der Kabine. Den größten Teil der Fahrt hatte sie keine Beschwerden gehabt, doch in der plötzlich unruhig gewordenen See wurde ihr übel. *Reiß dich zusammen*, sagte sie sich. *Reiß dich zusammen*.

Ohne Vorwarnung brachte eine Welle das kleine Boot ins Schaukeln. Sarah kippte gegen die Seitenwand der Kabine und schlug sich den Kopf an der Holztäfelung an.

»Yahoo!«, dröhnte Machie. Er hielt das Steuerrad fest umklammert und stand breitbeinig da, um das Gleichgewicht zu halten. »Da fühlt man sich so richtig lebendig, was?«

»Hast du eigentlich nie genug davon, ein Arschloch zu sein?« Sarah spuckte die Worte regelrecht aus.

»Wenn niemand verrückte Dinge tun würde, geschähe auch nie etwas Sinnvolles«, erwiderte er. Er musste schreien, um sich über das Tosen des Meeres hinweg verständlich zu machen. Ihr winziges Boot schien an allen Ecken und Enden zu knacken und zu knarren.

»Erspar mir deinen Scheiß-Wittgenstein«, schrie sie zurück. »Du bist wirklich so verrückt, wie sie alle sagen, nicht wahr?«

»Wie kommst du denn darauf?«, entgegnete er, während er durch das salzwasserverspritzte Fenster starrte und ein Lächeln seine Lippen umspielte.

»Mr. Newell«, rief Daley, während sie zu den Pontons hinuntereilten. Sergeant Scott, Constable Dunn und drei Mitglieder der Spezialeinheit folgten in seinem Schlepptau, alle in rote Überlebensanzüge gekleidet und ausgestattet mit schweren, wasserfesten Fleecejacken, die sie sich von der Seenotrettung geborgt hatten. Die Riemen an Daleys Schwimmweste scheuerten ihm bereits jetzt durch das feste Material des Anzugs im Schritt. Selbst unter der dicken Rettungsweste konnte er deutlich die Beule seines Bauches erkennen und tätschelte ihn mit grimmiger Resignation. Flüchtig fragte er sich, warum die Diät, zu der seine Frau ihn gedrängt hatte, nicht funktionierte. Doch diesen Gedanken verbannte er schnell, da er ein schmerzhaftes Ziehen auslöste, wie jede Erinnerung an Liz.

»Freut mich zu sehen, dass Sie alle schon passend ausgerüstet sind«, antwortete Newell. Er war eine große, elegante Erscheinung in seinem dunkelblauen Überlebensanzug mit der roten Schwimmweste. Er streckte die Hand aus, um der nervös wirkenden Constable Dunn an Bord zu helfen. »Das Meer ist hier immer sehr kalt, und um diese Jahreszeit ist es geradezu eisig – äußerst gefährlich. Ich muss sagen, freiwillig würde ich diese Mission nicht unternehmen.«

»Aye, aber die Bezahlung ist ja nicht schlecht«, gab Scott zurück. Er taumelte auf dem schwankenden Ponton, während er darauf wartete, dass die Reihe an ihn kam, an Bord zu gehen.

»Das letzte Hemd hat keine Taschen, Sergeant Scott«, erwiderte Newell unbewegt.

Ein leises Raunen im Hintergrund veranlasste Daley, sich umzudrehen. Er wusste selbst nicht, warum es ihn überraschte, eine kleine Menschenmenge auf der Promenade versammelt zu sehen. Schließlich war das hier Kinloch. Jeder wusste, was passieren würde, lange bevor es geschah.

»Ich hoffe, ihr seid bibelfest«, schrie ein grauhaariger Mann mit einem dicken Pulli und einer flachen Mütze, der einen Zigarrenstummel zwischen Daumen und Zeigefinger hielt. »Wo ihr hinwollt, braucht ihr den Allmächtigen, um zu überleben. Stimmt's, oder hab ich recht, Alistair?« Er richtete die Reste seines Stumpens auf einen Mann, der ein Stück entfernt stand.

»Aye, so ist es«, erwiderte Alistair. Er war groß und dünn, und als ob er sein langes, graues Gesicht noch betonen wollte, trug er einen bleifarbenen Regenmantel. »Wie es heißt, ist der Tartan Shroud so schlimm wie seit Jahren nicht mehr«, rief er Unheil verkündend. »Kariertes Leichentuch, Mann. Das ist der Spitzname, verstehn Sie?« Er versuchte, Daleys Blick einzufangen.

»Nee, isses nicht«, ertönte eine andere Stimme in der Menge. Diesmal war es eine Frau, klein und dick, die eine leuchtend gelbe Fleecejacke trug. »Sie heißt Speckled Lady, die fleckige Lady, das weiß doch jeder Trottel.«

»Am Arsch, Ann McCardle«, sagte ein junger Mann mit einer schwarzen Donkeyjacke über seinem Blaumann mit Hosenträgern. Ein gelbes Band am Ärmel wies ihn als städtischen Angestellten aus. »The Cauldron o' Sorrow, der Kessel der Not – so heißt das.«

»Ach wo«, sagte eine alte Frau in der ersten Reihe und schüttelte verneinend den Kopf. »Es heißt Widow's Plaid, weil so viele Männer im Lauf der Jahre im Witwenmacher ihr Leben gelassen haben. Meine Oma hat's mir selbst erzählt, und lasst's euch gesagt sein, sie war keine Frau, die zu Übertreibungen geneigt hat, nee, nee, und sie hat auch nie was Unwahres gesagt.«

»So wie du selber, was, Jessie?«, schrie jemand. »Außer du hast im Douglas Arms ein paar zu viel gekippt.« Gelächter wurde laut.

Die nächste Person sprach so leise, dass Daley sie nicht verstehen konnte. Die Menge verstummte und teilte sich, sodass Hamishs wettergegerbtes Gesicht sichtbar wurde. Er paffte wie üblich seine Pfeife und blies Wolken von duftendem blauem Rauch in die kalte Luft des späten Vormittags.

»Keine Sorge, Jessie, deine Großmutter war eine wunderbare Frau. Aye, ganz wunderbar. Ich bin mit ihr zur Schule gegangen«, sagte er zu Jessies Freude, die stumm mit dem Kopf nickte. »Ich kannte sie gut, wie sie drunten am Pier die Seeleute mit einem netten Lächeln und einer Tasse Tee verabschiedet hat. Aye, da wurde manchem Seemann warm ums Herz, bevor er auf den unergründlichen Tiefen des weiten Ozeans einem ungewissen Schicksal entgegenfuhr.«

»Aye, und das war nicht bloß Tee, mit dem sie sie verabschiedet hat«, rief der Mann mit dem Stumpen. Sein Gesicht nahm einen besorgniserregenden Rotton an, bevor er in Gelächter ausbrach und einen Hustenanfall bekam. »Soweit ich gehört hab, musste sie sich ihre Matratze auf den Rücken schnallen, bevor sie runter zum Pier ist.«

»Aye, Donnie.« Hamish wartete, bis das Gelächter verklungen war und die kleine Menschenmenge sich beruhigt hatte.

»Du bist allerdings Experte, was Matratzen angeht. Jeder Depp weiß, dass du deinen Arsch nie von einer hochkriegst.«

Das brachte wiederum alle außer Donnie zum Lachen, sogar ein paar von denen, die auf dem Schlauchboot beschäftigt waren.

»Wenigstens bin ich nicht so'n dämlicher Kabeljau-Hellseher.«

»Hätte gar nicht gedacht, dass du den Unterschied zwischen 'nem Kabeljau und 'ner Flunder kennst«, sagte Hamish und paffte gelassen weiter. »Warst das nicht du, der diesem amerikanischen Touristen 'ne Brasse als schottischen Wildlachs angedreht hat? Aber vielleicht war das ja auch ein anderer Möchtegern-Fischer mit dicker Wampe, der nach Zigarren stinkt.« Das Gesicht des alten Mannes verzog sich zu seinem gewohnten Grinsen.

»Du alter Saukerl«, knurrte der rotgesichtige Mann, warf seinen Stumpen zu Boden und versuchte, sich durch die Menschen zu Hamish durchzudrängen.

»Aber, aber, Donnie, denk doch mal nach, bevor du dich unglücklich machst, Mann«, sagte Hamish, während der kräftige Kerl die Leute reihenweise zur Seite stieß. »Mir hier vor der halben Gendarmerie was anzutun wär noch dämlicher als das kleine Abenteuer mit der Schwester deiner Frau. Aye, und bloß du und dein eigenes Schuldgefühl wissen, was das aus deiner Ehe gemacht hat.« Ein kollektives Aufkeuchen ging durch die Menge.

Unbeeindruckt von Donnies Drohungen ging Hamish zu den Pontons hinunter und trat zu Daley.

»Ich bin ein bisschen in Eile, Hamish. Was gibt es?«, fragte der Detective.

»Ich sag nur eins, Mr. Daley«, erklärte Hamish und neigte den Kopf verschwörerisch zu dem Polizeibeamten hin. »Nichts ist jemals genau das, wonach es aussieht.« Er klopfte Daley auf die Schulter und kehrte dann auf die Promenade zurück, wo er sich in der Menge verlor.

35

Als das kleine Boot sich hob, hob sich auch Sarah MacDougalls Magen. Sie war in den letzten Jahren öfter auf dem Wasser gewesen, aber so übel wie jetzt war es ihr dabei nie ergangen. Ein alter Tipp gegen Seekrankheit lautete, immer zum Horizont zu sehen, aber hier gab es keinen. Alles, was sie durch das Kabinenfenster sah, waren schnell aufeinanderfolgende Bilder von der dunklen, aufgewühlten See, während das kleine Schiff über einen Wellenkamm getragen und ins darauffolgende Tal geschleudert wurde. Ihr Mageninhalt hatte sich längst über die Bordwand ins tosende Wasser verabschiedet. Gallenbittere Säure brannte ihr in der Kehle, als sie abermals würgen musste. *Reiß dich zusammen,* ermahnte sie sich selbst.

»Jetzt dauert's nicht mehr lange.« Er wandte sich zu ihr um und kommentierte ihre Misere mit einem höhnischen, kalten Grinsen. »Komm schon, Süße, du willst doch nicht so blass und apathisch aussehen, wenn Daddy kommt.«

»Warum verpisst du dich nicht einfach«, erwiderte sie schwach.

Frank MacDougall hielt sich am Steuerrad des Kabinenkreuzers fest, während das Boot von der aufgewühlten See hin und her geworfen wurde, in die er geraten war. Vor ihm hing ein düsterer Himmel über einer Meereslandschaft, wie er sie sich noch vor wenigen Minuten nicht hätte vorstellen können. Das

Satellitennavigationsgerät piepste gleichmäßig vor sich hin und signalisierte, dass er sich auf dem richtigen Kurs befand.

Er hatte ein klares Bild von seiner Tochter im Kopf. Sie bedeutete ihm alles. Natürlich, so sagte er sich, liebte er seine Frau, aber ihr Zustand verschlechterte sich rapide, und seine vorherrschende Empfindung ihr gegenüber war Mitleid. Sarah dagegen war jung, schön und selbstbewusst, die Art von Kind, die sich jeder Mann wünschte und mit dem die wenigsten gesegnet waren. Der Magen drehte sich ihm um, wenn er daran dachte, was Machie ihr antun könnte. Er bereute einiges – wie alle Eltern –, aber sein schlechtes Gewissen hatte sich nun auf spektakuläre Weise manifestiert.

Seine Fingerknöchel traten weiß hervor, als er das Steuer umklammerte und an seine beiden toten Söhne dachte. Tat es ihm leid, dass sie nicht mehr da waren? Aber ja, natürlich. War er stolz auf einen von ihnen gewesen? Diese Antwort musste definitiv negativ ausfallen. Als menschliche Wesen hatten sie ihn beide an sein früheres Ich erinnert: dreist, arrogant, grausam und dumm. Zu dumm, um zu erkennen, dass einem das Verbrechen zwar alle Statussymbole eines erfolgreichen Lebens einbringen konnte, das Wesen des Erfolgs jedoch darin lag, etwas erreicht zu haben. Welchen Wert hatten ein neues Auto, ein großes Haus oder ein Designeranzug, wenn einem die innere Überzeugung, die persönliche Befriedigung fehlte, dass diese Dinge das Ergebnis von harter Arbeit und Talent waren? Nicht das Produkt des Elends eines anderen oder, schlimmer noch, seines Todes. Das Leben im Verbrecherklan der Machies hatte ihn zunehmend verbittert. Irgendwann hatte er sich nicht mehr viel dabei gedacht, zum Polizeiinformanten zu werden, als ihn sein ehemaliger

Nachbar Scott wegen Drogenhandels verhaftet hatte. Es war der einzige Ausweg gewesen, die einzige Möglichkeit, dem Gefängnis und einer dreißigjährigen Haftstrafe zu entgehen, die ihn aufgefressen hätte. Am Ende hatte er ein Monster verraten.

Ein Monster, das nun seine Tochter in seiner Gewalt hatte.

Gerade als sie glaubte, es nicht länger aushalten zu können, schien das Schwanken des Bootes nachzulassen. Zunächst fast unmerklich, aber dann ganz plötzlich, wirkten die Wellen viel kleiner und weniger einschüchternd. Keine Gischt peitschte mehr gegen das Kabinenfenster, und die Übelkeit erregende Höllenfahrt in den Schlund des Strudels warf nicht mehr ihren Schatten auf sie.

Er stand grinsend über ihr, als ob er ihre Gedanken lesen könnte. »So«, sagte er und stützte sich mit einem Arm in der leichten Dünung ab. »Nach meinen Berechnungen haben wir noch ein klein wenig Zeit, bevor Daddy kommt.«

»Und?« Sie blickte trotzig zu ihm hoch. »Oh, tut mir leid, sollen wir ein schnelles Philosophieseminar abhalten?«

»Ich dachte da eher an etwas ein bisschen Intimeres«, sagte er und schob sich auf die junge Frau zu.

»Und das heißt?« Sie sah zu ihm hoch.

Er packte sie grob bei den Haaren und zog ihren Kopf zu seinem Schritt, während er mit der anderen Hand den Reißverschluss öffnete.

Die starken Motoren des Schlauchboots grollten, während es mit der hastig zusammengestellten Polizeitruppe auf den Hafenausgang von Kinloch zuhielt. Skipper James Newell war an einem erhöhten Steuersitz hinter dem weißen Armaturenbrett angeschnallt. Die Polizeibeamten befanden sich auf dem offenen Deck und waren an den Sitzbänken gesichert, auf denen sie rittlings saßen. Newell hatte erklärt, dass diese Sitzposition unbedingt nötig war, da sie mehr als fünfzig Knoten erreichen würden. So konnten sie sich festhalten, wenn das RIB durch die Wellen krachte.

»Der Mann hat nicht gelogen, was die Kälte angeht«, sagte Scott, während er sich an dem Bügel festhielt, der aus dem Sitz vor ihm herausragte. »Ich frier mir jetzt schon den Arsch ab.«

»Ich bin nicht sicher, ob du nach dem Schlag auf den Kopf schon wieder hier sein solltest«, erwiderte Daley.

»Aye, na gut, aber da bin ich nun mal.«

Daley fluchte, als sein Handy vibrierte. Er zerrte es ungeschickt aus einer tiefen Tasche des Überlebensanzugs und scrollte die E-Mail durch, die er gerade von der Polizei in Oban erhalten hatte.

»Sieh dir das mal an, Brian«, sagte er.

Sergeant Scott betrachtete das Smartphone mit zusammengekniffenen Augen.

»Ich hab's satt, den Mistkerl zu sehen«, rief er Daley über das Grollen der Motoren zu. »Wo zum Teufel ist er jetzt schon wieder?«

»Das ist der springende Punkt, Brian. Das ist nicht James Machie. Es ist Duncan Fearneys Adoptivbruder, der vor mehr als fünf Jahren verschwunden ist.« Daley musterte Scott, während der das Foto anstarrte.

»Das kann nicht sein«, blubberte Scott. »Er ist Machie wie aus dem Gesicht geschnitten.«

»Er ist Machies Zwillingsbruder. Oder er *war* es, genauer gesagt.«

»Was?«

»Das ist es, was Duncan Fearney mir vor seinem Tod mitteilen wollte. Bevor er getötet wurde, besser gesagt.«

»Verdammt«, sagte Scott und klammerte sich fester an seinen Haltegriff. Sie passierten gerade die Insel an der Einfahrt zum Loch und fuhren ins offene Meer hinaus. Während der Motorenlärm zunahm, wurde das Schlauchboot immer schneller. Schließlich kam es ins Gleiten, sodass der Bug sich aus dem Wasser hob und es den Wellen weniger Widerstand bot, was noch höhere Geschwindigkeiten ermöglichte.

»Wir haben unseren Geist gefunden, Brian.«

Bei diesen Worten streckte Scott den Kopf vor und übergab sich zwischen seine Beine.

36

Frank MacDougall ließ den Blick suchend über den Horizont gleiten. Er hatte jetzt ruhigere Gewässer erreicht und war fast am Ziel angelangt. Die Heizung des kleinen Sportboots blies einen stetigen Strom warmer Luft in die Kabine. MacDougall war nicht sicher, ob es daran oder an der Furcht lag, dass ihm Schweißperlen auf der Stirn standen. Er versuchte, sich zu konzentrieren, während das entfernte Donnern des Corryvreckan die Tonkulisse der Seevögel übertönte. Als er wieder den Horizont musterte und schon fast aufgeben wollte, klingelte sein Handy.

»Ich kann dich sehen!«

»Aye, aber ich dich nicht«, erwiderte MacDougall.

»Sieh auf deinen Kompass, Frankie. Steuere Kurs fünfundvierzig Grad, dann siehst du deine hübsche Tochter bald wieder.« Damit war die Leitung tot.

MacDougall wendete das Boot und schob den Gashebel langsam nach vorne, während er verzweifelt überlegte, wie er aus dieser üblen Lage wieder herauskommen sollte.

Trotz des steifen Fahrtwinds hing der Gestank von Scotts Erbrochenem in dem offenen Boot. Daley studierte sein Telefon. Seine wiederholten Anrufe im Polizeirevier von Kinloch, um Donald aufzutreiben, hatten sich als fruchtlos erwiesen. Der Superintendent hatte keinen Kontakt mit dem Büro aufgenommen und reagierte nicht auf Anrufe oder Textnachrichten. Daley fand, dass das typisch für den Mann war. Er saß hier in einem Boot und fuhr aufs offene Meer hinaus, um einen der gefährlichsten Männer Schottlands dingfest zu machen – zum zweiten Mal! –, und sein Vorgesetzter war nirgends zu finden. Sollte die Operation ein Erfolg werden, hegte er keinen Zweifel, dass Donald schnell wieder aus der Versenkung auftauchen und bereitwillig den Ruhm einstreichen würde. Andererseits hatte er in den letzten Tagen mehrmals erlebt, wie die Maske seines Chefs verrutschte und dahinter eine Persönlichkeit auftauchte, die dem echten Mann ähnelte, an den er sich von früher erinnerte. Nur warum?

Viele Aspekte dieses Falls machten ihm Sorgen. Er war überzeugt davon, dass sich ein unsichtbarer roter Faden durch alle Ereignisse zog. Doch er kam nicht dahinter, worin dieser Zusammenhang bestand und wie es möglich sein sollte, dass er so unterschiedliche Personen wie Machie, Donald, Fearney und die Familie MacDougall miteinander verknüpfte. Es war nur ein vertrautes Bauchgefühl, das er so gut kannte, dass er es nicht sofort identifizieren konnte. Nachdem er sich eine Weile mit dem Problem herumgeschlagen hatte, während das Boot durch die Wellen tanzte, dämmerte ihm, dass er denselben Knoten im Magen spürte wie damals, als er erfuhr, dass Liz ihn betrogen hatte. Eine nagende, ungemütliche Freudlosigkeit beeinträchtigte alles, was er dachte oder tat. Lag das nur an dem Verdacht, den er bezüglich seiner Frau und Mark Henderson hegte, oder gab es noch einen anderen, bedrohlicheren Grund, etwas, das ihm bisher entgangen war?

»Würde zu gerne wissen, was du gerade denkst, Großer«,

rief Scott ihm zu. Er musste beinahe aus vollem Hals schreien, um sich über das Donnern der großen Dieselmotoren und das Rauschen von Wind und Wellen verständlich zu machen.

»Ich wünschte, wir könnten den Boss erreichen«, schrie Daley zurück.

»Warum? Was würde das schon ändern? Wir haben unsere Befehle von ganz oben. Wer braucht denn den? Sei vorsichtig mit dem, was du dir wünschst, Jim.«

Daley war froh, dass das zeitweise angespannte Verhältnis zwischen ihm und Scott sich wieder normalisiert hatte, obwohl seine Zweifel über die Rolle, die sein Sergeant bei MacDougalls Flucht gespielt hatte, bestehen blieben. Er dachte an Duncan Fearney und seine letzten Worte, bevor die roten Punkte ihn gefunden hatten und sein Körper in einem Sprühregen aus Blut und Fleischfetzen explodierte.

Wer war die Person, die er so gut *kannte*?

Daley warf einen Seitenblick auf Brian Scott. Konnte er derjenige sein, den Fearney gemeint hatte? Hoffentlich nicht, das wünschte er sich von ganzem Herzen.

Er dachte an den Mann, der die Schüsse angeordnet hatte, die Fearney töteten, und der Knoten in seinem Magen verhärtete sich.

Sarah beobachtete Machie, während er die Pistole überprüfte, lud und abermals durchcheckte. Irgendwie erinnerte es sie an die Glasbläser in Venedig, denen sie auf einer Klassenreise in der Schule zugesehen hatte, kurz nach ihrem vierzehnten Geburtstag. Die Privatschule hatte gehofft, dass die Schönheit von Florenz und Venedig ihre jugendlichen Köpfe inspirieren würde, und sie hatte recht behalten. Sarah war fasziniert davon gewesen, wie diese Männer formlose Klumpen von geschmolzenem Glas in herrliche Schalen und Vasen verwandelten und ihre Geschicklichkeit sich noch in der kleinsten Bewegung ausdrückte. Jetzt beobachtete sie eine ähnliche Geschicklichkeit, während Machie die Waffe mehrfach überprüfte. Nur würde das Ergebnis hier keineswegs schön sein.

Sie hatte seinen salzigen Geschmack im Mund. Er war grob gewesen, hatte sie gegen die Kabinenwand geworfen und dort festgehalten, während er tief in sie hineinstieß. Trotz ihrer Schmerzen, der Übelkeit und der unbequemen Stellung – oder vielleicht deswegen – war sie gekommen, als sie spürte, wie er sich in sie ergoss.

»Da kommt Daddy«, sagte er und starrte mit einem teuren Fernglas übers Meer. »Mach dich lieber sauber, du willst doch nicht, dass er mein Sperma an deinen Beinen runterlaufen sieht, Süße.«

»Es ist offensichtlich, dass du keine Kinder hast«, sagte sie trotzig.

»Gott sei Dank«, meinte er und setzte den Feldstecher ab. »Sie enttäuschen einen immer, falls du weißt, was ich meine, Kleine.« Er begann zu lachen. Dann griff er zur Waffe und hielt sie ihr an den Kopf. »Sei zur Abwechslung mal ein braves kleines Mädchen. Du kommst mit mir an Deck. Sagen wir deinem alten Herrn Guten Tag.«

»Lass das sein«, sagte sie und wischte die Pistole beiseite.

Inzwischen konnte MacDougall das Boot sehen. Es schaukelte sanft in ruhigem Wasser, und doch hing dahinter ein dunkler Himmel drohend über der tobenden See, wo der Corryvreckan das Wasser aufwühlte. Es war beinahe so, als hätte

James Machie für ihr Aufeinandertreffen jenen Schauplatz gewählt, der am besten zu seiner Persönlichkeit passte.

Als MacDougall näher kam, nahm er Gas zurück. Er sah zwei Gestalten im Heck des Bootes stehen, hinter der rechteckigen Kabine. Sein Herz machte einen Sprung, als er Sarah erkannte. Gleich darauf sank es ihm in die Hose, als er bemerkte, dass sein ehemaliger Spießgeselle ihr eine Pistole an den Kopf hielt.

Daleys Mobiltelefon erwachte zum Leben. Er hatte Anweisung gegeben, ihn über das Funkgerät des Schlauchboots anzurufen, falls sein Telefon nicht mehr erreichbar war. Er war erleichtert, dass er noch ein Netz hatte. Vielleicht gelang es ihm doch noch, Donald aufzutreiben.

»Ich hatte gerade die Küstenwache dran, Sir.« Der diensthabende Beamte im Revier von Kinloch musste schreien, um sich verständlich zu machen.

»Und?«

»Ein Boot mit Tauchern südlich vom Corryvreckan hat zwei Wasserfahrzeuge in der Nähe gesichtet, genauer gesagt mit Kurs auf den ersten Teil des Strudels. Sie waren so besorgt, dass sie unverzüglich die Küstenwache alarmierten, falls es sich um Touristen handelt.«

»Okay. Irgendein Lebenszeichen vom Chef?«

»Nein, Sir. Wir versuchen es immer wieder auf seinem Mobiltelefon, aber absolut ohne Erfolg bisher. Sobald ich ihn finde, sage ich Ihnen Bescheid.«

Daley beendete das Gespräch und gab Newell ein Zeichen. »Wie lange noch bis zu unserem Ziel?«, rief er über den Lärm hinweg.

»In etwa zehn Minuten erreichen wir unruhigeres Wasser. Danach, na ja, dann muss ich wohl entscheiden, ob es sicher genug ist, weiterzufahren.«

»Okay«, antwortete Daley, dem der Zweifel nicht gefiel, den er aus Newells Stimme heraushörte. Wenn zwei andere Boote den Bedingungen standhalten konnten, warum nicht sie?

MacDougall kam etwa sechs Meter von dem Boot entfernt zum Stillstand, auf dem seine Tochter und ihr Entführer standen. Er trat aus der Kabine an Deck, und zum ersten Mal, seit JayMac ihm von der Anklagebank im Gericht von Glasgow blutige Rache geschworen hatte, sah er sich ihm von Angesicht zu Angesicht gegenüber.

»Du bist es also wirklich«, sagte MacDougall. »Ich hatte gehofft, du wärst nur ein verfluchter Albtraum, eine Erfindung von den kranken Arschlöchern, die dich zurückhaben wollten. Aber nein. Ich hoffe in deinem Interesse, dass du ihr kein Haar gekrümmt hast, du Dreckskerl.«

»Ahoi, du Herzchen«, rief Machie. Seine Lippen waren zu einem breiten Grinsen verzogen, doch seine Augen blieben kalt, genau wie MacDougall sie in Erinnerung hatte. »Du bist nicht in der Position, mir zu drohen, Frankie-Boy. Diesmal werden die Karten neu gemischt.«

»Genug mit dem Geschwätz«, sagte MacDougall. »Ich weiß, wozu du gekommen bist, also spuck es aus. Hier geht's nicht um Rache.«

»Ist aber ganz schön unhöflich, die Stimme so zu erheben, Frankie«, schrie Machie zurück. »Fahr langsam hier rüber und komm an Bord.« Er rammte Sarah die Waffe gegen den Kopf, und das Mädchen stieß einen gellenden Schmerzensschrei aus.

»Immer mit der Ruhe. Ich komme.« MacDougall ging zurück in die Kabine, ohne die Augen von Machie zu lassen, der Sarahs Kopf an den Haaren zurückriss.

MacDougall fühlte die Pistole, die er hinten in den Hosenbund geschoben hatte, kalt auf der Haut liegen. Er wusste noch nicht, wie er es anstellen sollte. Aber er würde James Machie töten.

37

MacDougall steuerte sein Boot langsam näher an Machie heran. Obwohl das Meer relativ ruhig war, schuf die Gewalt des Strudels eine Art Turbulenz, wie er sie noch nie gesehen hatte: Winzige Wasserspitzen, jede einzelne schaumgekrönt wie ein kleiner Gipfel aus dem Zuckerguss eines Kuchens, bedeckten die See zwischen den Booten. Machie drehte sich zu Sarah um, und einen Augenblick lang blieb MacDougall fast das Herz stehen, weil er glaubte, er würde sie töten. Glücklicherweise ließ er sie los. MacDougall sah, wie seine Tochter sich bückte, einen langen hölzernen Bootshaken aufhob und ihn zögernd ihrem Vater hinstreckte.

»Hier«, rief Machie und warf ein zusammengerolltes Tau über die schmale Lücke zu MacDougalls Boot. »Los, vertäu die Boote aneinander. Das hübsche kleine Ding hier sagt mir, dass du einen ganz guten Seemannsknoten knüpfst.«

MacDougall fing das Ende des schweren Taus auf und band es an einer Metallklampe auf seiner Seite fest, während Sarah im anderen Boot dasselbe tat. Bald waren die Boote sicher aneinander vertäut.

Die beiden alt gewordenen Gangster aus Glasgow starrten sich vor der Kulisse der tobenden Gewässer des Corryvreckan unverwandt an.

»Du hast abgenommen, Frankie«, rief Machie.

»Du siehst auch nicht übel aus für einen Toten«, gab MacDougall zurück. »Okay, genug der Worte.«

Plötzlich waren sie in einer vollkommen anderen Welt angekommen. Das Schlauchboot wurde in die Luft geschleudert, und nach einer gefühlten Ewigkeit krachte es hart zurück auf die Wasseroberfläche. Daleys Wirbelsäule wurde schmerzhaft gestaucht. Neben ihm begann Scott wieder zu würgen. Der Chief Inspector fragte sich kurz, ob es klug gewesen war, den Sergeant mitzunehmen. Der Gedanke war sofort vergessen, als das Boot erneut abhob, diesmal aber mit dem Bug voraus wieder eintauchte und alle an Bord mit eiskaltem Wasser überschüttete.

»Wenn ich denke, dass ich mal fast zur Handelsmarine gegangen wäre«, stöhnte Scott. Wasser triefte ihm aus den verklebten Haaren und lief ihm über das grünliche Gesicht.

Newell starrte mit grimmiger Miene in das tosende Meer. Zum ersten Mal, seit seine Frau beinahe gestorben wäre, betete Daley – aber diesmal für sich selbst.

Machie winkte MacDougall mit der Pistole. »Komm schon rüber. Die Kleine hilft dir«, sagte er und wies auf Sarah, die die Hand ausstreckte, um ihrem Vater über den schmalen Spalt zwischen den Booten zu helfen.

»Sarah«, keuchte MacDougall, als er an Bord geklettert war, und zog sie fest an sich. »Was hat er dir angetan?«, flüsterte er ihr ins Ohr.

»Nichts, Daddy, alles in Ordnung«, antwortete sie und löste sich zu seiner Überraschung aus der Umarmung.

»Ist das nicht der Punkt, an dem du sagen müsstest: ›Wenn du ihr auch nur ein Haar gekrümmt hast, bring ich dich um‹?«, fragte Machie.

»Wir wissen beide, dass es nicht meine Tochter ist, für die du dich interessierst, du Dreckskerl.«

»Ach ja? Und woran genau *bin* ich dann interessiert?«

MacDougall bemerkte aus dem Augenwinkel eine Veränderung in Sarahs Gesichtsausdruck, eine Art fragenden Blick, der sich an Machie richtete. Er konnte ihn in dieser Situation und in ihrer misslichen Lage nicht richtig einordnen.

»Ach nee«, sagte Machie, der die stumme Kommunikation zwischen Vater und Tochter beobachtet hatte. »Hat Daddy dir etwa gar nichts von seinem großen Geheimnis erzählt? Etwas, von dem keiner weiß, außer mir und ihm – bloß, dass ich den wichtigsten Teil nicht kannte.«

»Halt sie da raus, JayMac«, sagte MacDougall und ballte zornig die Fäuste.

»Aye, das würde dir so passen, was, Frankie-Boy? Ist 'ne Menge Wasser den Bach runtergeflossen, aber immer noch dasselbe alte Lügenmaul, hm?«

»Daddy, was meint er damit?«

»Unsere kleine Abmachung ... die zwischen mir und deinem Vater. Ich bekomme den Ruhm – das Ansehen, wenn du so willst, aber auch die ganze Schuld –, während er die Show leitet und die Knete einsackt. Das ist bloß die Kurzfassung, aber ich glaube, sie stimmt im Großen und Ganzen, was, Frankie?«

»Und wenn schon.« MacDougall zuckte mit den Schultern. »Ich hab mich in den letzten Jahren auch nicht gerade köstlich amüsiert. Das kann Sarah bezeugen.«

Machie starrte die junge Frau an. »Man kann von allem genug kriegen: Alkohol, Sex, Drogen, sogar Macht. Nach 'ner Weile taugt es einem nicht mehr; man hat alles gesehen und getan. Das Problem ist bloß, dass man in unserer Branche nicht einfach in Pension gehen kann ... wenn du weißt, was ich meine.« Machie hatte sich in Fahrt geredet, und seine Miene verdüsterte sich. »Aber Daddy hier wusste die perfekte Lösung. Tu einfach, was dir Spaß macht. Reise, steig mit so vielen Weibern ins Bett, wie du Lust hast, zieh dir halb Kolumbien durch die Nase, egal was. Ich halt den Laden am Laufen. Aber nur keine Sorge, sagte er, du kriegst schon deinen Anteil – schließlich bist du der Boss, JayMac. War es nicht so?«

»Und, habe ich etwa die Abmachung gebrochen? War ja nicht direkt die Royal Bank of Scotland, die wir geleitet haben«, gab MacDougall zurück.

»Nee«, sagte Machie. »So korrupt waren nicht mal wir.«

»Und was soll das alles bedeuten?«, fragte Sarah.

»Das soll bedeuten, meine Süße, dass der Mann hier und sein Protegé Gerry Dowie die Sache satthatten. Und ich lebte zwar genau so, wie ich leben wollte, aber es wurde mir langsam langweilig. Also was tun? Zeit, wieder in den Sattel zu steigen, dachte ich mir. Die Zügel in die Hand zu nehmen, um bei Pferdemetaphern zu bleiben. Mir einen anständigen Schnitt vom Geschäft holen – meinem Geschäft.« Er verstummte und starrte MacDougall an. »Hat aber wohl nicht sollen sein, was?«

»Auch wenn es so gekommen wäre, was soll's? Du bist dem Tod von der Schippe gesprungen, und ich bin dem Knast entgangen. Ist doch kein schlechter Tausch für das Leben, das wir geführt haben.«

»*Was soll's?* Was ist mit der ganzen Knete, die du beiseitegeschafft hast, als du den Deal mit den Cops gemacht hast? Aye, und ich kriegte die Arschkarte und durfte in den Knast wandern, während du und Gerry die Millionen parkten, bis sich der Staub gelegt hatte und ihr euch verdrücken und sie ausgeben konntet«, spuckte Machie aus. »Es ist Zeit auszupacken, Frankie-Boy.« Er hielt Sarah die Waffe an die Schläfe.

Daley kam sich vor, als würde es ihn in Stücke reißen. Das Schlauchboot war öfter durch die Luft geflogen und wieder auf das Wasser gekracht, als er zählen konnte. Er machte sich Sorgen um die Beamten unter seinem Kommando, war jedoch unfähig, etwas anderes zu tun, als sich in der tobenden See am Haltegriff festzuklammern und auf den nächsten markerschütternden Aufprall zu warten.

Als das Schlauchboot abermals ins Meer knallte, wurde Daley der Kopf schmerzhaft in den Nacken gerissen. Als er den Blick wieder senkte, stimmte etwas nicht. Der Sitz vor ihm war leer! Die zusammengeduckte Gestalt von Constable Dunn war verschwunden. Hektisch sah er sich um. Der Rest seiner Kollegen hatte dieselbe Haltung angenommen wie er, eingezogene Schultern, den Blick zu Boden gerichtet, während sie den Höllenritt so gut wie möglich auszuhalten versuchten. Er war der Einzige, dem Dunns Verschwinden aufgefallen war.

Sie befanden sich gerade in einem Wellental, und der nächste Wellenberg schnitt ihnen wie eine gewaltige graue Wand das Tageslicht ab. Schaumkronen tauchten auf, als sie wieder nach oben schossen. Daley geriet in Panik und wuchtete sich vom Sitz hoch, bis sein Sicherheitsgeschirr sich spannte. Er erkannte, dass Dunns Gurt gerissen war und nun über das Deck und die Seite des Bootes hing.

Er streckte sich, um besser sehen zu können, und bemerkte neben dem Boot eine Bewegung. Eine bleiche Hand tastete nach den Überresten des Haltegeschirrs. Constable Dunn war noch am Leben, aber in höchster Gefahr.

Daley griff nach unten und löste sein eigenes Gurtschloss. Als das Boot abhob und heftig die Nase zum nächsten Sturzflug senkte, warf der Chief Inspector sich mit ausgestrecktem Arm auf den Seitenwulst des Bootes.

38

»Du machst gerade den größten Fehler deines Lebens«, brüllte MacDougall Machie an, der die Pistole gegen Sarahs Schläfe gerammt hatte, während er ihr den Kopf in den Nacken riss.

»Mein größter Fehler war, dass ich je einem Drecksack wie dir vertraut habe, Frankie.« Machies Gesicht war verzerrt, und seine Augen blitzten vor Zorn.

MacDougall konnte ihn nur voller Entsetzen anstarren. Er suchte verzweifelt nach einem Ausweg, um seine Tochter vor dem Mann zu retten, der keinerlei Skrupel hatte, sie zu töten. Da fiel ein Schatten über das Boot.

Wie aus dem Nichts stieg hinter Machie und Sarah eine massive Wand aus Wasser auf. MacDougall versuchte, sich nichts anmerken zu lassen und sich nicht zu verraten. Das war vermutlich seine letzte Chance.

»Okay, okay«, schrie er. »Sie ist mir mehr wert als alles Geld der Welt. Sag mir einfach, was zum Teufel du willst. Du kannst alles haben, nur, lass sie gehen.«

In dem Augenblick, als Machie etwas entgegnen wollte, wurden er und Sarah heftig nach vorne geschleudert. MacDougall, der auf den plötzlichen Schwall gefasst gewesen war, warf sich auf den Entführer seiner Tochter. Machie kam aus dem Gleichgewicht. Er taumelte unter dem Gewicht seines ehemaligen Kumpans zu Boden und prallte mit dem Kopf auf dem hölzernen Deck auf. MacDougall nutzte seinen Vorteil und setzte sich rittlings auf seinen Gegner. Er holte mit geballter Faust aus, um ihm ins Gesicht zu schlagen. Machies Pistole schlitterte quer durch das Boot und glänzte stumpf in der tief stehenden Wintersonne.

Die beiden rangen miteinander, während das Boot in den Wellentrog rauschte, den die bizarre Welle aus dem Mahlstrom erzeugt hatte. MacDougall umklammerte mit starken Händen Machies Hals und schmetterte ihm den Kopf mit dumpfen Aufschlägen gegen das Deck. Machies Gesicht lief tiefrot an, und die großen Adern in seinen Schläfen traten hervor, während MacDougall alle Kräfte aufbot, um seinem Opfer das Leben zu nehmen.

Als er spürte, dass Machies Widerstand erlahmte und seine Augen glasig wurden, verdoppelte er seine Anstrengungen. Er beugte sich dicht über ihn und wartete auf den Augenblick, in dem er das Licht in seinen Augen schwinden sehen würde. Auf den unvermittelten Schlag, der seinen Kopf traf, war er nicht gefasst. Blitze zuckten vor seinen Augen auf, und Schmerzlanzen schossen ihm durch den ganzen Körper.

Er fühlte, wie ihm die Welt entglitt, während er Machie aus dem Griff verlor und seitlich auf das Deck plumpste, an dessen Planken Rinnsale von Machies Blut entlangliefen.

MacDougall versuchte, bei Bewusstsein zu bleiben und zu erfassen, was geschehen war. Als er sich vom Deck hochstemmen wollte, warf ihn ein Tritt gegen die Brust wieder zurück.

»Bleib, wo du bist, Daddy.« Er blickte auf, und obwohl ihm vor Schmerz alles vor den Augen verschwamm, erkannte er deutlich seine Tochter, die über ihm stand und eine Pistole auf seinen Kopf richtete.

Daley versuchte, die schlanken weißen Finger nicht aus den Augen zu verlieren, die sich an die Verzurrung an der Seite des Schlauchboots klammerten. Doch er prallte von dem aufgeblasenen Seitenwulst des Fahrzeugs ab und verlor die Constable aus dem Blick. Das eisige Wasser in der Bilge klatschte ihm ins Gesicht und raubte ihm den Atem, während er einen Arm über die Seitenwand warf und blindlings nach Dunn tastete.

Als das Schlauchboot sich wieder zu heben begann, wurde Daley vorwärtsgeschleudert. Er wusste, dass ihm nur noch Sekunden blieben, um seine Kollegin zu retten. Sie konnte sich unmöglich festhalten, wenn das Boot ins nächste Wellental klatschte.

Während er nach vorne rutschte, spürte er etwas an der harten Außenhülle des Fahrzeugs. Sein Herz setzte kurz aus, als er merkte, wie eine Hand nach seiner griff. Er hatte sie! Er packte Dunns Handgelenk mit aller Kraft und versuchte, die unglückselige Constable aus dem Wasser zu ziehen. Es gelang ihm, sie ein Stückchen weit ins Boot zu hieven, doch sie schien sich in den Leinen an der Seite des Schlauchboots verheddert zu haben. Daley konnte sie nicht daraus befreien.

Dunns Blick bohrte sich in seine Augen, während beim Sturz in den nächsten Trog ein dunkler Schatten das Boot umhüllte. Sein Griff um ihr Handgelenk lockerte sich, und die betäubende Kälte und die Nässe machten es ihm fast unmöglich, sie richtig zu fassen zu bekommen.

Etwas Dunkles glitt durch sein Gesichtsfeld, als Brian Scott sich aus seinem Sitz stemmte und Dunn bei den Schultern packte. Einen Sekundenbruchteil später wurde Daley schwarz vor Augen, als das Schlauchboot wieder ins Wasser krachte und sein Kopf auf dem stählernen Deck aufschlug.

39

MacDougall gelang es, sich in sitzende Position aufzurappeln. Mit dem Rücken lehnte er an der Bordwand des Bootes. Vor ihm war James Machie hustend und spuckend auf Hände und Knie hochgekommen und massierte sich den langen, von Würgemalen geröteten Hals.

»Rühr dich nicht, Daddy.« Sarahs Stimme klang flach und ausdruckslos.

MacDougall blickte seiner Tochter in die Augen. Das flachsblonde Haar klebte ihr in der Stirn, und ihre Wangen waren gerötet von der bitteren Kälte. Dennoch war sie schön. Aber da war auch eine stählerne Härte, eine Kälte in ihren Augen, die ihm nie zuvor aufgefallen war. Er ließ den Kopf auf die Brust sinken, während ihn Erschöpfung, Schmerz und eine lähmende Traurigkeit überwältigten.

»Jetzt ist nicht die Zeit für ein Nickerchen, Frankie-Boy«, sagte Machie und raffte sich hoch. Er stand ein paar Sekunden schwankend da, bis er das Gleichgewicht wiedergefunden hatte. Dann stolperte er zu Sarah MacDougall hin, die über ihrem Vater stand und ihm die Pistole auf den Kopf gerichtet hielt.

»Bitte, Sarah, was …« MacDougall bekam keine Gelegenheit, den Satz zu vollenden, denn Machies rechter Stiefel traf ihn voll in den Mund. MacDougall würgte vor Schmerz und spuckte seine beiden Schneidezähne in einer Lache aus Blut und Speichel aus. Halb betäubt sah er zu den zwei dunklen Gestalten empor, die über ihm aufragten. »Warum, Sarah? Wenn du Geld wolltest, hättest du doch bloß fragen müssen.« Das war alles, was er durch seinen zerfetzten Mund herausbrachte.

»*Warum*, Daddy? Das ist leicht. Das Geld ist mir scheißegal. Offen gestanden wusste ich bis jetzt gar nichts von eurem schäbigen kleinen Deal.« Sarahs Stimme war ausdruckslos, anscheinend ungerührt vom Anblick ihres verletzt und zitternd daliegenden Vaters. »Du hast meinen Bruder getötet, deshalb.«

MacDougall versuchte verzweifelt, sich an einen Funken Bewusstsein zu klammern. »Tommy? Das habe ich doch selbst erst vor ein paar Stunden erfahren. Ich ...« Wieder wurde sein Protest abgeschnitten.

»Tommy?« Sarah klang ungläubig. »Wen zum Teufel kümmert schon Tommy? Er war ein Arschloch. Ich spreche von Cisco, meinem Bruder Cisco!« Sie schrie ihrem Vater den Namen entgegen, und eine verzweifelte Trauer raubte ihr die Fassung.

»Ich habe ihn nicht umgebracht, Sarah. Er war ein Narr«, sagte MacDougall, während ihm das Blut übers Kinn strömte.

»Oh nein, Daddy, *du* hast ihn nicht persönlich getötet. Du hast dir ja nie selbst die Hände schmutzig gemacht, nicht wahr? Das hast du Gerry Dowie überlassen.«

»Aye, dein eigener Junge. Scheiße, Francis«, sagte Machie mit einem grausamen Lächeln. »Wie du siehst, ist das Schicksal eine wunderbare Sache. Dein kleines Mädel hier ist über jemanden gestolpert, der meinen Bruder kannte.«

»Ah, ich hatte mich schon gefragt, wann das rauskommen würde«, sagte MacDougall.

»Dann hast du es also gewusst«, stellte Machie fest.

»Ich hatte einen Verdacht. Ich hoffte, es wäre nicht wahr, aber sobald ich gehört hatte, dass da dieses *Gespenst* herumwandelte und sich an meiner Familie rächte, na ja. Ich war sicher, dass die Polis nicht dahinterkommen würden, aber die wussten ja auch nicht, was ich weiß, nicht wahr?« Er blickte zu Machie hoch. Sein Kopf hatte eine Menge abbekommen, und er sah immer noch verschwommen.

»Sie ist ein kluges kleines Mädchen, nicht wahr?« Machie fuhr fort, als hätte MacDougall gar nichts gesagt. »Sie hat in den letzten Jahren ein großartiges Geschäft aufgebaut – Tabak, Drogen – und ein kleines Vermögen erwirtschaftet. Der Apfel fällt halt nicht weit vom Stamm, was, Süße?« Er legte Sarah den Arm um die Schultern und zog sie an sich.

»Ich hasse dich, Daddy.« Ihr Blick war das reine Gift. »Du hast meiner Mutter das Leben zur Hölle gemacht, und du hast meinen wunderbaren Bruder getötet. Gerrys Arsch von Schwiegersohn hat mir alles erzählt. Hat mich nur ein paar Tütchen Heroin gekostet.«

»Dann glaubst du den Worten eines hoffnungslosen Junkies?«, fragte MacDougall. Seine Stimme klang verwaschen durch die fehlenden Zähne. »Aye, das ergibt einen Sinn, Jay-Mac – du stachelst jeden gegen mich auf. Als hätte es nicht schon gereicht, den Jungen umzubringen.«

»Aye, guter Mann, Frankie«, lachte Machie. »Bloß Pech, dass deine Familie nicht genauso schlau ist.« Sein Blick flitzte zwischen MacDougall und seiner Tochter hin und her.

»Was meinst du damit?« Sarah sah Machie an. »Du hast mir gesagt, dass Gerry Dowie Cisco ermorden ließ, auf Befehl meines Vaters.«

»Ich hab dir 'ne Menge erzählt, Süße.« Machie starrte sie

ausdruckslos an, plötzlich bar jeden Gefühls, gnadenlos wie das Raubtier, das er war.

»Oh, dann weißt du auch, was Gerrys Schwiegersohn zu Cisco gesagt hat?«, fragte Sarah mit schwindender Zuversicht.

»Das ist das Problem mit Leuten wie dir«, sagte Machie und stieß sie von sich. »Ihr denkt, bloß weil ihr studiert und ein paar Qualifikationen habt, dass andere Leute dumm sind und ihr deshalb was Besseres seid.«

»Fick dich«, sagte MacDougall, während ihm das Blut aus dem Mund blubberte.

»Ach, nur keine Sorge, zum Ficken kommen wir gleich noch«, erwiderte Machie und warf einen lüsternen Blick auf Sarah.

»Mich haben immer nur zwei Dinge interessiert: Cisco und die Wahrheit.« Sarah zitterte jetzt, während ihr Blick zwischen Machie und ihrem Vater hin und her ging. »Cisco hat mir gesagt, dass er dir gleichgültig war, dass du nichts von ihm wissen wolltest. Ihm war klar, dass etwas nicht stimmte.« Sie starrte Machie an. »Er sagte, unsere Großtante hätte ihm erzählt, dass du einen Zwillingsbruder hast. Er wusste, dass er in Gefahr schwebte. Es stand alles in dem Brief.« Eine Träne lief ihr über die Wange. »Sagt eigentlich keiner von euch je die Wahrheit?«

»Hör zu, Sarah.« MacDougalls Stimme war ein heiseres Flüstern. »Ich habe deinen Bruder angefleht, die Sache ruhen zu lassen, angebettelt ... das musst du mir glauben. Er hat mir erzählt, er hätte gehört, dass Machie noch am Leben sei. Und ich Trottel«, sagte er und starrte zu dem Mann hoch, der angeblich von den Toten zurückgekehrt war, »ich Trottel hab ihm nicht geglaubt.«

»Aye, du Narr«, lachte Machie. »Du hast dasselbe Problem wie deine Tochter hier. Du denkst, du hättest immer recht.« Er grinste die junge Frau herablassend an, die immer noch die Pistole auf den Kopf ihres Vaters gerichtet hielt.

»Sagt mir jetzt jemand die Wahrheit?«, wiederholte sie. Ihre Hand zitterte unter dem Gewicht der Waffe.

»Ich denke, ich kann sie erraten«, meinte MacDougall und spuckte Blut aufs Deck. »Eigentlich muss ich das nicht einmal. Dieses nutzlose Stück Scheiße, das Gerrys Tochter geheiratet hat, hat's jedem erzählt, der es hören wollte. Ich wünschte, ich hätte ihm besser zugehört. Aber das kannst du mir nicht vorwerfen. Ich meine, wer hätte denn gedacht, er wär blöd genug zurückzukommen.« Er lächelte traurig. »Dein neuer Partner hier hat seinen eigenen Zwillingsbruder aufgespürt und ihn überredet, ihm bei einem kleinen Problemchen behilflich zu sein. Und dann, anstatt dass sie beide ein glückliches Leben in brüderlicher Liebe geführt hätten, mit haufenweise Knete, Drogen und Weibern, hat er dafür gesorgt, dass der blöde Hund ihn ganz sicher nicht verpfeifen konnte, indem er ihm den Kopf weggeblasen hat!«

»Nein!«, schrie Sarah und starrte Machie an. »Du hast mir gesagt, dass mein Vater und Gerry Dowie den Mann kaltblütig ermordet hätten, weil sie dachten, du wärst es, und dass du nur durch reines Glück überlebt hättest. Du hast behauptet, Cisco wäre getötet worden, weil er herausgefunden hatte, dass sie hinter dem Überfall auf die Ambulanz steckten und ihre neuen Identitäten schützen wollten.«

»Ich hatte wirklich Glück, dass ich überlebte«, sagte Machie herablassend. »Glaubst du nicht, der liebe alte Daddy hier hätte mich im Knast umlegen lassen? Nee, kam nicht infrage, dass ich da drin verrotte und fünfunddreißig Jahre über die Schulter schauen muss. Scheiß drauf.« Er grinste MacDougall an. »Die Ironie ist, dass mir vor Jahren dein Tantchen Marion Bescheid gesagt hat. Sie erzählte mir, dass ich 'nen Zwillingsbruder hätte und meine arme liebe Mutter sich uns nicht beide leisten konnte. Also hat sie einen aufs Land zu 'nem entfernten Cousin geschickt ... oder was weiß ich. Schätze, ich hab die Arschkarte gezogen.«

»Aye, und die arme Marion hat den Preis dafür bezahlt, du Bastard«, schrie MacDougall voll Gift und Galle.

»Du weißt doch selber, wie geschwätzig alte Damen sind, Frankie.«

»Aye, und dann hast du deinen eigenen Bruder getötet, aber das war dir nicht genug, was?«

»Komm schon, hast du wirklich gedacht, ich lass deinen Jungen rumlaufen und jedem erzählen, dass ich quicklebendig bin?«

»Da hörst du es, Liebling.« MacDougall sprach wieder mit ruhiger Stimme, und in seinen Augen standen Tränen. »James Machie hat deinen Bruder ermordet. Unseren Cisco.«

Als Daley zu sich kam, hatten sich das Tosen und der Tumult des Gezeitenstrudels gelegt. Man hatte ihn in die stabile Seitenlage gebracht, und er schlotterte trotz der silbernen Rettungsdecke, die über ihn gebreitet war. Sein Kopf schmerzte, und sein rechter Arm fühlte sich an, als hätte jemand versucht, ihn ihm auszureißen. Plötzlich fiel ihm wieder Constable Dunn ein, und er zwang sich, sich aufzusetzen. »Dunn, alles in Ordnung mit ihr?«

»Aye, Jim, sie ist okay.« Scotts vertraute Stimme klang tröstlich. »Sie ist ein bisschen angeschlagen, aber dank dir noch quicklebendig, mein Freund.«

Daley richtete den Blick auf eine zweite Thermodecke, in die die bleiche Constable Dunn gehüllt war. Sie lächelte ihm schwach zu. »Danke, Sir«, krächzte sie. »Sie haben mir das Leben gerettet.«

»Sicher wird es Sie freuen, zu hören, dass wir das Schlimmste hinter uns haben«, sagte Newell. »Während Sie außer Gefecht waren, musste ich die schwere Entscheidung fällen, quer durch den Corryvreckan weiter- und auf der anderen Seite wieder hinauszufahren. Es wäre nichts gewonnen gewesen, wären wir umgekehrt. Wenn ich gewusst hätte, dass die Bedingungen derartig schlecht sind, hätte ich den Hafen nie verlassen. Der Mahlstrom hat regelrecht getobt, und wir haben es abgekriegt. So was kann vorkommen; das habe ich im Chinesischen Meer schon einmal erlebt. Allerdings war das auf einem verdammten Zerstörer, nicht auf dieser besseren Gummiwurst.«

»Und was nun?«, fragte Daley mit klappernden Zähnen.

»Ich habe die Küstenwache alarmiert. Sie schicken einen Hubschrauber von Glasgow. Sollte nicht mehr allzu lange dauern. Sie und DC Dunn werden ins Krankenhaus evakuiert«, antwortete Newell. Er klang wie ein waschechter Captain der Royal Navy.

»Dunn ja«, sagte Daley, »aber ich gehe nirgendwohin. Brian, bring mir das Funkgerät, bitte. Ich muss mit der Küstenwache sprechen.«

»Warte mal, Jim, du bist nicht gerade in Hochform. Du hast dir ganz schön den Kopf angehauen. Ich und die Jungs kriegen Machie und MacDougall schon.«

Daley musterte seinen Sergeant. Er war nass, durchgefroren

und sah elend aus, aber in seinem Gesicht stand ein Ausdruck, der ihm neu war. »Nein, nein, Brian. Ich mache weiter. Wir haben endlich die Möglichkeit, diesen Albtraum zu beenden, ein und für alle Mal. Die Chance lasse ich mir nicht entgehen. Jetzt hol mir das Funkgerät«, befahl er und rappelte sich mühsam auf.

40

Es herrschte Unheil verkündende Stille, während die beiden miteinander vertäuten Boote sich in der schweren Dünung hoben und senkten.

MacDougall saß zusammengesackt an der Bordwand und starrte zwischen Sarah und Machie hin und her. Seine Tochter schien ehrlich erschüttert zu sein, während sein ehemaliger Partner eher gelangweilt wirkte.

»Was soll das, Süße?«, fragte Machie. »Ich hab dir 'ne verdammte Lüge erzählt. Na und? Wissen beruht letzten Endes auf Anerkennung der Tatsachen. Weißt du, was ich meine? Komm schon, Sarah, blas dem Arsch die Rübe weg. Vergangen ist vergangen. Die Zukunft gehört uns – und dazu mehr Geld, als wir jemals ausgeben können.«

»Fick dich!«, schrie sie und hielt die Pistole weiter auf ihren Vater gerichtet.

»So ist's recht, Kleine. Das ist die richtige Einstellung«, sagte Machie und kräuselte voll Vorfreude die Lippen. »Die alte Ordnung ist dahin. Es ist Zeit, weiterzuziehen. Los doch!«

Sarah MacDougalls Gesichtsausdruck wurde plötzlich leer, frei von Qual, Zerrissenheit und Abscheu wie noch Sekunden zuvor. Sie trat zurück, ohne ihren Vater aus den Augen zu lassen, hob die Waffe und richtete sie direkt auf sein Herz. Sie zögerte, während ein Aufschluchzen ihre schlanke Gestalt erbeben ließ.

»Sarah, ich liebe dich«, flehte ihr Vater. »Ich habe nie aufgehört, dich zu lieben, keinen von euch.« Er sah seine schöne Tochter an, sein Ein und Alles, während sie ihn mit zusammengekniffenem Auge über den Lauf der Pistole anvisierte, bereit, ihm das Leben zu nehmen. Unwillkürlich schloss er die Augen zu einem stummen Gebet.

»Ich weiß, wie du bist. Ihr seid alle gleich. Vielleicht liegt das auch in meiner Natur, Gott helfe mir«, sagte sie. »Ihr tut alles, um zu kriegen, was ihr wollt, mit eurem Charme, eurer vorgetäuschten Freundlichkeit, Großzügigkeit, Empathie, was immer. Wie soll jemand da noch die Wahrheit erkennen? Und wenn es nichts zu holen gibt, dann werdet ihr aggressiv. Ihr wendet euch gegen eure Freunde, die Familie, jeden, der euch im Weg steht. Selbst gegen die, die ihr liebt. Du bist ein echter Soziopath.« Ihre Hände begannen zu zittern.

»Fick dich«, schrie sie wieder. »Und fick deinen verfluchten Wittgenstein.« In einer einzigen fließenden Bewegung wirbelte sie auf dem Absatz herum und feuerte zwei Schüsse in schneller Folge ab.

Frank MacDougall öffnete die Augen gerade noch rechtzeitig, um den Ausdruck des Erstaunens in James Machies Gesicht zu sehen, während er rücklings über die niedrige Seitenwand des Bootes taumelte und fast ohne Aufspritzen in der eisigen See verschwand.

»Darling, danke. Ich danke dir«, krächzte MacDougall. Die Kehle wurde ihm eng von seiner Gefühlsaufwallung.

»Glaub mir, Daddy«, sagte sie und blickte über die Bordwand des Fahrzeugs. »Es gibt nichts, wofür du mir danken müsstest.« Ein wenig Rauch kräuselte sich aus dem Lauf der Pistole, die sie an der Seite hatte herabsinken lassen, während sie Ausschau nach Machies Leiche hielt.

»Aye, du bist meine wahre Tochter«, sagte MacDougall. »Das hab ich im Lauf der Jahre immer deutlicher gesehen.« Langsam stemmte er sich vom Deck hoch und griff sich dann an den Rücken, als müsste er sich kratzen.

»Oh, und du bist ein wahrer Engel«, erwiderte sie, ohne den Blick von den kabbeligen Wellen zu wenden.

»Nein, du hast ganz recht, mein Lämmchen. Ein Engel bin ich weiß Gott nicht. Und jetzt lass die Kanone fallen. Du hast anscheinend doch noch eine Menge zu lernen.«

»Nenn mich nicht so.« Sie wirbelte herum und sah, dass MacDougall wieder gegen die Bordwand zurückgesackt war, jetzt aber einen schwarzen Revolver auf sie gerichtet hielt.

»Familie, eh, wer braucht schon so was?« Er lächelte.

Sie setzte zu einer Erwiderung an, aber MacDougall hob den Finger an die Lippen. Die Geste war ihr von Kindheit an so vertraut, dass sie unwillkürlich gehorchte. Sie lauschte, und von oben her wurde das Geräusch eines starken Hubschraubers vernehmbar, das das Tosen des nahe gelegenen Gezeitenstrudels übertönte.

»Schnell«, rief MacDougall. »Rüber auf das Kajütboot und nix wie weg hier. Hilf mir, die Leinen loszumachen.« Er ignorierte seine Schmerzen und stand auf, ohne dass die Mündung der Waffe eine Sekunde von seiner Tochter wich. »Denk doch mal nach«, sagte er, als sie zögerte. »Glaubst du nicht, die Polis kommen dahinter, was du vorhattest? Glaubst du, ich hätte nicht selber 'ne ziemlich genaue Vorstellung davon gehabt, was abgeht? Ich bin doch nicht blöd«, sagte er. »Scheiße, mit deinem Verstand könnten wir glatt ehrlich werden, aber du musst mir dabei helfen. Lassen wir die Vergangenheit hinter uns und hauen hier ab.«

»Und was ist mit Mum?«

»Deine Mum ist heute so, wie sie immer sein wird, da gibt's keine Besserung mehr. Ich sorge dafür, dass sie die beste Behandlung kriegt. Es gibt eine Menge Dinge, von denen du nichts weißt, eine Menge. Aber man wird sich um sie kümmern, das verspreche ich dir. Glaubst du vielleicht, sie war die letzten Jahre auf der Farm glücklich?« MacDougall stellte einen Fuß auf die Bordwand des Bootes und schickte sich an, in das größere Fahrzeug hinüberzuspringen. »Ist doch offensichtlich, dass die Cops ihre Nasen schon in dein kleines Geschäft gesteckt haben. Was glaubst du, wie lange es dauert, bis du in derselben Scheiße sitzt wie ich mein ganzes Leben lang?«

»Also tun wir so, als wäre nichts passiert? Und lassen meine arme Mutter verrotten?«

»So wie ich das sehe, haben wir keine Wahl. Ach, und übrigens, wo wir gerade über Loyalität deinen Eltern gegenüber reden ... warst du das nicht gerade, die mich umlegen wollte?«

»Ich wollte Rache ... für Cisco«, antwortete sie, während sie den Himmel nach dem Helikopter absuchte.

»Glaubst du wirklich, ich hätte meinen eigenen Sohn töten können? Das ist ähnlich dämlich wie die Vorstellung, dass JayMac mich am Leben gelassen hätte. Sieh dir doch an, was er Gerald angetan hat.« MacDougall spuckte die Worte regelrecht aus. »Komm schon, Sarah, jetzt oder nie.«

Sie zögerte einen Moment lang, bevor sie behände auf das andere Boot sprang und sich bückte, um eines der Taue zu lösen, mit denen das Kajütboot an dem kleinen Fischerboot festgemacht war, in dem sie und Machie gekommen waren. Ein Stück weiter tat MacDougall dasselbe mit der anderen Leine.

»Unsere einzige Chance ist, irgendeine kleine Bucht zu finden, das Boot treiben zu lassen und uns zu verstecken, bis sie aufgeben. Der Helikopter wird uns sehen, also fahren wir erst in die eine Richtung und ändern dann den Kurs, am besten auf den kleinen Meeresarm dort drüben zu«, sagte er und deutete auf eine Insel in der Ferne. Es war erst früher Nachmittag, doch das Licht am Himmel begann bereits zu verblassen.

MacDougall sah, dass Sarah nickte, und steckte den Revolver ein. Er hinkte zur Kabine, und Sekunden später sprangen die kraftvollen Motoren des Kabinenkreuzers an.

»Die Küstenwache meldet zwei Fahrzeuge, weniger als drei Meilen von hier«, rief Newell. »Eines davon hält auf einen Meeresarm und die offene See dahinter zu.«

»Und das andere?«

»Bewegt sich wesentlich langsamer, treibt vermutlich steuerlos.«

»Wie lange brauchen wir, um dorthin zu kommen?«, erkundigte sich Daley.

»Nur Minuten. Aber wir müssen Dunn mit der Winde an Bord des Hubschraubers bringen«, erwiderte Newell.

»Ich weiß, ich weiß. Ah, da sind sie ja.« Daley deutete nach oben, wo ein rot-weißer Helikopter am Himmel stetig größer wurde.

»Mir fehlt nichts, Sir«, rief Constable Dunn, obwohl sie unter ihrer Thermodecke schlotterte. »Ich muss hier nicht weg, verfolgen Sie sie.«

»Nein. Sie brauchen ärztliche Behandlung.« Daley ließ keinen Widerspruch zu. Er dachte an James Machie. Warum nur spürte er diesen Druck auf der Brust, diesen schrecklichen

Knoten, der normalerweise ein bevorstehendes Desaster ankündigte?

MacDougall hielt das Boot auf Kurs fünfunddreißig Grad, bis der große Hubschrauber vorbeigedonnert war. Er war überrascht, dass er nicht kehrtmachte, um sie sich genauer anzusehen, aber er hielt sich an den ursprünglichen Plan, drehte das Steuerrad des Kajütboots und hielt auf den Meeresarm zu.

Sarah saß hinten in der Kajüte und hatte den Kopf in die Hände gelegt. »Ich war wohl ziemlich dumm«, meinte sie nach langem Schweigen.

»Wenn du damit meinst, dass du JayMac vertraut hast, dann, aye, warst du es.« MacDougall spähte in das schwindende Licht des Nachmittags.

»Ich schwöre dir, ich wollte nur die Wahrheit herausfinden. Ich hätte nie zugelassen, dass er dir etwas antut. Er hat auf mich gehört, weißt du?«

MacDougall drehte sich zu der jungen Frau um, die er noch vor ein paar Minuten so gut zu kennen geglaubt hatte. »Sarah, Menschen wie den kannst du niemals kontrollieren, auch nicht, wenn du hundertfünfzig Jahre alt wirst. Ich hab den Dreckskerl fast mein ganzes Leben lang gekannt. Glaub mir, er hätte mich umgelegt, und sobald er von dir genug gehabt hätte, hätte er dich auch getötet.«

Sarah wollte etwas erwidern, stellte aber fest, dass sie dem nichts entgegenzusetzen hatte. Auf einmal fühlte sie sich beschmutzt, dumm und beschämt. Im Innersten war ihr klar, dass ihr Vater recht hatte und sie das, zumindest im Unterbewusstsein, von Anfang an gewusst hatte. Der Schock der Erkenntnis, dass das gnadenlose Monster, mit dem sie sich eingelassen hatte, für den Mord an Cisco verantwortlich war, den Bruder, den sie so geliebt hatte, setzte gerade erst ein. Sie begriff, dass sie das den Rest ihres Lebens verfolgen würde.

Sie warf einen Blick auf die hagere Gestalt, die das Boot steuerte. In diesem Sekundenbruchteil erkannte sie, dass sie die richtige Entscheidung getroffen hatte. Indem sie James Machie getötet hatte, hatte sie den Tod ihres Bruders gerächt.

»Hörst du das?«, fragte MacDougall. Es gab keinen Zweifel: Über dem leisen Brummen der Motoren des Kabinenkreuzers war das regelmäßige Klatschen der Rotorblätter des Hubschraubers nicht zu überhören.

41

Daley sah zu, wie Constable Dunn in den Helikopter gehievt wurde, der anschließend in einem gewaltigen Luftschwall nach oben verschwand und dabei das Schlauchboot wild im Wasser kreiseln ließ.

»Anschnallen«, rief Newell, als die Dieselmotoren donnernd zum Leben erwachten. »Wir fahren zu den Koordinaten, die sie uns gegeben haben.«

»Scheiße«, sagte Scott. »Ich hoffe nur, mein Gurtzeug ist ein bisschen stabiler als das der armen Dunn. Ich dachte schon, wir hätten sie verloren.«

»Ich auch«, antwortete Daley und streifte sich das Geschirr über den Bauch. Er hatte immer noch dieses ungute Gefühl im Magen, geboren aus einem Instinkt, der ihn unruhig machte. Er betrachtete die Leute von der Spezialeinheit, die bereits ihre Gurte geschlossen hatten und aufrecht und professionell in ihren Sitzen saßen. Sergeant Scott dagegen verfluchte seinen Sicherheitsgurt, während er das Schloss zu finden versuchte.

Ein paar Minuten später, nachdem alle angeschnallt waren und Newell sich überzeugt hatte, dass das Boot nach den Strapazen des Corryvreckan noch seetüchtig war, fuhren sie los. Kurz darauf beugte sich Newell zu Daley und schrie ihm ins Ohr: »Ich habe ein Update vom Hubschrauber der Küstenwache. Eines der Boote, ein Kabinenkreuzer, ist gerade gesehen worden, wie es auf einen Einschnitt auf der Insel Staffay zuhielt. Ich kenne die Stelle ziemlich gut, ein toller Platz, um Seeotter zu beobachten.«

»Okay. Wie lange brauchen wir bis dahin?«

»Nicht lange. Sie haben zwar ein schnelles Boot, aber unseres ist schneller, und sie müssen langsamer fahren, sobald sie seichtes Wasser erreichen.«

»Langsamer vielleicht, aber ich wette, sie haben es schön warm und gemütlich«, rief Scott an niemanden im Speziellen gerichtet.

Newell ignorierte den reizbaren Sergeant und fuhr fort: »Eigenartig ist nur, dass keine Spur von dem kleineren Fahrzeug mehr zu sehen ist, dem Fischerboot. Es scheint verschwunden zu sein.«

»Was, glauben Sie, könnte das bedeuten?«, fragte Daley.

»Schwer zu sagen. Wenn sie das Boot führerlos dem Gezeitenstrudel überlassen haben, könnte es jetzt schon auf dem Meeresgrund liegen. Ich vermute, der Helikopter hat sie aufgeschreckt, und jetzt versuchen sie, in dem schnelleren Boot zu entkommen.« Newell schien von seiner Schlussfolgerung ziemlich überzeugt zu sein.

»Aber sobald sie den Einschnitt erreicht haben, sitzen sie doch in der Falle?«

»Nein, nicht direkt. Es handelt sich eher um einen durchgehenden Kanal. Er verengt sich zwar dramatisch, aber mit einem kleinen Fahrzeug kann man ihn der ganzen Länge nach durchfahren und das offene Meer erreichen. Mit der nötigen Vorsicht natürlich, aber es ist eine ziemliche Abkürzung. Wer immer ihr Navigator ist, er scheint sein Geschäft zu verstehen.«

Daley setzte sich zurück, als die Lage des Bootes im Wasser

sich veränderte. Sie begannen wieder, über die Wellen zu springen, wenn auch lange nicht mehr so heftig wie zuvor. Trotz der Kälte traten Daley Schweißperlen auf die Stirn, während er gegen das bange Gefühl in seinem Bauch ankämpfte.

»Scheiße, jetzt geht *das* wieder los«, stöhnte Scott, unmittelbar bevor er sich übergab.

MacDougall spähte mit zusammengekniffenen Augen zum anderen Ende des Einschnitts. Er hatte überrascht festgestellt, dass man ihn der Länge nach passieren konnte. Er sah das offene Meer und einen lilafarbenen Schatten, bei dem es sich um die Insel Islay handeln musste.

»Ich denke, wir können es schaffen«, sagte Sarah. Sie saß am Kartentisch vor einer großen Seekarte, die sie zusammengerollt in einer Papröhre in der Kabine gefunden hatte. Sie kannte sich zwar nicht besonders gut damit aus, aber sie war in der Lage zu erkennen, welche Zahlen sich auf die lichte Weite der Durchfahrt bezogen.

»Ich mache mir immer noch Sorgen wegen dem verdammten Hubschrauber«, sagte MacDougall kopfschüttelnd. »Ich bin nicht sicher, ob sie uns nicht doch gesehen haben, obwohl wir uns im Lee der Insel befunden haben.«

»Was sollen sie denn machen? Woher sollten sie überhaupt eine Ahnung haben, dass wir es sind?«

MacDougall stutzte und drehte sich zu ihr um. »Hör mal, du weißt eben auch nicht alles, Darling.«

Sarah wirkte verwirrt.

»Ich hatte keine Ahnung, dass du hinter der Scheiße mit dem Tabak und den Drogen steckst. Auch wenn ich einen Verdacht hatte.« Er seufzte. »Unser Tommy hat mir geholfen. Du weißt ja, dass er die Fresse nicht halten konnte.« MacDougalls Stimme brach bei der Erwähnung seines toten Sohnes.

»Ja, ist mir aufgefallen. Und bei was genau hat er dir geholfen?«

»Hör mal, aus dem Zeugenschutzprogramm kriegt man nicht viel raus, das kannst du mir glauben. Ich musste was tun.«

»Hast du mit der Polizei zusammengearbeitet? Oh nein, du hast ihnen bei den Ermittlungen gegen mich geholfen.«

»Es war ja nicht irgendein Cop, es ...« MacDougall hatte keine Gelegenheit mehr zu einer Erklärung. Das Boot lief auf einen Felsen am Grund des Einschnitts auf, und er wurde heftig zu Boden geworfen.

»Daddy, alles in Ordnung?«

»Aye, aye«, erwiderte MacDougall und rappelte sich wieder auf. »Aber ich fürchte, das Boot ist hin!«

John Donald ließ den Blick den Tisch entlangwandern. Er war es gewohnt, bei solchen Meetings die Leitung zu übernehmen, doch in diesem Fall hatte er nicht den Vorsitz. Tatsächlich stand er in der Hackordnung sogar ziemlich weit unten.

»Unser Ziel liegt auf der Hand, Gentlemen.« Der dünne Mann stand neben einer Projektionsleinwand und lächelte, während er sprach. »Es mag sein, dass wir, sagen wir ... *unkonventionelle* Methoden anwenden mussten, aber nun ist es geschafft, und der Erfolg liegt in Reichweite.«

»Tatsächlich?«, zweifelte ein älterer Mann. »Wenn es je herauskommt, dass wir einen der gefährlichsten Männer, die das Land je gesehen hat, als Köder benutzt haben, um ein echtes Monster zu schnappen, dann haben wir versagt.« Er legte eine

Kunstpause ein. »Die Konsequenzen für uns als Organisation könnten fatal sein.«

Donald erkannte seine Chance. »Wenn ich das sagen darf: Nach den jüngsten Berichten sind meine Leute auf dem Weg, diesen Schlamassel zu klären. Einige meiner besten Männer.« Er lächelte selbstzufrieden, als wäre er im Besitz von Informationen, die andere nicht besaßen.

»Das sagen *Sie*, Donald«, erwiderte der dünne Mann zu Donalds Ärger. »Aber was passiert, wenn die Dinge schieflaufen?«

»Das ist kein Problem«, sagte Donald. »Dann sind dieselben Leute die Sündenböcke – *quod erat demonstrandum*.« Er ließ sich in seinen Stuhl zurücksinken und erfreute sich an dem zustimmenden Gemurmel, das um den Tisch herum laut wurde.

»Direkt vor uns«, sagte Newell. »Wir haben den Einschnitt gleich erreicht. Jetzt müssen wir etwas langsamer machen.« Dreißig Sekunden später hatte sich der Bug des Bootes ins Wasser gesenkt.

»Was zum Henker ist das?«, fragte Scott und deutete nach vorne.

Ein paar Hundert Meter weiter steckte ein weißer Kabinenkreuzer in starker Schieflage fest. Der Bug lag bereits unter Wasser.

»Festhalten, Gentlemen«, sagte Newell, und die Trimmung des Schlauchboots änderte sich abermals.

Daley starrte das sinkende Fahrzeug mit gemischten Gefühlen an. War das ein Glücksfall für sie oder eher ein Köder, der sie in einen Hinterhalt locken sollte? Er wollte Newell schon sagen, er solle stoppen, als sein Blick an etwas hängen blieb.

Im schwindenden Licht sah er ein kleines Beiboot, das auf dem Weg zum Strand war.

»Da drüben!«, machte Daley Newell auf das Dingi aufmerksam. Während der Kapitän ihr Schnellboot wendete und aufs Ufer zuhielt, sah Daley, wie der Anführer der Spezialeinheit sich losschnallte. Er begann, Waffen aus den großen Stahlkisten zu nehmen, die bei der Abfahrt an Deck verzurrt worden waren und sich glücklicherweise im Tollhaus des Corryvreckan nicht losgerissen hatten.

Während das kraftvolle Schlauchboot auf den Strand zurauschte, sah Daley zwei Gestalten, die sich durch die Brandung zum Kiesstrand kämpften. Das Dingi trieb bereits führerlos zurück in den Meeresarm.

»Ich fahre so nah wie möglich ran, aber ich fürchte, die Gentlemen werden trotzdem nasse Füße bekommen«, verkündete Newell, was ihm einen bösen Blick von Scott eintrug. Daley erhielt vom Waffenmeister eine Pistole und eine schusssichere Weste und sah stirnrunzelnd, wie Scott seine eigene mit einem Kopfschütteln ablehnte.

»Zieh das Ding an, Brian«, befahl Daley.

»Was denn, damit ich untergehe wie ein Stein, bevor ich das Ufer erreiche? Nee, Boss, kommt nicht infrage«, erwiderte Scott störrisch, während das Schlauchboot langsamer wurde und nur wenige Meter vom Strand entfernt anhielt.

Daley löste sein Gurtgeschirr und sah mit zusammengekniffenen Augen dem flüchtigen Paar nach, einem Mann und einer Frau. Er nahm an, dass es sich bei der Frau um Sarah MacDougall handelte. Aber wer war ihr Begleiter?

Auf ein Zeichen des Anführers der Spezialeinheit hin ließ sich Daley über die Bordwand in die eisige Brandung gleiten.

Es war so kalt, dass es ihm den Atem raubte. Während er sich zum Ufer durchkämpfte, vertrieb jedoch die Mischung aus körperlicher Anstrengung und Adrenalinstoß die Kälte. Er kannte nur noch ein Ziel: das Paar zu erwischen, das über den Strand in die sich dahinter anschließende Machair-Vegetation rannte.

MacDougall pflügte sich durchs Gras, dicht gefolgt von Sarah. Sie hatten die kraftvollen Motoren des Schlauchboots gehört, das sich dem Strand näherte. Jetzt drangen bereits die Rufe der Polizeibeamten zu ihnen, die durch die Wellen zum Ufer platschten.

»Scheiße!«, stieß MacDougall hervor, als er über einen Steinbrocken stolperte und in den Sand fiel. Die Pistole rutschte ihm aus dem Hosenbund. Während er sich rasch wieder aufrappelte, sah er, wie Sarah die Waffe aufhob und mit ausgestrecktem Arm auf die sie verfolgenden Polizisten zielte.

»Nein!«, schrie MacDougall und streckte im selben Moment den Arm nach ihr aus, als zwei rote Punkte über ihre Brust tanzten.

Eine verzerrte Stimme donnerte: »Bewaffnete Polizei! Halt, oder wir schießen!«

Daley sah, wie einer der Polizisten, der immer noch seine rote Rettungsweste trug, niederkniete und eine kurzläufige Waffe anlegte.

»Sir, ich brauche Ihre Erlaubnis, das Feuer zu erwidern«, rief der Anführer der Einheit dem Chief Inspector zu, während im Machair ein Schuss fiel und die Kugel über die Köpfe der Beamten hinwegpfiff, die sich zu Boden geworfen hatten.

»Machen Sie schon«, brüllte Daley.
Der Schütze feuerte zwei Schüsse ab.

Für Frank MacDougall spielte sich alles wie in Zeitlupe ab. Nicht einmal den Knall der Pistole nahm er wahr, als Sarah schoss. Er sah nur den orangefarbenen Blitz und eine kleine Rauchwolke, die aus der Mündung der Waffe aufstieg. Sarahs Schulter ruckte unter dem Rückstoß zurück.

Im selben Augenblick, als ihm klar wurde, dass die Polizisten das Feuer erwidern würden, warf er sich vor Sarah. Er kam gerade noch rechtzeitig, um ihren Körper vor zwei Schüssen abzuschirmen, die ihn voll in den Rücken trafen.

Die Jagd war vorbei.

42

Superintendent Donald zog den Reißverschluss seines dunklen Overalls hoch, während er über das Vorfeld des abgelegenen Flugplatzes zu einem Chinook-Hubschrauber hastete.

Er setzte sich neben andere, ähnlich gekleidete Gestalten auf eine Bank, schnallte sich an und versuchte, die aufkeimende Übelkeit zu unterdrücken. Hatte er das Richtige getan? Oder bedeutete dies das Ende?

Er hatte ein hohles Gefühl im Magen, als der mächtige Hubschrauber vom Boden abhob, die Nase senkte und vorwärtszufliegen begann.

Er hatte keine Ahnung, warum, aber plötzlich musste er an die Wohnung denken, in der er aufgewachsen war, in einem Glasgow, das es nicht mehr gab. Schwarzfleckige Wände, Pilze, die in der Gemeinschaftstoilette am Ende des Treppenabsatzes sprossen, vier Familien in einer Wohnung, in der er sich ein Zimmer mit drei Geschwistern teilte, der gesprungene alte Spülstein in der »Kitchenette« – eine mit einem Vorhang abgeteilte Nische, Teil des kleinen Wohnzimmers. In diesem hatte ein Schwarz-Weiß-Fernsehgerät gestanden, zu dem sein Vater abends vom Pub an der Ecke heimgetaumelt kam. Die Familie hatte sich darum herum versammelt, um zum ersten Mal zu Hause eine Folge von *The White Heather Club* anzusehen. Mit einem Wort: Armut.

Dann wurde ihm klar, warum sein Unterbewusstsein diese

Vision von etwas hervorgezaubert hatte, das im Rückblick für ihn die Hölle gewesen war: Der Zweck heiligte die Mittel. Egal, was es ihn gekostet hatte, diese Mietskaserne hatte er weit hinter sich gelassen.

Er ließ die Augen über das Flugdeck des Hubschraubers schweifen. Sein Blick blieb an einem der Männer hängen, die mit eingezogenen Schultern dasaßen und zu Boden blickten. Plötzlich, als hätte er Donalds Blick gespürt, hob er den Kopf und präsentierte sein knorriges Gesicht. Dem Superintendenten drehte sich der Magen um, als ihm wieder die Gestalt in einer finsteren Gasse in Glasgow vor all den Jahren vor Augen trat.

Der Zweck heiligte die Mittel.

Die junge Frau hielt ihren Vater in den Armen. Seine fahle Haut schien in der einsetzenden Dämmerung zu leuchten. Die rechte Hälfte ihres Gesichts war mit seinem Blut beschmiert.

»Daddy.« Es war ein herzzerreißendes Flehen, sich an das Leben zu klammern, das aus ihm heraus ins sandige Gras des Machair rann.

Scott beugte sich über seinen alten Nachbarn, Tränen standen ihm in den Augen. »Frankie, Mann, halt durch. Hilfe kommt gleich.«

»Aye, schon gut, Scooty«, flüsterte MacDougall, während das Blut in seinen Mundwinkeln Blasen bildete. »Meinst du nicht, ich hab genug Männer sterben sehen, um zu wissen, wann meine Zeit gekommen ist?«

»Nein, nein«, jammerte Sarah. »Bitte, kann denn niemand etwas tun?«

Mit letzter Kraft hob Frank MacDougall die rechte Hand und sah Scott an. »Hör mal, tust du mir einen Gefallen?«

»Was du willst, Frankie.«

»Pass für mich auf die Kleine hier auf ... weißt schon, was ich meine, Brian.« Er griff kraftlos nach Scotts Hand.

»Aye, klar mach ich das«, sagte Scott und zwang sich zu einem Lächeln.

»Was gibt's da zu grinsen?«, keuchte MacDougall.

»Das ist das erste Mal, dass du mich mit meinem richtigen Namen angesprochen hast.«

MacDougall versuchte zu lachen, doch der Schmerz war zu groß, und er zuckte zusammen. »Hier. In meiner linken Tasche«, sagte er mit kaum vernehmlicher Stimme. »Hilf mir, es rauszuholen.«

Scott folgte seiner Bitte und griff, so sanft er konnte, in MacDougalls Tasche und holte ein schlankes Kästchen von etwa der halben Größe eines Mobiltelefons heraus, an dem ein rotes Licht blinkte.

»Was zum Teufel ist das?«

»Jack Daniels, mein Freund. Jack Daniels.« MacDougalls Augenlider flatterten. Es ging dem Ende zu. Er wandte sich an Sarah. »Niemand hätte sich eine bessere Tochter wünschen können. Das meine ich ernst.« Er lächelte, dann verdrehten sich seine Augen, bis nur noch das Weiße sichtbar war und seine Hand ins klamme Gras fiel.

»Daddy.« Sarah vergrub ihr Gesicht an der Brust des Mannes, der, was immer der Rest der Welt von ihm denken mochte, ihr ein liebevoller Vater gewesen war.

Am anderen Ende des Strandes, verborgen hinter einem fast zehn Meter hohen Felsen, bewegte sich ein kleines Boot Richtung Ufer. Bei abgeschalteten Motoren wurde es von der Kraft der Wellen angespült. Der tropfnasse Passagier lag still, bis das Boot auf Sand aufgelaufen war. Dann ließ er sich über die Bordwand gleiten und watete im Zwielicht schwerfällig durch die Brandung. Sein Vorankommen wurde erschwert durch die mit zwei Einschusslöchern verzierte kugelsichere Weste, die er unter seiner vollgesogenen Jacke trug.

Daley betrachtete die junge Frau voll Mitgefühl, die Scott zu trösten versuchte. Er dachte, wie ähnlich sich Brian und der tote Mann am Strand doch sahen – die gleichen, tief gefurchten, vom Leben gezeichneten Gesichter und hageren, doch kraftvollen Gestalten. Die nagenden Zweifel an seinem Sergeant wollten sich nicht verflüchtigen. Er hasste das Gefühl.

»Ich muss Sie etwas fragen, Sarah«, sagte Daley und bückte sich, um ihr ins Gesicht sehen zu können. »Wissen Sie, wo James Machie ist?«

Sie regte sich nicht, hatte den Kopf an Scotts Schulter geborgen. Dann hob sie langsam den Blick und sah dem Chief Inspector in die Augen.

»Ich habe ihn getötet«, sagte sie.

»Wie? Wo?«, fragte Daley. »Tut mir leid, ich muss das erfahren. Wir können später Ihre offizielle Aussage aufnehmen, aber ich muss wissen, was passiert ist.« Als er Scotts mahnenden Blick bemerkte, fügte er hinzu: »Nur ganz kurz.«

»Ich habe zwei Mal auf ihn geschossen, und er fiel ins Meer. So einfach war das.«

»Okay.« Daley richtete sich wieder zu voller Höhe auf. »Es tut mir leid, dass ich das fragen musste, und ich möchte Ihnen mein Beileid für den Verlust Ihres Vaters aussprechen.«

Sarah starrte in die Ferne, während die lilafarbenen Schatten der Dämmerung sich herabsenkten.

»Gefechtsbereitschaft beenden«, rief Daley den bewaffneten Polizisten zu, die sich augenblicklich entspannten, ihre Waffen sicherten und die Umgebung nicht mehr nach potenziellen Gefahren absuchten.

»Was hältst du davon?«, fragte Scott und reichte Daley das Gerät, das er aus MacDougalls Tasche gezogen hatte.

»Sieht aus wie eine Art Peilsender«, meinte Daley. »Wo zum Teufel hatte er das Ding her?«

»Aye, und wer zum Teufel ist ihm gefolgt?«, fragte Scott und blickte seinen Chef zweifelnd an.

»Was hat er gesagt, bevor er gestorben ist?«

»Och, eigentlich gar nichts.« Scott sah auf die Leiche von Frank MacDougall hinab, inzwischen zugedeckt von einer silbernen Rettungsdecke. »Er hat mich das Kästchen aus seiner Tasche ziehen lassen ... und dann, okay, vielleicht war er im Delirium.«

»Wie kommst du darauf?«

»Och, weißt du, das Ding da. Ich hab ihn danach gefragt, und er sagte bloß: ›Jack Daniels‹. Aye, und zwar zwei Mal: Jack Daniels. Vielleicht eine letzte Bitte? Du weißt ja, wie gern er getrunken hat. Ich wünschte, ich hätte 'nen Flachmann dabei. Ich hätt ihm 'nen Tropfen abgegeben«, sagte Scott und starrte trübsinnig die Leiche an, während sich Traurigkeit in seine Züge schlich.

Ein Beamter trat zu Daley und flüsterte ihm etwas zu.

»Newell sagt, er kann uns nicht zurückfahren, nicht bei Dunkelheit und den schlechten Bedingungen im Corryvreckan«, erklärte Daley. »Ich hab ihm gesagt, er soll einen

Hubschrauber anfordern. Wir müssen ausgeflogen werden.«

»Kann nicht behaupten, dass ich traurig darüber wäre, obwohl ich weiß, wie der Oberboss wieder über die Kosten schimpfen wird«, sagte Scott. »Äh, wo wir gerade beim Thema sind ...«

»Warte mal, Brian.« Kaum sichtbar in der Dämmerung bewegte sich eine dunkle Gestalt am Strand entlang. Daley dachte, dass es ein Mitglied der Spezialeinheit sein musste, obwohl er sich nicht erinnern konnte, einen Polizisten jenseits des Punktes gesehen zu haben, an dem MacDougall gestorben war.

»Brian, runter!«, brüllte er plötzlich und warf sich in den Sand. Er sah, wie der Mann sich mit ausgestreckten Händen auf ein Knie niederließ und etwas auf sie richtete, das nur eine Waffe sein konnte.

»Was zum Teufel ist denn?« Scott wirbelte herum, als die Mündung aufblitzte und zwei Schüsse die Luft zerrissen.

Daley zuckte zusammen, als ihm warmes Blut ins Gesicht spritzte.

Brian Scott stürzte zu Boden.

Gelassen richtete der Mann mit der Waffe sich auf und kam auf sie zu.

»Jim Daley, guter Mann. Jetzt kriegst du, was du verdient hast!« Es war die unverwechselbare Stimme von James Machie, der die Worte wiederholte, die er Daley entgegengeschleudert hatte, als er vor vielen Jahren im High Court von Glasgow schuldig gesprochen worden war.

Eine Menge Dinge schienen gleichzeitig zu passieren. Erst einer, dann zwei rote Punkte erschienen auf Machies Brust, während er vorwärtsschritt. Ein Schuss knallte, und Machie wurde taumelnd zurückgeworfen. Wie durch ein Wunder erlangte er das Gleichgewicht wieder und marschierte weiter. Daley, der spürte, wie sein Sergeant sich in qualvollen Schmerzen neben ihm am Boden wand, zerrte den Revolver aus dem Schulterhalfter und starrte mit zusammengekniffenen Augen in die Dunkelheit. Die Mündung von Machies Waffe blitzte wieder auf. Eine Kugel pfiff an Daley vorbei und grub sich in den Sand.

Er konzentrierte sich und legte an, hatte Mühe, sein Ziel in der zunehmenden Dunkelheit anzuvisieren. Während er mehr bangte als hoffte, drückte er den Abzug. Machie blieb stocksteif stehen. Seine Arme fielen herab, und er kippte mit dem Gesicht nach unten nach vorne. Blut sickerte aus einem sauberen Loch in seiner Stirn in den Sand.

»Brian!« Daley rappelte sich auf, als ein dröhnendes Wummern über ihm immer lauter wurde. Sekunden später wurde der Strand in weißes Licht getaucht, und Sand wirbelte auf, während ein Chinook-Hubschrauber zur Landung ansetzte.

»Scheiße«, sagte Scott, dessen Gesicht von den Suchscheinwerfern des Helikopters hell erleuchtet war. »Die Nummer von dem Hubschrauberdienst will ich haben.« Daley beugte sich dichter zu ihm, um ihn verstehen zu können. »Toller Service.« Scott hustete Blut und schloss die Augen.

Der Kommandant der Spezialeinheit kam zu Daley gerannt. »So ein Mistkerl! Er trug eine Weste, Sir.« Er verstummte und sah auf den Chief Inspector hinunter, der Scotts reglose Gestalt in den Armen hielt.

43

Daley starrte durch die Glasfront eines Zimmers im Krankenhaus von Kinloch. Scott war zu geschwächt gewesen, um von dem Chinook, mit dem Donald wundersamerweise inmitten einer Phalanx von Special Branch-Agenten aufgetaucht war, bis nach Glasgow gebracht zu werden. Donald war zwar ein wenig zu spät eingetroffen, um sich in Gefahr zu begeben, aber gerade rechtzeitig, um befehlsgewohnt das Kommando zu übernehmen. Scotts Zustand musste sich erst stabilisieren, bevor er mit einem speziell ausgestatteten Rettungshubschrauber in eines der großen Hospitäler in der Stadt transportiert werden konnte – falls er sich denn stabilisierte.

Daley spürte eine Hand auf seiner Schulter. Liz stand hinter ihm, eingehüllt in einen weißen Krankenhaus-Morgenmantel.

»Ach, Darling«, sagte sie und strich ihm übers Haar. »Es tut mir ja so leid.«

»Er ist noch nicht tot«, sagte Daley knapp und wandte sich von seiner Frau ab, die instinktiv die Hand zurückzog.

»Was ist denn los, Jim?«

Daley blieb stumm und regungslos, als wäre er gebannt durch den Anblick seines Kollegen – und besten Freundes –, der um sein Leben rang.

»Bitte, Darling, schließ mich nicht aus«, flüsterte sie und ließ die Hand über seinen Rücken gleiten.

»Nennst du *ihn* auch so?«

»Wen nenne ich wie?«

»Du weißt schon. Mark Henderson.«

»Mark? Worum geht es hier eigentlich?«

»Um die Wahrheit.« Daley fuhr auf dem Absatz zu ihr herum, das Gesicht eine flammende Mischung aus Kränkung und Zorn. »In meinem Job muss ich Sinne und Verstand gegen die meisten Schrecken verhärten, die es auf der Welt gibt, sonst würde ich verrückt werden. Aber ich kann nie mein Herz gegenüber meinen wahren Gefühlen verschließen. Das ist unmöglich.«

Stille breitete sich aus, abgesehen von dem Piepsen und Schnaufen, das von den Geräten kam, die Brian Scott auf der anderen Seite des Glases am Leben erhielten.

»Ich habe keine Ahnung, wie du auf solche Ideen kommst, Darling. Du weißt doch, wie es zwischen ihm und mir steht. Er ist der Ehemann meiner Schwester. Ich muss höflich sein.« Das Gesicht, mit dem sie zu ihrem Gatten hochsah, war der Inbegriff der Unschuld.

Daley griff in die Brusttasche seiner Jacke und holte ein großes Schwarz-Weiß-Foto heraus, das er seiner Frau reichte.

»Überaus höflich, in deinem Fall«, sagte er. Sie starrte die Aufnahme an, die sie selbst zeigte, wie sie Mark Henderson küsste, während er die Hand in ihr Haar vergrub.

Daley ließ sie stehen und ging davon.

Als er ins Büro zurückkam, fand er zu seinem Missvergnügen Superintendent Donald hinter seinem Schreibtisch vor.

»Ah, Jim. Wie stehen die Dinge im Krankenhaus?« Donald betrachtete ihn über den Rand seiner Lesebrille hinweg.

»Was tun Sie da?«

»Ich schreibe meinen Bericht.« Donald lehnte sich in Daleys Stuhl zurück, der protestierend quietschte. »Ich wusste, ich würde hier alles finden, was ich brauche. Die junge Miss MacDougall hat bereits einige interessante Informationen geliefert«, sagte er mit selbstzufriedenem Lächeln. »Wie sich herausstellte, hat ein ganz besonderes Stück Scheiße, nämlich ein gewisser Andy Lafferty, Dowies Schwiegersohn, ursprünglich die Verbindung zwischen Sarah und Machie hergestellt. Er war einer der Helfer bei dem »Ambulanz-Attentat« und bestätigte Ciscos Verdacht, dass Machie noch am Leben war. Außerdem hat er Dowies neues Versteck an Machie verraten. Alles sehr hilfreich. Es zahlt sich aus, das Eisen zu schmieden, solange es heiß ist. Sarah hat sich *äußerst* kooperativ gezeigt.«

»Sie haben wirklich Herz«, sagte Daley. »Sarah MacDougall wurde gerade Zeugin, wie ihr Vater erschossen wurde.«

»Was sein muss, muss sein, Jim.« Donald zeigte kein Bedauern. »Wir können nur alle das Unsrige beitragen, um die Quoten zu verbessern. Die Zeiten ändern sich. Schottland verändert sich. Ich und ein paar andere hohe Polizeibeamte und Mitglieder der Sicherheitsbehörden hier haben beschlossen, dem Establishment im Süden zuvorzukommen – sozusagen den ersten Zug zu tun und die Initiative zu ergreifen ... als Vorbereitung für ein unabhängiges Land. Wir werden eine neue Behörde schaffen, vereint gegen das Verbrechen, egal, ob klein oder groß.«

»Und wenn die Abstimmung mit ›Nein‹ ausfällt?«

»Wir werden sehen.« Donald grinste selbstgefällig. »Sogar in diesem unwahrscheinlichen Fall wird der Geist aus der Flasche sein. Die alte Ordnung wandelt sich, James, und ich für meinen Teil werde mich nicht abhängen lassen.«

»Ach was«, sagte Daley, der langsam zu kochen begann. Die alte Ordnung wandelte sich für Donald schon seit Ewigkeiten, und er benutzte diese hohle Phrase, solange Daley sich erinnern konnte.

»Hören Sie, Jim, das heute war ein großer Erfolg. Wir haben diese schreckliche Machie-Wiederauferstehungsfarce beendet. Wir wissen sogar, wie er es bewerkstelligt hat. Das zeigt nur, wie sehr sich die Dinge in den letzten fünfzig Jahren verändert haben. In den Slums von Glasgow haben sie sich damals vermehrt wie die Karnickel. Kinder wurden von Großmüttern und Tanten aufgezogen, und Hebammen und Priester wahrten stillschweigend das Geheimnis. Niemand wusste, wo sie waren. Wir haben uns nicht vorzuwerfen, dass wir nicht auf die Theorie mit dem lange verschollenen Zwillingsbruder gekommen sind.

Natürlich wird es eine Untersuchung geben, was das Gefängnispersonal betrifft, das Machie bewachte. Die wahrscheinlichste Theorie ist, dass er während des Krankenhausbesuchs die Rollen mit seinem etwas naiven Zwilling getauscht hat. Daher das viele Geld auf dessen Farm. Wie dem auch sei, wir werden die Wahrheit bald erfahren.«

»Eine Menge Dinge werden untersucht werden müssen, Sir«, sagte Daley, der an Duncan Fearneys letzte Worte dachte.

»Will heißen?«

»Will heißen: Scheren Sie sich aus meinem Stuhl und aus meinem Büro.«

Nach ein paar angespannten Augenblicken erhob sich Donald. »Ich weiß, Sie stehen unter Druck, Jim. Machen sich Sorgen um Scott, ach ja, und sicher auch wegen Liz, also werde ich Ihnen den kleinen Ausbruch durchgehen lassen.« Er ging zur Tür. »Aber nur dieses eine Mal.« Er verließ das Büro und schloss die Tür leise hinter sich.

Daley ließ sich schwer in seinen Drehsessel fallen, der von Donalds Hintern noch unangenehm warm war. Er fühlte sich restlos deprimiert. Die Ehe mit seiner schwangeren Frau war vermutlich am Ende. Sein bester Freund schwebte in Lebensgefahr. Und ein weiterer traumatischer Fall nagte an seiner Seele.

Er öffnete die unterste Schublade des Aktenschranks. Die halb volle Flasche Whisky rollte davon und legte eine kleine Notiz frei, die darunter geklemmt hatte. Daley erkannte Scotts Gekrakel.

Wenn du das hier liest, stecke ich in Schwierigkeiten. Donald hat mir befohlen, MacDougall gehen zu lassen. Ein inoffizieller Befehl, hat er gesagt. Er hat was vor. Ich brauche Hilfe, Jim. B.

Da dämmerte es Daley. Der so gelegen kommende Tod von Duncan Fearney, der Peilsender in MacDougalls Tasche.

John Donald. JD. Dieselben Initialen wie MacDougalls bevorzugter Schnaps: Jack Daniels. Waren die Worte des sterbenden Mannes eine verschlüsselte Botschaft gewesen oder nur ein zufälliges Zusammentreffen?

»*Oh, Sie kennen ihn auch ...*« Ein Echo von Duncan Fearneys letzten Worten hallte in seinem Kopf wider.

Daley hatte den Whisky beinahe ausgetrunken, aber anstatt seine Ängste zu mildern, hatte der Alkohol die gegenteilige Wirkung gehabt. Die Gesichter seiner Frau, von Mark Henderson, Donald, Duncan Fearney, James Machie und Frank MacDougall tanzten in einem schwindelerregenden Reigen vor seinem geistigen Auge vorbei.

Ein leises Klopfen ertönte.

»Herein«, sagte Daley, immer noch in seinen Gedanken gefangen.

Die Tür ging auf, und Constable Dunn stand darin, die Hände in den Taschen vergraben. Sie trug einen Aran-Pulli und enge Jeans.

»Tut mir leid, Sie zu stören, Sir«, sagte sie. »Darf ich kurz reinkommen?«

»Natürlich, immer rein mit Ihnen.«

»Ich wollte nur … Ich wollte mich bedanken, dass Sie mir das Leben gerettet haben.« Sie versuchte zu lächeln, doch dann kamen ihr die Tränen. »Es tut mir so leid wegen Brian.« Eine große violette Prellung zierte ihre rechte Wange, und ihr Gesicht war von einer Reihe von Schnitten und Abschürfungen bedeckt, die Zeugnis von dem ablegten, was sie durchgemacht hatte.

»Setzen Sie sich, setzen Sie sich«, sagte er und deutete auf den Besucherstuhl. »Trinken Sie Whisky?«

»Ich bin bei der Kripo, selbstverständlich trinke ich Whisky.« Sie erlangte die Fassung wieder und lächelte durch einen Tränenschleier hindurch.

Daley holte noch ein Glas aus dem Aktenschrank und füllte es mit einem kräftigen Schuss Springbank Single Malt. »Hier«, sagte er und reichte es der Constable. »Sie sehen aus, als könnten Sie ihn brauchen.«

Sie saßen eine Weile schweigend da und ließen den Alkohol wirken.

Daley beobachtete Dunn. Sie schloss jedes Mal die Augen, wenn sie an ihrem Drink nippte. Er fragte sich, warum ihm das nicht schon früher aufgefallen war: Mit ihrer Stupsnase, den hohen Wangenknochen und dem Schopf kastanienbrauner Haare war sie der jungen Frau fast wie aus dem Gesicht geschnitten, in die er sich vor Jahren verliebt hatte. Er verspürte einen Stich, als er daran zurückdachte, wie er Liz kennengelernt hatte.

»Auf Ihr Wohl, Sir«, flüsterte sie und hob das Glas, während sich ein schüchternes Lächeln auf ihr Gesicht stahl. »Und vielen Dank.«

»War mir ein Vergnügen, meine Liebe. Cheers.« Daley erhob sein Glas und blickte ihr direkt in die wunderschönen eisblauen Augen.

Danksagung

Ein riesiges Dankeschön an meinen Übersetzer Peter Friedrich und meinen Lektor bei HarperCollins Germany, Thorben Buttke, die so hart gearbeitet haben. Es ist großartig, sich in den Händen von so professionellen und fähigen Leuten zu wissen.

Sehr dankbar bin ich auch meiner wunderbaren und weisen Agentin Anne Williams von der Kate Hordern Literary Agency – und auch Kate selbst.

Ich weiß nicht, was ich ohne meine Familie anfangen würde, Fiona, Rachel und Sian, ohne deren Unterstützung im Leben und in der Kunst ich verloren wäre. Es ist traurig, dass meine Eltern Alan und Elspeth Meyrick Daley, Scott, Hamish und die anderen nicht mehr kennenlernen durften. Aber wer weiß, vielleicht haben sie das ja sogar. Gott segne sie.

Zu guter Letzt sind da die netten Leute aus dem echten Kinloch – Campbeltown in Kintyre. Obwohl sie von der Regierung ignoriert, missachtet, schlecht finanziert und ganz allgemein immer hintangestellt werden, blüht dort eine Gemeinschaft, die ebenso herzlich wie hart im Nehmen ist. Man muss schon sehr lange suchen, um so freundliche, unterhaltsame, komische und einzigartige Menschen zu finden. Es ist ein ganz besonderer Ort. Wenn Sie die Reiselust packt, besuchen Sie »The Wee Town«, denn Campbeltown und seine Umgebung sind ebenso schön wie unverdorben, ein wahres

Schatzkästchen voller Geschichte und Kultur. Leute, ich kann nur versuchen, euch durch eure fiktiven Cousins gerecht zu werden. Habt alle herzlichen Dank für eure Freundlichkeit und Unterstützung.

D.A.M.
Gartocharn